台灣新文學史論叢刊 7

台灣的憂鬱

黎湘萍　著

人間出版社

目 錄

陳序

　　把一本討論我自己的作家論，在自己主持的小出版社出版，無論如何，總覺得靦腆。事實上，也正是這靦腆之感，使這本書在台灣以繁體字刊行的時間延緩了近乎十年。

　　而作者黎湘萍兄（以下禮稱略去）極懇切地希望我為這本書的台灣版作序，心中猶豫，遲遲無法下筆，就不難理解。直到初讀作者的台灣版序，受到了觸動，頗有感慨，終於找到一些想說、應說的話。

　　黎湘萍曾以「孤獨的義人」狀我。但聖經上多處反覆地說，世上「沒有義人，一個都沒有」。則我絕不是一個義人，而是一個多有缺點的、軟弱的凡人，是當然的事。然而說到「孤獨」，回想這半生，也確乎是行單影孤，彳亍著走來的。

　　在中國三〇年代文學，更不必說馬克思主義的哲學、政治經濟學、社會科學和文論體系是可以致人破身亡家的我的少年時代末期到青年時代初期，命運讓我在台北舊書店裡闖進了左翼文學和思想知識的嚴格禁區。我的思想和世界觀開始在飢渴的耽讀中發生根本性的大變化。但在反共法西斯的環境下，既使對骨肉兄弟和最親摯的朋友，都不敢透露我在知性和情感上的豹變。我開始感到同儕的來信或言談膚淺幼稚，我開始覺得人們話題中的書刊文章毫無意義可言。我開始避人耳目聽短波收音機，想像著遍地紅旗的祖國大陸，心神激動——但也在現實生活中日益感到孤獨、焦慮、恐懼和絕望。因為我知道，在反共戒嚴體制白茫茫的環境下，我永遠找不到同志，找不到組織，在全面恐怖清洗之

後，革命早已經破滅，毫無希望。

後來我想到，如果在三、四十年代，兩岸同樣讀過以艾思奇的《大眾哲學》為開端，接受了左傾啟蒙的青年們，感受就會與我迥然不同。在那時，一旦他們向社會變革的理想張開了眼睛，他們也會同時看見平時看不見的幢幢奔波的人影，在奔向讀書小組，奔向進步和解放的道路。他們會感到孤獨的個人在民眾中得到了力氣；他們看見了希望，既便在法西斯統治下無數「暗暗的死」中，感受到的也絕不是絕望，而是悲忿的力量。但在六○年代初的我，就不能不陷於至深的孤獨、焦慮、恐懼和絕望。

而這恐怕就是我早期所做的小說中，總是表現著熱切又欲言又止的理想，而不旋踵又陷入希望的幻滅，又終至於最後的死亡的所以吧。

六十年代中後期開展的「亞洲四龍」的資本主義化，不論在韓國、台灣、香港和新加坡，都是在亞洲冷戰構造下極端反共意識形態統治下，以各種反共、國家安全法的獨裁體制，在外（美日）資和對美扈從政權推動的資本主義化，日本經濟學界稱之為「獨裁下的發展」。反共，國安體制壓抑了資本主義化過程中的社會和階級的矛盾，使外來和本地資本得以無忌憚地積累和集聚；而台灣戰後資本主義的發展，又對市場和積累過程帶來的矛盾與痛苦起到鎮靜止痛的效果。因此，在「四小龍」的思想界一般地受到以美國反共、自由主義的支配，對於各自依附的、畸型的發展及其所帶來的人與自然的被害，發不出批判的反省。

沒有料想到的是，中國人民一場偉大的革命，在同一時期逐步向極「左」傾斜並快速擴大化。解放的思想馬克思主義異化為國家宗教。雖然在整個中國革命歷程和文革時期的中國尖銳批判了帝國主義，號召了第三世界反帝獨立的團結，嘲諷的是中國因大革命推翻了「三座大山」，在獨立主權下，不曾經驗過戰後美國新殖民主義在政治、經濟、文化上的統治；而從未完全資本化

的中國社會在革命後又性急地從新民主主義奔向共產主義的歷
程，使廣泛人民、幹部和知識份子只能在口號和教條化的反資本
論述和反帝論述──而不是從具體的生活中去「認識」積累和市
場的殘酷性和新殖民主義的壓迫。加上極「左」運動在廣泛知識
份子心靈留下的個別、具體的深重的爪痕，在八○年代全面否定
文革的共同的社會心理下，思想理論界、特別在九二年之後全面
右傾化。反帝論、反資論和第三世界論在對「前三十年」的總的
反動中幾被拋棄淨盡。

　　一九五○年，在美國武裝守衛下，台灣在血泊中清洗了馬克
思主義，迎來五十多年美式自由主義和市場意識形態的長期統
治。台灣的思想、文化界於是被剜去了「左眼」，長年來習慣以
「右眼」看世界，喪失了批判和反省的能力。而一九八○年，作
為「前二、三十年」的擴大化的極「左」傾向之反動，大陸知識
和文化界的「左眼」，視力也迅速弱化。

　　而我的存在，自知只不過是兩岸五十年來社會與思想歷史錯
位脫臼過程中偶然而唐突的產物。我的批判思維的資源，絕不源
於我自己有什麼深邃的思想，而來自青年時代舊書店裡的不完整
的禁書，後來又和韓國、日本、琉球和南非、菲律賓的進步知識
界的思想與運動資源相接，也曾不甚認真地閱讀過一點英、日語
進步思想和社科著作，不能掠為我個人的原創。此外，我在台灣
經歷了怎麼也料不到大陸社會也要走大致上相同的資本主義「發
展」道路和模式，而我對台灣發展歷程的省思竟而同時「適用」
於大陸了。黎湘萍說我的話有「先知」和「預言」的性質和價
值，完全是過高、過大的評價了。

　　然而，無可否認，兩岸社會的存在與思想的脫臼也使我在大
陸知識界大致上也成了一個「孤獨」的存在。我經驗過個別的大
陸知識份子直接、間接，委婉、直截，人前或人後，對我的「左
派觀點」表示不可思議、不贊同甚至於嘲笑和憎惡。對於這樣的

感情，始則不無驚訝，繼而也很能理解了。以大幅轉向的大陸生產方式為基礎的上層建築——思想、意識形態的裂變，在今後的加劇，是意料中事。新自由主義論、私有財產神聖不可侵犯論的法制化論、反對對美國侵伊的批判、資產階級「民主、自由、人權」論，真是不一而足。今日主張對「前三十年」歷史的再思，重新評估「前三十年」「另類現代性」的朋友們前去的道路上的崎嶇，可以想見。

回顧走來的道路，明晰地感覺到，我在台灣的半生，無非都活在對「美國制霸下的世界秩序」（Pax Americana）的反撥中。隨著戰後兩極對峙的尖銳化，美國以強大的武力在全世界戰略要點佈置軍事基地，與各反共扈從國家訂立反共軍事「協防」條約，形成遏制社會主義社會的軍事條約網。美國並以經濟援助、合作的形式，變相輸出其獨佔資本，並增進受援國對它的政治與經濟依附。美國以留學體制、人員交換、獎學基金制度大量吸收各國精英知識份子，在美國國內或原社會中形成親美精英資產階級知識份子層，蔚為己用。美國或以駐在各國的新聞、文化中心推動「文化冷戰」，美化美式資本主義及其制度和價值，打擊社會主義。美國以情報或武裝干預，加深各國左右分裂、民族內戰，扶持極端親美、反共的軍事獨裁體制，屠殺和監禁各國各民族反美自主勢力，依仗其強大的武裝和政治、外交和經濟力量，塑造自己為龐大帝國。冷戰「結束」，蘇東社會一夕崩解，美國更無忌憚地宣傳自己成為超大帝國，踐踏既有國際性協作組織和條約，片面把赤貧、反美國家污名為「流氓國家」，主張恣意的「先制攻擊」，殺人國民，奪人資源，並強行推動為美國獨佔資本服務的「全球化」。

一九五○年，這「美國制霸下的世界秩序」的形成期，正值我小學六年級的十三歲。不知不覺間，大半生生活在這大「秩序」中，成為幾代人的宿命。民族反目、分裂、對峙，極端化的

反共意識形態與高壓政治……多少人隨大「秩序」的潮流騰達，多少人在大「秩序」中「暗暗的死去」。擴大地想，毛主席堅信美帝國主義發動第三次世界戰爭之不可避免，在強敵嚴密封鎖下，對黨和陣營內部的革命的純潔高度敏感……從而招致「反右」和「文革」的極「左」化、擴大化，都未嘗不與這大秩序的「威暴」有一定的聯繫吧。

前不久，偶然讀到上海學者張耀寫的文章。文章引用了「世界體系論」的創始人伊‧華侖斯坦對美國霸權的評價，說美國實際上是一個「沒有實權的超級大國、一個得不到尊重與服從的世界領袖，一個在它所無法控制的全球亂局中隨波逐流的國家」。正是同一個華侖斯坦，在去年初在台灣的一場演講中，對資本主義世界體系的未來做了悲觀的估計：世界自然生態將嚴重崩壞而波及生產；跨國資本在世界低工資地帶奪取剩餘的優勢有時而窮；國家政權保障和促進資本順利積累和集聚的功能即將萎縮，為平撫嚴重階級矛盾的「福利」政策成本陡增而使政策解體，一國內和國際間民族與階級的貧富差距空前分化。

華侖斯坦替世界體系算的流年竟只有今後的五十年。個別社會和國際社會的亂局是他對五十年的描寫。蘇東解體後沒有了有明確綱領、嚴密組織的「反體系」力量，但令人稱奇的是沒有統一意識形態的個人、組織、社會團體，卻以民眾的泛反全球化的團結形態，對強權的國際協商發出越來越激烈的批判與鬥爭。

而經歷了偉大革命的勝利與挫折的中國年輕的思想界，實在沒有理由不在自己民族從屈辱中崛起，又陷入新的苦惱的歷史中沈思，探索自己的發展社會學，探索面對問題的新的文學創作與評論的道路。

我謙卑、清醒地把黎湘萍這本書對我過高評價的部份當成他對我最真摯的友情、鞭策與勉勵的表現。讀到他的台灣版大序前不久，我有機會讀到賀照田、趙稀方兩位先生關於八○年代摒棄

了「前三十年」後大陸文論的反思的文章，正好和黎湘萍的這篇新序聯系到一起，互為應求。我於是看見了大陸好學深思，富有知識原創力一代年輕學者的洞見和生命力。在我步入初老而大病倖癒的當下，看到了我曾為之憂惱的問題意識在祖國大陸清醒的知識份子中提起，半生快慰，莫過於此。

　　最後，我感謝黎湘萍慨允這本書在台出版，也感謝大陸三聯書局‧哈佛燕京學術叢刊惠允授權出版，並從黎湘萍兄之囑，做序如上。

陳映真

二○○三年十一月廿四日

「走出國境內的異國」

──《臺灣的憂鬱》人間版自序

黎湘萍

　　藉著人間出版社惠允在台灣出版拙著《台灣的憂鬱》之機，我重讀了一遍陳映真先生的著作，竟然產生了十分不安甚至悲觀的念頭。十年前我曾非常希望出版這本書，現在卻沒有這種急切的心情了，我倒想把它徹底修改一遍，或根據我對陳映真與台灣社會的新認識重新撰寫另外一部新書。記得這本小書出版後的第二年，即 1996 年，我曾向在北京舉行的「台灣文學研討會」提交一篇論文《被拋入歷史的人們──重讀陳映真、黃春明和王禎和的小說》（後發表於北京《台灣研究》1996 年第二期），文中用「先知的困窘」來形容陳映真在當代的處境：

　　　　陳映真屬於那些需要時間來證明自己的洞見的作家。1959 年他發表第一篇小說《麵攤》時，他並沒有表現出以小說為「預言」的能力，然而他卻隱晦地表現了台灣光復以來老百姓的困境。《麵攤》不只是一種善良願望的詩意表達，而且從一開始就表露出陳映真的政治情結，經歷過 1947 年 2 月 28 日屠殺事件的人們，也許會理解這篇小說的意旨：警察對窮人的艱難處境應該存有一種人道主義的體諒，而不是藉助體制的暴力來摧毀窮人的唯一求生的希望。1960 年，當《我的弟弟康雄》出現時，陳映真開始探討了理想和現實的難以調和的矛盾問題。他以日記的獨白

的方式，讓讀者介入了最終導致小知識份子的康雄自殺的
精神苦悶，一方面，「貧窮本身是最大的罪惡……它使人
不可免的，或多或少的流於卑鄙齷齪……」，另一方面，
「富裕」又「能毒殺許多細緻的人性」，無論貧富，都與
罪惡有著難以擺脫的關係，這種兩難困境以及追求道德理
想的純潔性與無法抵禦的物慾誘惑之間的靈肉矛盾，正是
60 年代初的康雄和 80 年代的蔡千惠（《山路》女主人公）
走向死亡的原因。而這未嘗不是近代中國在長期積弱之
後，在專制條件下從赤貧陡然走向依賴性的「現代化」道
路的精神象徵。

　　陳映真以藝術家的敏銳和思想者的深刻而使自己的作
品具有「先知」和「啟示錄」的意義，從而使他被拋入了
中國的當代史和文學史……。在率先觸及戰後的台灣人精
神挫敗的《鄉村的教師》（1960）裏，他敘述一位曾經被
日本人拉去當兵的青年吳錦翔，光復之後滿懷改革社會的
熱望回到家鄉任教，然而曾經毀滅過知識與理想的「定
命」的戰爭、爆破、死屍和強暴及精神的創傷（吃過人肉
的經歷），在冷戰環境中對於改造中國這樣一個古老而懶
散的國度的絕望，終於使之精神崩潰了。較早洞察了國際
勢力影響下台灣的分裂意識的《加略人猶大的故事》
（1961），借助《聖經》故事，塑造了在國土分裂狀態下
精神苦悶的人物猶大，他游離於狹隘的奮銳黨人和博愛的
耶穌之間，錯誤估計了「民眾」的力量，最後在無限的痛
悔中自殺。深刻反省中國現代歷史罪惡之《文書》
（1963）以及用悲憫博大的人道主義胸懷和階級觀點來描
寫「省籍矛盾」的《將軍族》（1964）等作品，也表現了
六十年代的陳映真以「市鎮小知識份子」身份面對歷史的
方式，對他和他的人物來說，歷史是一種罪惡的力量和沈

重的包袱。國際性的意識形態冷戰把剛剛回歸祖國的台灣再次拖入了分裂的深淵，而這正是幾十年來台灣問題的癥結所在。

．．．．．．．．．．．．

　　陳映真、黃春明和王禎和都是受評率很高的當代「鄉土文學」作家，而且已經以他們作品的獨創性和思想性，審美性和批判性，為中國社會在現代化進程中的深刻變化留下耐人尋味的豐富的藝術世界。雖然「鄉土文學」這個不確切的概念並不足以對他們作品的內涵進行全面的概括和評估，但是，作為一種具有「歷史」意義的文學話語，它仍舊可以喚起人們對六十～八十年代台灣文學的生動記憶。因此，對其作品的重新解讀，意味著對台灣文學史上那段重要歷史階段被稱為「鄉土文學」的「經典」作品的深入理解，……他們的作品所揭示的不僅僅是台灣的問題，而且也是正在走向「現代化」的大陸的、乃至發展中國家的問題，具有普遍的意義。對這些問題的揭示，正是以陳映真、黃春明、王禎和等為代表的當代中國「鄉土文學」的重要功績，它們具有別的文學類型——例如現代主義、後現代主義等作品所無法取代的審美的和文化的價值。

　　與我寫於八十年代末的相關評論不同的是，九十年代以後，我是越來越強調陳映真寫作的「先知」色彩和「預言性」。這是因為中國大陸真正的社會轉型不是發生於七十年代末，而是九十年代初。七十年代末只是宣告了文革的結束，之後將近十多年的時間，都屬於「摸著石頭過河」的嘗試「改革開放」的階段。1992 年鄧小平發表南巡講話之後，大陸在對姓「社」還是姓「資」的問題不做爭論的狀況下務實地搞經濟建設，並突破原有理論框架而提出「社會主義市場經濟」，知識份子開始出現分化

迹象，原來的「左」與「右」區分變得模糊，代之以市場經濟條件下的「人文精神」討論和更為深入的「新左派」與「新自由主義」之爭。在這種政治、經濟和思想條件下，陳映真早在六十年代就開始思考、討論和表現的問題意識，對於大陸知識者而言，就不再只是「思想」或「知識」層面上的問題，而是必須面對的日益真切的、現實的、實踐中的問題。「先知」是陳映真不期然而獲的身份，「預言性」則是陳映真所有寫作最迷人的特色。正是陳映真的先知性格和他的寫作的預言性，引起了我強烈的共鳴，甚至改變了我觀察當代社會的視野和方式。

作為一種批判性資源的台灣研究

　　回顧起來，《台灣的憂鬱》一書寫於 1989 年，1991 年夏完稿，1994 年才有機會得到劉世德先生的推薦，列入「三聯—哈佛學術叢書」出版。當時，我真的非常希望此書能引起讀書圈的注意，不是因為自己做了多麼了不起的工作，也不是為了吆喝賣書，而是覺得台灣問題太重要了，陳映真那些風格獨異、富於詩意和思想品質的小說以及他那一系列具有預見性與批判性的文化、文學、社會、政治批評也太值得大陸學界重視了。假如我的小書能多少引起那些高明的精英們對台灣問題的關注，我就心滿意足了——哪怕由於我本人學養的膚淺和見解的幼稚而引來激烈的批評，因為我深信，以我對台灣文學的粗淺的認識，對台灣社會的淺薄的瞭解，遠不足以讓我洞察陳映真小說的微言大義，也不足於讓我深刻認識到他所有寫作的價值。但假如人們能因此書而對台灣問題（包括政治、經濟、文化、社會和文學諸問題）感興趣，這本書也就達到了它的目的，因為發現台灣、認識台灣，也就是發現和認識大陸自己的歷史和未來——台灣不是「他者」，而是另一個「自我」。然而，我發現，我覺得重要的，高

明的精英們似乎都不以為然：1996年這本書曾因其議題的新穎被
推薦參加一次評獎，卻因其研究物件的「小」而落選。當我被告
知有評委認為此書談論的「只是」「台灣問題」而未能入選時，
我為這理由感到無奈，也因此感覺到了做這一研究的寂寞。其實
我並不想得到什麼獎項，因為我深知自己做得遠遠不夠。問題
是：難道台灣文學及其相關的議題真的很「小」嗎？

從大陸大學教育體制設置的「學科」上看，「台灣文學」是
被置於文學類的「中國現當代文學」下，應該屬於三級學科，看
來似乎是有點「小」。根據流行的學科偏見，治古典文學的等級
最高，治現代文學者次之，治當代文學者又次之，治台灣、香港
文學者複次之。這種荒唐的等級劃分，使得研究當代文學與台港
文學的人似乎難於與研究古典、現代文學的人進行平等對話。因
此，一般自以為有才華的人都不太願意進入這種「次等」的研究
領域，生怕被人歧視。但據我所知，自甲午戰爭以來，談論台灣
問題，不只是知識份子關注台灣的方式，更是他們觀察中國問題
的重要的視野之一。台灣問題激發了公車上書，啟動了「戊戌維
新」運動。光復初期，台灣問題的重新呈現，也是大陸知識者試
圖在戰後重建自由、民主的中國社會的一種形式。在我看來，在
學院或學術的範圍之內討論與台灣文學研究相關的學科建設之類
的議題固然也必要，但更重要也更有意義的乃是台灣文學研究究
竟在多大程度上能夠為當代中國知識界提供審美的批判性的資
源。我研究台灣文學並不是為了填補體制內的「學科」空白，或
與精英們做智力上的競賽，而是為了尋找這種審美的、批判性的
「資源」。因此，我從1986年進入台灣文學研究領域後便甘心於
這一領域，而在此之前，我對台灣問題幾乎一無所知。

那時候，我感興趣的是文學理論和英美文學。七十年代末到
八十年代的中國大陸流行的關鍵字是「改革開放」。對內「改
革」，對外「開放」，這兩項大的變革，需要有「實事求是」的

作風和「解放思想」的膽略，因此這個時期醞釀著的種種變革思潮，並不主要是個人的行為，而是得到官方支援的全社會的行為。文學理論的變革思潮是這個時期很重要的精神現象之一。為了擺脫長期以來被政治化的庸俗社會學、機械唯物論的影響，曾經被當作資產階級思想來批判的「無邊的現實主義」和「現代主義」概念被重新詮釋，人道主義、人性論、精神分析學、人類文化學、語言哲學、結構主義、解構論、現象學、存在主義、荒誕派、象徵主義、超現實主義、未來主義、達達主義等各式各樣新的舊的西方學說，突然之間被重新發現，頗有「文藝復興」的勢頭。商務印書館、三聯書店、人民文學出版社等重新出版或新譯的一系列世界名著名譯，包括文學作品、文學理論、史學、哲學（美學）、政治、經濟學等領域的經典作品，成為剛從文革的陰影裏走出來的學子們如饑似渴地爭相購買和閱讀的物件。而這一切是與文革期間只能閱讀馬克思主義一家的學說有著密切的關係的。馬克思主義基本原理一向是欽定的教科書。人們厭惡的是幾十年來的教科書把原本很有活力的馬克思主義給教條化了。馬克思主義文藝理論已經不是被當作有生命力的理論，而是「權威」的理論，因此它長期以來只在兩個方面團團轉：一是詮釋馬克思、恩格斯、列寧等經典作家關於文藝問題的論述；二是把這些論述納入教科書「原理化」，體制化和教條化，並試圖把這些變成文藝政策，用於指導文學創作，結果導致文學寫作的模式化、僵化。在這種狀況下，上述各種西方學說和思潮的湧入和重新解讀，實際上是對僵化的「馬克思主義」的衝擊，儘管從一開始這些「西方思潮」的介紹和引進大部份都以「馬克思主義」為指導，並未脫離「批判借鑒」的軌道，但仍有人把這些借鑒和介紹看作是「資產階級自由化」的表徵之一。

而這個時期對馬克思主義本身的閱讀也出現了新的氣象，人們擺脫了教科書條條框框的束縛，更側重於結合實際對經典原著

的解讀。1985 年人民出版社出版的馬克思早期著作《1844 年經濟
學哲學手稿》更是引起了閱讀和詮釋的熱潮。青年馬克思對「異
化」問題的論述，不僅是思想界用於反省文革時期的反人道主義
政治的武器，也是哲學界、美學界展開新一輪思想解放的基礎。
「異化」理論與「人道主義」問題，曾經是這個時期很敏感的哲
學和政治問題。但幾乎所有的討論都只能局限在「思想」的或
「意識形態」的層面上，雖然這個層面的變革也會直接影響到政
治實踐和經濟改革，但後者還只是相當謹慎地摸索著，並沒有發
生根本性的變化。曾是大陸五十年代美學大爭論的主將之一的朱
光潛、李澤厚等人的美學論著和譯著一時之間成為暢銷書，不是
人們喜歡懷舊，也不僅是他們的「復出」具有象徵意義，讓人感
覺到文革時期的消失和五十年代百家爭鳴風氣的復興，而是因為
他們富有文采和激情的美學論述，一掃教條化「理論」的沈悶空
氣，啟動了人們久已壓抑著的思想。朱光潛在翻譯柏拉圖、維
柯、萊辛等人的著作之外，試圖重譯馬克思主義的經典論述，其
《西方美學史》拓展了人們觀察西方的美學史的眼界；李澤厚的
美學論著融合了三種在當時相當激動人心的因素：青年馬克思異
化理論、康德的主體性哲學和台港暨海外新儒家的思想。總之，
在八十年代的大陸學界曾處於中心位置的文學理論、美學在某種
程度上就是人們思想與政治生活的風向標，文學理論與美學如何
更新，如何吸納異域的思想資源以建立自己的新的論述體系，就
不僅是所謂「學科」建設內部的單純的「學術」問題，而是「解
放思想」的問題，這也是人們所以熱衷討論這類問題的主要原
因。正是在這一背景下，我的導師何西來、杜書瀛先生讓我去研
究台灣的文學理論，因為五十年代以來，大陸學界對這一領域幾
乎沒有什麼瞭解。

　　我開始在這一陌生領域踽踽獨行。在沒有任何研究成果可以
作為參考的條件下，我泡在北京圖書館查閱自晚清以來的台灣資

料，除了閱讀相關的史料，例如清代以來的《台灣府誌》之類，還收集了有關詩話的著作以及晚明沈光文以來的各種文體寫作，作為必要的文學史知識的儲備。最後才把主要的關注點放在 1949 年以來的文學理論的發展上。1977 年的鄉土文學論戰激發了以陳映真、尉天驄為代表的現實主義文學理論的活力，由他們開出一條在台灣來說算是「另類」的文論路線，這條文論路線所挖掘出來的問題意識，涉及到許多與現實世界密切相關的文學以及與社會、文化、政經問題，本來應該是我研究的重點，但因為大陸學界對現實主義文論比較熟悉，我當時的興趣並沒有放在這一派文論上，而更關注五十年代以來從「學院」裏發展出來的「純文學」理論。我試圖把「學院派」（王夢鷗、姚一葦、夏濟安、劉文潭、顏元叔、龔鵬程等）的「純文學」理論區分於官方的三民主義文論（如張道藩、李辰冬、王集叢的相關文論），從他們對「語言」的共同關注出發，虛擬了一個所謂的「語言美學」共同體，對這個共同體形成的歷史過程和內在邏輯做了初步的梳理。現在看來，由於資訊的缺乏和對彼岸狀況的不瞭解，我把學理背景相當不同，政治觀念頗為迥異，美學理念充滿差異的不同世代的學人的相關理論論述（theoretical discourses）強行揉和在一起，以論證一個有意無意間形成的「語言美學」共同體的存在，是相當勉強的。例如，王夢鷗先生早在四十年代就在李辰冬主編的《文化先鋒》（重慶）上發表過文章，並參與了張道藩關於「文藝政策」問題的討論。李辰冬除了他的「三民主義」文論，四十年代也曾出版過紅樓夢研究的論著。如果忽視了這些文論家在四十年代的大陸的學術活動，就無法準確描述他們的學術活動在「台灣」的延續和變異的形態。而僅從「政治」的視角或他們與「官方」人物的關係去斷定其文論的性格，顯然失之偏頗。然而，我之所以特別關注王夢鷗、姚一葦、夏濟安等先生的文論，是因為王夢鷗先生在七十年代最早提出了「文藝美學」這個概

念，這一概念啟發了八十年代的大陸文論界和美學界，他們把
「美學」與「文藝學」結合起來，強調文學的審美性，創建了一
門在基本範疇、方法論、邏輯上別開生面的文藝美學學科，打破
了「反映論文論」和「客觀派」美學一統天下的格局。姚一葦先
生《藝術的奧秘》一書對一系列文藝學、美學問題的論述，夏濟
安在其主編的《文學雜誌》上發表的兼具古典主義趣味和新批評
方法的論文，尤其是反對把文學當作政治宣傳的工具的觀念，都
非常適合大陸八十年代中期文論的口味。

　　我研究台灣的文學理論，雖然也在追求「客觀」呈現其歷史
發展的面貌和理論的基本性格，但更重要的還是有意識地把中國
大陸的文學理論「共同體」（假如也有這種虛擬存在的「共同
體」的話）當作潛在的對話物件。我希望從台灣文論的發展的歷
程和經驗中，找到漢語世界的文論的豐富形態，看海峽彼岸的學
人在吸收西方文論的精華以創造自己的論述體系方面，究竟有何
值得借鑒之處。這正是八十年代中期的大陸學界所特有的問題意
識。這個時候，兩岸在相隔了三十多年之後突然相遇，彼此的形
象好像互換了一個位置：台灣因經濟上的成就而被媒體描述為
「亞洲四小龍」之一，不太像是處於水深火熱之中的樣子；大陸
對文革的撥亂反正，披露出了許多「血腥」的內幕，1949 年以後
社會主義的「另類現代性」的實踐究竟得失如何，備受爭議。
「台灣經驗」對大陸急於實現「四個現代化」的大部份人而言，
是被當作正面的、積極的「現代性」形態來解讀和接受的。我早
年對台灣文學理論的研究，其實也是從正面去解讀「台灣經驗」
的一種嘗試。

遭遇陳映真

　　1988 年，我考入中國現代文學和魯迅研究專家唐弢先生的門

下攻讀博士學位。唐弢先生在八十年代初關於重寫文學史的討論
中，已意識到中國現代文學史如果缺少對台灣、香港這兩個地區
的文學發展史和文學經驗的總結，將是不完整的。我的台灣文學
研究課題因此獲得了先生的重視，被看作是中國現代文學研究的
一個不可或缺的部份。我從理論的領域轉向了文學史的領域，盡
可能地收集第一手的資料，搜尋相關的文學期刊雜誌，廣泛閱讀
台灣文學作品。漸漸地，陳映真的寫作進入了我的視野。他的寫
作，讓我接觸了非常珍貴的「另類」的思想和藝術，他恰恰不是
從「正面」去解讀舉世稱讚的「台灣經驗」，而是對這種「台灣
經驗」的「負面」性進行了非常嚴厲的批判：

　　　20多年來，一個飽食的、富足的台灣社會的形成過程
中，一個新的、大眾消費社會誕生了。在這樣一個社會
裏，享樂成了公開而廣泛的生活目標。人的慾望，受到從
未有過的、全面而徹底的解放，觸覺、視覺、味覺、聽覺
……這些官能之樂，獲得了最多、最繁複、最尖銳的刺
激，從而形成了一套以官能的感受為能事的文化。

　　　在這樣的時代，映像的文化，空前強大。在印刷品
上，在平面設計、在包裝、在雜誌、海報、電視螢光幕
上，極度講求技術和光影效果的影響充斥泛濫，在我們不
知不覺間成為現代人思考和表現生活中一個極為重要的語
言和符號。

　　　但這做為現代重要的思維和表達符號的照片，在由無
數消費人所形成的現代大眾消費社會中，成為生產和再生
產現代資本主義工業意識形態的最有效的工具。在我們極
目可見之處，充斥著表現進步、舒適的都市生活、豐富過
剩的現代商品、洋溢著青春和健康的肉體，發散著青春與
幸福的美貌……的照片。在這些照片中，生活永遠是滿

足、寬敞、舒服、方便和富裕的；人永遠是青春貌美、健康幸福的；社會上充滿著歡笑、機會、愛情和歡愉。而人的環境則永遠是那麼現代化、便捷、繁華的商業城市和高等住宅與公寓……

　　這樣的映像，大量、密集、長期地生產和再生產，終至構成了一個虛構的世界。但這個虛構的世界，卻因緊密附著的現代化大量生產和大量行銷、大量消費的經濟建制中，成為一種強迫性的觀念，使人們習於迎見這虛構的、幸福的人生，而拒絕被視覺商品長期排斥的、真實卻比較陰暗、比較鄉下、比較衰老、比較「粗鄙」……的，卻是真實的世界。

　　因此，當阮義忠的「人與土地」系列作品中，出現在習玩於由一系列虛構的、商品的行銷符號所構成世界中，那些農村、農民、莊稼老漢和農婦，那些台灣山地少數民族、那些田園和山野，那些勤勞而沒有生產性、沒有利潤的勞動，那些紋刻著歲月和勞動的臉上的皺紋，對於現代讀者，竟而散發出某種異國情調。大眾消費的、行銷的圖像文化，使他自己的土地和人民成為異國。遼闊的土地，廣泛的勞動人民，成為現代的國境內的異國……。

這是陳映真為台灣報導攝影家阮義忠的作品集《人與土地》所寫的序文，發表於他自己創辦的雜誌《人間》1987年2月第16期上。就如陳映真1978年發表的《賀大哥》中的敘述者「我」被賀大哥的奇異的思想所吸引一樣，我也被陳映真的寫作所迷住了。這個時期的大陸，由於剛告別七十年代不久，對於資本主義、市場經濟、商品社會、大眾消費等的認識都限於「理論」的或「知識」的層面，譬如大陸思想界關於「異化」理論的討論，實際上是基於文革時期的政治教訓，而缺少資本主義社會的生活

體驗的，而陳映真從七十年代末開始發表的一系列關於跨國公司題材的小說，就已經敏銳地觸及了全球化資本流動與資本體制下人性異化的實際問題，這不僅「台灣」的問題，而是跨越了疆域限制的全球性「大眾消費社會」的問題。在大陸，市場經濟、工商社會、大眾消費這些東西在現實生活僅僅有一點「萌芽」立刻引起諸多爭論。等到這些「萌芽」逐漸生長壯大並「合法化」，廣為人們所接受後，爭論開始退隱，它們被當作前景美好的「現代」或「現代性」來看待甚至謳歌。在整個八十年代，大陸的文學作品把所有關於現代化的追求看作進步的趨向來歌頌，藉助大眾媒體日益強大和深遠的影響力，影視劇、廣告等的映像生產和再生產也開始了。到了九十年代，陳映真所批判過的由「一系列虛構的、商品的行銷符號所構成的世界」已然出現，一個由資本支配的映像符號所構成的幸福的現代王國，已經在有條不紊地擴展它的疆界，征服和培養它各個層面的「臣民」，與此同時，那個被大眾媒體所遺忘或邊緣化的真實的、遼闊的「國境內的異國」也漸漸淡出人們的視野。

閱讀陳映真，對我而言也是很複雜的內心反省和自我批判的過程，因為我也曾是西方「現代化」的迷戀者。但在「遭遇」了陳映真之後，我有機會重新反省了西方模式的「現代化」問題，也較早地看到了大陸社會轉型過程中的隱憂，因為，從某種意義上說，資本主義的發展，也是「資本」不斷「流動」、不斷「複製」其社會形態和文化的過程。陳映真寫作的預言性，似乎就表現於他對這一過程的揭示和批判上面。因此，我沒有從「鄉土派」與「現代派」／「現實主義」與「現代主義」這樣相互對立的價值評估體系去解讀自賴和、楊逵、吳濁流、鍾理和至陳映真、黃春明、白先勇等日據時期至戰後台灣作家的作品，而這是七十年代末以後大陸的台灣文學研究的一般做法。我也沒有僅僅從「人道主義」這個維度去評述陳映真的所有寫作。雖然陳映真

是主張「現實主義」的，雖然他對亞流的、模仿的、內向的抱守「自我」的軟弱的台灣現代主義持批判的態度，但他的作品並不拒絕運用現代主義的技巧，他也能理解《等待果陀》式的現代主義所具有的批判的能力和性質；他作品的人道主義的博愛情懷令人感動和溫暖，但這些都只是陳映真的一個方面，而不是陳映真的完整的人。作為一個秉受啟示的完整的人，陳映真與其說是一個作家、思想者，毋寧說是一個先知。正因為具有「先知」的性格，他才會不斷地對現世的狀況進行批判和否定，不論使用的是什麼樣的知識武器，而試圖建立一個真正充滿了愛、正義、平等、自由和民主的理想社會，即使因此而陷入孤獨之中，甚至備受磨難也勇往直前。

　　1988 年閱讀陳映真新出版的一套十五卷的作品集時，我即預感到他所有寫作裏涉及的許多問題都將成為大陸社會轉型所必須面對的重要問題，我因此斷定陳映真的寫作具有「預言」的性質。我可以列舉許多他的具有預言性的作品、論述，不僅對於台灣，而且對於大陸都令人深思。例如，他寫於 1959 年的最早的一篇小說《麵攤》，不僅在語言形式繼承了魯迅的風格，而且是以「春秋筆法」涉及二二八事變的較早的作品之一：從民眾的角度、人道主義的立場去在文學中重寫這段歷史，從而顛覆官方撰述的「大歷史」，並且是在五十年代的戒嚴體制內發表，已經顯示出其過人的勇氣；1960 年發表的《我的弟弟康雄》非常敏銳、詩意而憂傷地呈現了理想與現實的矛盾對人的內心所發生的衝突和影響，他早慧地洞察了「貧窮」與「富裕」對「人性」的雙重扭曲，這種扭曲在當前中國大陸幾乎已經成為常態；1961 年《加略人猶大的故事》很早就分析了「獨立意識」萌芽的國際條件和可能的悲劇性，四十多年過去了，他的問題非但沒有解決，而且越演越烈；1964 的《將軍族》最早從階級的立場去透視省籍矛盾的癥結，對小人物之尊嚴的關注使之超越了地方主義的偏見；

1967 年《唐倩的喜劇》對讀書界人格和精神上的「殖民性」的諷刺和對台灣現代主義缺乏主體性的批評，這兩部作品雖然沒有出現目前很時髦的「後殖民主義」、「族群」研究之類的概念，卻是台灣最早的「後殖民主義」和「族群」研究的典範作品；1967年的《六月的玫瑰花》、1978 年的《賀大哥》等越戰題材的小說表現了「國家恐怖主義」與「人性」、「人道主義」之間的不可調和的衝突，他的思考不僅沒有過時，在各種形式的「恐怖主義」日益猖獗的今天，尤其具有現實意義；從 1963 年的《文書》到 1967 年的《第一件差事》等作品，延續了他對中國人所背負的歷史重擔和「根」的失落的深刻反省，他的這些作品，是迄今為止台灣文學關於「記憶」以及「記憶」之政治性、道德性、歷史性等諸多因素相互糾纏影響的最生動的表現。尤為重要的是，從七十年代末開始的一系列關於跨國公司之反省和批判的「華盛頓大樓」小說，是當代中國文學最早的反映全球化時代跨國資本及其組織形式對人的異化的小說；而《鈴鐺花》（1983）、《山路》（1983）等關於五十年代「白色恐怖」歷史的挖掘出土等等，不僅開啟了對「民眾史」的研究的風氣，更觸及了具有世界意義的「社會主義」理想是否已經幻滅的、是否走到了歷史的盡頭的問題。在台灣，幾乎沒有哪一個作家像陳映真那樣有意識地通過小說這種感性的藝術形式來深入思考上述一系列重大的社會、歷史、思想和文學的問題。而陳映真小說世界的廣袤深刻也因此在當代中國文學中佔有不可動搖的地位。

在小說的寫作之外，陳映真的一系列文學、文化、社會、政治、經濟評論，也都具有那種「批判性與否定性」的先知性格。1967 年陳映真發表的《現代主義的再出發》可能是他最早的文論，早在此時，他就反省了自己關於「現代主義」的觀念，肯定了西方的現代主義出現的必然性及其積極意義，但對台灣本土的「模仿」的「現代主義」持批評的態度（同年一月創作的《唐倩

的喜劇》已經用小說的形式嘲諷了台灣讀書界對西方流行思潮的
模仿）。也就是說，他從一開始便非常重視所謂「主體性」的問
題，而對喪失民族「主體性」的「思想的殖民化」持強烈的懷疑
和批判的態度。1975 年出獄之後，他所撰寫的兩篇文學評論①
（即《孤兒的歷史·歷史的孤兒——試評〈亞細亞的孤兒〉》
（1976）和《原鄉的失落——試評〈夾竹桃〉》（1977））既通
過對新出土的日據時代台灣文學的重新評估賡續台灣的新文學傳
統，為當時的「鄉土文學」或「現實主義」文學搖旗吶喊，也延
續了他六十年代中期的反殖民思想，對「人格殖民化」問題做了
新的深刻的觀察和批評，這應是台灣「後殖民主義」理論的濫
觴。他的這一「反殖民」思想與猶太傳統中的先知的反異邦文化
的思想也是相通的。陳映真的兩岸視野和第三世界立場，也使他
既站在民眾立場對兩岸體制化的問題進行批評，又保持著對第一
世界霸權政治、經濟和文化的尖銳的徹底的批判態度。在陳映真
自傳性隨筆《後街》中，他曾把 1966 年至 1967 年寫作《最後的
夏日》、《哦，蘇珊娜》、《唐倩的喜劇》和《第一件差事》時
的風格的變化，歸因於受到「激動的文革風潮」的影響，讓人們
注意到即使在這種兩岸「隔絕」的狀態，精神上的溝通仍可激發
出不同品質的文學創作。而從 1980 年開始他關於潘曉、劉青的問
題的討論，也是最早回應並融入了大陸「後文革」思想討論的文
章。出獄後的陳映真所看到的台灣社會之變化與思想的裂變，與
潘曉們經歷了文革之後的思想的幻滅、沮喪之感，在陳映真的寫

---

① 陳映真出獄後的第一篇論文是用許南村的筆名撰寫的《試論陳映
　真》，試圖用階級分析和自我解剖的方法來梳理自己的小說經驗，
　實際上是為自己確立新的出發點。1978 年開始陸續問世的《賀大
　哥》、《夜行貨車》和《上班族的一日》即呈現出與早期小說相
　當不同的風格。

作裏變成了重新探討兩岸知識者出路的憂鬱的熱情。最值得一提的是陳映真關於大眾消費社會的批判和解構「大眾傳播」的實踐（即創辦「人間」雜誌和提出「民眾傳播」概念），是當代大眾消費社會中最具有抵抗意義的行動，這個最具先知性格和預言性的豐富資源，至今，至少在大陸，仍然沒有得到充分的認識和挖掘。總之，反殖民論，兩岸視野和第三世界立場，民眾立場，對大眾消費社會的否定和批判，民眾史和民眾傳播的倡導，這些都是陳映真在他非小說論述中為人們提供的具有遠見的、目前已為許多有識之士所接受和運用、但遠未得到充分挖掘的豐富的精神財富。

曠野的呼喊

　　王曉波先生 1988 年 4 月為《陳映真作品集‧政論批判卷》作序時寫道：

> 　　作為一個文學家，陳映真是以小說的方式來表達自己的思想，但他也經常不吝以論述的方式來直接表達他的見解。甚至，他還是一個使用「肢體語言」的作家，在救援原住民的行列中，在救援政治犯的隊伍裏，在抗議日本軍國主義和美國農產品傾銷的示威行動裏，在呼籲保護環境的遊行街頭上，高達壯碩的陳映真的身影亦經常出現。②

　　這是對至 1988 年《陳映真作品集》出版為止的陳映真先生的

---

② 　《重建台灣人靈魂的工程師──論陳映真中國立場的歷史背景》，《陳映真作品集》第十三卷「美國統治下的台灣」，第 19 頁，台北人間出版社 1988 年版。

寫作活動和社會活動概略的描述。然而我在 1989 年閱讀陳映真時，對他的興趣還主要局限於他的文學寫作，包括小說和一些文藝評論。我用「詩」與「思」來概括陳映真寫作裏的詩性和理性兩種相互依存、相互矛盾的話語特徵。至今我仍認為，陳映真的寫作基本上都是屬於「正在進行」之中的、尚需詮釋和驗證的「詩」、「觀念」和「事件」，而只有較少的部份成為「已經完成」的「觀念」和「事件」，即成為「哲學」和「歷史」。這並不僅僅是意味著陳映真的寫作屬於「應然」的範疇，帶有濃烈的理想主義激情和烏托邦色彩，更說明在陳映真的寫作的環境之中，有一種日益疏離的力量和氣氛，使他的所有寫作，宿命式的，永遠成為一個焦慮的、不得其解的問號。這種力量一直並正在不斷地推開陳映真，讓這位台灣戰後最富於思想的詩人和先知的呼喊，永遠沈淪在曠野之中，隨風飄蕩。

　　受限於自己的閱歷、經驗、知識和視野的粗淺，我不能很深切地體會到陳映真的非文學的政論與文化批判以及他的那些「肢體語言」所潛藏著的深刻的意義和價值。而陳映真所寫下的文學作品、政治、文化評論世界和他在各種社會運動中用「肢體語言」表達的思想和人格力量，恰恰為人們呈現出一個豐富複雜、激越清醒、憂憤深廣同時也頗為落寞孤獨的思想家、文學家的形象。對我來說，這個形象一開始並不是很清晰，但也能朦朧地觀察到，我曾在《台灣的憂鬱》「後記」中說，陳映真的存在本身，「幾乎說明著『冷戰·民族分裂』時代的台灣的各個方面的精神糾結」，他「將成為只有放在歷史之中才能真正理解的人物」③。寫這些文字的時候，我只是從陳先生的著述中去認識他、接近他。時隔十四年，在有了多次機會當面請教陳映真先

③　拙作《台灣的憂鬱》「後記」，第 239、241 頁，北京三聯書店1994 年版。

生，在對台灣的瞭解逐漸加深，獲得的資訊已不是那麼困難之後，如今重讀陳映真的所有文字，特別是那些文化評論和政論文字，我確信自己以前的斷言遠不夠全面。事實上，自1992年大陸的政經改革和社會、文化發生了巨大的變化之後，陳映真這個完整的世界的存在的意義，就已經跨越了「台灣」這個地域上的疆界，而成為中國大陸乃至第三世界地區和國家的批判的知識界所可以共用的精神資源了。換句話說，陳映真在「國際性冷戰」與海峽兩岸「民族分裂」時代所觀察、思考的問題及其所能達到的深度，隨著「全球化」資本主義的「普世化」——這種「普世化」被福山描述為所謂「歷史的終結」——而日益呈現其批判與抵抗的價值。如何認識「大眾消費社會」這個「普世王國」及其在國境內造成的「異國」現象，似乎應是兩岸知識者共同的議題了。

　　現在，人間出版社願意賠本出版拙作《台灣的憂鬱》，讓我既高興，又慚愧。高興的是這部論述台灣文學的書在中國大陸出版已將近十年，如今快絕版的時候，竟有機會漂過海峽，「絕」後「重生」，似乎也算「得其所哉」。慚愧的是，這本小書的寫作、出版距今已將近十四年，這十四年間，世界格局、兩岸關係、大陸與台灣各自的政治、經濟和社會都發生了巨大的變化，兩岸文學各自發展出了一條與自己的六十年代至八十年代文學迥異的道路，但兩岸文學之間好像卻已經不像六十年代至八十年代時期那樣有明顯的差異。此次藉著台灣版面世的機會，我重讀了陳映真先生的論著和自己的文字，更發現許多當論而未論的問題，或者雖然涉及卻認識不深的問題，而我的舊作卻未能及時修改，留下許多缺憾。作為彌補，台灣版增加了附錄裏關於陳映真、黃春明和王禎和的一篇合論，關於陳映真近作的讀書報告和中國社會科學院文學研究所趙園教授的一篇書評。好在這畢竟是「少

作」，雖然幼稚，卻的確充滿了八十年代特有的激情。這畢竟也是寫於大陸的書，無論能否被台灣讀者所認可，也多少投射出大陸知識者觀看台灣的方式和自己的問題意識。我寫此書的時候，僅從文字上認識陳映真先生。後來，我有了多次向陳映真先生直接請教的機會。多年來，一直得到陳映真先生的關心和鞭策，他的存在本身，就是一種標杆，使自己不敢在學問上和思想上有所懈怠。這次又承蒙人間出版社惠允出版，陳麗娜女士為校對本書勞心費神，心裏的溫暖和感懷，已非語言文字所可表達。期間因我的懶惰猶豫，給陳先生和夫人以及出版社增添了不少麻煩，心中愧疚，亦無由或釋。在此，也僅能以致歉的方式來表達我的謝意了。

2003-11-20 於北京

何序

　　為這本《台灣的憂鬱》寫序的事，前兩年黎湘萍就和我說定了。但現在出書很難，他雖然四處奔走，出版社卻一直落實不下來，所以我也就沒有動筆。上星期二，他在研究所找到我，說是出版的事總算最後有了著落：經推薦納入了「三聯·哈佛燕京叢書」，近期即可付梓。他很高興，希望我儘快把序寫好交給他。

　　《台灣的憂鬱》初稿完成於 1991 年 5 月，是湘萍的博士學位論文，原題《敘述與自由》；答辯時，得到了專家們的充分肯定，一致予以通過。當然，也提了一些參考性的修改意見。此次定稿，作者除對內容有所修訂外，還把題目改成現在這樣。這是第一部由一位大陸青年學者寫作，並首先在大陸出版發行的以台灣著名作家陳映真為研究對象的專門性學術著作。

　　儘管由於存在著資料不易搜集的客觀困難和作者個人研究經驗不足的主觀限制，使得這部著作至今還不能說已經無可挑剔，但它畢竟有自己學術特色與學術個性，因而也就有了不可替代的獨立價值。

　　與一般的台灣文學研究者相比，包括與眾多的陳映真研究者相比，無論是大陸的，還是海峽彼岸的台灣的，湘萍在把握與解析研究對象方面的理性特色，都是相當明顯的。這主要表現在兩點上：一是歷史的，一是邏輯的。而在具體的研究實踐上，這兩者又往往是一而二，二而一互為表裡的。

　　從歷史的這一點來說，研究者的理性能力可以稱之為歷史理性。這種歷史理性主要是指面對紛紜複雜的研究對象時研究主體

所具有的那種歷史的眼光、見識和判斷，大體相當於劉知幾所標舉的史家「三長」中的史識，或章學誠所說的識斷。黑格爾把史學區分為三個向上遞升的梯次，而那藉以推動人們的歷史認識漸次爬升，並活躍於最高梯次上的東西，正是這種歷史理性。《台灣的憂鬱》在這方面的優長，首先表現為研究對象的選擇。

　　在當代台灣的作家林裡，陳映真是一位成就很高，風格鮮明，並且有相當代表性的人物。他既是一位藝術家，又是一位社會活動家。作為藝術家，他的主要成就在小說，也寫隨筆、訪談和政論。他的作品貼近現實，有所為而作，有所感而發，思想傾向和政治傾向一般都比較強烈。人道主義在他的作品中是一以貫之的，表現為愛，表現為對專制統治思想的叛逆，也表現為對現代消費社會人性異化的批判。作為社會活動家，他是熱誠的愛國者，也是著名的「統派」人物。他一向主張祖國的統一，反對分裂。在當年那場曾對台灣文學發展產生過深遠影響的有關「鄉土文學」的爭論中，在今天日見尖銳，而又事關整個台灣島的歷史命運的「統」、「獨」之爭中，他都在前沿，捲在漩渦的中心。選擇這樣一個人物作為研究對象，既能夠作到大處著眼，又能夠作到小中見大。這樣一來，湘萍便為自己留下了可以自由馳騁的學術空間。

　　他不侷促，不瑣碎，不鑽牛角尖，不就事論事，而是放出眼光，在當代台灣社會和文學發展的廣闊歷史背景下為自己的研究對象定位。在這方面，可以看出湘萍具有較強的駕馭各種材料，並據以進行抽象、概括和判斷歷史理性的能力。導言部份是對台灣小說發展歷史的一個鳥瞰式的勾勒，這個勾勒既是文學的，同時也是社會歷史的。它一方面是展開對陳映真的分析與評價的的必要的背景，另一方面也是全書的必要鋪墊。而在第二篇，湘萍又從傳統苦難母題因革的角度，對陳映真所接受的中外文學的影響作了細緻的辨析，是頗用了一些功夫的。另外，他還把陳映真

和台灣的前輩作家、同輩作家、後輩作家進行了仔細的比較，從而使自己的研究具有立體感和歷史感，這些都是很可取的。

從邏輯的一點上來說，湘萍的理性能力當然要通過上述對於對象的歷史把握體現出來，但也不可忽視研究方法的層面，邏輯結構的層面，以及推衍過程的層面等等。在研究方法上，歷史分析與邏輯分析的統一、結合，是一望而知的，並且貫穿始終，用不著多講。值得注意的是，他並沒有像有些研究者通常所做的那樣，把內容和形式割裂開來，使研究對象削足適履地遷就自己主觀設定的框架，而是從語言特點和敘述方法的角度切入，視內容與形式為一而二，二而一的東西，並依次展開宏觀的和微觀的細緻分析。這樣，他所得出的結論，就是自然而然的，不給人以強加的感覺，也不給人以把藝術活體肢解的感覺。

陳映真由於其特殊的家族環境和成長道路，自小曾受到過很深的基督教宗教精神的熏陶，養成了一種悲天憫人的心懷。在他的眼裡更多地看到了人間的苦難，出於對這苦難的救贖，他接近了馬克思主義。因此，湘萍在解析與評價陳映真的創作時，緊緊抓住苦難以及由此而來的深沈的憂患意識作文章，是很對的。

《台灣的憂鬱》，在標題中所提示的就是這個苦難。從苦難的表現，而苦難的傳統母題，而苦難的超越，這既是通過文本對創作主體實在的心靈歷程的捕捉與描述，也同時就是湘萍這本書的內在結構。在這裡，無論是苦難，還是憂鬱，都不僅僅是個人的。

湘萍從事台灣文學研究是從作碩士生的時候開始的。那時我正在研究所管點事，考慮到所裡的學科配置和他個人的具體條件，經與另一位導師杜書瀛商量，幫他把專業方向確定為台灣文學，並側重於文學理論的研究。他的碩士學位論文就是從語言美學的特定角度對當代台灣文學理論進行宏觀性的專題研究的。後來他攻讀博士學位，主要是我的老師唐弢先生帶的。唐先生病危

後則由林非指導過一段；畢業後留在所內台港文學研究室工作。湘萍為人厚重、踏實，也很勤奮，這些都能從他的著作中看出來。

　　《台灣的憂鬱》反映了當前陳映真研究所達到的水平，也大致可以從中看出湘萍本人的學術潛力和不足。我深知這幾年湘萍為使自己的這本書能夠面世，而辛勤奔走，而不斷碰壁的苦況，現在終於有了結果，我為他高興。但也希望這只不過是一個新的起點。

何西來

1994.8.31　六硯齋

初出遠門做客的那一年，父親頭一次來看我。在那次約莫十來分鐘的晤談中，有這樣的一句話：

　　　「孩子，此後你要好好記得：
　　　首先，你是上帝的孩子；
　　　再次，你是中國的孩子；
　　　然後，啊，你是我的孩子。

　　我把這些話送給你，擺在羈旅的行囊中，據以為人，據以處事……。」

　　記得我是飽含著熱淚聽受了這些話的。即使將『上帝』詮釋成『真理』和『愛』，這三個標準都不是容易的。

——陳映真：《鞭子和提燈——〈知識人
　　的偏執〉自序》（1976）

導言

超越壓抑：
台灣小說寫作總論

　　一種寫作的選擇以及責任表示著一種自由，但是這種自由在不同的歷史時期並不具有相同的限制。……一位作家的各種可能的寫作是在歷史和傳統的壓力下被確立的；因此存在著一種寫作史。

　　　　　　　　　　——羅蘭・巴爾特：《寫作的零度》（1972）

一、平民權力與自由的象徵：「寫」或「敘述」

　　小說的寫作，不僅僅是反映社會現實，而且是通過一系列人物的塑造和主體話語的營構來塑造自己的現實和歷史的形象。平民的小說創作表現了某種非官方的非權力中心的權力要求。如果說，撰寫「歷史」的權利是由官方掌握的，那麼，撰寫「小說」

的權利卻是屬於各種自由或半自由的平民知識份子的。他們通過
撰寫小說來參與歷史的進程與社會輿論的塑造。否則,小說史便
失去其作為「歷史」的意義了。當小說的意義被賦予了歷史的、
哲學的現實意義之後,小說家幾乎爭得了與傳統的歷史家和哲學
家(思想家)相同的地位。

　　台灣文學的發展史,尤其是台灣小說的寫作史,證明了這一
點:「寫」小說或者「叙述」已成為平民知識份子近代以來參與
歷史與現實之塑造的獨特方式。倘說中國近代以來飽經內憂外患
的創傷在台灣這塊土地上表現得尤其典型,那麼,戰後台灣進入
資本主義現代化過程,也一樣充滿了中國史上的罕見的痛苦蛻
變。而台灣文學,特別是台灣小說,展示了這幅歷史圖景,以自
己的審美的藝術的方式,為這一充滿矛盾、鬥爭、苦難、期待、
理想的歷史留下了精神上的見證。其中有淪為日本殖民地
(1895-1945)時對於異族統治者的抗議、反叛、揭露和對中華民
族精神的謳歌,有對本民族落後腐朽麻木的精神痼疾的痛加針
砭;有在民族分裂時代(1949年至今),在意識形態發生分歧的
壓抑條件下對民族團結、祖國統一的憧憬,對現實政治的不滿、
懷疑、批判和對美好生活的嚮往。總之,台灣文學發展史為我們
展現了「自由」意識在台灣史和精神史上的不同形態:在日據時
期,對「自由」的追求表現為反帝反封建的鬥爭;在光復以後到
六十年代,「自由」具有爭取政治民主和思想解放的色彩;到
七、八十年代,對於戰後以來的精神貧困現象——表現為對西方
文化的盲目崇拜和對工商社會普遍異化現象的冷漠麻痺——進行
批判,使「自由」意識具有了更深一層的內涵。毫無疑問,通過
自己的「叙述」和「寫作」活動,台灣知識份子不僅試圖消除自
己的「奴隸」感覺——這種「奴隸感」既是階級的,也是民族的
——而且掌握了撰寫平民之「歷史」的獨特權力。叙述或寫,成
為一種自由的象徵,成為平民知識份子在歷史運動中的自由選

擇。這壯麗的寫作景觀，這充滿精神苦難的心路歷程，這寫下來的作品，這對著世界敞開的苦難與自由話語，便是本書所關注並予以剖析的對象。而陳映真（1937-　　）的寫作恰是台灣寫作景觀中的一個典型的個案，在他身上充分體現了中國現代文學精神中的台灣風格。他不是哲學家、宗教家，而是台灣資本主義社會的抒情詩人和思想者，現代的約伯。他面臨生活的苦難而質疑「上帝」對人的考驗，然而卻始終不曾放棄博愛與自由的信念。他由耶穌走向馬克思，由個人道德世界的深刻內省走向社會文化結構的批判，特別是資本主義體制的批判，始終在現實的困境中奮鬥和思索。「異端・烏托邦主義」的性格使他的命運具有「孤獨的義人」的悲劇色彩。「寫作」成為他探討人生、人性、生死、靈肉、個人與社會、理想與現實、奴役與自由等五四以來就一直困惑著中國知識份子的問題的方式，寫作成為他表現苦難、批判和超越現實，追求自由的象徵。正如陳映真在自己設立「冷戰・民族分裂」的歷史框架來思考戰後台灣社會諸文化、思想、文學問題，我們也不能再把他僅僅看作一位「台灣」「鄉土作家」，而應把他看作在世界性「冷戰」與中國「民族分裂」時代中寫作的一位自覺秉持人道主義良心、民族主義精神的中國作家、基督徒、誕生於資本主義社會的新馬克思主義者。他的意義乃超出了自身的、文學的、台灣的範圍，但又恰恰是個人的、文學的、中國台灣的。在這篇導論中，我首先對「自由」問題，對「自由」的表現形式即敘述或寫作問題，以及台灣小說發展的敘述學特徵及其意識形態隱喻作概略的論述，因為這是深入分析陳映真寫作世界之意義的基礎。

二、在「自由」尚未實現之間徘徊：
「苦惱意識」

「自由」始終是相對的，而且與其對立的力量「權威」糾纏在一起。因而離開「權威」來談自由或離開「自由」去談「權威」都顯得空洞抽象。從「自由」（freedom 或 liberty）的詞義上可以看到「自由」與「權威」或「束縛」的宿命關係。「自由」可以是根據願望去行動的自由，也可以是擺脫某種束縛或非所願的條件的自由。就結果而言，「自由」（freedom）一詞更常用於對自由意志的討論。「自由」還有「擺脫恐怖或匱乏或經濟之依賴」的意義。「獨立」（Independence）一詞與自由往往連在一起，可以交替使用，但「獨立」有專門的含義。消極地說，「獨立」就是擺脫限制的自由（a freedom from limitaion）或者擺脫受人支配的臣屬地位（from being subject to determination by another）。積極地說，「獨立」意味著自足和足夠的權力。當我們談到一個具有獨立財產的人時，我們指的不僅是他已無匱乏之憂，或不再依賴別人，而且還指他擁有足夠的財產來適應他的口味或目的，可以隨心所欲。這當然是從相對的意義上說的。無論對個人還是對一個國家而言，絕對的經濟獨立都是不太可能的。那麼，這裡真正的問題似乎便是形而上學的問題：任何有限的事物是否可以絕對的獨立？傳統的回答是否定的。只有在完美和權力方面是無限的——例如只有《舊約》的耶和華、老莊的「道」、佛教的「佛」、柏拉圖的「理式」、普羅提諾的「太」、阿奎那的未曾創造的上帝、或斯賓諾莎的自我為因的上帝、馬克思的客觀世界的規律——才具有完全徹底獨立性。「上帝」擁有決不屬於任何有限事物的自治的自由。然而，還有另外一種阿奎那肯定而普羅提諾卻否認

的神性的自由，那就是選擇的自由。──我們所謂的「自由狀態」，便是對我們之外的世界和我們「自身的世界」（「自我」的世界」）以及二者之關係的認識、把握和逼近。這一切「自由」，無一不隱含著與之相對立的「權威」的束縛，這個權威和束縛或者是永恆的大自然的內在的客觀規律，或者是神秘的「上帝」，或者是作為一個「集體」存在的社會環境。宗教或神學的自由，法學的自由，政治領域的自由，倫理學意義上的意志自由，等等，莫不如。①而個人的有限與孤獨，注定了他永遠達不到與「上帝」相抗衡的那種絕對的自由，因此也注定了個人宿命的苦難感和對於「自由」的永恆企盼與追求。台灣作家的寫作便是在不自由狀下表現個人和社會苦難的。從企圖擺脫外部世界在政治、經濟、文化諸方面對個人的束縛，轉而對社會歷史中個人命運的沈思、懺悔（陳映真在這方面有極大的功績）台灣作家的自我意識逐漸走向成熟，追求著更高層次的獨立與自由。台灣小說很少懸擬或標榜具有宗教意義的「上帝」，就是對理想的烏托邦的憧憬也只有到了陳映真手裡才作為一個反叛現實的母題反覆出現，其他作家很少在小說中提出什麼社會藍圖，他們毋寧更關心對現實的揭示，從現實壓迫中產生奴隸感往往變成一種強烈的否定力量，在小説中構成道義的權威。鄉土作家的寫作尤其如此。對他們來説，日據以來的台灣知識份子的地位問題似乎一仍其舊：以前的壓迫者是日本人，現在的支配是國民黨。這二者都讓企望更大的政治權力和經濟獨立的台灣本土中產階級產生得不到承認的「奴隸」的感覺。於是小說的母題便隨著這種感覺有所改變了。例如，「貧困」有了不同的含義。倘說日據時代的在表現弱小者

---

①　參見恩格斯《論權威》（1872-73），《馬恩選集》第二卷，第551-554頁；約翰‧密爾：《論自由》（1859）；盧梭《社會契約論》（1762）等。

的貧困時，往往賦予揭露日人殘酷壓榨的力量，那麼，在陳映真的作品中，「貧困」得到了更深一層的反思：它不僅使人不能自由，而且也是導致精神墮落的原因。「貧困」具有了二難含義：擺脫它意味著獨立，也意味著某種墮落。從日據時代到五、六十年代，從賴和、楊逵到陳映真，對個人苦難的認識，對「自由」的理解，已經越來越深入了。

黑格爾認為，歷史不是別的，正是自由意識的進步，它只有在自由普遍實現之後才達到高峰。什麼是黑格爾的「自由意識」呢？這就是互相承認的「自我意識」。意識的對象是外在的事物，是自然界，而自我意識的對象是人自身。黑氏認為，人達到自我意識必須從認識自然事物轉向認識人本身。人類自我意識的產生，也是人從面向外在事物，轉而面向自己的結果，人把自己同時作為認識的主體和客體，才成為有理性的存在，人從自然界解放出來，脫離動物生活，才認識自由，達到自由，人類才真正成為人。由動物向人的過渡，其中介便是實踐。總之，自由意識在黑格爾看來就是達到對必然之認識的必需條件的「自我意識」。但更有意義的是黑格爾自我意識之發展的描述。他勾勒出一幅自由的、理想化的、真正的人與人之間的關係的圖景。而他對自由意識的一種異化形式「苦惱意識」的分析則再現了歷史條件下客觀存在的異化的人際關係：「主僕關係（「苦惱意識」這個概念在海德格爾那裡以「煩」的面目出現，在薩特那裡化作「焦慮」，都得到了精細的形而上學的論述，考慮到存在主義哲學對陳映真早期的影響，我們下面還將提及這個概念）。

黑格爾認為，自我意識只有在一個別的自我意識裡才獲得它的滿足。真正的人與人的關係是一個自我意識為另一個自我意識存在，這必須理解為雙方的關係，即甲自我意識為乙自我意識，乙自我意識也為甲自我意識，而不是片面的單方面的行為。從個人對整體的關係來說，這裡也是一種相互一致的關係，是雙方的

統一性：是我們，我們是我。黑格爾解釋說：

> 　　自我意識與另一個自我意識相關聯的這種運動在剛才
> 這種方式被表象為一個自我意識的活動；不過一方面的活
> 動本身即具有雙重意義，它自己的活動也同樣是對方的活
> 動。因為對方同樣是獨立的，封閉在自身之內的，在對方
> 裡面沒有什麼東西不是通過它自己而存在的。那第一個自
> 我意識所遇著的對象並不僅僅是被動的像慾望的對象那
> 樣，而乃是一個自為地存在著的獨立的對象，對於這樣一
> 個對象，因此，如果這對象自己本身不做它（前者）對它
> 所做的事，則它對它的對象再也不能為所欲為。所以這個
> 運動純全是兩個自我的雙重運動。每一方看見對方作它所
> 作的同樣的事。每一方作對方要它作的事，因而也就作對
> 方所做的事。而這也只是因為對方在做同樣的事。單方面
> 的行動不會有什麼用處的，因為事情的發生只有通過雙方
> 面才會促成的。②

　　因此真正的人與人的關係便是人與人相互承認關係，真正的
人也就是得到承認的人。這樣，黑格爾就既確認了個人的獨立性
和自由性，強調每個人都是自為的，每個人都有自己的個別性，
每個人的個別性都不能被吞併於社會或國家的總體性；同時他又
反對個人主義，確認人是社會的人，個人只能在他們相互關係中
生存和發展，他們的自由不能離開相互必然結成的關係，所以個
人總是帶有兩重性，一方面自己有獨立性和自由，另一方面又依
於他人，與他人關聯，而兩個方面是統一的。③

---

②　黑格爾：《精神現象學》上卷，第 123-124 頁。商務印書館，1989
　　年 5 印。

顯然，馬克思的自由觀脫胎於黑格爾，對黑氏的唯心論作了唯物論的改造，以客觀世界的規律取代了黑氏抽象的「絕對理念」。馬克思主義認為自由不是僅僅地擺脫限制，而是對於必然的認識。也就是說，自由乃是一種認識並掌握客觀規律，進而控制自然、控制社會、控制人類歷史的實際能力。按照恩格斯的說法，在沒有階級區分的社會裡，才能「第一次說到真正的人的自由，說到與人所認識的自然規律相協調的那種生活。」④但是這裡描繪的畢竟也只是在理想的共產主義社會裡的情景：「代替那存在著階級和階級對立的資產階級舊社會的，將是這樣一個聯合體，在那裡，每個人的自由發展是一切人的自由發展的條件。」⑤除了「階級」觀念，我們看到了黑格爾的影子，看到與黑格爾的理想的相近之處。但馬克思更關心的是對現實的批判：「在資產階級社會裡，資本具有獨立性和個性，而活動著的個人卻沒有獨立性和個性。而資產階級卻把消滅這種關係說成是消滅個性和自由！它說對了。的確，正是要消滅資產階級的個性、獨立性和自由。」⑥在馬克思看來，資本主義社會顯然並沒有達到黑格爾所說的那種成為「真正的人」的社會條件。恰恰相反，它以自己的方式使人與人之間的關係淪落為主僕關係，即主人（資產者）的自由、個性和獨立性是通過犧牲奴隸（工人）的自由、個性和獨立性來維持的。因此，馬克思對現實的批判與對理想的企盼是

---

③　參見薛華《自由意識的發展》，第 21-32 頁。中國社會科學出版社，1983 年 10 月初版。

④　恩格斯：《反杜林論》，第 118 頁，人民出版社，1956 年版。

⑤　《共產黨宣言》，《馬克思恩格斯選集》第一卷，第 273 頁。人民出版社，1972 年初版。

⑥　同上，第 266 頁。關於馬克思的自由觀，參見馬克思在《資本論》第三卷中關於「自由王國」和「必然王國」的論述，《馬恩全集》中文版第 25 卷第 926-927 頁。

同時的：「只有在集體中，個人才能獲得全面發展其才能的手
段，也就是說，只有在集體中才可能有個人自由。在過去的種種
冒充的集體中，如在國家中等等，個人自由只是對於那些在統治
階級範圍內發展的個人來說是存在的，他們之所以有個人自由，
只是因為它們是這一階級的個人。從前各個個人所結成的那種虛
構的集體，總是作為某種獨立的東西而使自己與各個個人對立起
來；由於這種集體是一個階級反對另一個階級的聯合，因此對於
被支配的階級說來，它不僅是完全虛幻的集體，而且是新的桎
梏。在真實的集體的條件下，各個個人在自己的聯合中並通過這
種聯合獲得自由。」⑦我們讀到了比黑格爾上述思想更為有力的
表達形式。馬克思關於「虛構的集體」對個人自由的剝奪和束
縛，正是對黑格爾「主僕關係」的進一步論述。與黑氏不同的
是，馬克思並不相信僅僅通過頭腦中「自我意識」的革命能消除
這種異化的人際關係，而主張通過革命的實踐來達到這一目標。

　　真正的人與人之間的關係既然只是一種尚未實現的理想的關
係——在歷史上，這種關係往往是片面的，表現為某種程度的顛
倒形態——那麼，它現實的形態又是什麼樣呢？這就是上述馬克
思分析的資產階級舊社會裡的形態和黑格爾所分析的「主——
僕」關係。⑧

　　根據黑格爾的看法，假如兩個自我意識（兩個人或個人與集
體）並不是表象為一個自我意識的活動，即兩個自我意識沒有互
相承認，沒有表現為兩個自我意識的雙重活動，而是一個是獨立

---

⑦　馬克思、恩格斯：《德意志意識形態・費爾巴哈》，《馬克思恩
　　格斯選集》第一卷，第 82 頁。重點號為引者所加。

⑧　詳見黑格爾《精神現象學》上卷，乙：「自我意識」之「自我意
　　識的獨立與依賴」；「主人與奴隸」。商務印書館 1987 年 5 印。
　　第 122 頁以後。

的，「純粹的自我意識」，而另一個是**依賴**的，「不是純粹自為的，而是為他物的意識」，那麼，「作為一個**存在著**的意識或以**物**的形態出現的意識就建立起來了」。這就是主人自我意識和奴隸的自我意識。「兩個環節都是主要的，因為它們最初是不等同的，並且是正相反對的，而它們之返回到統一裡還沒有達到，所以它們就以兩個正相反對的意識的形態而存在著。其一是獨立的意識，它的本質是自為存在，另一為依賴的意識，它的本質是為對方而生活或為對方而存在。前者是**主人**，後者是**奴隸**。」⑨

黑格爾進一步分析了主人和奴隸的自我意識特徵。他指出，主人通過「奴隸」這個中介對「奴隸」和「物」實行了直接與間接的控制。也是由於這種控制，奴隸對主人產生了恐懼感，主人使奴隸淪為「物」。「主人把奴隸放在物與他自己之間，這樣一來，他就只把他自己與物的非獨立性相結合，而予以盡情享受；但是他把對物的獨立性一面讓給奴隸，讓奴隸對物予以加工改造。」⑩——這就是我們所謂的「剝削」與「壓迫」的涵義。於是奴隸被證明自己不是獨立的，只有在物的形式下，他才有獨立性。但主人有力量支配他的這種存在。對奴隸而言，「主人是本質」⑪。「這種奴隸的意識並不是在這一或那一瞬間害怕這個或那個災難，而是對於他的整個存在懷著恐懼，因為他曾經感受過死的恐懼，對絕對主人的恐懼。死的恐懼在他的經驗中曾經浸透進他的內在靈魂，曾經震撼過他整個軀體，並且一切固定規章命令都使他發抖。」⑫

奴隸的**恐懼**產生於他的存在並沒有得到另一方面的肯定和承認，而他自己也還沒有真正地意識到自己與主人具有相同的權力，只有在**勞動實踐**中奴隸才逐漸地達到對自我意識的真正認識和把握，也就是覺醒。對主人的恐懼是智慧的開始，但恐懼中意

---

⑨⑩⑪⑫　同⑧，第 127 頁，128 頁，129 頁，129-130 頁。

識自身還沒有意識到自在自為。只有勞動喚醒了奴隸的自我意識。「勞動陶冶事物」，因為對象化的勞動使奴隸意識到自己的智慧和力量的存在。實踐或勞動具有解放奴隸自身的偉大作用。在各種改變與塑造對象的創造活動中，奴隸直觀到自我意識（個別性）的持久存在並逐漸確立了自己。「沒有陶冶事物的勞動則恐懼只停留在內心裡，使人目瞪口呆，而意識也得不到提高與發展。」⑬

黑格爾用「苦惱意識」來描述奴隸覺醒後的狀態。他寫道：

在斯多葛主義裡，自我意識是單純的自身自由。在懷疑主義裡，自由得到了實現，自我意識否定了另一方面即確定的有限存在這一面，但是這正所以雙重化**自身**，而它自身現在就成為兩面東西。這樣一來，那過去劃分為兩個個人──主人與奴隸──的兩面性，現在就集中在一個人身上了。於是現在就出現了自我意識在自身之內的二元化，這種二元化在精神的概念裡是本質的，不過這兩方面的統一卻還沒有達到，──這就是**苦惱的意識**，苦惱的意識就是那意識到自身是二元化的、分裂的、僅僅是矛盾的東西。」⑭

苦惱意識的本質特徵就是「自身分裂為二」。換言之，對於奴隸而言，這種狀況──苦惱──在於一方面意識自己的不自由，因而為此痛苦，另一方面又還沒有辦法在實踐中擺脫自己的不自由。智慧和力量的發展反而變成為精神上的沈重「負擔」。這就是智慧的痛苦，它是感到自己**有限**的內在「焦慮」，但也是

---

⑬　同⑧，第 131 頁。

⑭　同⑧，第 139-140 頁。

對這種「焦慮」的勇敢的承擔。在台灣史上，台灣知識份子在日本殖民治和國民黨專制政治下一直處於這種自我意識分裂的狀態，因而精神生活呈現著紛亂複雜的景象。除了反帝反封建這個近代中國思想的共同主題，台灣思想界還一直擺脫不掉「中國結」和「台灣結」以及由此延伸的「孤兒意識」的困擾。處在日據時代與八十年代後期民主化運動之間的陳映真的寫作最典型地表現了台灣知識份子對自身痛苦的深刻的反思，並試圖通過自覺的寫作為苦惱的台灣尋求消解分裂之痛的自由之路。

自由意識只能是**被承認**的自我意識；它並不在他者那裡終結，或者與他者相對立，而是藉助於認知，在他者之中發現自己。──這種在他者之中發現自己，只要還沒有達到真正地互相確定和承認的狀態，便會導致自我意識的分裂，產生不自由的苦惱意識：對主人而言，他發現了奴隸作為人的因，即發現了奴隸對自我意識的認識，因而很快就明白了作為「主人」的自己的不利地位和虛妄不實；至於奴隸，則意識到自己的反面才是本質並意識到自己的物的地位，卻又無法擺脫這種二難困境。倘若我們把「主僕」關係轉換為更普遍常見的相對應的其他關係，譬如「自然」和「人」，「上帝」和「人」，「社會」或「集體」或「黨派」和「個人」，「傳統」和「個人」，「權威」和「個人」等等，那麼，我們可以看到苦惱意識與宗教自由、意志自由、社會自由或公民自由、思想自由等等的關係。若從社會學的觀點看，黑格爾晦澀的理論術語表達的問題顯得更加明朗，譬如，所謂「苦惱意識」之產生往往便是社會發生轉型時期的必然產物。「轉型」往往是在前一種舊的權威和社會關係逐漸失去力量（但沒有完全放棄它的權力），而新的權威和社會關係又將生未生之間發生的，這個時候便從「舊」的社會中游離出一些自我意識已受到震撼的「奴隸」，並且致力於用他能夠掌握的「言說」和「寫」的權力，去表達對於「自由」的想望：「寫」下來

的自由文學，可以使人們想起他們已經喪失的健康狀況，診斷了
社會的痼疾，並且將扮演醫治人們痛苦和病患的角色，儘管這僅
僅是在想像上的活動。⑮

　　我所論述的作家們，便是生活於轉型社會之夾縫中的覺醒
者。他們表現自己和自己時代的「苦惱意識」的方式便是敘述，
或寫。因而敘述或寫的過程恰是追求「自由」的一種象徵。

三、「苦惱意識」的轉移：三種寫作形式

　　海德格爾稱人是一種「詩意」的存在，詩意地棲居在大地
上，詩意地言說。「人表現為言談的存在者，這並不意味著唯人
具有發音的可能性，而是意味著這種存在者以揭示著世界和揭示
著此在本身的方式存在著。」⑯言談也就是敘述，是寫。但這種
敘述或寫不是言之無物的「閒談」，而是感到了存在之焦慮或者

---

⑮　現代人的「精神病患」往往也是這種奴隸的苦惱意識的反映，也
　　可以看作「自由」失落的表現。對「自由」的意識和追求，起源
　　於現實基礎發生動蕩時精神上的這種二元分裂。譬如根據拉康的
　　觀點，患者對其精神結構的自我披露必然總是片斷性和不連貫的，
　　因為每個人基本上都從衝突的情境中發展起來；他不可能逃避挫
　　折，而且他的慾望的實現，總是或者依賴於自然界，或者依賴於
　　他人。在這一點上，拉康引用了黑格爾的話：人的慾望只有通過
　　他人的慾望和工作才能滿足。拉康也常引用黑格爾關於主僕關係
　　的片段。在主僕的動力學關中，具有成為什麼的（但也是失去其
　　存在的！）可能性的是僕人，而主人則已經是什麼了。而且他很
　　快就明白了作為主人的有利地位中的不利方面。（參見 J. M. 布洛
　　克曼：《結構主義》中譯本，商務印書館，1987 年 4 印，第 108
　　頁）。
⑯　海德格爾：《存在與時間》，中譯本，第 201 頁。三聯書店。1987
　　年 12 月初版。

煩或者苦惱之意識的言說，只有這種言談才有可能「揭示著世界」也「揭示著此在」（人）。海氏說：「在世本質上就是煩」。⑰弗洛伊德認為人不能達到基本的幸福鵠的——他所謂的「幸福」是指沒有痛苦，而有強烈的快樂之感的狀態。誰也不能消除個人生活的痛苦，甚至他高度快樂的時刻也極罕見——因為人由三個不同方面面臨痛苦和不幸：「由我們自己的肉體，它注定要消亡，而且若沒有痛苦和焦慮作警戒信號它甚至就不行；由外界，外界可以用勢不可擋的無情破壞力量對我們肆威逞凶；最後，還由我們同別人的關係」。⑱也就是說，每個個體的有限性，面對自然界的無力感，面對社會關係的制約，都使得個人面臨痛苦和不幸。為了解脫，人們便開始為自己設立了各種可以作為生命之依托、苦難之消除的「權威」：要麼是宗教上的神權（維柯的《新科學》證明，各民族在其原始狀態都有這種近乎本能的宗教情感），要麼是哲學中的真理，要麼是現實政治中權力的象徵：國家意識形態。於是通往權威的道路，就是獲得自由的道路，同時也是接受另外一種權力和失去某種自由的道路。行走在這條路上的人們，所藉用的思想方式之一，便是寫作。於是我們看到了權威的不同幻影：宗教的權威，文化傳統的權威，政治的權威……於是我們看到了關於自由的各種話語：宗教自由，思想自由，政治自由……於是我們有擁有了各種不同的寫作形式：宗教寫作，哲學寫作，歷史寫作，政治寫作和小說寫作。……司馬遷談寫作源於憂患的名言：「昔西伯拘羑里，演周易；孔子厄陳蔡，作春秋；屈原放逐，著离騷；左丘失明，厥有國語；孫子臏腳，而論兵法；不韋遷蜀，世傳呂覽；韓非囚秦，説難、孤

---

⑰ 同上，第 233 頁。

⑱ 弗洛伊德：《文明與不滿》，收入中譯本《一個幻覺的未來》，華夏出版社，1989 年版，第 12-13 頁。

憤；詩三百篇，大抵賢聖發憤之所為作也。此人**皆意有所鬱結，不得通其道也，故述往事，思來者。**」⑲便是我們上述論證的具體實例。

　　從寫作的角度來說，越是侷限於外部條件的敘述，就越缺少心靈的自由。譬如歷史的寫作不如哲學的寫作，哲學的寫作不如文學的寫作。因為歷史力求外部事件的「真實」，不容許對已發生的事實作任何纂改，更不容許憑空杜撰和虛構子虛烏有情境。一切都得**據實敘述，言足徵信**。即使如中國的春秋筆法，欲於敘述史實之中寓托褒貶，也須以史實為據，然後才能通過一套價值語言對史實進行評價。哲學的「寫作」似乎是不存在的，因為哲學家並不認為他們的思想活動是一種寫作。⑳他們為自己的哲學設定了超越寫作本身和語言文學障礙的目標：「真理」。哲學要逼近真理，因而它勢必要拋棄阻礙一切達到這個最終目標的障礙：**寫作**活動和語言文字。這就是為什麼哲學家們要儘可能地使用簡省的語言，「透明」的語言，並且否認自己的思想是一種寫作活動，而把哲學看作是結束一切寫作的終極思想活動。哲學的「真理」當然有別於歷史的真實。但是，「真理」的設定以及為了探求真理而「不得不」使用的一整套哲學術語和概念（它們形成了歷史悠久的哲學傳統）卻終於還是成了哲學從業者們**不得不遵守**的法則。因此，哲學寫作的自由表現在對「真理」的不同解釋上，它導致了龐大哲學體系的建立（想像一下綴網勞蛛或蠶之作繭自縛），這比敘述歷史事實自然更少一些拘泥。因為它雖然也以史實為據，但更側重「普遍」的、「本質」性的「真理」的把握。

---

⑲　司馬遷：《史記》「太史公自序」。中華書局，1982 年二版。

⑳　參見理查・羅蒂關於哲學寫作的論述：《作為一種寫作的哲學：論德里達》，載於《新文學史》雜誌（「New Literary History」），1978 年第 10 期。

不過，由於哲學寫作仍然沒法自由運用文學的虛構規則，而必須嚴守本傳統內的一整套概念（即使要對之質疑或顛覆，也須以原來的概念為本，新的革命性的概念及其意義只有放在對比的體系中才能顯現出來。）總之，在哲學寫作中，「真理」似乎成了唯一的法則；因此逼近「真理」的一切方法和觀念都是可取的。概念的發展才變成「史實」。但這對於哲學史家才會成為真正要釐清的負擔（從哲學的繁富的概念我們看到了多少人類執拗地言說的熱情啊！）；對於大哲學家來說哲學史實不是法則，不是寫作必須依傍的門戶，而是使自己的新體系產生「意義」的條件。

文學寫作是這三種寫作中最自由的方法。因為它無「史」可循，無「實」可依，它是幻想，是想像的產物，是苦惱和熱情。任何史實，事實，即使作為「故事」被化入文學本文中，變化形態，甚或受到「歪曲」而受到史家的詬病，也會從哲學家那裡獲得同情和支持。人們只能根據「故事」變形的程度評判作家的價值觀或世界觀。由於文學作品將生活語言化了，將個人生活化作社會史的事件中的一部份，於是「生活」、「現實」、「社會意義」便成了一種外在的尺度。它們的價值在於使文學這個虛構的世界有「話」可談，產生「真實感」，產生「意義」。「生活」、「現實」如同「真理」，是使文學寫作不致淪落為「閒談」的參照系。㉑在文學寫作中，小說近乎「史」，詩近乎「哲學」。

㉑　馬克思年輕時曾批判資產階級將**寫作**的崇高精神品格降低為目的在於賺錢的手段，強調作品就是目的本身；詩一旦變成詩人的手段，詩人就不成其為詩人了。他自比第歐根尼，在白晝打著燈籠四處尋找「真正的人」，在德國著作界尋找平易而誠實的寫作。因為在他看來，連當時唯一還有生命跳動的哲學思想領域，也已不再說德國話，因為德意志的語言已不再是思想的語言了。「精神所用的語言是一種無法理解的神秘的語言，因為被禁止理解的事物已不能用明白的言語來表達了。」（《馬恩全集》中文版第

　　作為一種敘事作品，「小說」與「歷史」具有相同的三個要素：故事、本文和敘述。「故事」是一系列前後有序的事件。在歷史那裡，它必須是曾經有過的事實；但在小說中，它可以真實史實為本，亦可以是虛構的。本文是口頭講述或書面描寫「故事」的話語，而「敘述」就是講或寫的行動，即本文的創造過程。在這三個方面中，讀者能直接接觸的便是本文。他通過「本文」才得以了解故事（本文的表現對象）和敘述（本文的創作過程）。反過來說，倘若不講「故事」，便不是敘事作品；有「故事」而沒有「人」（作者）把它敘述或寫出來，便不是作品本文。從小說寫作與自由的關係看，對於**敘述中介**（mediacy）的運用（包括「人稱」與「觀點」），對表現**媒體**（語言）的探索和對於所敘**故事**的態度，決定著作者取得多大程度的自由。這種自由，這種心靈上或精神上的自由，即要以取得最深刻的真實感為條件（在這個意義上它既是哲學的也符合史實的原則），又不因為恪守生活中已然的事實使作家擺脫不了現實的枷鎖（這是純屬文學的自由）。在追求「真實感」和追求「自由」之間總是存在某種矛盾和某種張力。因此，有時為了「真實感」，作家往往要付出極大的自由的代價：以不同凡人的勇氣來**言說**塵俗不能言說也不敢言說的真實。這種勇氣使得塵俗認為作家「『真實』得殘忍」，因而往往剝奪掉他言說的權利（追求「真實」並不意味著對現實的表面的、奴性的模仿。有時候恰恰相反，它刻意打破戳穿這種表面現實的面目，顯露出人最真實卻最不願意正視的真正的東西來。魯迅對中國國民靈魂的悲憫與揭露，陀思妥耶夫斯基

　　一卷第 44-45 頁）馬克思於是主張從對精神、思想的批判來揭開現實的秘密。強調：「從思想世界降到現實世界的問題，變成了從語言降到生活中的問題。」（《馬恩全集》中文版，第三卷，第 525 頁）

對苦難的俄羅斯靈魂的鞭笞，都是如此）。

　　文學寫作是在與科學寫作取得某種默契之後，超越了歷史寫作並獲得與哲學同等的崇高地位的。有趣的是，當人們給文學寫作以極高的地位與評價時，恰恰是賦予它以哲學的意味和歷史的內涵，即把文學看作以虛構形式說出來的普遍真理——人性的真實和社會生活的真相。㉒

　　由此，我們便可更深地理解在近代背景下為什麼台灣平民知識份子主要選擇了文學寫作（特別是小說寫作）來參與現實與撰寫近代以來台灣平民的「歷史」（心史）了。㉓下面我將從小說寫作表現自由的方式，亦即從**小說本身敘述中介**（語言之運用和

㉒　參見亞里士多德《詩學》第九章關於詩與歷史之區別的論述。亞氏認為「寫詩這種活動比寫歷史更富於哲學意味，更被嚴肅的對待；因為詩所描繪的事更帶有普遍性，歷史則敘述個別的事。」中譯本，第 29 頁。人民文學出版社 1962 年初版。無獨有偶，我國古代雖然目小說為「小道」，但在對它進行肯定的時候，往往是從其符合「經史」的義理入手。如子夏以為「必有可觀焉」，桓譚以為「短書」中亦有於「治身理家」有益者。到了近代新小說之興，以梁啟超為代表的維新派更進行了毫無保留的小說革命，把它放在比「經史」還高的地位。參見近代以來的小說理論。如夏曾佑之《小說原理》，狄平子《論文學上小說之位置》，梁啟超《小說與群治之關係》，無名氏之《讀新小說法》等文。收入《中國近代文論選》上冊，人民文學出版社 1959 年初版，1981 年3 印。

㉓　在日據時代，對異族強權統治進行反抗的主要方式之一，是文化上弘揚中華民族的傳統。當時新舊知識份子（前者指經過西方「科學」與「民主」精神洗禮、留學日本或從祖國大陸的五四運動汲取新文化精神的青年一代，後者指前清遺民知識份子）有不少人都堅持用漢文寫詩作文。舊派士人代表連橫先生還特別有意識地撰寫了《台灣通史》。認為「夫史者民族之精神，而人群之龜鑒

觀點之轉換）的變化去闡述台灣小說寫作的特點，並揭示台灣知
識份子在台灣歷史進程中自由意識的發展過程。

四、台灣自由意識的發展：
　　壓抑機制下的文學寫作

　　由於絕對的、純粹的「自由」狀態在人類歷史發展的現階段
總是不可能的（在馬克思那裡，這種自由狀態只在共產主義階段
才有可能。在那個理想的社會裡，人類所唯一服從的「權威」，
便是業已被人類憑藉科學和自己的創造力所認識和把握的自然規
律㉔）。人們毋寧總是處於「相對的」自由狀態中。更有甚者，
由於社會制度之不平等，連相對的自由也難以獲得，因此「苦惱
意識」便成為苦難之現實的必然產物。考諸台灣歷史，這一點尤
其明顯。

　　從外部權力機制對個人的束縛或壓抑這個角度看，近代台灣
平民知識份子面臨著歷史上的這幾種壓抑：首先是日本帝國主義
的五十年殖民統治（1895-1945）。日本殖民當局從政治、經濟、
文化諸方面對台灣人民進行壓迫、剝削和強制性的思想文化「改
造」。面對異族統治，台灣平民知識份子的寫作整體表現為對政

　　也。……故凡文化之國，未有不重其史者也。古人有言，國可滅，
　　而史不可滅也。……然則台灣無史，豈非台人之痛歟！」（《台
　　灣通史》「自序」，商務印書館 1983 年修訂版，第 7 頁）五四運
　　動以後，新派知識份子發起台灣新文化運動，開始以語言上進行
　　革命，而「小說寫作」便取代了歷史寫作，或者說，是作為平民
　　精神史的一種方式了。
㉔　參見恩格斯《論權威》一文，《馬恩選集》，第二卷，第 551-554
　　頁。中文版，人民出版社 1972 年版。

治自由、經濟獨立與本民族文化之認同的頑強的言說。這時期的
小説寫作從內涵上主要體現為中華民族精神話語對日本殖民權力
的反抗，同時也包涵著對本民族中業已被日本文化腐蝕了的人物
的諷刺和批判。賴和、楊雲萍、陳虛谷、楊守愚、楊逵、吳濁
流、龍瑛宗等人的寫作是其代表。其次，是光復以後至七十年代
末八十年代初國民黨的專制統治。第二次大戰結束以後，整個世
界形成了東西方冷戰的格局。資本主義陣營和社會主義陣營壁壘
森嚴，意識形態的對抗與分歧代替了軍事對抗。戰爭的創傷與新
的世界秩序，對人們的精神世界造成了巨大的影響，使人類思想
在這個時期顯得特別地複雜多變。一方面是對戰爭帶來的後果的
反思：無論是東方還是西方，這種反思都出現在浩如煙海的各種
著作中，有的表現為對舊秩序徹底崩潰的歡悦和對建設新世界的
憧憬；有的表現為對過去歲月的無限悲悼，對人類信念的懷疑，
對未來的幻滅。另一方面是對「新秩序」的注目。經濟建設成為
醫治創傷的唯一途徑；而整頓思想對於政治秩序的穩定對統治階
級而言無疑也是必不可少的。㉕於是意識形態作為一種現實的政
治權力，對跨越了新舊兩個世界、充滿著戰爭苦難之記憶的人們
構成了強有力的制約。這時期的台灣小説寫作呈現著十分複雜的
面相：有為國民黨「新秩序」吶喊助威的「戰鬥文藝」，作為一
種意識形態宣傳，它既是官方「權力」對於社會輿論的導向和干
預，也是對自己之失敗感的自我安慰，其後，漸漸淪為空洞無物
的「閑談」；有懷念故鄉的「鄉愁文學」；有深思歷史變幻無
常、人的命運際遇滄海桑田，人生之困境、荒謬，人際關係之隔

㉕　這個時期國民黨加強了對台灣島內意識形態的控制（包括對文藝
　　工作的領導）。參見尹雪曼主編的《中華民國文藝史》第十二章
　　第五節「復興時期的文藝運動」。台北，正中書局 1976 年第二
　　版。

膜、疏離等戰後普遍精神危機的「現代主義文學」；也有叙述去
國者漂泊無根、文化認同陷入窘境的台灣留美學生的「流亡文
學」或「無根文學」；也有默默耕耘，藉助小說來為台灣日據以
來的平民生活作史詩式的敘述的「歷史」小說；有注目台灣現實
經濟發展條件下台灣鄉鎮人物的精神狀態，揭示「人性」尊嚴的
新「鄉土小說」。這些小說，或者重在個人情緒的敘寫，或者重
在社會問題的揭示；或者熱衷於政治性的宣傳，或者沈浸於人生
哲學的反思。衆聲喧嘩，令人一時難以分辨哪些是發自內心的富
於創意的誠實寫作，哪些僅僅是為了迎合時尚的「閑談」㉖。但
就其「言說」的繁複雜亂而言，我可以看到這個時期壓抑在心底
的熱情在尋找著各種發洩的渠道。南宋詩人楊萬里的「桂源鋪絕
句」1961年曾被胡適轉贈給代表了當時與官方意識形態相左的政
治寫作的《自由中國》雜誌主編雷震，似乎正描寫了當時各種
「敘說」、「寫作」的景觀：「萬山不許一溪奔，攔得溪聲日夜
喧。到得前頭山腳盡，堂堂溪水出前村。」㉗這時期的代表作家
有白先勇、王文興、歐陽子等的大學才子派，有延續了台灣本土
寫作精神的鍾理和、鍾肇政、黃春明、王拓等人，還有去國懷鄉

㉖　發生於七十年代的「現代詩」之爭與「鄉土文學」之爭，其核心
　　內容之一便是對台灣現代主義文學盲從、模仿西方現代派，缺乏
　　自己的思想，內容貧乏，知性蒼白，脫離現實等進行批判。然而
　　現代派文學理論恰恰也是強調「知性」的，例紀弦稱「我們以詩
　　來思想，而以散文來抒情」（「現代派信條釋義」，載《現代詩
　　導讀·史料篇》），又説，「一切文學是人生的批評，詩也不例
　　外。無論傳統詩或現代，都是為人生的。」（《從自由詩的現代
　　化到現代詩的古典化》洛夫也認為現代詩「是感情的，也是知性
　　的：是現實的，也是超現實的」（《中國現代詩的成長》，載《洛
　　夫詩論選集》）。可見，無論現代派或鄉土派，事實上都強調誠
　　實的寫作，而反對無內容的空談。

的一批遊子如於梨華、叢甦，以及總是忘不了大陸生活的朱西寧、司馬中原等人。而陳映真六、七十年代的小說以尤為獨特的形式充分表達了這些作家已觸及和未觸及的問題。第三個時期，是八十年代中期以至今天。顯然，政治或意識形態上的壓抑面臨日益活躍的民間各種力量的挑戰甚至「顛覆」，因而其實際效果在漸漸淡化。㉘代之而起的另一種壓抑是趨於發達的資本主義工商社會對於人性的異化力量。因而，對於「人性」之淪落、變態，扭曲的關懷和對於環境的重視成了寫作的主要動機之一。外部世界──受到大眾消費社會發達的大眾傳播網絡支配、由變動不居的符號、信息充斥的世界──的真實性受到了懷疑。這種懷疑反映在小說寫作上，便是出現了被稱為「後現代主義」的小說群落，其特徵是不再像第一期作家那樣熱衷於編寫「現實」的「故事」，也不像第二期作家那樣偏重於寫心理活動或營造某種情緒「範型」。而是將「魔幻」與「現實」結合（如宋澤萊之《廢墟台灣》，黃凡之《東區連環泡》等），或者在小說寫作中反思虛構的過程和可能性以及讀者對虛構的可能反應。（如張大春寫的一系列「後設小說」）。「政治」是影響小說人物的一個

㉗　見唐德剛《胡適雜憶》所引。台北傳記文學出版社 1981 年 11 月再版。按：雷震曾因倡導自由主義民主政治被捕入獄。

㉘　在政治的高壓之外，台灣另一方面也在積極從事經濟建設，這反過來導致島內要求革新政治的呼聲日益增高。在進入所謂「多元化」的八十年代之後，島內中產階級的民主勢力逐漸增長。1986年 9 月 28 日，台灣黨外團體聯合起來，宣佈成立「台灣民主進步黨」，強調該黨致力於「民主憲政」。1986 年 10 月 9 日，蔣經國會見外賓時說，解除戒嚴法的意義包括平民將不再由軍事法庭審判，個人自由的某些限制將予解除等。1987 年元月起，台灣解除了「報禁」和「黨禁」，言論、出版自由被付諸實踐。這些都標誌著台灣島內民主化有了新的開端。

因素，但不構成主要的壓抑力量。它與其他傳播媒介一樣成為
「虛構」的外部世界的組成部份之一。小說中出現的政治壓抑
（例如八十年代初大量湧現所謂「政治小說」，「人權小說」）
事實上往往是人物感到虛妄的原因之一（例如黃凡的小說《賴
索》中賴索對他追隨的政客韓先生所感到的幻滅，以及韓先生本
人政治活動的空虛）。在現實生活中，這種小說的存在並不導致
官方的干涉，相反，還往往獲得嘉獎。陳映真反省五十年代白色
恐怖小說《山路》在 1983 年 10 月獲獎，便證明了政治壓抑的淡
化。值得注意的是，陳映真並沒有改變他一貫的風格，相反，他
以他所熟悉的形式——包括小說和散文寫作——對這一時期的主
要社會問題進行揭露和批判。他並且利用了比寫作更為直觀的攝
影藝術，通過自己創辦的《人間》雜誌，為大眾消費社會中被各
種物質的巨影和喧囂所淹沒的「小人物」代言。他以傳統的形式
來試圖解決「後現代主義」所共同面臨的問題。總而言之，在這
三個時期的不同形式的權力的「壓抑」之下，台灣平民知識份子
（作家）表現其「苦惱意識」或焦慮的「自由」話語，大體上分
別具有民族主義的色彩、政治或人生哲學的色彩以及文化批判的
色彩。換言之，從小說寫作所內涵的精神特徵看，台灣平民知識
份子走過了在異族殖民統治下追求「民族獨立之自由」，在政治
的高壓專制下追求「政治與思想之自由」和在大眾消費社會中保
持「人性完整之自由」的歷程。

　　這一歷程充分體現在小說本身的敘述中介（語言和觀點）的
運用上。

　　首先是對語言的革命。文學既然是以語言為表現媒介的，那
麼對「語言」的改變便是文學革命的開始。十九世紀末葉，資產
階級改良主義者進行文化維新的一個策略便是改變舊文體。譬如
「新派」詩人黃遵憲很早就有「崇白話而廢文言」，改變舊文體
使之「適用於今，通行於俗」，「欲令天下之農工商賈婦女幼

稚，皆能通文字之用」㉙的理想；梁啟超宣傳改良主義思想的新
體散文，「以平易暢達」見稱，影響廣泛。裘廷梁、陳榮袞等人
明確提出「白話文為維新之本」，「開民智莫如改革文言」㉚等
主張，以適應白話小報普及啟蒙思想的需要。到五四時期，這些
思想乃被發揚光大，更進一步提出以白話文取代文言。1917 年 1
月，胡適在《新青年》上發表《文學改良芻議》一文，認為改良
文學應從「八事」入手，即須言之有物，不摹仿古人，須講求文
法，不作無病之呻吟，務去濫調套語，不用典，不講對仗，不避
俗語俗字。同時，正面主張書面語與口頭語接近，要求以白話文
學為「正宗」。同年 3 月 18 日，林琴南對這些主張進行反擊，譏
笑白話文「鄙俚淺陋」，「不值一哂」，稱之為「引車賣漿之徒
所操之語」。㉛魯迅對此又立即給予反駁：「四萬萬中國人嘴裡
發出來的聲音，竟至總共『不值一哂』，真是可憐煞人」。㉜
——由此可見，以白話取代文言，站在當時啟蒙主義者的立場，
是出於「開民智」，以新文學取代思想陳腐內容反動的舊文學的
需要；而站在人民的立場，白話地位的提高亦即平民之地位得到
提高，由文言向白話過渡，意味著市井口語經過**文字**而獲取新的
地位。在台灣，受大陸五四新文化運動的影響，也有相同的過
程，而且，台灣知識份子對白話（方言）的倡導，還另外具有反
抗日本文化殖民政策的意義。1920 年，連雅堂在關於台灣「文學
革命」的設想中，提出「整理鄉土語言」入詩，用「台灣山川之
奇、物產之富、民族盛衰之起伏千變萬化」作「小說之絕好材

㉙　見黃遵憲 1887 年作《日本國誌》卷三十三《學術誌㈡》。

㉚　裘廷梁、陳榮袞分別寫有《論白話文為維新之本》（1898）、
　　《報章宜用淺說》（1899）等文。

㉛　見林紓：《致蔡鶴卿太史書》，北京《公言報》1919 年 3 月 18
　　日。

㉜　《現在的屠殺者》，《新青年》第六卷第 5 號，1919 年 5 月。

料」，廣泛地從台灣民歌、俚諺、故事、童話、燈謎、彈調、戲曲唱本等「取而用之」。㉝1930年黃石輝在《怎樣不提倡鄉土文學》一文中，公開打出「鄉土文學」的旗幟，也是出於以中國台灣之「獨立之文化」與日本文化殖民政策相抗衡的立場。他說：「你是台灣人，你頭戴台灣天，腳踏台灣地，眼睛所看的是台灣的狀況，耳孔裡聽的是台灣的消息，時間裡所歷的是台灣的經驗。嘴裡所說的是台灣的語言。所以你那支如椽健筆，生蕊的彩筆，亦應該去寫台灣的文學了。」㉞

　　事實上，如果從語言作為人的一種存在方式這個角度去看，那麼，一直受到「正統」文化之標誌的「文言」所貶抑的「白話」（包括「方言」）也象徵了平民受壓抑的地位，白話是百姓日用卻在文化上受到忽視的象徵了平民的之權力的話語。把這些話語寫入小說、詩歌，便是將平民的生活狀態寫入小說、詩歌。因此台灣小說中出現「方言」一般都是象徵性的，象徵著說方言者的存在，意味著台灣平民的存在權力得到了文化上的表現。「人物的語言就是人物，正如你我的言語在他人眼中就是你我一樣。」㉟因此，對白話（方言）進入文學領域所具有的革命性意義，是無論怎樣都不能低估的。譬如但丁採用義大利俗語創作的作品奠定了義大利民族的獨立的風格與地位，同時也意味著這個民族在文化上的誕生；英國的喬叟用英語寫作也具有同樣的效果。此外，正如斯泰戈斯博士在評價伊斯蘭教的聖典《古蘭經》時所說的：「……《古蘭經》對於推動阿拉伯文字的發展所採取的策略，不僅是綜合一種方言而賦予它一種語言的力量，同時使

㉝　參見連橫：《雅言》。

㉞　原載《伍人報》第9-11號，1930年8月16日。

㉟　華萊士・馬丁：《當代敘事學》，中譯本，第5頁。北京大學出版社1990年版。

記載成為必需的事情。……」㊱顯然，正是通過「綜合一種方言」，並「賦予它一種語言的力量」，一種文化的宗教的權威，才使得《古蘭經》內的篇章具有足以「支配回教徒公私生活」的魅力，從而把本來一盤散沙的阿拉伯部落統一起來了。

在台灣，用以表現平民話語的有三種媒介：其一是台灣土語方言。這是台灣「鄉土作家」（如早期的賴和、陳虛谷，楊守愚、郭秋生等）所習用的；其二是知識份子化的白話文，常見於如張我軍、楊華、鍾理和、鍾肇政、陳映真等作家的作品之中；其三是藉用日文來表現台灣平民知識份子之話語的，如楊逵、張文環、呂赫若、龍瑛宗、吳濁流、葉石濤等作的寫作。這三種媒介中，除了第三種在光復以後已被台灣作家所不取，直接以漢文寫作外，台灣鄉土派以口語方言寫作的傳統一直延續到七、八十年代（甚至電影敘事作品也因這個特點令人刮目相看，譬如李行導演的鄉土電影和侯孝賢導演的「悲情城市」等片）。這不僅是為了增加地方色彩，而且還具有文化與意識形態方面的隱喻：在日據時代是針對日本的文化統治；在六、七十年，則針對著台灣本土脫離現實的「現代主義」傾向，而且一直在頑強地表現著「在野」的台灣平民漸漸發展成為中產階級時日益強烈的政治意向（在這方面，它是與象徵大陸人的普通話相對立的）。另一方面，知識份子化的白話媒體，卻日益超越意識形態的局限，而表現出對於文學之藝術性與人性之探索的濃厚興趣（最典型的是六十年代的白先勇、歐陽子的小說，七十年代王文興的小說等學院派小說）。進入八十年代中期以後，語言問題日益成為知識份子關注的熱點，一方面它與政治結盟，方言土語成了抗衡「國語」（普通話）的一種政治鬥爭的武器，對方言文學的討論和倡導，

㊱　轉引自馬堅：《古蘭簡介》，見《古蘭經》中譯本，中國社科出版社 1981 年初版，85 年二印，第 6 頁。

與提倡一種所謂的「台灣意識」結合在一起。方言問題已不僅僅
是文學領域裡的問題（這種傾向以改版後的《台灣文藝》為主要
代表）；另一方面，語言卻受到前所未有的拆解和懷疑，語言被
看作是一種思維的包裝，但它並不真正反映思想和世界的真相，
反而常常會阻礙人去認識和探索真相，這種傾向來自西方後結構
主義——亦即「解構」理論或「後現代主義」——的影響，它形
成一股「實驗小說」（元小說）的熱潮，以張大春、黃凡為代
表。張大春的長篇近作《大撒謊家》（1989年初版）堪稱集大成
之作。因此，說台灣小說的「革命」來自語言的革命，而語言的
革命是「意識革命」甚至「社會革命」的先聲，可能一點都不誇
張。

　　小說敘述中介之運用的第二個重要方面，是敘述觀點的轉
換。在這方面，台灣小說寫作有三次主要的變革。第一次是日據
時代。這時期的大部份作家（以賴和為代表）都偏愛「**全知觀
點**」。敘述者往往既作為旁觀者又作為評判者。而作家與敘述者
往往是合而為一的，他們在敘述時很明顯是作了道德上的選擇，
表現出對於小人物的同情，對於日本酷吏、殖民地虛偽的法律制
度和為虎作倀、仗勢欺人的漢奸的憎惡、諷刺、批判與無情的揭
露。此外，敘述者敘述的大多是**別人**的故事，也就是**社會**的問
題。這是外向型的敘述模式。這種模式有三種不同的發展形式：
其一是純粹外向敘述，台灣現代小說創始期的作品，幾乎都採用
了這種模式。如以代表作家命名，可稱之為「賴和模式」，通過
第三人稱和全知觀點的運用，表現了對於個人與社會之苦難關的
極大關注。其二是「楊逵和鍾理和模式」。他們已試圖將內向敘
述與外向敘述結合起來，以個人經驗為描寫對象，但這種內向敘
述沒有現代主義純粹內向敘述所特有的沈思自省、痛苦而莫知所
以的特色。他們寫自我的苦難，而這種苦難是可以找到原因的，
它完全來自外部世界的壓迫，因果關係十分明顯。其三是「龍瑛

宗模式」，由全知觀點轉變為「客觀化」敘述，即作者作為敘述者已經從前台退居後台，作者不直接對人物、事件進行價值判斷，而由人物相互之間的關係和議論來暗示作者的整體意圖。倘說前兩種形式充滿了愛憎分明的色彩，作者的存在處處可見，而且正是由他的議論、判斷構成了小說批判現實、改造社會的浪漫主義色彩，那麼第三種形式則相對地顯得冷靜客觀。由於主人公面對的是他無法超越的世界，即使靠個人的努力也無法改善自己的處境，因而作者於敘述中流露出對理想幻滅的人物終於頹唐的悲憫而不無諷刺的筆調（例如龍瑛宗《植有木瓜的小鎮》中全篇的客觀化敘述與主人公陳有三的命運有很協和的情調，這篇小說已沒有楊逵小說那種熱烈的樂觀的抗爭色彩了）。

1949 年以後，帶著戰爭的創傷，背負著歷史的苦難，懷著「復國」的渺茫希望的一些大陸作家給台灣文壇帶來了各種不同的聲音。舊日的回憶，個人的仇怨，憂慮和希望，偏見和幻想，同情和反感，信念、信條和原則，同昔日王朝的興衰聯在一起。漸漸地，現代小說的敘述越來越傾向於個人經驗的表現。外部世界——時代的，社會的，歷史的——化為各種「意象」活躍於個人現在的回憶中。於是在小說的敘述模式上發生了第二次變革，其特徵便是**內向敘述與有限觀點**的運用。個人的內心語言成為小說主要素材。作家不再處於無所不知、全知全能者的地位，相反，他限制了自己的觀點，自己對於世界的主觀判斷，而藉助敘述者或主人公的眼睛去看他所能看到的經驗領域。這種變革，從朱西寧的《破曉時分》可以看得比較清楚。這篇小說取材於古代白話小說《十五貫戲言成巧禍》（亦即《錯斬崔寧》），然而它由原來的全知性敘述方式轉變為限知性（旁知性）敘述：即由說書人直接地說改為由一個官衙謀職求生的小衙吏間接對整個冤案作「實況轉播」，由於小衙吏（《破曉時分》的老三）受各種條件限制，只能通過他眼睛來敘述審訊徐周氏和戴某的整個過程。於

是小說的重點便由原來的偵破冤案的過程轉到對司法制度和腐敗官吏的揭露，而且刻劃了這個叙述者老三夾在「權威」與自己的良心之間的內心衝突。對這種面臨外部權威的壓力的內心衝突的關注恰恰是現代小說的重要特徵。這方面，最典型恐怕是王文興的小說。第二種變革的小說叙述模式在他的小說中得到了比較充分的表現。他不僅從叙述觀點上不像日據以來的台灣小說（這類小說其實源於十九世紀歐洲浪漫主義和批判現實主義小說）習慣於全知觀點的運用，而主要採用了有限觀點——即通過主人公的意識中心（這種小說受西方意識流小說和喬伊斯《尤利西斯》的影響，技巧上則源於亨利‧詹姆斯的小說藝術觀念）——而且對漢語言表現人生困境的可能性進行了迄今為止最大膽、最富於創意的探索，但他的創作還是基於這種傳統的認識：即思想內容與表現形式的最大限度的統一。這種統一在王文興那裡不是通過作家或叙述者從外部切入的叙述，而是通過對人物內心語言及意識中心的直接呈現。譬如《家變》（1973）便試圖以苦澀的文字和句法來呈現主人公范曄成長之煩惱，生活之苦澀和道德上的窘境。王文興似乎想彌補文學的表現媒介與表現對象互相脫節的創作成規——文學成規都試圖從人物性格的分析入手來尋找表現媒介與對象的契合點，而王文興卻試圖直接以人物內心語言去呈現，使之看起來不矛盾。然而，由於王文興奇異的句法干擾了讀者閱讀習慣，又由於其聚焦式的客觀化表現方式引起了爭吵不休的道德爭議，對《家變》這部文本奇特的漢語言文學作品的興趣終於沒能維持多久，而且其現實主義的內容往往受到現實主義的忽視和誤解。除了八十年代初有極個別作家還在進行類似的探索外——例如施明正的所謂「軍獄小說」《喝尿者》，《渴死者》等——這種寫作竟成絕響（當然，從風格的個別性看，這未必不是好事）。

　　第三次變革是進入八十年代以後新生代小說家如張大春、黃

凡、平路、蔡源煌等人的實驗小說或「元小說」（metafiction）)
（或譯「後設小說」）。倘説上述的兩種變革，都還是在執著地
相信小説忠實反映對象之真實（作為「能指」的「語言」和作為
「所指」的「生活」，包括人物，故事，意義等，二者不具備分
裂性）這個信念上發生的，那麼到了八十年代，便開始懷疑了這
個基本的信條。㊲語言結構具有的內部意義──即索緒爾曾洞察
過的二元對立、互補、差異系統所產生的意義的自我調整，能指
與所指之間的偶然關係以及由此導致的分裂──是否早已消解了
其表現生活之真相的可能性？人類究竟是藉助語言及其成品（如
小説等）洞識了生活的真相，還是被引入迷途而不自覺？我們的
生活世界以及構成這世界之主要部份之符號世界（包括一切人文
活動，歷史、哲學和文藝創作），究竟哪些是真實的？哪些是虛
構的？這些問題，都被新一代小說家們通過對自己寫作本身的探
討來思考。**寫小說的過程**成了小說所表現的對象之一。小說天地
成了實施現代「民主制」的先進領域：既要逃避語言權勢的壓
制，也不使讀者屈從自己的話語。在這方面，張大春是比較有代
表性的。他的焦慮中心似乎是現實、歷史、藝術之間的關係和人

㊲ 八十年代的台灣文論，典型地表達了這種懷疑。例如葉維廉把現
代詩人的焦慮困擾歸咎於關於語言能否真實反映世界的「哲學思
考」（《語言與真實世界》（1982），收入葉氏《比較詩學》
（1983），台北，東大，第 110-111 頁）；蔡源煌認為文學的本
源不是「外在世界」，而是作家（「詩人」）的內在情感，其立
論根據是對於語言文字之本質的認識（蔡氏：《文學的信念》，
第 6 頁。時報，1983 年版）；龔鵬程認為文學作品的一切意義來
自語言結構的組織，而「與外在社會永遠不相等（雖然未來不相
干）」（龔氏《文學散步》第 149-150 頁。台北，漢光，1985 年
版）等等。這種觀點源於結構主義語言學，也與海德格爾、維特
根斯坦的語言哲學有淵源關係，幾乎匯為一時風氣。

的真相。他懷疑歷史作為一種「客觀」的現實的存在，不同意歷
史是一個「縱的連續體」的傳統看法，而認為「每個時代的人只
能認識其當代的一部份」，這一部份中只有一些資料被稱為「歷
史」，這些歷史與神話、傳奇、演義、筆記小說等等一樣，只不
過反映了一代代叙述歷史者的詮釋態度、風尚和理想。從這種歷
史觀點出發，張大春模仿新聞或歷史文體的筆調來叙述純然虛構
的故事（典型如《印巴茲共和國事件錄》），由這個故事給人的
真切感的藝術效果來反證「歷史」本質上的半虛構性質。而假如
歷史與藝術虛構是同樣的東西，那麼它將意味著我們從歷史中汲
取的，不過是被「歷史醫生、歷史工匠、歷史美容師診斷、整
建、化妝過」的虛幻的東西，而不是曾經有過的「現實」的真
相。㊳張大春這種歷史觀構成了他小說文體的特點：以一種逼真
的叙述筆調將作家虛構故事的過程呈現出來，使讀者悟出我們從
藝術作品中所獲得的真實感源於自己的現實經驗和關於語言的幻
覺。他以禪的機智，在創造看來很真實的小說世界之後，又親自
摧毀它，因為他痛苦地看到，這創造起來的「世界」既漸漸淪落
成歷史的陳跡，也在很大程度上成了阻礙人與人之間進行真正溝
通的一堵「牆」（例如他的小說《牆》、《旁白者》、《寫作百
無聊賴的方法》等所展示的）。——其實，這一類小說並非台灣
所獨擅。早在 1970 年威廉・葛斯（William Gass）第一次提出
metafiction 這個概念時，它就被用以指稱前此一些小說家如博爾
赫斯（Borges）、巴特（Barth）和歐伯良（O'Brien）的作品了。
而它的傳統還可以追溯到十七世紀，如十七世紀西班牙作家洛藉
・德・維伽和塞萬提斯便是較早使用這種小說形式的；十八世紀
作家斯泰恩創作的《香迪傳》（「Tristram Shandy」）是元小說

㊳　張大春：《歷史掃描：雍正的第一滴血》「自序」。台北，時報
　　文化出版公司，1986 年初版。

的典範之一。然而，這種通過小說寫作來探索虛構的各種可能性
及虛構對讀者的可能影響的「元小說」，畢竟也是當代條件下的
產物，它之成為一種「新潮」「實驗小說」，並似乎具有了「先
鋒派」的咄咄逼人的氣勢，就在於它被賦予了傳統「元小說」所
沒有的當代意義：對小說創作過程的自覺的觀照，也就是對生活
本身的過程的奇異的返觀自身，這個特色使之成為現代作家用於
探索藝術和生活真相，甚至用於顛覆被「虛構」包裹得嚴嚴實實
的「現實世界」的有效方式。⑨

　　顯然，拋開國外（包括西方的和第三世界如拉美等）文學風
氣的影響去孤立地觀察我國當代台灣小說的這類發展變化是難以
全面理解文學發展這種互相影響的現象的。因此，在對這種發展
趨向進行把握時，離不開將我國文學放在世界文學傳統和世界當
代哲學、人文思潮中進行觀察的宏觀視野。但同時，我們注意
到，譬如第二次變革中的王文興和第三次變革中的張大春等人的
小說實驗，雖然都來自西方的啟發，卻並不跟著其同類小說亦步
亦趨，而經過了作者一定程度的中國化整合：王文興對漢語言文
字的探索與小說著力表現的苦悶的經驗世界是協調的，而且他是
在對漢字結構和句法進行了認真研究的基礎上進行了獨特的創作
處理。至於張大春等人的小說，則化入了中國禪宗的智慧，使得
這一古老的智慧被賦予了藝術的神韻和現代的價值：對於解脫大
眾消費社會中來自各方面的異化力量對人性的束縛，使人保持著

⑨　　參見伊澤爾・克利絲吞遜（Inger Christensen）著的《元小說的意
　　　義》（The Meaning of Fiction）（Universitersforlaget, 1981）。威
　　　廉・葛斯：《哲學與小說形式》（Philosophy and the Form of Fic-
　　　tion），收入英文版《小說與生活形象》。參見「Fiction and the
　　　Figure of Life」（紐約，1970 年版），第 25 頁。轉引自伊澤爾・
　　　克利絲吞遜的《元小說的意義》「導言」。

清新活潑的感受力，不致被外物奴役，有著自己的價值。但若推
向極端，很可能會陷入懷疑主義的泥淖而難以自拔。

　　綜上所述，我們看到，由全知觀點的運用到客觀化手法，到
有限觀點（「意識流」是其中一種獨特形式）的運用，到「元小
說」的寫作，事實上正表現了**觀念**上的變革。或者反過來說，觀
念上的變化影響了作家對敘述技巧的選擇。作家從對**社會問題**的
超然關注漸漸轉向對自我困境的反省。前者當然也是從作家感到
自我困境的存在開始的，但它卻表現為從外部對社會問題的描
述，可以說是將個人苦難的原因歸諸社會環境的壓迫，由對社會
困境的表現來間接寫自己的苦難。後者則直接寫個人的苦境，直
接呈示個人的話語。值得注意的是，儘管在表現方式上有了變
化，但表現的母題卻沒有太大的變化。例如從賴和到楊逵，至龍
瑛宗、鍾理和，「貧困」與「富裕」的對立這個母題一直延續了
下來，而且延續到七十年代的鄉土文學。不同的是，七十年代對
「貧困」的直接揭示越來越少（在陳映真的小說裡，早期對物質
生活之貧困的關注到後期變成了對精神貧困的揭示，而這種精神
貧困恰是富裕的物質生活所引起後果）。倘說日據時代的「貧
困」母題是與對異族統治之殘暴強權的揭露連在一起的，那麼，
七十年代的「貧困」母題則與社會的變遷（工商化）、與政治和
意識形態的問題連在一起。另一方面，在鄉土文學傳統中，對
「貧困」的表現又與人性的嚴密不可分，而且越到後來就越注重
「貧困」對人性尊嚴的影響與考驗（例如以賴和、楊逵的小說和
黃春明的小說相比，黃氏的母題，更加重了刻劃貧困中的「人性
尊嚴」的比重）。關於母題的問題，我在談陳映真的作品與其他
作家的作品相比較時，還將評述，在此不贅。

　　此外，敘述觀點的轉變，也表明了作家日益感覺到了現實生
活的複雜性。在台灣早期以全知觀點為主要表現技巧的小說中，
愛憎分明，是非好惡得到了比較明朗的表現，作者以此直接影響

了讀者的閱讀方向。到了作家追求「客觀化」或「戲劇化」的階
段，特別是到了「有限觀點」（「意識流」）的運用，無論是外
部行動的戲劇性摹仿，抑或是對內心活動（意識流）的客觀化呈
現，似乎都表現了作家對自我關於世界的認識能力之局限性的洞
察和對讀者之存在的自覺：他只負責將事物顯現（Showing）出
來，而讓讀者對所顯現的事物進行價值判斷。作家將自己的道德
判斷隱藏於整個摹仿的行為和敘述的行為中，隱藏在對於對象
（題材）的選擇與重新組織上。他創作的作品之結構，肌理，他
所運用的語言風格和情調，都暗含了某種價值的或道德的判斷。
這是中國史傳之春秋筆法在小說寫作中的運用。讀者只能從整體
的對象（本文）去猜測，而不能從作者自己的議論中輕而易舉地
獲得，因為作品幾乎沒有這種直接的議論。後期小說的藝術性較
前期為強，但也容易引起曖昧不明的道德問題，例如王文興的
《家變》。對客觀化敘述的強調始於第一、二次世界大戰之後。
⑩使我們有理由相信：這種技巧的運用是逃避外在的、至高無上
荒謬獨斷的權威性敘述（全知觀點），走向更真實、更客觀的個
人生活及其現實的一種反映。放棄獨斷論，傾向於豐富複雜的精
神世界與現實世界的冷靜而非浪漫的表現是戰後小說創作的普遍
傾向，台灣當代小說概莫能外。技巧的革新——在這裡是相對於
五四以來的浪漫主義作家而言——對於戰後成長起來的一代青年
作家成為至關重要的東西。我們閱讀台灣新一代作品，譬如大學
才子派（白先勇、歐陽子、王文興等人）的作品，便可以強烈地
感受到這一點。

　　台灣小說的寫作史證明：只要理想的「自由」還是一種期

---

⑩　亨利・詹姆斯的《小說的藝術》（1932）與珀西・盧博克《小說
　　技巧》（1926）這兩本書對現代小說敘述技巧的變化起了十分重
　　要的影響。

望，而不能在現實中實現，那麼「敘述」與「寫」的慾望和行為便永遠完結，而這正是文學的生命力之所在。

在導論中，我論述了「敘述」與「自由」的關係，並從敘述模式（技巧）的變化概略論述了台灣小說寫作的敘述學特徵，特別強調技巧上的變化與觀念上的變革與時代和社會變遷之間的關係。我認為從形式問題切入小說文本，是了解小說寫作規律的必不可少的方面。華萊士‧馬丁說：「只要關於小說的討論仍然強調主題與內容，而無視當時在文學批評和美學中非常重要的形式問題，小說在文學研究中就仍然是一個不能升堂入室的文類。」④我不贊成將形式問題提到至高無上的地位，因為形式畢竟是為人所用的，但是我們所直接接觸的不是作家本人，而是他寫出來的文本，這就要求我們必須對「文本」進行閱讀和分析，找出其中隱藏著的人與時代的內容，因而對形式的分析才變得重要起來。上述台灣小說寫作的敘述學特徵證明「形式」始終與作家的觀念聯繫在一起，而且它正是表現作家之「自由意識」——在歷史條件下，這些「自由意識」表現為各種形式的「焦慮」或「苦惱」——的不同手段。在陳映真的寫作中，這一點尤為明顯。我將在第一篇論述陳氏寫作在台灣小說寫作史中的意義，並分析他小說中的兩種基本話語——他敘述所感悟的苦難之詩意話語與深沈反思這種苦難的理性話語——各自的特徵及其關係。我認為陳映真小說中包涵著兩種互相矛盾、互相依存的詩與思的話語，而其中思的話語部份逐漸衍化成為他的另一種理論寫作，包括他的隨筆，文論、政論和訪談等等。這兩者成為陳映真表達個人苦難與時代問題的方式，也形成了陳映真個人特有的風格。第二篇我將分析陳映真「詩意敘述」的小說與其他文本之間的關係。這是

---

④　華萊士‧馬丁：《當代敘事學》，中譯本，第 2 頁。北大出版社 1990 年版。

從**文學**的角度來論述陳映真的小說寫作從中國文學傳統與西方文學傳統中接受的影響。「母題」（motif）的比較是這一部份的主要內容，我將借用「間文性」（intertextuality）這個概念來剖析陳映真作品意義產生的根源（包括其關於現實的暗示與對其他文本的暗涵）。同時指出陳映真試圖超越消融個人苦難的解決時代問題的一套意識形態，即其兩種寫作中所內涵的思想。我將揭示他思想的複雜性與延續性及其對於小說寫作的影響。

第 一 篇

苦難之詩意表現
與理性話語

　　我不禁止我口，我靈愁苦，要發出言語。我心苦惱，要吐露衷情。

　　我雖說話，憂愁仍不得消解；我雖停住不說，憂愁就離開我嗎？

——《舊約·約伯記》VII-11，XVI-6

　　宗教裡的苦難既是現實的苦難的表現，又是對這種現實的苦難的抗議。

——馬克思：《〈黑格爾法哲學批判〉導言》

第 一 章

「最後的烏托邦主義者」
──論陳映真寫作的意義

　　他一直孤單卻堅定地越過一整個世代對於現實視而不見的盲點，戳穿橫行一世的捏造、歪曲和知性的荒廢，掀起日本批判、現代主義批判、鄉土文學論戰、第三世界文學論、中國結與台灣大眾消費社會論、依賴理論和冷戰・民族分裂時代論等一個又一個紛紜的爭議。在戰後台灣思想史上，文學家的陳映真成為備受爭議、無法忽視的存在。

──陳映真作品集出版編輯會議

一、小說藝術家乎？異端份子乎？

「我是誰」和「別人眼中的我是誰」，有時候二者之間距離頗大。譬如陳映真自認「關於我的作品，我始終有靦腆之感，不太能對自己的作品高談闊論。總以為比起其他中外文壇的巨匠，自己實微不足道。」（1991 年 5 月 8 日致筆者的信）根據台北人間出版社 1988 年 4 月結集出版的《陳映真作品集》五卷小說統計，陳映真的小說創作確實並不算多產。從 1959 年第一篇《麵攤》到 1987 年創作中篇《趙南棟》，總共只有 33 篇作品。然而，正是這位陳映真以他屈指可數的小說作品引起台灣島內外的特殊關注，並且獲得很高的評價。陳若曦稱他為「當前台灣少數最傑出的小說家之一！」①劉紹銘說：「……陳映真是個誠實的人，獨特的作家」（1973 年 8 月美國「亞洲學報」）；②高天生指出：「……與李喬、鄭清文、七等生諸人的上百篇相較，陳映真在創作的數量上顯然單薄了些。但是，陳映真的小說創作，在島內外所獲得的稱譽和注意，卻又是以上諸人難望其項背的」。③洪銘水寫道：「陳映真無疑是戰後台灣新起的作家中最肯用思想的作家之一」。④詹宏志更是推崇陳映真，認為陳映真是「在文

① 轉引自《愛書人》1980 年 10 月 15 日「編者按」。

② 轉引自劉紹銘：《陳映真的心路歷程》（1984 年 7 月《九十年代月刊》），《陳映真作品集》卷十五，第 34 頁。

③ 高天生：《在破滅中瞭望新生的陳映真》（1982 年 9 月《暖流》雜誌二卷 3 期），《陳映真作品集》卷十四，第 158 頁。

④ 洪銘水：《陳映真小說的寫實與浪漫》（1984 年 2 月《台灣與世界》8 期），《陳映真作品集》卷十五，第 6 頁。

學上深刻反省台灣資本主義化之下，社會制度與人性的衝突的第
一人」，在台灣，論敏感，論銳利，論討論問題的遠見和勇氣，
都首推陳映真；⑤對陳映真的小說藝術持批評觀點的呂正惠也
說：「自從『流放』歸來以後，陳映真在台灣文壇的地位也的確
為他人所不及……」；⑥葉石濤稱他是台灣許多傑出的小說家中
的「佼佼者之一」；⑦南方朔稱之為「最後的烏托邦主義者」，
認為「在紛亂的台灣現世界，多年以來，陳映真一直是個『獨特
的存在』，他角色多變，不暇自安，追求自我的實現與完成」；
⑧中國當代新儒家代表人物之一徐復觀尊之為「海峽兩岸第一
人」；⑨台灣著名政論家王曉波說：「被徐復觀教授生前譽為
『海峽兩岸第一人』的陳映真，無疑是當代台灣最具有思想深度
的作家，也是一個最受爭議的作家。」⑩在所有關於陳映真的評
價中，最全面地指出陳映真文學上與思想上的特殊成就與地位，
並且注意到陳映真**兩種寫作**形式及其關係的，是「陳映真作品集
編輯會議」撰寫的陳氏作品集「出版緣起」。它寫道：

---

⑤　詹宏志：《尊嚴與資本機器的抗爭》（1980 年 10 月 1 日《書評
　　書目》90 期），《陳映真作品集》卷十四，第 87－88 頁。

⑥　呂正惠：《從山村小鎮到華盛頓大樓》（1987 年 4 月 1 日《文
　　星》106 期），《陳映真作品集》卷十五，第 181 頁。

⑦　葉石濤：《論陳映真的三個階段》，《陳映真作品集小說卷
　　序》，第 20 頁。

⑧　南方朔：《最後的烏托邦主義者──簡論陳映真知識世界諸要素》
　　（1988.1.14），《陳映真作品集》「訪談卷」序，第 19 頁。

⑨　徐復觀：《海峽東西第一人》（1981 年 1 月 6 日《華僑日報》，
　　《陳映真作品集》卷十四，第 115 頁。

⑩　王曉波：《重建台灣人靈魂的工程師》（1988.4.13），《陳映真
　　作品集》卷十一、十二、十三的「序」。

　　在文學上，他纖緻、銳敏、憂鬱和溫靄的感性；他那揉合了我國三十年代新文學、日語和西語的特殊的文體，和多情、細巧、蒼悒而又富於知性的語言；他隱秘著某種耽美、甚至頹廢的、清教主義和激進主義的靈魂；他那於台灣戰後世代至為罕見的、恢豁的歷史和社會格局，使陳映真的藝術卓然獨立。

　　在「冷戰‧民族分裂」的歷史時代，三十年來，他呈現在無數訪談、議論、隨想和爭論中的思想，如今回顧，他一直孤單卻堅定地越過一整個世代對於現實視而不見的盲點，戳穿橫行一世的捏造、歪曲和知性的荒廢，掀起日本批判、現代主義批判、鄉土文學議論戰、第三世界文學論、中國結與台灣結爭論、台灣大眾消費社會論、依賴理論和冷戰‧民族分裂時代論等一個又一個紛紜的爭議。在戰後台灣思想史上，文學家的陳映真成為備受爭議，無法忽視的存在。

　　文學和藝術的陳映真，與思想、知性的陳映真，其實是「異端‧烏托邦主義」的陳映真在文學與思想上統一的表現。⑪

　　既是小說藝術家，又是「異端份子」！正是這二者的結合，使陳映真成為一個文學的和思想的話題。雖然問題提出來了，研究卻並沒有深入。迄今為止的陳映真評論，無論是起源於對陳映真政治命運的關注，抑或直接有感於陳映真小說藝術的魅力，雖然已經一起建立了以陳氏小說作品為中心向四面輻射的意義世界，卻仍然沒有人從寫作的角度去全面探討「文學和藝術的‧」與「思想、知性的陳映真」這二者之間的矛盾和聯繫。有些論者

---

⑪　《陳映真作品集》，第 3 － 4 頁。

已經感覺到這二者之間的某種張力，然而也局限於從印象上提出問題，而沒有來得及深入地研究。例如詹宏志和李歐梵。

詹宏志的特點在於注意到了陳氏作品與台灣文學發展以及台灣社會歷史問題的關係，他首先指出了陳映真文學作品中「思想」所佔的重要位置。認為陳氏的文學與其思想有「相互為用的密切關係」，因而是台灣小說家中「最可以深探其思想、其哲學的作家。」⑫這對於一直批評台灣思想之貧困並致力於**思想本身**的陳映真而言，的確是知心之論。詹宏志所側重的當然還只是陳氏作品所探討的問題與社會現實問題的關聯，亦即陳氏作品內容的現實層面，認為陳氏以自己的深刻思考，運用小說藝術形式對現實問題進行了探索，提出自己的答案，具有預見性。另外，詹宏志發現了陳氏作品相同的「母題」的重現，例如從《將軍族》到《纍纍》，從《六月裡的玫瑰花》到《賀大哥》，都是很有遠見的「前瞻作品」，率先在作品中表現和探討了具有社會意義與世界意義的問題，這都是其他陳氏作品評論者比較疏忽的問題。詹宏志的第三個洞見，在於他注意到陳氏小說中「過去」作為一種精神重負對於陳氏主人公的沉重壓迫。這恰是陳映真作品極深刻的地方。詹氏寫道：「陳映真執意放眼於『上半個世紀的災難如何在下半個世紀的台灣人身上留下痕跡』，這個努力，無論如何，都將是第三世界百年來受殖民，受侮辱、受衝擊的重要關切與重要記錄。可惜，陳映真的作品在台灣軟弱貧乏的評論界中一直還沒有得到足夠的詮釋和研究，也因而未能產生思想上廣大的刺激和影響。」當然，詹宏志也還未能更深入地就他所感覺到的問題進行闡述。

不受陳映真本人和其他批評家對其作品之分期的影響，而觀

---

⑫　詹宏志：《文學的思考者》（1983），詳見《陳映真作品集》卷十五，第 1 － 3 頁。

察到陳氏作品一貫的風格連續的，是李歐梵。李氏的洞識有如下
幾點：第一，洞察到陳映真這個人的複雜性，指出「文學作品中
的陳映真和文學作品外的理論家許南村截然是兩個人，而許南村
所要公開揚棄的早期知識份子陳映真，在後期作品——如《萬商
帝君》——中依然存在：康雄並沒有死，他不過改頭換面，以
『林德旺』（好一個反諷意味的名字）的身份出現，在『荒蕪的
河床』上作者自憐和自瀆的惡夢，而許南村的強度社會意識在陳
映真的作品中往往加上了一層宗教情操，一份略帶譏諷的自嘲和
自省後的憂鬱。」⑬這種分析是正確的，可惜他沒有更進一步地
挖掘發生這種人格分裂的現實根源和思想根源，沒有深入剖析現
實中的陳映真所體驗到的更深一層的人類處境。正是這種深層的
體驗，使陳映真既介入現實，又在介入之中感到某種無奈，這種
無奈情緒早在《麵攤》中的警官，《家》中的「我」就已經出現
了，現實對於人性的限制是產生分裂的重要根源之一；他所接受
的基督教思想以及《聖經》所啟示的人的苦難處境（一種「宿
命」的與生俱來的生命境遇）以及擺脫之道，我想也是產生陳氏
之精神分裂的重要思想根源（試想《聖經》所寫的亞伯拉罕，約
伯和耶穌的事跡），特別是耶穌的一生，無疑對陳氏有極大的影
響：人生之有限與關於永恆問題的展示，這二者只能加強人生的
局限感。這就是為什麼陳氏作品會出現那麼多「死亡」的意象。
「死亡」象徵著苦難的終結。當然也可以把死亡看作作家陳映真
對自己思想上某種絕望因素的告別。猶如歌德殘忍地安排少年維
特之自殺，而自己卻得作品之助活了下來一樣。

　　第二，李歐梵強調了陳氏作品的高度技巧，但他說陳映真
「處處否認技巧的重要性」，卻是一個誤解。陳氏並不否認技巧

---

⑬　李歐梵：《小序〈論陳映真卷〉》，《陳映真作品集》卷十四、
　　十五，第 19－20 頁。

的重要性，他只是認為技巧是作家必備的條件，因而毋須特別地
加以強調。⑭李歐梵說：「陳映真（用許南村的口氣）處處否認
文學技巧的重要性，而我偏偏在他的每一篇中發現深藏其中的各
種敘事技巧和象徵意象的圓熟運用。」⑮這與陳映真強調技巧或
藝術性「深深地源於個別藝術家（敘述的人）的觀念、語言、背
景、觀察和重敘的方式、邏輯、想像……」⑯並不矛盾。不過，
李歐梵的洞見不在此，而在於指出陳氏作品存在著**兩種文體**的交
叉和融合，即「寫實的文體」和「激情式的文體」或曰「非寫
實」或「超現實的意象激流」。由此而注意到陳氏作品的反思
的、「複調」的特性：「陳映真作品中的典型長句子，是一種充
滿了『異國情調』的激情式的文體，而這種文體卻不斷地受著另
一種嚴謹的『現實』模仿式的文體所限制」，陳映真的「寫實文
體僅是一個荒蕪的河床，而在這河床深處所流動的卻是一種『非
寫實』或超現實的意象激流。這兩種文體的交錯，使得陳映真作
品中的敘事架構出現種種回旋，並不依著單一的時間直線進行，
因此，陳映真的作品並不完全在說故事或塑造人物，而是在說故
事的過程中處處『自省』故事的意涵；在描述人物的同時也為這
些人物反思、請願或贖罪。」⑰因此，李歐梵否認陳映真語言是
「普通一般的寫實主義的敘述語言」，而稱之為「一種頗為獨特
的知識性語言」。由此，陳氏作品具有了「多層次」的意義，而

---

⑭ 參見蔡源煌：《思想的貧困——訪陳映真》（1987），《陳氏作
  品集》第六卷，第 129 頁。

⑮ 李歐梵：《小序〈論陳映真卷〉》，《陳映真作品集》第一、十
  四、十五卷，第 20 頁。

⑯ 參見蔡源煌：《思想的貧困——訪陳映真》（1987），《陳氏作
  品集》第六卷，第 129 頁。

⑰ 李歐梵：《小序〈論陳映真卷〉》，《陳映真作品集》第一、十
  四、十五卷，第 20 頁。

不僅僅反映著許南村本人的「意識形態」。他認為，作品外的許南村想為作品中的陳映真作「全權代言人」，卻無法成功，陳氏的作品「甚至可以超越作者原有的意義」，這就是文學所以有魔力的原因。

那麼，什麼是李歐梵所挖掘出來的陳氏小說曾被人所忽略的內容呢？這就是李氏的第三點洞識，即他發現了陳氏小說隱藏著的「中國現代文學中罕有的一種性的潛意識」，這是他對「許多夢魘意象和肉慾描寫（特別是女人的乳房）的片段」進行「心理分析」後的成果：「這一種壓抑的願望（desire）的衝動，恰和故事所描寫的『上層建築』相抗衡，形成了一種『張力』，但是和一般受弗洛伊德的影響後的西方小說不同，這一種願望並沒有完全實現，也沒有得到解決，卻仍然隱藏在一些宗教性的意識之中。」這正是陳氏作品中受到忽視的問題，其中的愛情故事，它所涵蓋的浪漫情操，「恐怕也不能以理想或純情的觀點視之，而是和某種潛意識分不開的，是一個解不開的『情意結』。」李歐梵發現了陳氏小說中另一個極重要的方面：性壓抑下的話語特徵。正是這種性壓抑話語化為富有詩意的「超現實的意象激流」，它與陳氏作品中常見的「政治情緒」，即政治壓抑話語一起構成陳映真寫作和精神的互為依賴的基礎。

但是，對陳映真這兩類話語形式之相互關係並未得到深入而全面的理論分析。技巧問題提出來了，語言風格問題提出來了。母題的延續問題也提出來了，然而，陳映真卻不是從這些文學性方面得到闡釋。綜觀關於陳氏的評論，幾乎驚人一致地偏重於對陳映真小說寫作的現實層面的思想內容進行闡發。評論界對作家陳映真的這種近乎不約而同的態度，在多大程度受評論家許南村自己的影響姑且不論，僅就這種寫作景觀而言，就至少說明：陳映真的政治情結，他所感到的政治壓抑，激起了相當一致的共鳴。我在本篇第一章首先從語言和敘述學特點綜述陳映真在台灣

小說寫作史上的地位和諸多論手的評論所蔚成的另一種與陳氏有
關的「政治寫作」，這些文學評論作為某種政治隱喻註釋了陳映
真寫作世界的一部份政治的、社會的和歷史的意義。然後，在第
二章和第三章，我分別論述陳映真**兩種寫作**的特點及其相互之間
的關係。我希望能深入探討詹宏志、李歐梵等人已經提出卻未能
深入論證的藝術層面的問題，並且剖析陳映真風格形成的原因。
既然「寫作」是他探討人生、人性、生死、靈肉、個人與社會、
理想與現實、奴役與自由等「五四」以來就一直困惑著中國知識
份子的問題的方式，成為他表現苦難、批判和超越現實、追求自
由的象徵，那麼研究他的寫作便是研究他獨特的生活方式，他的
孤獨，他在現實中感受的苦難、所受限制與壓抑的程度，對自由
──即關於人與社會之本質的真實把握──的嚮往和探討，對個
人局限的超越與建立烏托邦的矛盾。而這些，提供了歷史行進中
個人命運的可能軌跡。

二、「藝術叛徒」：語言與敘述學特點

　　眾多的陳映真評論給人以這樣一個印象：陳映真彷彿是一個
「藝術叛徒」，即：他是以「異端・烏托邦主義」的形象出現的
社會人物，而不是一個十分講究藝術技巧的小說藝術家。看來，
陳映真自己也喜歡關於自己的這個形象。他是以作家的身份來參
與台灣島內的各種思想鬥爭的，而且是許多思想論戰的挑起人和
主將。然而，陳映真卻是一個十分富有藝術氣質、而且在骨子裡
十分講究藝術技巧的真正的小說家。只是他不願人們過多地關注
他的作品的技巧層面，而有意引導人們去了解和思考他的作品裡
的思想內容。在台灣，人們大概都很熟悉，「入獄」是作家們常

有的生活經歷，彷彿監獄是唯一可以鍛煉作家的意志和培養他們
的文學心靈的處所。早在日據時代，賴和、楊逵等進步作家因為
直接參與民族解放運動曾被日本警察多次逮捕下獄；1945 年台灣
光復之後，楊逵因在「二・二八」事件後草擬《和平宣言》被
捕，又蹲了 12 年國民黨監獄；王拓，楊青矗等作家在七十年代也
因政治問題入獄。李喬創作的短篇小說《小說》（1982）叙述了
這種可怕的循環。陳映真 1983 年 9 月在接受記者採訪的時候說，
他到愛荷華國際寫作計劃後的「最深刻的感受」，是「理解到在
世界上極大多數的地方，作家、藝術家和新聞記者、教授、學生
永遠是政治迫害最先、最快的犧牲者。許多第三世界的作家告訴
我，他們文學同仁受到政治迫害的故事。文藝上表達的自由，在
全世界範圍內受到粗暴的限制與摧殘。」⑱因此，陳映真獨特的
政治境遇（1968 年 5 月因「民主台灣同盟」案被捕入獄，1975 年
獲釋），以及台灣自 1895 年淪落為日本殖民地以來以至 1949 年
以後進入「冷戰・民族分裂」時代這些特殊的歷史災難在現實留
下的難以遺忘的心靈創傷，都無不強化了陳映真這個「藝術叛
徒」的形象。

　　他確實是一個機智的「藝術叛徒」，但他的叛逆性主要地直
接呈現於他的散文、隨筆、訪談和論文中，在他的藝術作品中，
這種「叛逆」與其說是直接的，毋寧說是隱晦的、間接的。他以
一種十分感性的、知識份子化的、美文的語言，塑造了與現實格
格不入的憂鬱哀傷的人物形象，這些人物以他們近乎聖潔的道德
感和尊嚴承受著血腥骯髒的歷史留下來的沉重負擔。他的語言和
他的叙述方式，塑造了他的小說的不俗的藝術品格。

　　在導言中，我從壓抑的機制論述了台灣 1895 年以來迄今三大

---

⑱　蘇濟雄：《温暖流過我欲泣的心》，原載 1983 年 10 月《夏潮論
　　壇》一卷 9 期。《陳映真作品集》第六卷，第 26 頁。

歷史時期及其相關的壓抑內容，即異族的殖民壓迫、戰後國民黨出於反共目的而實行的政治與意識形態壓制和進入八十年代以後由於工商經濟的日益發達，島中中產階級的興起，民主力量的發展，政治與意識形態的壓抑讓位於大眾消費社會普遍的異化力量對人性圓融完整的威脅。在這三種壓抑下，分別產生了不同的寫作。表現在小說的敘述模式上，便是三種敘述形式的變革：外向敘述與全知觀點普遍運用於第一時期即日據時期；內向敘述與有限觀點則成為第二時期相應的比較廣泛的敘述形式；至於第三個時期出現的實驗小說（或「元小說」），其敘述模式仍然延續著第二個時期的主要形式，但是在關於小說與現實的理解上已有較大的差異。陳映真的小說寫作，屬於第二時期的範疇，但是他又繼承和發展了第一時期的作家的某些母題（例如「貧困」母題），而且他獨特的語言風格還令人想到我國三十年代的左翼文學，特別是魯迅的風格對他的影響，至於他在一些非虛構作品中對現代台灣地區大眾消費社會的批判，與第三時期出現的一些實驗與批判二者兼之的小說有異曲同工之妙。因此，從 1959 年 9 月開始發表第一篇短篇小說《麵攤》起，至 1987 年 6 月發表中篇小說《趙南棟》止，二十九年間（中間除 1968 年 5 月至 1975 年 7月因入獄輟筆外），陳映真的寫作橫跨了上述第二、三個時期，同時又帶著第一個時期的某些歷史的苦難記憶（1947 年「二・二八」事件爆發時，陳映真已經十歲，這個年紀對於一個敏感的少年來說已經足以感受他的前代人的焦慮、希望、挫折與痛苦了），這個特點使陳映真這位自覺為自己的時代和同胞寫作的作家，具有比較典型的意義。

陳映真 1983 年 11 月 7 日在美國愛荷華大學國際寫作中心訪問菲律賓作家阿奎拉（R. M. Aguilla）時注意到「在殖民主義和反殖民主義時期抗拮的時候，語言的歷史，帶有重大的政治意義。」[19]阿奎拉所敘述的菲律賓文學史上爭取民族語言獨立的鬥

爭，正是反抗殖民主義統治的鬥爭。這種情形，頗類似於台灣日
據時代的情形。有趣的是，十六世紀的菲律賓殖民者西班牙人在
語言問題上採取了和它在南美洲殖民地者不同的戰略，它不教菲
律賓人講西班牙語，而是維持菲律賓已有的三種土語，即 taga-
lo，ilocano，Visayan，使之保持著「地域的、分散的性格」，
便於「分而治之」。在統治階級內部則以西班牙語作為共同的、
統一的語言。這個現象反證了民族語言對於凝聚本民族向心力的
政治作用和它相對於其他民族語言的分裂性格，倘說日據時代的
台灣愛國作家有意通過張揚漢民族語言及其所體現的「中國意
識」來對抗日本統治，那麼日據時代結束後，小說寫作中對台灣
方言的強調除了純粹藝術目的外，便是有意突出富有地域性政治
色彩（而非「民族色彩」）的「台灣意識」。「中國意識」是以
中華民族的精神對抗民族的文化壓抑；「台灣意識」則是以強調
本土的利益來抗衡國民黨的統治。關於後者，如果說在八十年代
以前還是比較隱晦，遮遮掩掩的話，那麼到了八十年代島內言論
開放以後，便愈來愈明朗了。譬如詩人白萩便說：

> 　　國民黨退佔台灣後，經過二‧二八的大焚燒，一時使
> 台灣島內成為無意識的不毛之地。「台灣」意識的重新萌
> 芽，是開始於1964年的《台灣文藝》和《笠》詩刊。前者
> 是吳濁流在《中國文藝》的花園中，有意的幟別在「台灣
> 文藝」，而後者是「台灣本土詩人」的有意結社。此種新
> 生的、有別於過去的帶有自主性的「台灣精神」，因對
> 「祖國」不再依賴，造成能與國民黨合作，對抗「祖國」

---

⑲　陳映真：《模仿的文學和心靈的革命──訪問菲律賓作家阿奎拉》
　　（原載1984年1月《文季》一卷4期。收入《陳映真作品集》第
　　七卷，第89頁。1988年，台北人間出版社版。）

的共產黨，而又同時對抗國民黨專制的新型態。從二十五年前的播種開始，《笠》歌頌著「華麗島」、「美麗島」；闡述著「台灣現實」和「台灣本土」，終於激發出「鄉土」文學和「美麗島」政團。⑳

　　我們的一些研究者在歡呼台灣「鄉土文學」的勝利時，可能並沒有看到白萩先生等這一部份鄉土作家的隱秘願望（在1977、1978年爆發鄉土文學之爭，八十年代初引起大陸學界關注時，這個明確提出「自主」意識的主張在台灣也還屬非法），大陸學者所願意看到的，毋寧是彼岸鄉土派文學主張中所包含的關於「回歸民族傳統」的傾向，即反西化、反現代主義因而也要求實踐現實主義創作方法的意見。在政治上，這也意味著「冷戰」的一個部份：有利於揭露國民黨統治下，資本主義在台灣畸形發展的現實。但問題要比想像的複雜得多：主張「台獨」的個人與團體，在反對共產主義意識形態上與國民黨是一致的；但由於他們要求分享政治利益，又打起民主憲政的旗號，就也必然與國民黨有矛盾和衝突，但這主要不是意識形態上的分歧，而是政治經濟利益上的衝突。

　　這就是台灣鄉土文學運動的特殊性。我們回顧一下 1977、1978年鄉土文學論戰中對鄉土文學發難一派的論點，便發現他們對鄉土派的意識形態作了「社會主義」的解釋，而這一點恰恰激怒了鄉土派。譬如彭歌稱：「某些鄉土文學（很少的幾篇）作品的內容，令人感到並不是要正確地反映，而是有著惡化社會內部矛盾之傾向。」「我不贊成文學淪為政治的工具，我更反對文學淪為敵人的工具。」「如果不辨善惡，只講階級，不承認普遍的

⑳　白萩：《百年熬煉》，為《台灣精神的崛起》所作的序，載《笠》詩刊 1989 年 10 月第 153 期，第 125 頁。

人性，哪裡還有文學！」㉑更典型的是余光中的看法：「北京未有三民主義文學，台北街頭卻可見工農兵文藝，台灣的文化界真夠大方。說不定有一天工農兵文藝還會在台北得獎呢？」「說真話的時候已經來到。不見狼而叫『狼來了』，是自擾。見狼而不叫『狼來了』是膽怯。問題不在帽子，在頭。如果帽子合頭，就不叫『戴帽子』，叫『抓頭』。在大嚷『戴帽子』之前，那些工農兵文藝工作者，還是先檢查檢查自己的頭吧！」㉒鄉土派的反擊策略是堅持了兩個基本論點，即鄉土文學不是「工農兵文藝」；「鄉土文學」是現實主義文學和民族文學。前一論點將鄉土文學與政治問題作了區分；後一個論點則強調台灣當代文學的立足點和針對性（反西化）。我們且不論當時出現的文章如王拓《擁抱健康的大地》、《二十世紀台灣文學發展的動向》、《是現實主義文學不是鄉土文學》，陳映真的《文學來自社會反映社會》、《建立民族文學的風格》、《那殺身體不能殺靈魂的，不要怕他！》，尉天驄《鄉土文學與民族形式》、《什麼樣的人什麼樣的文學》等的論點，就是八十年代以後的有關文章，對此依然不能忘懷。譬如彭瑞金寫道：「這樣的文學運動（按指鄉土文學運動），被誇大、形容為具有挖牆腳、刨樹根的威力，純粹是蓄意點燃戰火者的過度反應，鄉土文學運動的純粹文學運動本質，可從運動的參與幅度加大之後，使得文學本身發生對結構體的震撼性省思看出來……」㉓──但是鄉土文學本身的「文學」性質，與鄉土文學運動本身的非文學性質，還是可以看得出來

㉑　彭歌：《不談人性，何有文學》，《聯合報》1977 年 8 月 17 －
　　19 日。

㉒　余光中：《狼來了》，《聯合報》1977 年 8 月 20 日。

㉓　彭瑞金：《1983 年台灣小說選導言》，台北，前衛出版社 1984 年
　　初版，第 2 頁。

的。這個時期對於政治與意識形態壓抑的極度敏感，充分表現在這場論戰上。

　　上面的簡略回顧有助於我們理解台灣鄉土文學的複雜性。而陳映真的意義也正是從這種複雜性中顯露出來。首先他與主張「台獨」的作家判然有別。他認為台灣的文學和藝術工作者應該「學習在世界的視野上，在中國和台灣近、現代史的架構上，在南北對抗的今日世界政治經濟構圖中，思考台灣和中國未來的方向與可能性，從而在大家共同關心、愛讀的在台灣的中國文學上，尋求民族團結與和平的堅實基礎，為中國文學和世界文學做出我們可能的貢獻。」這使得陳映真超越了狹隘的地方主義和分離主義的視野來觀察中國和台灣的問題。㉔其次，陳映真一貫主張為弱小者代言，因而堅決回擊了來自權力體制的對於鄉土文學的指控，雖然他自己並不完全贊成「鄉土文學」的提法，更反對分離主義的主張。陳映真說：「我主張民族的和平與團結。文學應該使人和睦，不應該製造紛爭。」㉕「對於在島內用台灣民族論與我爭論的人，老實說，我是有一點佩服的──為了他們負責、正直、勇敢的風格（而不是為了他們的論證），我對他們的沉默，其實就是這種敬意的表達。」㉖陳映真對分離主義論者保持沉默，是出於對他們政治處境的理解，對他們長期受到國民黨壓制的同情，因此，他表示「很樂意看到台灣分離論在近一兩年來逐漸取得表達言論思想上的自由──或者半自由狀態」，認為

㉔　陳映真：《中國文學和第三世界文學之比較》，原載《文季》
　　1983 年 1 月一卷 5 期。

㉕　李瀛：《寫作是一個思想批判和自我檢討的過程》（1983），
　　《陳映真作品集》卷六，第 17 頁。

㉖　書名：《陳映真的自白》（1984），《陳映真作品集》卷六，第
　　39 － 40 頁。

「沒有分離論的言論自由,反分離論的言論,在台灣就沒有政治
和道德的正當性」㉗。這就是他在持分離論的人對他攻擊有加的
時候,很少進行反駁的原因。他不願意在對方沒有充分言論自由
的狀況下扮演類似於官方權力體制的壓抑角色。但是,他並不因
此改變自己堅持民族統一的一貫立場,明確指出,分裂主義的運
動和思潮是台灣文學的發展方向的一股「暗潮」。㉘

　　第三,陳映真堅持從自己的文學立場對文學與政治的關係進
行區分。他雖一貫強調文學的思想性和社會性,主張第三世界的
作家應將「國家的獨立、政治的改革和人的解放」作為自己寫作
最關切的問題,㉙但他又認為,「文學畢竟不是政治。用胡秋原
先生的話說,它有獨立的、自由的、嬌潔的特點。文學非以役
人,更不役於人。文學是在具體生活中對於具體的人和他的命運
的思索。……總而言之,文學是離不開政治的。但文學又絕不是
政治,而有它極為微妙而具體的獨立性。」㉚他強調文學不是宣
傳品,因此必須加強文學作品和文學評論本身的「品質」。基於
此,他在七十年代的論戰中,才特別地將鄉土文學與分裂主義文
學、與「工農兵文學」區分開來,強調鄉土文學是「在台灣的中
國文學,繼承了過去中國民族主義的、現實主義的、干涉生活的
傳統。」㉛他認為 1982 年《台灣文藝》改組之前,台灣的文學基
本上和黨外民主化運動無關;《台灣文藝》改組後,才注意到和

　㉗　蔡源煌:《思想的貧困》(1987),同上,第 127 頁。關於台灣
　　　分離主義產生的國內國際因素,亦參見 127 頁以下。

　㉘　彥火:《陳映真的自剖和反省》(1987),同上,第 91 頁。

　㉙　琳達・杰文:《論強權、人民和輕重》(1982),同上,第 6 頁。

　㉚　書名:《陳映真的自白——文學思想及政治觀》(1984 年 1 月
　　　《七十年代》月刊)。

　㉛　書名:《陳映真的自白——文槪想及政治觀》(1984 年 1 月《七
　　　十年代》月刊)。

政治民主化運動的結合。㉜這個判斷，顯然與白萩先生的看法有
所不同，其根本差異就在將改組前的《台灣文藝》看作「文
學」，即在台灣的中國鄉土文學，而不是一種分離主義的思潮。
他批評「不曾參與 1972 年『現代詩論戰』，又在鄉土文學論戰中
噤默不語的少數一些評論家提出『台灣鄉土文學是台灣人意識的
文學』的宏論，主動地為論戰當時控訴鄉土文學是台獨意識的文
學的控方，提出不智的佐證。」㉝正是由於「鄉土文學」引起的
反應大都是「政治性」的──這恰恰是台灣日據以來至八十年代
中期難以擺脫的「政治情結」在人們社會生活中已根深蒂固的反
映──阻礙了人們對文學問題本身進行誠實的討論，甚至引起了
廣泛的模仿，逐漸成為寫作上的流行，「失去其原有的活力」，
㉞陳映真才認為「鄉土文學」這個概念是「不適當」的，㉟儘管
他不得不一直沿用了這個名詞。

　　我們從政治立場、思想傾向與文學觀念三個方面陳映真在台
灣寫作場景中的意義，作為土生土長的本土作家，他既堅持祖國
統一民族團結的立場，恪守人道主義的、民主的信念，使他與台
灣本土的分離主義、與國民黨當局處於十分微妙複雜的關係。正
是這種特殊的地位──對分離主義主張不能苟同，又十分同情其
政治處境；對國民黨獨裁專制十分不滿，但在統一問題上又有相
通之處──使陳映真處於孤獨、內心充滿矛盾和衝突的狀態。倘

㉜　同上註。

㉝　陳映真：《中國文學和第三世界文學之比較》（1983）。

㉞　琳達・杰文：《論強權、人民和輕重》（1982 年 8 月《大地》10
　　期）。

㉟　參見陳映真：《懷抱一盞隱約的燈火──遠景〈第一件差事〉四
　　版自序》（1977），收入《陳映真作品集》第九卷，第 23 － 24
　　頁。另見陳氏文章：《「鄉土文學」的盲點》（1977 年 6 月《台
　　灣文藝》革新二期），收入《陳映真作品集》第十一卷。

說「孤獨」是現代的黑暗，那麼，幫助陳映真照亮了這黑暗的，便是耶穌基督的博愛信念、中華民族的傳統精神和新馬克思主義的批判理論。而寫作，便是使這些光成為可能的「燈盞」。

從陳映真小說敘述中介的特點看，似乎可以更真切地感受到他的孤獨與光。

首先是語言的運用。陳映真小說的語言是富有詩意的知識份子語言，而很少將台灣本土的口語方言寫入作品。從這一點看，他與其說屬於台灣鄉土文學的傳統，毋寧說承續了我國二三十年代文學的香火。我們不妨先比較一下下面兩段話：

第一段：

四周是廣大的空虛，還有死的寂靜。死於無愛的人們的眼前的黑暗，我彷彿一一看見，還聽得一切苦悶和絕望的掙扎的聲音。

　　…………

我仍然只有唱歌一般的哭聲，給子君送葬，葬在遺忘中。

　　…………

我要向著新的生路跨進第一步去，我要將真實深深地藏在心的創傷中，默默地前行，用遺忘和說謊做我的前導……。

第二段：

在我的弟弟康雄死後才四個月，我舉行了婚禮；一個非虔信者站在神壇和神父祝福之前……這些都使我感到一種反叛的快感。固然這快感仍是伴著一種死滅的沉沉的悲哀──向處女時代、向我所沒有好好弄清楚過的那些社會思想和現代藝術的流派告別的悲哀。……

　　…………

　　而於今兩年了，我變得懶散、豐滿而美麗。我的丈夫
溫和有禮，而且譽滿他們的社會。做彌撒的早上，當他扶
著我走上聖堂門口的台階的時候，我的丈夫顯得尤其體貼
溫柔。我們是注定要坐在最前排的階級，然而我始終不敢
仰望那個十字架上的男體──因為對於我，兩個瘦削而未
成熟的胴體在某一個意識上是混一的──與其說是悲哀，
毋寧說是一種恐懼吧。流淚的哀慟已經是沒有了。

　　第一段話引自魯迅寫於 1925 年 10 月 21 日的《傷逝》，是涓
生沉痛悲悼死於生活沉重迫壓的子君的話；第二段便是陳映真發
表於 1960 年 1 月的《我的弟弟康雄》裡康雄之姊的獨白。同樣是
悼亡；同樣是生者一方面為自己懺悔，另一方面又力圖在生活中
藉助「遺忘」、自我欺瞞來掩飾內心的愧疚與痛苦；同樣是在貧
困的境況中發生的悲劇，倘若不考慮後者還有宗教的暗示，僅僅
著眼於那如訴如泣的抒情的敘述語調，那哀傷而優美的語言，那
麼我們幾乎可以忽略這二者的寫作時間相距三十五年。當然這時
間並不很長，但陳映真敘述語言的傳統是十分明顯的。（關於魯
迅對陳映真的影響，我在第二篇中還將詳論。）

　　與這種知識份子化的個人話語相適應的是陳氏小說敘述中介
的第二個重要特徵，即內向敘述和有限觀點的比較普遍的運用，
這看起來有些矛盾，因為陳映真一直強調作家要關心社會、民
族、祖國的前途，關心人的命運和人應有的尊嚴，而且主張像第
三世界的文學家們那樣「向外看人和人的命運」，他甚至批評台
灣作家「向內看」，「只看到自己的感情和心理流動」，許多作
品「沒有歷史、社會、人和生活等思考的焦點。」㊱然而實際
上，陳映真正是通過他的內向敘述技巧實現了他的文學理想，以
致有些論者不管陳氏本人怎麼強調思想內容甚於藝術技巧，依然

堅持認為陳氏是十分講究技巧的作家。例如李歐梵先生說：「陳映真（用許南村的口氣）處處否認文學技術的重要性，而我偏偏在他的每一篇作品中發現深藏其中的各種叙事技巧和象徵意象的圓熟運用。」㊲我同意陳映真所談的技巧並非來自現代主義，而蘊藏於一個作家的「批判力、思想力以及批判思想背後巨大無比的人間性和人間愛」㊳的觀點。但是，現代主義富於創造性的作家越來越關注技巧內涵的思想意義，並通過技巧的自覺變革來表達戰後一代特殊的人生感受，描述戰爭給人類精神造成的毀滅性創傷、戰後心靈的荒蕪和現實的困境、人的尊嚴，卻是事實。正如加繆在接受諾貝爾文學獎的致答詞中所說：「身為腐敗的歷史的繼承人的這一代──這腐敗的歷史乃揉進了墮落的革命，走火入魔的科技，死亡的神，和陳舊了的意識形態。而中產的力量卻足以把一切都摧毀，卻已不再知道如何使人信服，人的心智自降身價，變成了為恨意和壓迫所效勞的奴僕──這一代，從他們自我否定起步，必須在內在與外在中去重新建立起足以使生命與死亡有點尊嚴的東西。」㊴陳映真本人恰也如此：他給他的人物內心投入了歷史的苦難回憶，因此，陳映真的人物大多數都是無法選擇地背負著歷史重擔的勞苦的人。這些人物，例如康雄（《我

㊱ 蘇濟雄：《溫暖流過我欲泣的心──在愛荷華訪陳映真》（1983年10月《夏潮論壇》一卷9期），收入《陳映真作品集》卷六，第28頁。
㊲ 李歐梵：《小序〈論陳映真卷〉》，《陳映真作品集》第十四卷，第20頁。
㊳ 李瀛：《寫作是一個思想批判和自我檢討的過程──訪陳映真》（1983年7月《夏潮論壇》一卷6期），《陳映真作品集》卷六，第15頁。
㊴ 陳映真主編《諾貝爾文學獎全集》第三十四卷《加繆集》（1957），第8頁，台北遠景出版社1981年5月初版。

的弟弟康雄》），吳錦翔（《鄉村的教師》），范某（《文書》），三角臉和小瘦丫頭兒（《將軍族》），胡心保（《第一件差事》），巴奈爾（《六月裡的玫瑰花》），賀大哥（《賀大哥》）和蔡千惠（《山路》）等等，記憶裡都深藏著個人與社會的歷史的苦難，他們令人想起《舊約》裡無辜忍受苦難之折磨的約伯。**陳映真的特點，便是從他們的眼睛、他們的意識中心去看他們的歷史亦即社會的歷史，去檢視這苦難的歷史、腐敗的歷史給他們的心靈現實造成的巨大影響。**陳映真很少直接從外部描述社會、歷史的場面事件，相反，他更感興趣的是挖掘這些外部事件如何化為精神形態的東西，成為個人無盡痛苦的根源。於是，人物的沉思、反省、懺悔──為自己，也為「歷史」，成為陳氏塑造的藝術形象的重要特徵。正是通過這些形象的反省以至於毀滅，陳映真表達了他的一貫的主題：在苦難中保持人的尊嚴。所謂「內向敘述」便是對於這些人物那種融合了社會、時代之歷史的個人經驗的敘述。陳映真藉此將他的思考穿過現實的表面，將已化為靈魂深處的陰影的過去再現了出來，這就使他的作品具有了比較深厚的歷史感。另一方面，由於歷史與現實不是由作者站在「上帝」的位置去敘述，去判斷，而是讓人物自己來回憶，來承擔，即採取「有限觀點」的敘述策略，使得陳映真的小說成為另一種「歷史」寫作，不同於寫在歷史教科書上的那種歷史的「歷史」寫作：它由各種小人物的聲音構成，它將敘述「歷史」的權力還給這些生活在台灣社會底層的人物。而令人心悸的是，竟是這些人，在忍受精神苦難與生活壓迫中，去為整個時代的錯誤痛苦地懺悔。這個特點，使陳映真的小說寫作在**思想**方面超出了同時代其他台灣作家的創作。

三、另一種政治寫作：關於陳映真作品的評論

　　1988 年 4 月由台北人間出版社編輯出版的《陳映真作品集》十五卷，有三卷實際上不是陳映真的作品，而是關於陳映真作品和思想觀念的訪談集和評論集，即第六卷《思想的貧困》（人訪陳映真），第十四卷《愛情的故事》和第十五卷《文學的思考者》，後兩卷都是海峽兩岸批評家和海外學者（包括美國和日本）對陳映真的評論。把關於作者的訪問記和評論放在作者名下，作為作者的「作品集」出版，這恐怕是絕無僅有的吧。毫無疑問，沒有陳映真創作的作品及其影響力，便沒有這些訪談和評論，因而，將看起來不是出於作者手筆的東西的所有權歸入他的名下，恰恰顯示出陳映真意義的延伸。反過來說，沒有這些訪談和評論，也不足以顯出陳映真的影響。談論陳映真和評估、解剖陳映真，不僅將陳映真作品本文的意義敞開了，而且形成了另一種寫作景觀，使我們可以窺見陳映真的寫作與台灣社會生活，特別是知識份子知性生活的關係。

　　我在「導言」提出從 1945 年至七十年代末八十年代初，政治和意識形態上的壓抑成為台灣社會生活的主要特徵。這時期值得一提的有兩樁重大的歷史事件，即 1947 年台灣全島暴動遭到殘酷鎮壓的「二‧二八」事件和 1949 年國民黨在大陸全線崩潰，退守台灣，祖國分裂的局面形成。「二‧二八」事件在台灣一直成為官方諱莫如深的話題，直到 1988 年 3 月迫於壓力才在《中央日報》（3 月 10 日）公佈了當時的國民黨「監察院」閩台公使楊亮功等人撰寫的「調查報告」。關於這一慘案的前因後果我們不想詳述，只提光復前後對國民黨接收當局始則充滿期待繼而徹底失

望這一點就夠了。台灣五十年代的白色恐怖還與國民黨敗退台灣
之後，出於對中國共產黨的恐懼和鞏固自己統治地位的需要，以
「反共」為名進行大逮捕大清查有關。1991 年 5 月 1 日才宣告終
止的所謂「反共動員勘亂時期」，以及有關的「戒嚴法」就是那
個時代一直延續至今的產物。這兩椿歷史事件無論對台灣省籍人
還是對從大陸去台的人，都造成了難以估量的影響。它像政治幽
靈，一直隱隱地徘徊於人們的社會生活和精神生活之中，它是政
治夢魘，沉沉壓在人們的心頭。這時期的小說出現不少沉悶的「閣
樓」或塗了油漆卻充滿了「蛀蟲」的危房的意象（例如聶華苓《桑
青與桃紅》中對悶熱局促的「閣樓」和生活其間的煩躁人生的描
寫；施叔青《約伯的本裔》裡木匠對寮房的議論；陳映真《永恆
的大地》中對父子蝸居的隱喻等等），便是壓抑，黑暗，沉悶，
風雨飄搖，遠離「大陸」的象徵，是這個時期政治環境的寓言。
大陸人與台灣人之間的微妙關係也成為台灣文學特有的母題。

　　政治壓抑產生了反抗壓抑的熱情和話語。關於陳氏的評論一
開始便具有政治性背景，因而成為特殊形式的政治寫作。

　　陳映真不是因為他寫的小說入獄，卻因為入獄而使他的作品
引人注目。⑩ 1968 年 12 月發表在台北《大學》雜誌上的關於陳
映真的第一篇評論——尉天驄的《一個作家的迷失與成長》便是
為被捕的陳映真作辯護而撰寫的。第二篇陳映真作品評論出現於
1972 年 9 月，這是劉紹銘撰寫的《愛情的故事——論陳映真的短
篇小說》（載於《中外文學》一卷四期），似乎也帶有辯護的色
彩。陳映真如是描述他當時讀到這兩篇文章時的感受：

---

⑩　陳映真於 1968 年 5 月因「民主台灣同盟」案被捕。他在 1983 年
　　9 月中旬接受採訪時說：「嚴格地說，1968 年我被捕，並不是因
　　為我在文學上的活動。」（蘇濟雄：《溫暖流過我欲泣的心——
　　在愛荷華訪陳映真》），《陳映真作品集》卷六，第 25 頁。

畏友尉天驄寫的《一個作家的迷失與成長》，也許是評述我的小說的最早的文章。這篇評述，是就我在 1968 年以前所做小說的內容，以存證文件的形式，直訴於當時的軍法處，證明我不可能是一個涉嫌「叛亂」的人，距今足足二十年的當時，為一個因政治原因被拘捕的朋友公開申辯的高度政治和身家破滅的危險性，是今天動輒上街「拉白布條」示威抗議的時代所無從想像的。

而關於我的小說的頭一個評論，是以法的、政治的視角和必要，而不是從純粹的文學評論出現於論壇，回想起來，不免啞然。

1972 年，在美國的劉紹銘教授寫《陳映真的小說》，做為香港小草出版社出的《陳映真選集》一書的導言出現。記得我在火燒島的囚室中讀到當時刊在《中外文學》雜誌的劉紹銘的文章，愕然良久。

在 1975 年我出獄之前，這兩位朋友在台灣政治還處在嚴苛荒悚條件下的當時，發表這樣的文章，對於刑餘之人，無論如何，總是難於忘懷的。 ㊶

但陳映真真正引起了廣泛注意的，是 1975 年 7 月出獄之後，他由遠景出版社結集出版了兩本小說集《第一件差事》和《將軍族》。「一面是為了經濟上的需要，一面是懷著對過去做一個總結的心情。」㊷他以「許南村」筆名發表的《試論陳映真》一文作為這兩本書的序言，更是率先對自己進行了細緻的解剖。評論

㊶　陳映真：《總是難於忘懷——〈論陳映真卷〉自序》（1988），
　　第 23 頁。

㊷　陳映真：《懷抱一盞隱約的燈火——遠景版〈第一件差事〉四版
　　自序》（1977.5），《陳映真作品集》卷九，第 25 頁。

家許南村與藝術家陳映真精神上的互相詰難和「分裂」開始表現
在他撰寫的自我剖白的文學評論中。1976 年初，小說集《將軍
族》的被禁客觀上幫助了陳映真。自此以後，陳映真越來越成為
評論界關注的對象。從 1979 年初開始至 1988 年，每年都有關陳
映真作品的評論。評論者從台灣本土逐漸擴及香港、大陸和海外
（美國和日本）。評論的對象主要是陳映真的小說（有極個別涉
及陳氏自己撰寫的評論文字，如彭瑞金《偏執的真相》一文）。
而評論的方法，幾乎不約而同地沿著早期尉天驄、劉紹銘，特別
是「許南村」所開闢的路線走了下來，這就是側重從陳氏小說思
想內容、社會關注和人道主義的終極關懷展開富於政治暗示與意
識形態話語的闡釋。──這在台灣是毫不足奇的，它構成了一幅
很有刺激色彩、富於挑戰性的政治寫作的一部份。

　　如果說台灣五十年代以來的文學評論在學院派的努力下漸漸
形成注重本文、意象、結構、語言情調等形式分析的理論與方法
（譬如夏濟安五十年代中期創辦《文學雜誌》（1956）倡導歐美
「新批評」方法，在六七十年代蔚為一時風氣），對政治生活似
乎採取一種疏遠的態度，那麼，以陳映真為代表的文學評論則更
多地介入非文學領域，或者確切些說，他們將文學當作了現實生
活必不可少的一部份。陳映真本人自覺到他的評論方法在台灣文
學評論界的價值。他說：「戰後四十年間，台灣的文學評論，論
語言和角色塑造，論技巧結構等等的居多，從文學社會的角度看
作品和作家的，則較為少見。從社會和思想的觀點評價文學作品
和它的作者，在我，有一個理所當然的先決條件，即作者的作品
具備著一定的藝術水平。而當我在『借題發揮』時，我試從作品
和思想去理解和說明我們社會的客觀生活中所存在的問題，也試
著把客觀世界和生活，與作者在作品中表現的主觀觀念與思惟做
一個排比。」他明確指出，採取這種文學社會學的方法，「除了
因為戰後冷戰體制下台灣思想與知性的禁錮，使作品之思想和社

會分析與批判差可聊備一格之外，別無貢獻。」㊸這兩種看似不
同的批評流派——學院派和社會學派——事實上都可以從台灣特
殊的政治環境中找到其發生的根源。前者藉倡導「純文學」逃避
權力機制的壓抑，企圖在文學形而上學的沉思默想中為飽嘗憂患
的人性尋找一個安靜的棲身之地；後者則直面權力機制的壓抑，
藉文學之題批判現實。1985年刮起的「龍應台風暴」，七十年代
現代詩論戰、文學教育論戰和鄉土文學論戰三大論戰，以及六十
年代「自由中國」案，八十年代「政治小說」，「人權小說」的
崛起等等觸動過台灣社會神經系統的大大小小文學論爭，充分說
明1945年以來台灣社會的癥結是冷戰時代政治與意識形態壓抑的
問題，而不是「純文學」的問題。

對陳映真作品的評論蔚為文學社會學批評的寫作景觀。在
「純文學」批評佔主導地位的台灣文壇，這個景觀無疑具有更高
的社會認識價值。它從三個主要方面展開陳映真作品的意義：

⑴側重於小說題材的現實意義。例如對於早期小說表現的省
籍之間的矛盾的關注；對台灣主義的批判（「華盛頓大樓」系
列）；對五十年代政治生活（白色恐怖時代）的反省（寫於八十
年代初的所謂「政治小說」）。

⑵挖掘小說內涵的意識形態內容。例如對小說體現的基督教
精神和人道主義的分析。

⑶就藝術風格看，將陳映真入獄前後的小說進行分期，分別
以「浪漫」與「寫實」來加以概括。

由於陳映真的自我剖析引導了其他批評家對他的小說世界的
理解，我們有必要了解他（化身為「許南村」）為自己作品設定
的解讀方向。

㊸　陳映真：《〈走出國境內的異國〉自序》，《陳映真作品集》第
　　十卷，第 27 - 28 頁。

　　評論家陳映真（許南村）嘗試用階級分析的方法分析作家陳映真的生活背景、社會地位及其對作品流露的思想情調的影響。他將自己定性為「市鎮小知識份子」，在社會上處於中間的地位。這個特殊的位置使這個階層的人們「對於力欲維持既有秩序的上層，有著千絲萬縷的聯繫；而對於希望改進既有社會的下層，又不能完全認同，於是他們的改革主義就不能不帶有不徹底的空想的性格了。」㊹在談到家庭背景對個人的影響時，陳映真也顯得十分清醒；「1956 年，他的養父去世，家道遽爾中落。這個中落的悲哀，在他易感的青少年時代留下了很深的烙印。這種由淪落而來的灰暗的記憶，以及因之而來的挫折、敗北和困辱的情緒，是他早期作品那種蒼白慘綠的色調的一個主要根源。」㊺陳映真一方面注意到自己所從屬的階級或階層的共性，另一方面又將自己置於特殊的「家道中落」的環境中剖析個人經驗的個性。毛澤東對中國社會各階級狀況的清醒的理性把握和魯迅般對個人家庭境遇、世態炎涼、人世無常的深層人生體驗，在陳映真身上融為一體。他看到因中落的挫辱而自我封閉的作家陳映真在早期作品中「不健康的感傷」，「脆弱的、過分誇大的自我之蒼白和非現實的性質」，看到他「空想的性格」，「認識與實踐之間的矛盾」，如何衍化、產生了各種軟弱無力、猶豫苦悶的理想主義人物：康雄，《故鄉》中的哥哥，《加略人猶大的故事》中的猶大，《唐倩的喜劇》中誇誇其談的讀書界，《鄉村的教師》中的吳錦翔，《一綠色之候鳥》中的趙如舟等等。思想家陳映真對這些人物既充滿同情，又持否定的態度，但在對他們進行否

㊹　許南村：《試論陳映真》（1975），《陳映真作品集》第九卷，第 5 頁，第 4 頁。

㊺　許南村：《試論陳映真》（1975），《陳映真作品集》第九卷，第 5 頁，第 4 頁。

定、鞭笞時不免又替他們擦拭傷口，喃喃辯護。下面的剖析幾乎
是陀思妥耶夫斯基式的長篇「獨白」：

> 言行之間的背離，不斷地刺痛著他們的猶豫、敏銳的
> 良心，使他們痛苦，使他們背負著愴絕的愧疚，使他們深
> 深地厭惡自己，終而至於使自己轉變成為與始初完全相背
> 反的人。他們墮落了。天使折翼，委落於深淵而成為惡
> 魔，竟而終於引至個人的破滅。自以為否定了一切既存價
> 值系統的、虛無主義的康雄，在實踐上卻為他所拒絕的道
> 德律所緊緊地束縛著。他無由排遣因這種矛盾而來的苦痛
> 而仰藥自殺了；曾經自以為嚮往社會主義的費邊社會主義
> 者趙如舟，在現實生活中卻曾殘酷地遺棄一個舊式婚姻中
> 的妻子和一個叫做節子的東洋女人，其後又一直在麻木不
> 仁、腐敗、骯髒之中生活，而終結於因老人性痴呆症走向
> 癲狂的末路；鄉村的教師吳錦翔始而幻滅，繼而墮落，再
> 繼而發狂自殺；《故鄉》中，試圖在基督教義中尋找正義
> 的哥哥也變成了一個耽溺在賭博和情慾的惡魔，毀去了一
> 生。

作家陳映真在描寫這些人物時可能還朦朦朧朧的一些意向，
經過思想家陳映真出獄後的分析，似乎變得日益明朗起來。陳映
真無疑對自己的整個生活（包括內心深處的精神生活和情感生
活）作了徹底的思考和反省。他不再從個人的角度去考慮問題，
而是從階級的角度，甚至從「歷史」和「時代」的角度去分析問
題。他意識到他所處的時代是「新的歷史時期的黎明」，也就是
社會轉型的時代。他從安東‧契訶夫身上看到了自己的位置和自
己所表現的同一階層的人物特徵：「安東‧契訶夫是表現這種社
會轉型時代中，自由知識份子那種無氣力、絕望、憂鬱、自我厭

棄、百無聊賴以及對於刻刻在逼近著的新生事物底欲振乏力之感的最優秀的作家之一。陳映真早期小說中的衰竭、蒼白和憂鬱的色調，是很契訶夫式的。但是，在表現上的優美和深刻來說，陳映真當然不及契訶夫遠甚了。」──從藝術家近乎藝術本能的表現到理論家運用唯物史觀的分析把握，陳映真試圖理解自己以前並不甚了然的社會發展的規律使他自己面對歷史的必然性，從而獲得理解歷史和現實的自由。同時，他將個人的焦慮悄悄放在一邊了。

這種唯物史觀，就像汪洋大海駛來的一艘白船，給掙扎於驚濤駭浪的落難水手，或迷失於荒蕪人煙之海外孤島、於絕望中等待救援的人們，帶來了希望和撫慰。陳映真認為這種變化發生於1966年以後，因此，在他寫於1975年的這篇自我剖析的文章中，他將自己的創作作了分期，認為1966年以後，自己的風格有了「突兀的改變」，「契訶夫式的憂鬱消失了。嘲諷和現實主義取代了過去長時期來的感傷和力竭、自憐的情緒。理智的凝視代替了感情的反撥；冷靜的、現實主義的分析取代了煽情的、浪漫主義的發抒。當陳映真開始嘲弄，開始用理智去凝視的時候，他停止了滿懷悲憤、挫辱和感傷去和他所處的世界對決。他學會了站立在更高的次元，更冷靜、更客觀、從而更加深入地解析他周遭的事物。這時期的他的作品，也就較少有早期那種陰柔纖細的風貌。他的問題也顯得更為鮮明，而他的容量也顯得更加遼闊了。」──這個分期為後面批評論家關於陳氏創作的分期奠定了一個基礎。

我感興趣的不是陳映真（許南村）關於自己作品的分析是否符合實際──在我看來，陳映真的作品本文所顯示的要比他自己的解剖複雜得多──而是他的導讀在多大程度上成為一種權威性解釋，直接影響了其他評論家的闡析。在某種意義上說，陳映真比較成功地藉助自己的「導讀」使其作品發揮了意想中的社會作

用，並且藉助由此激發的文學評論，對文學作品以外的台灣現實
進行了批判性的介入與干預。

　　台灣本土評論家在陳映真作品中找到了闡釋台灣社會問題的
較佳對象，因為陳映真提供了一個有較深廣意識形態內涵與現實
暗示的作品文本。陳映真的較早的闡釋者尉天驄一開始便抓住陳
氏作品的社會認識價值。由於尉氏的評論帶有為陳映真辯護的政
治和法律的色彩，它在文學與政治之間維持著一種十分矛盾的張
力：既要聲明早期陳映真所流露的意識不是「政治或社會的主
張」，而是「屬於美學的病弱的自白」，又要指出後期（這裡指
入獄前的六十年代後期）陳映真反現代主義的頹廢，而將文學藝
術建基於「人道主義」的「倫理條件」上，即陳氏標舉的「世界
一切宗教至極淺顯和直接的共同的理想主義」：「愛」、「正
義」和「憐恤」。㊻尉天驄強調「每一時代」都有康雄一類人，
貧苦而富於理想，虛無卻熱愛祖國，充滿浪漫氣質，被思春期的
苦惱所困擾，懷抱美麗的夢想。只是因為「現實」無情地摧毀了
他們飄渺的烏托邦，他們才不滿，悲憤以至於頹廢、墮落。浪漫
基調與幻滅感是陳映真小說中同時並存的兩種似乎矛盾的質素，
這正是當時現實環境的反映。這個現實「便是中國的混亂和台灣
光復後的震蕩，它使抱持極大願望，寄希望於未來的人陷於幾乎
難以自拔的憂傷之中」。尉天驄暗示了「現實」對於陳映真塑造
的康雄式人物的理想烏托邦所具有的摧毀性力量，但又指出陳映
真最後並沒有徹底否定這個「現實」，相反，他「肯定了中國的
價值和方向，也由此而肯定了以往所否定的四周的環境，肯定了
執政黨所領導的政策。」陳映真像眾多年輕人一樣，由理想之追
求而趨於頹廢，又「在生長中肯定了他的國家、民族、同胞和政

㊻　尉天驄：《一個作家的迷失與成長》（1968 年 12 月《大學》雜
　　誌），《陳映真作品集》第十四卷，第 1－13 頁。

府」。尉天驄想證明的是：這樣一個充滿愛心的愛國青年和民族
主義者是無論如何不可能「涉嫌叛亂」的。這個辯護詞是以文學
評論為形式表達出來的。他在為陳氏的無辜辯護時，便否定了將
無辜的作家逮捕入獄的國民黨的有罪的「現實」，尉天驄在後來
寫或談陳映真的創作時，一直保持了這種「借題發揮」的特色。

　　劉紹銘比較早地分析了體現陳映真人道主義愛心的、反映大
陸人與本省人關係的題材。他注意到由「二・二八」事件造成的
台灣重大社會問題之一的省籍矛盾，在陳氏小說《將軍族》裡得
到了莊嚴的人道主義的處理。陳映真對這個問題的觀察和解決辦
法超越了一般人僅僅從「地域」之別出發的膚淺做法，而從**階級**
分析的觀點藝術地做了處理。台灣光復以來「大陸人」與「本省
人」之間的誤解與隔膜，都在三角臉和小瘦丫頭這兩個「卑微而
又高貴的小人物」身上消弭了。「這兩個人，一個是落在異鄉的
異客，一個卻被家裡像賣豬牛那樣賣出去。出身雖然不同，處境
卻相同；他們都是枯肆之魚，理應相濡以沫。」㊼陳映真作品裡
的這方面母題，是台灣現代文學所特有的。它激起台灣最敏感的
現實問題：「中國意識」與「台灣意識」、「統一」與「獨立」
之爭。

　　劉紹銘在《陳映真選集》的序言中認為，省籍之間矛盾，起
源於五十年的日本統治和「二・二八」事件所留下的陰影與語言
的隔閡，這個人為的界限可以通過普及國語，消除語言障礙來破
除。這個觀點在宋冬陽一篇專門探索陳氏小說關於省籍矛盾及其
解決之可能性的長篇論文裡受到駁斥。宋冬陽指出，「把近三十
年來台灣社會內部的矛盾問題，簡約為語言的隔閡，那是知識份
子的天真與愚驢。」㊽他認為「省籍問題」「事實上就是台灣社

㊼　劉紹銘：《愛情的故事——論陳映真的短篇小說》（1972年9月
　　《中外文學》一卷4期）。《陳映真作品集》卷十四，第17頁。

會的最大的矛盾問題，三十年來經過各種偏頗的、失衡的、艱阻
的、扭曲的客觀環境的安排，就製造了許多結合與分離的事件。
在結合與分離的過程裡，一方面有和諧熔鑄，另一方面也有仇恨
對立。無論喜歡它或怨恨它，這就是台灣社會的現實，我們必須
具有勇氣予以正視。」在宋冬陽看來，陳映真早期小説（例如
《一綠色之候鳥》，《某一個日午》，《那麼衰老的眼淚》和
《文書》等）所寫的大陸人與台灣人之間「似乎沒有互相認同的
地方，他們各自背負自己的歷史命運，也各自生活於不同的社會
階層。因此，兩個陌生的世界交會時，自然就產生了種種的衝突
與悲劇。」而在也是「早期」作品《將軍族》（1964）和陳映真
後期的作品（如《上班族的一日》、《夜行貨車》和《雲》等）
中，陳映真開始觸及「省籍」調和的問題。這種調和，「乃是以
台灣社會的客觀物質條件為基礎，通過一定的社會制度（不論此
社會制度如何的偏頗），一定的經濟關係（不論此經濟關係是如
何的不平衡），一定的政治過程（不論此政治過程是如何的艱
難），一定的傳統（不論此文化傳統是如何的被扭曲），從而使
台灣社會內部的人民（不管是大陸人或台灣人）釀造了共同的意
識。」但這已不僅僅是共同面對一個政治悶局或艱苦環境時，相
同命運的大陸人和台灣人那種有著階級差異的認同，而且是共同
面對西方資本主義勢力和西方文化思想的入侵時，超越政治上的
「省籍」觀念，對於「台灣本土社會與民族尊嚴的認同」。宋冬
陽在陳映真的小説中找到了縫合省籍之間裂隙的兩條堅韌的牛筋
線，一條是帶有政治色彩的階級論，另一條是帶有民族色彩的
「第三世界論」。這兩條線糾纏在一起，將大陸人和台灣人既做
了階級區分，又在「台灣本土」上保持民族的、第三世界人的尊

---

⑱　宋冬陽：《縫合這一道傷口──論陳映真小説中的分離與結合》
　　（1981 年 7 月《美麗島》雜誌 48、49 期），下同。

嚴。宋冬陽發現陳映真簡單的小説結構背後，的確暗示著「一個千頭萬緒的社會。」

《前衛》編輯部的一篇論文甚至把陳映真的小説看作中國近代史悲劇的見證；⑭徐復觀稱許陳映真為「海峽東西第一人」，理由便是陳映真寫出了「中國絶對多數人是没有根的人的真實。」⑮徐復觀向來以重建中國人文精神為己任，認為現代以來中國人所遭遇的悲哀，便是喪失了本民族優秀的文化精神。而年輕的生長於台灣本土的陳映真反省並説出了台灣現代派作家和大陸許多作家未能反省、説出的這種「兩腳騰空」的悲哀。

陳映真小説批判現實、關注人生的內容得到了各種批評論家從各自觀點出發的發揮。但由於陳映真本人也在參與對自己作品的闡釋——除了《試論陳映真》一文外，陳氏還通過「自序」的形式，對自己的小説進行評論——這些文學評論基本上按照陳映真導引的方向發展，即傾向於其中思想內容的挖掘與闡述。葉石濤指出陳映真有別於台灣其他作家的得天獨厚之處，是他擁有「堅定的『科學的社會主義』的世界觀，以及由這世界觀而來的卓越的『知性』，」「知性」帶給他的是懷疑性和批判性，「這使得他的小説世界很敏鋭地反映了時代、社會的動向，同時也刻劃了這四十多年來，以台灣知識份子為主的芸芸衆生的苦難歲月。」⑯台灣本土評論家關於陳映真的衆多評論，匯合起來綜觀，恰恰反映著最觸動台灣知識份子知性生活的社會現實問題，陳映真的小説暗示的現實層面的內容提供了深入討論這些問題的可能性。除了早期小説最觸動人心的省籍矛盾以及相關的政治問

---

⑭　參見《大時代的見證者》一文（1984 年 8 月）。收入《陳映真作品集》第十四卷第 101 − 110 頁。

⑮　徐復觀：《海峽東西第一人——讀陳映真的小説》（1981 年 1 月 6 日《華僑日報》），《陳映真作品集》第十四卷，第 115 頁。

題，統獨問題和民族主義問題外，後期小說牽引的對資本主義工
商社會下異化問題的探討（詹宏志《尊嚴與資本機器的抗爭》
（1980）；陳映真《企業下人的異化》（1983）；李黎《美麗新
世界》（1983）；高天生《在破滅中瞭望新生的陳映真》
（1982）等），對五十年代白色恐怖的反省（錢江潮《〈山路〉
讀後隨想》（1984）；陳映真《凝視白色的五十年代初葉》
（1984）；呂正惠《歷史的夢魘》（1987）等），正清楚地勾勒
出台灣知識份子走過的心路歷程。對四十年代末以來直接影響他
們的重大社會問題的探討在很大程度上取代了對陳映真小說藝術
品質的探討。沒有人（包括陳映真在內）願意拋開「思想性」來
談陳映真。相反，幾乎每位論手都相信，「技巧」不是陳映真的
主要成就。

　　這一評論意向也影響著島外關於陳映真的研究。⑫有趣的
是，大陸和日本一些學人的論評基本上仍然延續島內側重於闡釋
陳氏小說現實的政治意義的路線，而外國學者則根據自己的學術
傳統加深了對陳氏作品意識形態因素的剖析。譬如日本學者松永
正義在 1990 年 8 月與我的一次對談中認為，台灣作家中，意識形
態較強的作家往往也是很有力量的作家，例如陳映真、宋澤萊等
人。他對台灣文學的研究是一種社會學研究，把台灣作家的文學

⑪　葉石濤：《陳映真作品集》小說卷序，「論陳映真小說的三個階
　　段」，第 20 頁。

⑫　大陸對陳映真的評論基本上受島內評論和陳映真（許南村）本人
　　的闡述影響，除了將陳氏創作現象按陳氏的分期原則進行評述，
　　把它們作為認識台灣社會的一面鏡子這個特點，有創見的評論並
　　不多見。這些評論從 1983 年起陸續湧現。如何慰慈：《走上成熟
　　的道路》，涂碧：《論陳映真創作思想的個性》（1983），封祖
　　盛：《陳映真論》（1984），武治純：《「華盛頓大樓」初探》
　　（1985）等。此處略而不論。

創作當作富有時代變革意義的社會現實給予關注和評價。松永正義寫於 1984 年的文章《透析未來中國文學的一種可能性——台灣文學的現在：以陳映真為例》便側重於對陳映真「政治小說」（《山路》和《鈴璫花》）的論述，試圖「了解中國的真相」。他想從陳映真身上探討台灣文學目前的狀況，並由此透視整個中國之未來。因為作為陳映真從初期到七十年代這一過程中前進之支柱的「以社會主義革命為本質的中國革命理念」，在陳映真那裡似乎又崩潰了，使陳映真又處於某種「不定形的孤獨」中。儘管如此，陳映真並沒有放棄歷史的自覺，而是在小說中「對這個歷史做了打從根底的反省」。[53]在松永正義看來，這似乎便孕育了「未來」的某種可能性。松永的主要特點在於他是從「中國」的觀點，從兩岸社會發展的狀況去考察台灣文學的發展，而沒有孤立地看台灣文學或大陸文學。可惜他對大陸文學了解甚少，未能深入地客觀地就此進一步展開研究。美國學者米樂山教授（Lucien Miller）和羅賓遜教授（Lewis Stwart Robinson）分別從存在主義觀點和基督教觀點對陳映真作品進行闡發，另闢蹊徑，別有洞見，是陳映真研究中學術性較強的文章。[54]如果說島內本土評論家往往心有所感，乃藉陳映真酒杯，澆自己塊壘，故藉此對現實有所干預，有所影響的話，那麼島外學人便是「隔岸觀火」，隔海評文。也就是說，陳映真被看作了解台灣戰後歷史特別是戰後知識份子心路歷程，了解台灣社會目前狀況的典型個案。有個論者便如是說：「在三十年來的台灣文壇上，沒有一個作家能夠像陳映真那樣，隨時在以他的敏銳的現實感捕捉台灣歷

㊙　松永正義：《透析未來中國文學的一個可能性》（1984 年 7 月號《凱風》雜誌），《陳映真作品集》卷十四，第 238 頁。

㊙　參見米樂山《枷鎖上的斷痕》和羅賓遜《陳映真的沉思文學》，收入《陳映真作品集》第十五卷。

史的『真實』。他的題材與風格的多變由此而來，他的獨特的
『使命感』也由此而來。即使陳映真的藝術創作全部失敗（實情
當然不是如此），陳映真的『歷程』仍有其價值。因為陳映真是
台灣三十年來的作家中最配得上『知識份子』的稱號的人，這樣
一個知識份子的歷程本身就值得我們重視，說不定將來的歷史家
會以陳映真小說作『資料』，來論述陳映真這個知識份子，反而
忽略了陳映真的小說作為小說的文學價值。」⑤不用說將來，就
是現在，陳映真作品以及關於陳映真的一切評論，已經成為一種
人文寫作景觀，成為人們了解台灣現代社會生活的一面「鏡
子」。陳映真從文壇走入學院，從社會話題轉化成校園話題，引
起學界矚目。這意味著對他的關注已日益深入。對於海外學者來
說，關於陳氏的論述與其說是對現實的「介入」，是某種政治隱
喻，毋寧說是一種求知過程，是對某種寫作現象及其產生原因的
了解。於是，陳氏小說現實層面的意義便相對淡化了。

　　顯然，將關於陳氏的文學評論——在島內它是一種特殊的政
治寫作——轉換成學術話語，可能在某些方面偏離陳映真有意引
導的方向，但對於更全面客觀地理解體現著中國台灣文學精神的
陳映真的總體寫作，卻是十分必要的。儘管「陳映真作品集」中
已有兩卷論陳映真的文字幫助構成陳氏的意義世界，但它們僅僅
闡述了陳氏寫作中「小說寫作」的意識形態內涵和現實層面的意
義。這誠然是十分重要的方面，不過，陳氏寫作之「藝術品質」
這同樣關鍵的問題迄今仍沒有得到深入探討，也是一件憾事。姚
一葦預言，「當時代變遷，他的其他文字有可能為人遺忘，但是
他的小說將會永遠留存在這個世界！這就是藝術奇妙的地方。」
⑤確實，陳映真的迷人之處在於他小說中一種詩意的、憂傷的、

---

⑤　　呂正惠：《從山村小鎮至華盛頓大樓》（1987 年 4 月 1 日《文
　　　星》106 期），《陳映真作品集》卷十五，第 194 頁。

溫厚的神韻。正是這一神韻激發了種種關於現實、關於思想、關於未來的雄辯。他的身上，有兩個人的影子，一個是猶大，充滿了革命的叛逆的激情，意欲通過社會革命來拯救「猶太人」；另一個是耶穌，企圖從改造靈魂入手來解脫世人的苦難。這二者的衝突讓陳映真始終徘徊在藝術與政治之間。他承擔了這種衝突帶來的苦難感，一如那憂傷痛苦而不斷地質問上帝的約伯。那些傾訴，質問，便是他寫下的小說和文章。

㊱ 姚一葦：《陳映真作品集》「總序」（1987 年），第 17 頁。

第二章

台灣的憂鬱
——論陳映真的詩意敘事

文學虛構是為了使人們能夠自由地說話。

　　　　　　——列夫・舍斯托夫：《在約伯的天平上》（1929）

　　小說首先是一種為懷念的或反叛的情感服務的智力實
踐。

　　　　　　　　　　　　　　——加繆：《反叛者》（1951）

　　我說陳映真的身上有兩個人的影子，一個是「猶大」，另一
個是「耶穌」，並非沒有來由。陳映真發表於 1961 年 7 月的短篇
小說《加略人猶大的故事》，便是二十四歲的陳映真試圖將自我
分為兩半，互相詰難，彼此審視，以便為自己在生活中尋找一個

安身立命的位置的明證。猶大向來被看作出賣耶穌的叛徒而遭到
蔑視，但在陳映真的小說中，猶大的叛徒行徑得到作者充滿理解
的叙述，就像當年耶穌寬恕了猶大。尤其值得一提的是，陳映真
筆下的猶大和耶穌形象，都像陳氏的其他人物那樣，前者因為滿
懷社會革命的理想而充滿活力，又因為現實毀滅了理想使之無
望，而顯得「疲倦」；後者也具有陳氏人物常見的「痛苦而憂
戚」的心理狀態。姚一葦是較早看到陳映真身上隱藏著兩種分裂
的人格的評論家之一。他指出陳映真一方面是「反文學」的，以
為文學虛幻而不切實際，「小說的寫作變成一種無可奈何下心靈
的發洩」，而熱衷於探求問題，渴望知識，執著於思想，另一方
面他又是「文學的」，是一個「典型的中國文人」：「熱情洋
溢、靈心善感，坦率真誠的個性，充滿了空想和幻想」。①這兩
種人格，表現在陳映真的小說中，便化作各種相輔相成的人物，
譬如猶大和耶穌，康雄和他的姐姐等等；表現在他的非虛構寫作
中，便是一系列意在介入現實的思想性和批判性的文論、政論、
隨筆、訪談。姚一葦正確地指出：

> 　　在我看來，他所寫的其他文字和他的小說，事實上是
> 一體的兩面，所不同的只是表現的方式。小說是內蘊的，
> 含蓄的，潛移默化的，是屬於藝術的形式；而其他的文字
> 則是說理的、明示的，訴之於吾人思考的邏輯的形式；因
> 此理論是他小說的延伸，小說是他理論的變形。因為陳映
> 真正是這樣一位真誠的作家，他是入世的，為人生而藝術
> 的，只有在他對現實有所感、有所思、有所作為時，才發
> 而為文，他可以採取小說的形式，也可以採取其他的形
> 式。②

---

① 　姚一葦：《陳映真作品集》「總序」，第 11 頁。

　　但作為真正的藝術家，陳映真的成就首先在他的小說。倘說陳映真的兩種相互矛盾的人格——作為藝術家和作為思想者——體現為陳映真的兩種寫作形式：詩意敘事與理性話語，小說和其他散文，那麼，他的虛構寫作就已包容了這兩種對立而統一的因素。特別是，陳映真在小說中欲說還休的苦難而憂鬱的感覺，往往受到他本人有意無意的壓抑，然而正是這受壓抑的苦難感，一直在支配著他的寫作。

一、苦難的象徵

　　陳映真第一次在文壇上擺出他的《麵攤》，是 1959 年秋。雖然當時並不引人注目，但《麵攤》本身已帶著陳映真特有的溫柔的倦怠，敘述著自己的故事。政治壓抑與性壓抑同時出現在這個「老掉牙的人道主義」故事中。小說對好心的警官的描寫，已經具有他後來塑造的許多人物的共同心理特徵（重點號引者所加）：

　　　　他把紙夾夾在他的左臂下，用右手脫下白盔，交給左手抱著，然後又用右手用力地搓著臉，彷彿在他臉上沾著什麼可厭的東西似的。店面的燈光照在他舒展後的臉上——他是個瘦削的年輕人，他有一頭森黑的頭髮，剪得像所有的軍官一樣齊整，他有男人所少有的一雙大大的眼睛，**困倦而充滿著熱情**。甚至連他那銅色的嘴唇都含著說不出的溫柔。當他要重新戴上鋼盔的時候，他看見了這對正凝

---

②　同上，第 17 頁。

視著他的母子。慢慢地，他的嘴唇變成一個**倦怠的微笑**。
他的眼睛閃爍著溫藹的光。（陳氏，1988：1.3 — 4）

　　《麵攤》的故事很簡單：一個普通平凡的家庭（父母和一個
生病的孩子）為了維持生計而艱難地活著，因怕警察取締其賴以
為生的「麵攤」而心驚肉跳（表現為對警官的恐懼）。這象徵了
那個時代極度壓抑的政治氣氛。這種題材在台灣日據時代的小說
中是十分常見的，典型如賴和的《一桿秤仔》（1925）。《不如
意的過年》（1927），陳虛谷《他發財了》（1928）等等。但
是，陳映真筆下的警官與日據時代小說中的各類巡查截然不同，
他不是凶神惡煞，以魚肉鄉里為樂，而是充滿愛心的人道主義
者。陳映真刻意描寫警官的英俊和倦怠的溫柔，暗示著警官對自
己身份的厭惡和無可奈何。內心的善良與外在職責之間的衝突，
使警官這位處在權力與犧牲者之間的中間位置顯得尷尬。這便是
他的「困倦」產生的原因。他既是權力的執行者，又是權力的象
徵，更重要的，他還是一個溫良仁厚的熱情的青年。台灣小說裡
經常受到否定的警察形象在陳映真作品中首先得到了新的審視。
我們注意到《麵攤》出現了「權力」與「愛」的對立和互補。陳
映真似乎想說明，如果警官本身也是愛和善良的，那麼，「權
力」反而會保護善良和愛。所以《麵攤》中的病孩還抱有對「星
星」的渴望。但「孩子」（他象徵著「未來」）的夢雖然很美，
卻也渺茫。正因為對於「權力」的懼怕，才會產生這種渺茫的感
覺；「至於他是否夢見那顆橙紅橙紅的早星，是無從知悉了。」
（陳氏，1988：1 — 9）「早星」暗示著當時暗夜的環境。除了政
治壓抑，《麵攤》還出現了後來在陳氏小說中反覆出現的意象：
女性的溫柔。

　　　櫃台上的兩個人都不約而同地注視著媽媽。正是那個

寫字的警官有男人所少有的一對大大的眼睛，困倦而深情
的。媽媽低下頭，一邊扣上胸口的鈕釦，把孩子抱得很
緊。（陳氏，1988：1.5）孩子在媽媽軟軟的胸懷和涼涼的
肌膚裡睡著了。（1988：1.9）

　　女性的溫柔與熱情而困倦的 misfits（與環境格格不入者，
這裡是警官），從《麵攤》開始便成為陳映真揮之不去的意象。
這正是陳映真表達其苦難感——由於纖細敏銳的感情而激起的精
神苦悶——的特殊的表徵方式。
　　苦難便是承受肉體或心靈不自由的痛苦和悲傷。陳映真小說
很少描寫肉體上的痛苦（後期小說寫因「病」住院的人物，例如
《山路》中的蔡千惠，他的病也是非藥物可治的「心病」）而刻
意於揭示人物所感覺到的智慧的痛苦。這是人睜開眼睛之後，開
始了解自己作為人的命運，質詢人生的意義，人之開端和終結，
探究人之來源與宇宙之奧秘，終於難得其解，陷於宇宙神秘的沉
默之中的那種痛苦。《聖經》創世紀所描寫的上帝創造世界之初
人與神共享天國的幸福狀態，是在人沒有吃智慧之果時的蒙昧狀
態，儘管這個時候，人已經被授予了職掌天地間生物的權利，但
這也是從「上帝」那裡獲得的權力，並非來自人自己的智慧。人
神和諧關係之被打破，開始於人受到魔鬼幻化的蛇的引誘而偷吃
了伊甸園的智慧之果以後：「蛇對女人說：你們不一定死。因為
上帝知道，你們吃的日子眼睛就明亮了，你們便如上帝知道善
惡。於是女人見那棵樹的果子好作食物，也悅人的眼睛，且是可
喜愛的，能使人有智慧，就摘下果子來吃了，又給他丈夫，他丈
夫也吃了。他們二人的眼睛就明亮了，才知道自己是赤身露體，
便拿無花果樹的葉子，為自己編作裙子。」（《舊約·創世紀》
第三章第四——七節）我們驚異於人類祖先這個關鍵性淒美的決
定，驚異於夏娃可愛的天真和大膽，甚至驚異和感謝蛇的狡詐。

然而從此，人也開始了地上的放逐生活。為智慧付出的痛苦代價
有至於此：人被逐出伊甸園，開始了勞苦的一生，而且陷入生死
的局限。上帝自開天闢地起，便害怕和嫉妒人的智慧和感情的力
量，它把人束縛在自己身邊的枷鎖斷裂了。然而人又陷入他與自
然之間的另外一層枷鎖中。犧牲享樂和永恆的生命，從上帝那兒
獲得短暫的自由。痛苦也開始了，而解除痛苦的辦法，除了勞
碌，除了忘我的工作，便是回憶當初與上帝的和諧，並企圖通過
這種訴說來恢復這種和諧，但徹底恢復並不可能，除非死後。到
《新約》時代，上帝才派遣他的「獨子」耶穌，向世人顯示它要
救贖世人的恩典，不過人們早已在勞碌和罪孽的俗世中忘掉了遠
古時代，開天闢地之初他們與上帝的協約。只在耶穌被釘上十字
架的那一刻，才似乎重新記起，旋即又遺忘了。這並不能責怪
人，既然人世的勞苦已經讓他疲憊得無暇仰望天堂，他的智慧已
執著地指向人間！

　　《聖經》的故事當然只是寓言。陳映真的故事卻是現實生活
的真實反映，儘管其中也不乏浪漫情調。在陳映真的小說中，不
僅總是少不了「亞當」和「夏娃」這對受苦受難、相濡以沫的關
係，而且始終伴隨著「蛇」（「邪惡」的象徵）的誘惑。於是陳
映真的小說（特別是早期小說）便出現了幾種聲音在互相依托，
互相辯駁。一種聲音執著於某種本能的衝動，充滿熱情，渴望，
既顯現為對與愛的飢渴，也表現為擺脫貧窮境遇的慾望，但這種
受誘惑的本能一開始便受到作家本人的壓抑：他運用自小接受的
一套文化話語、基督教的愛的理想、烏托邦社會主義、無政府主
義等等來檢視和審判自己本能的衝動，他敏銳地察覺到這些本能
的巨大力量及其毀滅性，於是一方面隱晦含蓄地表現這些本能，
一方面又沉思它的本質、趨向、力量，加以導引。於是，他的人
物顯得十分敏感，十分富於藝術的氣質，也十分富於清教徒的禁
慾主義精神和哲學家的沉思默想的性格。這些難以調和的矛盾匯

集在同一個靈魂中，便使這個靈魂顯得時既疲憊、頹唐卻又充滿真誠、寬容、理解的精神。我將陳映真小說的這些不同的聲音，大致分為兩種：一種是私人的或本能的話語，它涉及性、愛、貧困的煩惱，充滿現實各種可能的誘惑，這也是活在現世的必然境遇；另一種是社會的或文化的話語，往往代表著社會上某種共同的理念、道德力量、權力或權威，對前一種話語進行審查、檢視、反駁與辯護。後一種話語內容上表現為宗教（禁慾主義）的倫理道德，或哲學（存在主義）的思辯與政治（社會主義烏托邦，無政府主義）的理想，具有超個人的「普遍」的價值，代表了個人的某種理性的選擇。細讀陳映真的小說，都可以看到這幾種話語奇妙地、詩意地、藝術地交織在一起，並化身為各種人物，由他們作代言人。

像《麵攤》的警官那樣象徵著「苦難」——被清醒的思想弄得痛苦不堪卻又無可奈何——的母題，在陳氏的作品裡幾乎比皆是。對他們來說，現實跟歷史一樣，總是擺脫不掉的枷鎖，清醒的思想因而表現為追念歷史的負罪感，營造烏托邦的激情和陷入現實的五花大綁，愈反叛愈失望終於妥協的無奈。他們或者顯得憂鬱而疲倦，或者忍受道德與罪惡的雙重折磨，或者走向絕望的深淵乃至死亡。

「細瘦而蒼白的少年」康雄〔《我的弟弟康雄》（1960）〕在短暫一生中承受著與他的年齡不相稱的太沉重的痛苦，思春少年激情無法排遣的苦悶，無法實現的理想，都反過來變成這個意志薄弱者致命的精神負擔。甚至對姐姐和母親的愛都帶有某種變態，以致當他與足可作母親的房東太太私通後，無法忍受負罪哀傷的心靈的重壓，自殺身亡。康雄對女房東的病態戀情，融合了弗洛伊德所說的兩種感情，即對於生身母親和胞姐的神聖的愛與對於一個不配作其情人的老太太的性的慾望。慾望實現後感到的幻滅產生了一種犯亂倫之罪的幻覺。道德的力量，宗教的裁判，

使他難以承受，於是關於烏托邦的夢想，便也頓時變得虛無起來。這篇詩一般的短篇小說顯露了陳映真早熟的思想和藝術才華。他不僅僅在闡釋弗洛伊德的理論，證明戀母情結如何成為誘發罪感的原因，使康雄這個潔癖少年陷入自瀆的泥坑；而且他試圖以藝術形式，以虛構的敘事來探索哲學家康德的問題：人心深處至高無上的「道德律令」對人的影響。康雄臨死前在日記裡絕望地自剖道：「我沒有想到長久追求虛無的我，竟還沒有逃出宗教的道德的律。」「聖堂的祭壇上懸著一個掛著基督的十字架。我在這一個從生到死絲毫沒有和人間的慾情有份的肉體前，看到卑污的我所不配享受的至美。我知道我屬於受咒的魔鬼。我知道我的歸宿。」③在康雄的末日的日記上寫著布瓦洛的一句格言：

Nothing is really beautiful but truth

—— N. Boileau

「除了真實，沒有任何東西是真正美的」。康雄面對至美，面對「真實」，而自慚形穢。這個「虛無者」的覺悟來自自己內心對耶穌基督的認同時產生的內在的道德律，而不是外在的社會輿論和體制化的規範。所以他的姐姐說：「這少年虛無者乃是死在一個為通奸所崩潰了的烏托邦裡。基督曾那樣痛苦而又慈愛地當著眾猶太人赦免了一個淫婦，也許基督也能同樣赦免我的弟弟康雄。然而我的弟弟康雄終於不能赦免他自己罷。初生態的肉慾和愛情，以及安那琪、天主或基督都是他的謀殺者。（所以我要告狀）。」康雄的「罪感」可以通過別人去赦免，通過至高無上的上帝之子耶穌，或者通過姐姐的告狀（陳映真藉姐姐的話來赦免了他心愛的康雄），然而，康雄的悲劇在於他自己不能赦免自

---

③   《陳映真作品集》卷一，第 14 － 15 頁。

己，一個被肉慾所玷污的靈魂似乎再也沒有資格去建立那些美好的烏托邦了。在與房東太太私通之前，他對此卻一往情深；在他的烏托邦裡建立了許多貧民醫院，學校和孤兒院，他走向安那琪之路，開始了與他的年齡不相稱的「等待」。

　　陳映真敘述一個自殺事件來探詢「死」的原因和「生」的意義，他讓我們相信，康雄不是死於「通奸」——類似的題材，在他的另一篇小說《蘋果樹》（1961）也出現了，但被寫得很美，並不導致主人公的自殺。相反，主人公的被捕反襯出外界輿論對真相的隔膜和滑稽——而是死於通奸後產生的罪惡感。強調內心至高無上的道德律則，而不是外在體制化的虛偽宗教和倫理規範，自《我的弟弟康雄》起，成為陳氏寫作和思想的一貫精神。因此，諸如真／偽的對立，貧／富的對立，社會革命／心靈革命的對立，猶大／耶穌的對立等等，成為陳氏人物「精神分裂」的象徵。他的受難的主人公陷入了充滿這種對立的現實之網，彷徨歧路。他們所受的壓迫，與其說來自環境的外在力量，毋寧說來自內心所感受到的道德力量，這「絕對」的「道德律令」在曠野的呼喚讓他的人物漸悟外部現實的不道德，而他們自身的肉體生活不幸也是現實的一部份。康雄如此，警官如此，由此衍化而成的男性人物，那些喘息於歷史和未來之間，蹉跎於現實困境中的精神痛苦的人們（例如《文書》中的安某，《第一件差事》中的胡心保，《賀大哥》中的賀大哥，《山路》中的蔡千惠等等），都是如此。

　　康德曾說：

　　　　一個人也能夠成為我所鍾愛、恐懼、驚羨甚至驚異的對象。但是，他並不因此就成了我所敬重的對象。他的詼諧有趣，他的勇敢絕倫，他的臂力過人，他的位重權高，都能拿這一類情操灌注在我心中，不過我的內心對他總不

起敬重之感。芳泰奈爾說：「在貴人面前，我的身子雖然鞠躬，而我的內心卻不鞠躬。」我可以還補充一句說；如果我親眼見到一個寒微平民品節端正，自愧不如，那末，我的內心也要向他致敬，不論我願意與否，也不論我怎樣趾高氣揚，使他不敢忽視我的高位。這是為什麼呢？正是因為他的榜樣在我面前呈露出一條可以挫沮我的自負的律令（如果我把自己的行為與這個律令作一比較）……④

他讚嘆人的道德「義務」道：

　　……你絲毫不取媚人，絲毫不奉承人，而只是要求人的服從，可是你並不拿使人望而生厭、望而生畏的東西來威脅人……你只提出一條律令，那條律令就自然進入人心……。一切好惡不論如何暗中抵制，也都得默然無語！呵！你的尊貴來源是在哪裡呢？……這個根源只能是使人類超越自己（作為感性世界的一部份）的那種東西，……這種東西不是別的，就是人格，也就是**擺脫了全部自然機械作用的自由和獨立**……⑤

（重點號為引者所加）。內心的道德律令是一種超人性的絕對命令，人必須服從，而服從它恰使人獲得超越心身和現實局限的自由與獨立，這令康德著迷的問題，也同樣令陳映真著迷（陳映真的名字似乎將陳映真一生的追求與「真」「善」二字宿命地結合在一起了。⑥）。陳映真像康德那樣，把內心的道德律令，

---

④　康德：《實踐理性批判》，關文運譯，商務印書館1960年版，第78頁。
⑤　同上，第88 – 89頁。

——至高的「真」與「善」——作為對抗現實壓迫的原則。有不少批評家都注意到陳映真作品中或狂或死的母題，也曾試分析其現實的原因，注意到陳氏人物對於現實的幻滅感，但是很少有人注意到康德的問題在陳氏心中的位置。正是對這個絕對的道德律令的服從，一直貫穿著陳映真的思想、寫作和生活，也成為陳氏小說作品中的人物為之苦惱不已的問題。

陳氏人物有一種遭受「天譴」的特徵，那就是一旦內心的道德律令喚醒了曾一度曖昧的善惡感，這些人物便陷入良知與現實的衝突之中，而解脫痛苦的結果，便是走向死亡。這種嗜死的本能就潛藏在那些因精神苦難而顯得憂鬱蒼白的人物身上。

《故鄉》（1960）中的哥哥「俊美如太陽神」，「有著深闊如海般智慧的額和青蒼的臉」；《加略人猶大的故事》（1961）的猶大在他的戀人希羅底的眼中是處於「一種智慧和倨傲的氛圍中，像高居雲叢中的猶太人列祖或先知一般不可企及」，他在外表上雖然變得「壯碩而且煥發」，由於理想和現實之間的矛盾，「不覺之間成了一個憂鬱病患者。一種溫和的、幽暗而且彷彿無極的頹廢和纏綿的、無名的憂愁在他的心深處築巢而且營絲了。」《獵人之死》（1965）中的獵人阿都尼斯是個「蒼白的傢伙」，「他的蒼白使他的高個子顯得尤其的惡燥了。更壞的是，他是個患有輕度誇大妄想症的人，因而他是一個孤獨的、狐疑的、不快樂的人。」《最後的夏日》（1966）中的鄭介禾是有著一排潔白牙齒的「漂亮的傢伙」，但由於失去了真正令他心動的愛人，從此變成一個「自我中心的性的 impotent」，顯得冷漠，

⑥　陳映真生下時是雙胞胎，本名叫陳映善，孿生哥哥不幸早夭，他的名字就成了陳映善（養父改名為「永善」）的筆名。陳映真的生父是傳道人，家庭的宗教背景對陳映真有極深刻的影響，因此道德根源的深刻思考對於陳映真而言是很自然的。

眼神中總透著「幾分憂鬱」。《第一件差事》（1967）中自殺的
胡心保是「很好的一條漢子」，從他的死屍看出他生活富裕，筋
骨結實，旅社老闆眼中的胡心保「真高大，一看就是北方人的身
架」；總是「淡淡的笑，笑得你一點都不擔心」，看不出他是特
意尋死來的；《某一個日午》（1973）中自殺的兒子房恭行也有
一張「青蒼的削瘦的臉」；而《賀大哥》（1978）保留了陳映真
早期小說人物的面貌特徵：蓬亂的鬍鬚，兩排潔白的牙齒，瘦
削、濃眉的臉，安靜，「並不在笑著的臉上的眼睛，棕色的、開
著分明的雙眼皮的大眼睛，流露著一種發自內心極深之處的愛的
光芒」。《夜行貨車》（1978）中的矛盾人物林榮平在「稀疏的
眉宇之間，常常滲透著某種輕輕的憂悒」，即使是比較明快的人
物詹奕宏，也是「一頭經常零亂的長髮，肩膀出奇的寬闊」，在
他的情人劉小玲的眼中，「他荒疏的、帶著些野蠻的忿忿的臉；
他的出奇地寬闊的肩膀；他的敞開的領子和不禮貌地鬆開的領
帶，構成不可言語的魅力」，他的憂傷是另外一種形式的憂傷，
包容著個人和民族的強烈自尊心的那種憂傷。到八十年代的作
品，例如《鈴璫花》（1983）仍然出現了高瘦的高東茂老師那
「一張蒼白的臉」，那雙「恐佈和憂傷」的眼睛。至於趙南棟
〔《趙南棟》（1987）〕，「長得出奇的俊美」，「高大，頎
長，健壯」，「他那睫毛很長，澄清而彷彿微酣的眼睛，總是熱
心地注視著每一樣他所欲求的東西和女人。而且，彷彿魔咒一
般，那些一旦被他熱切地凝視過的女人和東西，到頭來，都會被
他享有。」顯然，俊美，蒼白，憂鬱，這些意象已成為陳映真大
部份人物，尤其是那些「問題」人物，那些承擔著歷史、社會加
諸他們身上的苦難感的人物的主要外部特徵與心理狀態。在走向
死亡的人物中，只有《鄉村的教師》（1960）中的吳錦翔，《將
軍族》（1964）中的三角臉和小瘦丫頭算不上高大俊美的人物。
　　陳氏人物似乎都有一種近乎神聖的「潔癖」，這就是被喚醒

的內心道德感，它讓他們終於忍受不了現實和自身的污濁，走向永恆的自由之路：「死」。而沒有走向死亡的人物，有時需要更大的勇氣來承受著內心良知與現實衝突時產生的巨大痛苦。他們有意與周圍的環境斡旋，與個人的墮落卑污妥協。吳錦翔之死與康雄之死一樣，是對個人和環境的雙重幻滅。在戰爭中吃過人的罪惡感終於使他發現自己無法擔當起實現自己的社會主義理想的任務。戰前的理想和情熱經過那「命定的戰爭、爆破、死屍和強暴」的洗禮，幾乎使吳錦翔對人性產生幻滅感，然而五年戰火像夢一般燒過之後，重回和平而樸質的家鄉，並接辦鄉間一所小小的學校，又使他充滿了改造自己祖國的希望。不幸光復後島內和國內的動亂，流血，民族的分裂又將他對祖國的摯愛化作深深的悲哀：「這是一個悲哀，雖其是朦朧而曖昧的──中國的悲哀，然而始終是一個悲哀；因為他的知識變成了一種藝術，他的思索變成了一種美學，他的社會主義變成了文學，而他的愛國情熱，卻只不過是一種家族的、（中國式的）血緣的感情罷了。」（陳氏，1988：1.30）現實已無情剝奪了將理想付諸實踐的可能，關於未來的藍圖化為純然精神上的「享受」，──事實上是一種痛苦的折磨──他「感到一種中國的懶散」，「冥冥裡，他忽然覺到改革這樣一個古老、懶惰卻又倨傲的中國的無比的困難來。」（陳氏，1988：1.3）於是吳錦翔墮落成為「一個懶惰的有良心的人」，但當他在醉醺醺中透露了心中的秘密：在婆羅洲為了生存曾參加過「人肉」筵席時，人們都遠遠地離開了他，他唯一剩下的那顆「良心」也終於隨著曾經有過的大理想大志願崩潰了。他割破了靜脈，倒在血泊之中。「無血液的白蠟一般的臉上，都顯著一種不可思議的深深懷疑的顏色」（陳氏，1988：1.35）。

　　猶大的自殺也起源於猶大對於現實和個人的幻滅。這個想利用拿撒勒人耶穌在以色列人民中的聲望來實現喚醒民眾、推翻羅馬人的統治，通過社會革命復興以色列國家的奮銳黨人，原以為

可以藉耶穌的被捕來達到他激怒和動員群眾，揭竿而起，完成自己的革命使命。結果卻發現正是在七日前還以王稱頌著耶穌的那些人眾，如今卻瘋狂地喊著要處死耶穌！要那個曾一度為他們所深愛的人死去！猶大在那愚眾的震天狂喊中徹底崩潰了：他的起義計劃不僅完全覆滅，而且他只是卑鄙的出賣師長的叛徒，也成了殺死耶穌的凶手！在耶穌被釘上十字架的那一頃刻，在猶大初次看到耶穌那一對十分優美的兩臂的瞬間，猶大才「完全了解了一切耶穌關於天上樂土的教訓和他上連於天的權柄，他知道耶穌已經這樣贏得了他實現於人類歷史終期的王國，這王國包容著普世之民，它的來臨和宇宙的永世比起來就幾乎可以說已經來到人間了。他忽然明白：沒有愛的王國，任何人所企劃的正義，都會迅速腐敗。他了解到他自己的正義的無何有之國在這更廣大更和樂的王國之前是何等的愚蠢而渺小，他的眼淚彷彿夏天的驟雨一般流滿了他蒼白無血的臉。」（陳氏，1988：1.101）無辜的偉大的耶穌之死，像一道燦爛奪目的陽光，在剎那間啟示了猶大，照亮了他內心深處因執著外部的社會革命而黯然昏昧的愛心，至高的超人性的道德律令，使他洞察了群眾的盲目和自己的愚妄。他吊死了，「好像一面破爛的旗幟，懸在一棵古老的無花果樹上。當黎明降臨的時候，我們才在曙光中看到那繩索正是他那不稱的紅艷的腰帶，只是顯得十分骯髒了。」（陳氏，1988：1.102）

　　如果說陳映真用那些苦難的悲慘意像──「死亡」──來否定了這些人物的現實的人性方面，如康雄由通奸產生的罪感，吳錦翔由吃人肉引起「良心」的最後毀滅，猶大目睹耶穌的無辜之死而自我唾棄，此外像獵人阿都尼斯在「凶惡而充滿了近親相奸廢頹的奧林帕斯的年代」，在迫近「浴滿了陽光的，鷹揚的」「人類底世紀」時，因厭棄了無能於「無恐懼地，自由地，獨立地，誠實地相愛」的自己和自己所處的流離的年代，而自沉湖底。《將軍族》中的三角臉和小瘦丫頭為了告別把他們推向悲慘、羞恥和

破敗的此生此世而雙雙自殺，《第一件差事》中的胡心保無法忍受自己既失去目標又平庸無意義的現實生活，選擇了一家旅館淡然地自殺，……那麼，他也讓這些人物在決定去死的瞬間找到了超脫自己和現實之卑污的「自由」，他們死後的世界雖不可知，卻似乎是可以期待的淨土。陳映真似乎暗示，這些人以「死」為歷史和自己贖罪，因而在剎那間那卑污的、頹唐的、軟弱蒼白的靈魂都得到了淨化。相反，陳氏小說中那雖然聽到了內心道德律的召喚，卻沒有走向死亡的人，比起上述死者和根本就不曾感覺到這種令人驚醒的內心呼聲的人們（例如活得很體面的中產階級富貴人家），從《我的弟弟康雄》中「我的那位敦厚有禮」，「衣服整齊」，「說著一些每個字都熨平了的上層人的話語」的丈夫，《賀大哥》中那位戴金邊眼鏡，衣冠楚楚，修剪得很整齊的短髮上「抹著一層稀薄的髮蠟」的先生，到《上班族的一日》裡貪婪的楊伯良，《萬商帝君》中雄辯滔滔的劉福金、陳家齊之流，需要拿出更為艱辛的勇氣來面對現實和自己，與骯髒的環境和卑污的自己斡旋妥協。他們不像那些一心一意沉溺在為現實利益勾心鬥角的中產階級人物，無暇思考康雄、吳錦翔、猶大等人的深刻的人生、社會問題，相反，他們也為這些問題苦惱，不安，但這種苦惱沒有導致他們最終唾棄自己的生命。這些人物，如《麵攤》的警官，康雄之姐姐，《第一件差事》中的敘述者「我」，《故鄉》中的哥哥，《上班族的一日》的黃靜雄，《夜行貨車》中的林榮平等等，生活在思考和行動的矛盾的夾層中，保持著生與死之間某種危如累卵的平衡。他們往往顯得疲憊不堪，他們的苦難是沙漠般廣袤無垠的寂寞，而他們活著本身反而成了這片寂寞沙漠裡唯一可供點綴的生氣。這些人構成了現實中浮游的生命景觀。我們注意到，陳映真的小說越往後推移，這一階層的人在作品中的比重就越大。作為一種痛苦的象徵，陳映真賦予他的人物以更大的忍耐力，而他的批判與嘲諷也愈來愈明朗了。

二、受難者的「問題」漂移：從早期的壓抑到後期的批判

　　在上一節，我主要描述陳映真小說表現苦難的各種象徵性人物。我想通過自己的敘述表明這些苦難意象一直貫穿在陳映真從早期到後期的作品裡。我注意到這些苦難意象已經成為陳映真無法擺脫、無法忘懷的情意結，儘管他力圖對這些苦難本身加以壓抑，然而，「壓抑，不是忘卻；壓抑，不是排除。壓抑，正如弗洛伊德所說，既不是排斥，也不是逃避，不是將外部力量摒絕無顧；它包含著一種內在表現，在自身中間展開壓抑的空間。」⑦因此，這些受到壓抑的苦難意象恰恰顯示出困擾著陳映真的焦慮的一貫軌跡。為此，我對於包括陳映真本人在內的許多評論家將陳映真的創作截然劃分為兩個或三個時期的做法持懷疑態度。我個人認為，由於他的「焦慮」是一貫的，他的風格也是一貫的。就陳映真本人而言，他在 1975 年化名許南村撰寫《試論陳映真》，並對自己的前後風格作了區分（我在第一章第二節已有論及），只不過重複了他早在小說中藉人物批判人物的做法。這種自我解剖表現出思想者陳映真對小說家陳映真身上的軟弱、致命

⑦　　德里達：《弗洛伊德與寫作景觀》（Freud and the Scence of-Writing）（1966），收入德氏《寫作與區分》（Writing and Dif-ference）（英文版）第 196 頁，倫敦，1978 年版。英譯文如此：「Repression, not forgetting; repression, not exclusion. Repression, as Freud says, neither repels, nor flees, nor excludes an exterior force; it contains an interior representation, laying out within itself a space of repression.」

的部份進行超越的企圖。這恰恰是陳映真自我觀照、互相辯駁的一貫風格。我以為標明陳映真出獄前後（1975 年 7 月出獄）「題材」變化的，是他的「問題」的逐漸漂移，他以一貫的思想從個人苦難走向社會體制文化的批判。關於此，一些評家如尉天驄、洪銘水先生將陳映真前後期小說分為「浪漫的理想」和「冷靜的諷刺」或「浪漫」和「寫實」，葉石濤先生根據「題材」變化將陳氏小說分為三個階段⑧，雖有可供參考之處，但還是没法揭示出這些漂移後面支配著陳映真整個寫作與思想活動的深層動力。

　　我們先來看困擾著康雄和康雄姐姐的問題之一，即貧／富問題如何在出獄後的所謂「華盛頓大樓」系列和所謂「政治小説」中又得到陳映真的討論；然後再看陳映真如何延續了他關於個人與環境對立的問題；最後我想討論陳映真小說中一個很重要的方面「性壓抑」如何轉換成為某種政治性或文化性話語的問題。

　　貧富對立以及與此相關的政治壓迫，曾一度是日據時代台灣現代小說的重要主題，這一點，我將在比較陳映真小說與日據時代小說的異同時詳述。這裡，我側重於探討陳映真的小說關於這個問題的表現方式，而他對這個問題的持續討論和不同處理，顯現出台灣社會發展的變化軌跡。

　　《我的弟弟康雄》中的叙述者「我」的內心不安並不僅僅是由於弟弟康雄的死亡，而且是由於康雄留下的疑難問題成了她的精神負擔，時時照出她的軟弱、蒼白、精神上的貧困和活著的可笑。但是她又必須用現實生活為自己辯護。康雄提出了貧窮和富

---

⑧　分別參見尉天驄等人：《從浪漫的理想到冷静的諷刺》（1979 年
　　12 月《台灣文藝》65 期）；洪銘水：《陳映真小說的寫實與浪
　　漫──從《將軍族》到《山路》（1984 年 2 月《台灣與世界》8
　　期）；葉石濤為《陳映真作品集》小說卷所作的序《論陳映真小
　　說的三個階段》（1988）等文。

裕的二難悖論：「富裕能毒殺許多細緻的人性」，而「貧窮本身是最大的罪惡……它使人不可免的，或多或少的流於卑鄙齷齪……」。不幸這二者都被康雄姐姐自己的生活選擇所證實了。由於「貧窮」，她這「悲壯的浮士德，也毅然賣給了財富」，猶如她的戀人小畫家因貧窮休學，甚至犧牲藝術賣身給廣告社。「財富」是魔鬼的隱喻；「我」賣給「魔鬼」，而犧牲了愛情，結果發現自己只憑「幾分秀麗的姿色」便擺脫了父親「畢生憑著奮勉和智識所沒有擺脫的貧苦」。然而這一切的精神代價是高昂的：「我」不僅「擲下我一切處女時代的夢」，而且以一個「非虔信者」的身份站在神壇和神父面前接受祝福。無愛的婚姻，無信的信仰，皆因「貧窮」而起。唯一可以自慰的是「我」所感到的一種「反叛的快感」，這最後的反叛，「使我嚐到一絲絲革命的、破壞的、屠殺的和殉道者的亢奮」，由於「我」的激進的弟弟「連這樣一點遂於行動的快感都沒有過」，因此這種反叛的行動，對「我」這樣一個「簡單的女子」來說，已經夠偉大的了。（陳氏，1988：1.13）但這種自慰並不能維持多久，漸漸地，「我變得懶散、豐滿而美麗」，連思慕亡弟的悲哀，為他的不幸死亡而流淚的哀慟，也逐漸地消失了。富足的生活果然使精神上唯一的情感也「餓死」了。康雄日記所說的話不幸而言中：「我」的許多「細緻的人性」被富裕徹底地「毒殺」了，剩下的便是面對十字架上的耶穌（她在上面看到了康雄死時的幻影）時內心的恐懼。而消除這最後的恐懼感的辦法，偏偏還是利用帶來罪惡的財富：私下資助可憐的父親，使他得以安心自修他的「神學」和「古典」；為弟弟修了一個有十字架的豪華的墓園，庶幾為亡靈安魂。金錢對於「精神」的嘲謔和凌辱，事實上仍然是對康雄幼稚思想的反諷。所以「我」雖然想到這種修墓行為未必是康雄所喜悅的，但還是千方百計了卻此願，為的就是從此以後告別內心的恐懼，「安心地沉溺在膏粱的生活和丈夫的愛撫裡渡過

這一生」。（陳氏，1988：1.17）

　　其實，康雄的姐姐所承受的苦難並不亞於康雄。如果說在
1960 年 1 月的這部作品中，陳映真還想讓她在遺忘裡生活下去，
那麼陳映真入獄七年回來，看到台灣社會的資本主義化日益發
展，他所抱的社會主義理想宛如康雄、吳錦翔的那些無法實現的
理想一樣在現實面前似乎反而充滿了「烏托邦」色彩，於是他在
描寫這個變化急劇的社會時，便讓還在為這個問題所困擾的人們
有所行動，或乾脆死去，於是對精神貧困的批判成為資本主義文
化批判的重要組成部份。《夜行貨車》（1978.3）中的林榮平和
詹奕宏代表了對於貧窮問題的兩種態度。林榮平是從鄉下農家孩
子成長起來的中國經理，其努力擺脫自己的貧窮地位所付出的努
力和艱辛可想而知，但在他的女秘書兼情婦劉小玲的眼中，他也
與公司中的其他男人一樣是「奴才胚子」。為了保住既有地位並
繼續往上爬，他在美國老板摩根索先生面前忍氣吞聲，裝瘋賣
傻，默默忍受了摩根索對劉小玲的侮辱；由於追求榮華富貴被放
在他生活中的首要地位，他出賣了個人的尊嚴（在陳映真眼裡，
這也是民族的尊嚴）。但林榮平不像稍後《上班族的一日》
（1978.9）中的楊伯良那樣厚顏無恥，也不像《萬商帝君》
（1982.12）中的劉福金那樣趾高氣揚，他還有自我意識。他像黃
靜雄（《上班族的一日》），既很清楚現代企業政治運作的卑鄙
齷齪，又不得不為了生存而與之妥協，所以眉宇之間常常滲透著
某種輕輕的「憂鬱」。這是陳氏人物的典型特徵，但詹奕宏就有
所不同了。他與林榮平有相似的奮鬥經歷，只是沒有爬上經理的
寶座。他向劉小玲敘述他的家境與奮鬥，與陳映真早期的另一短
篇《家》裡「我」的心態十分相似：「從小到大，我在貧窮和不
滿中，默默地長大。家庭的貧窮，父親的失意，簡直就是繩索，
就是鞭子，逼迫著我『讀書上進』。讓我覺得，以家境論，以父
親的失意，我本早就沒有求學的機會了，而我得以一級一級地受

教育，讀完大學，又讀完碩士，卻從來沒有人問過我：我自己想
要什麼，想幹什麼……」（陳氏，1988：3.119）詹奕宏清醒地認
識到貧窮環境的壓迫蓋過了個人的自由選擇，並且為此苦惱（這
苦惱與黃靜雄的苦惱多麼一致！黃靜雄一邊身不由己地在公司裡
謀生糊口，並捲入了骯髒的公司政治，難以自拔，一邊又無限懷
念青年時代的夢想，希望能擺脫物慾從事自己喜愛的電影事
業）。但對個人自由選擇的嚮往，最終促使他毅然挺身而出，以
辭職抗議美國老板摩根索對中國人的侮辱。他選擇了自由和人的
尊嚴、民族的尊嚴。這也是詹奕宏在境界上高於林榮平、黃靜雄
等人物的地方。有些批評家只看到詹奕宏此舉所蘊含的民族主義
精神，看不到詹奕宏思想深處對於個人選擇自由的崇尚（正是這
一點使他把人的尊嚴放在一切之上），因此未免低估了這個人物
的價值⑨。在被稱為「政治小說」的陳映真的後期小說中，「貧
窮」的問題仍佔舉足輕重的地位。《山路》（1983）中的殉道者
蔡千惠讓人想起康雄的姐姐。她的少女時代是和一群理想主義青
年聯繫在一起（一如康雄姐姐之於康雄和那個小畫家）的。不幸
在白色恐怖的五十年代，她的戀人黃貞柏被逮捕了，而他的朋友
李國坤因為蔡千惠的父母和二兄的出賣被抓走槍斃，蔡千惠為了
替家人贖罪，偽稱國坤的妻子，來到李家，照顧國坤一家老小。
幾十年來，她茹辛含苦，無私地獻身給這個貧困、殘破的家庭，
努力忘掉與國坤有關的政治恐怖和創傷，促使國坤之弟李國木
「回避政治」，「努力上進」，終於使一個「原是赤貧，破落的
家庭的孩子」，讀完了大學，取得了會計師的資格，並可以在台
北市東區租下一間「雖然不大，卻裝潢齊整而高雅的辦公室，獨
自經營殷實的會計師事務所」。從此蔡千惠像康雄的姐姐那樣生

---

⑨　　參見劉紹銘：《陳映真的心路歷程》（1984年7月《九十年代》
　　　月刊），收入《陳映真作品集》第十五卷，第34－40頁。

活在舒適而遺忘了那段痛史的日子裡。黃貞柏等人的釋放，喚醒
了蔡千惠的所有記憶。面對黃貞柏，猶如康雄之姐面對十字架上
的耶穌和死去的康雄。她的精神崩潰了，衰竭而死。其中原因披
露在她留下的遺書中：

> 近年來，我戴著老花眼鏡，讀著中國大陸的一些變
> 化，不時有女人家的疑惑和擔心。不為別的，我只關心：
> 如果大陸的革命墮落了，國坤大哥的赴死，和您的長久的
> 囚錮，會不會終於成為比死、比半生囚禁更為殘酷的徒然
> ⋯⋯
> 我突然對於國木一寸寸建立起來的房子、地毯、冷暖
> 氣、沙發、彩色電視、音響和汽車，感到刺心的羞恥，那
> 不是我不斷地教育和督促國木「避開政治」，「力求出
> 世」的忠實的結果嗎？自苦、折磨自己、不敢輕死以贖回
> 我的可恥的家族的罪愆的我的初心，在最後的七年中，竟
> 完全地被遺忘了。
> 我感到絕望性的、廢然的心懷。長時間以來，自以為
> 棄絕了自己的家人，刻意自苦，去為他人而活的一生，到
> 了在黃泉之下的一日，能討得您的和國坤大哥的讚賞。有
> 時候，我甚至幻想著穿著白衣，戴著紅花的自己，站在您
> 和國坤大哥中間，彷彿要一道去接受像神明一般的勤勞者
> 的褒賞。
> 如今，您的出獄，驚醒了我，被資本主義商品馴化、
> 飼養了的、家畜般的我自己，突然因為您的出獄，而驚恐
> 地回想那艱苦、卻充滿著生命的森林。然則驚醒的一刻，
> 卻同時感到自己已經油盡燈滅了。⑩

六十年代的康雄的姐姐希望通過為弟弟修建一座有十字架的

豪華墓園，然後安心地逃避他的思想帶來的恐懼和騷擾；八十年代的蔡千惠也試圖以獻身行為來激勵烈士遺族奮發讀書，擺脫貧窮，以為從此可以遺忘五十年代的痛史。兩部作品相差二十餘年，然而使人物苦惱的問題卻沒有太大的改變。這個問題就是年輕的康雄提出的悖論：「富裕能毒殺許多細緻的人性」，而「貧窮本身是最大的罪惡……它使人不可免的，或多或少的流於卑鄙齷齪……」。用「浪漫」、「寫實」來分別描述從《我的弟弟康雄》，《夜行貨車》到《山路》的風格的變化，便顯得捉襟見肘。如果說「康雄」是浪漫的，那麼詹奕宏、蔡千惠便是「寫實」的麼？陳映真的小說毋寧是「問題小說」、「思想性小說」，風格的變化倒是極不顯眼的。這是他的長處，也是短處。因此我們可以稱之為思想性的抒情詩人，而不庇稱之為變化多端的文體家。

　　個人與環境的對立是陳映真小說的第二大問題。這種對立並非簡單的互不相容，而是浸透作者溫厚的人道主義胸懷的互相對立而又互相依存，互相塑造而又互相分裂的關係：主人公的意識往往超脫於他的環境，超出他身邊人物的意識，但又往往成為這種公眾意識的犧牲品。《家》（1960）中寫道：「父親死後不久便趕上聯招考試，因此全村的人都在望著我——以一種我所厭惡的善心，期待著一個發奮有為的青年，在喪父後的悲憤中，獲得高中金榜的美談，好去訓勉他們的子弟們。然而我終於在全村中帶著可惡的善心的凝視之前落了第，而後在一種熱病的憂愁中離開了家。」（陳氏，1988：1.20）《家》的敘述語調，讓我們感到敘述者儘管努力按照母親和村人的期待來塑造自己（猶如《夜行貨車》詹奕宏的自述），但內心深處卻在反抗這種違反初衷的選擇。他以早熟的智慧參破了世俗生活那些很現實的期待，看出

---

⑩　《陳映真作品集》，第五卷，第 64 – 65 頁。

那是對人性的一種摧殘：「後來我幾乎每堂課都看見無數青而瘦的學子們的手在空中揮舞著，搶奪授業者的嘴裡降下來的『嗎哪』。漸漸的，彷彿也聽見無數的悲鳴之聲流行於這慘慘的搶奪之上。忽然也自覺，這個幻象無非是引源於兒時對於忌中之家的功德場上那種掛圖中的血湖的印象罷了：也是許多的青而瘦的手揮舞著，曲扭的嘴臉們吶喊著。」「一個陰影照在一條象徵的路上，那裡掙扎著、踐踏著蟻一般的學生們，無非是想通過一扇仰之彌高的冷冷的窄門……」（陳氏，1988：1.21）

　　然而他的悟性，或者說，他對於人性異化的警覺和厭惡，最終並未能阻止他也去走這條路，也去闖這扇「窄門」。因為現實要求他必須實現媽媽的願望，必須承擔起因為父親早逝而留在他肩上的負擔。現實環境的條件是造成陳映真的人物「精神分裂」的最終原因。

　　在《鄉村的教師》（1960）中，也可以看到吳錦翔與其環境、與周圍人們的這種分裂的關係。他熱愛他們，卻無法改造他們，相反，他們古老的意識沒法真正地理解他，反而把他吞噬掉了。《故鄉》（1960）中的哥哥原是「高大、強壯，的確很英偉」的「俊美如太陽神」，一個虔誠、熱情地生活著，工作著，將生命奉獻給基督教和醫療事業的人，白天在焦炭廠為工人服務，晚上洗掉煤煙又在教堂裡做事，但降臨家裡的突如其來的一連串災難徹底地改變了這個人，他淪落為賭徒，「變成了一個由理性、宗教和社會主義所合成的壯烈地失敗了的普羅米修斯神」。（陳氏，1988：1.40）環境吞沒了這個太陽神。除了這些早期的作品，後期的作品也有不少陳映真式的與環境對立的人物。譬如孤獨而執著的賀大哥〔《賀大哥》（1978）〕一個人以愛心為一場不義戰爭（越戰）贖罪。對他的描寫頗有某些神聖的暗示，令人想起那憂鬱而堅定的拿撒勒人耶穌（然而耶穌自身沒有任何罪感，而賀大哥卻有不堪回首的罪孽往事：參與過美軍在

越南梅萊村虐殺無辜平民的戰爭暴行）：「河上有一層薄薄的迷
霧，渡船上只有一個乘客，細看是一個高大的外國青年。河水潺
潺地流著。我們幾個在都市裡長大的孩子，都屏息定睛地看著那
漸擺漸近的渡船。」「我想起錯身而過時的他的臉：日曬得發紅
的臉，瘦削的、濃眉的臉，蓄著彷彿聖誕卡上的耶穌的鬍子的
臉。」（陳氏，1988：3.63－64）這個渡河的景象暗示了賀大哥
與他的環境的關係；不知從何而來，將往何處；既屬於這塊土
地，又恍然如畫；熱愛人，卻得不到人的理解。此外，如詹宏志
之於馬拉穆公司，黃靜雄之於莫里遜公司，高東茂之於恐怖的五
十年代〔《鈴璫花》（1983）〕等等，都是在與環境的對峙或妥
協中顯出了自己的意義。而環境也襯托出陳氏人物的「烏托邦主
義」色彩。

　　南方朔寫道：「無論任何型態的文化，都有著烏托邦的傳
統。這種傳統可以作許多解釋：它可以是猶太教裡『智慧之樹』
的尋找，也可以是耶穌伊甸園的重歸，或者是中國無憂社會的重
視，或者是人類快樂原則的追求。無論任何傳統，或作任何解
釋，烏托邦主義一定有『第一要義』，那就是現世乃是一種墮
落：『道德的人』被拋棄到了『不道德的世界』。一個烏托邦主
義者必然是個批判者，現世的否定者。」⑪烏托邦主義的衝動，
便是陳映真思想與寫作的原動力。與前期（入獄前）的小說相
比，後期（出獄後）的小說處理人物與環境的對峙時，多了一些
社會的參與，儘管那些投入己所不欲的資本主義社會生活的人物
在行動中顯得疲憊，無奈。戈爾德曼在談到盧卡契的小說理論時
說，「小說是一種墮落的（盧卡契稱之為『惡魔般的』）追求的
經歷，是在一個同樣墮落的世界裡，然而又不是以另一種激進程

---

⑪　南方朔：《最後的烏托邦主義——簡論陳映真知識世界諸要素》
　　（《陳映真作品集》第六、七卷的序言，第 19 頁。）

度，以另一種方式對真實價值的追求。」⑫如此看來，烏托邦主義者恰恰從小說形式裡找到最佳的安身立命之地。或者反過來說，小說形式正好是烏托邦形式。這兩者無分輕重。戈爾德曼指出，「在盧卡契研究的小說形式裡，都有一個主角，他非常恰當地稱之為有疑問的主人公。」小說形式具有主人公的墮落與世界的墮落兩種既相對立又頗一致的結構。莫泊桑《漂亮朋友》中杜洛華由低賤向高層的升遷，表明了他和他的世界的墮落，事業上的成功是以道德和人格的墮落為代價的。帕斯捷爾納克的《日瓦戈醫生》則相反，日瓦戈醫生最終的「墮落」（窮困潦倒）卻正是他的人格和精神的一種昇華，他的「墮落」只不過控訴了他的環境（世界）的墮落。這是頗具反諷意義的。日瓦戈在心裡對他周圍的人們說：「親愛的朋友們，噢，你們和你們所代表的圈子，還有你們所敬愛的姓名和權威的才華和藝術，是多麼不可救藥的平庸啊。」⑬但他不能坦率地說出這個想法。這一點，就表明他也是這些平庸者之一，他至多只能說是在思想意識上保有一點眾人皆醉我獨醒的獨特之處，雖然此時他已變得「越來越衰弱，越來越邋遢」了。他說：「我們這個時代經常出現心臟細微溢血現象。它們並不都是致命的。在有的情況下人們能活過來。這是一種現代病。我想它發生的原因在於道德秩序。要求把我們大多數人納入官方所提倡的違背良心的體系。日復一日使自己表現得同自己感受的相反，不能不影響健康。大肆讚揚你所不喜歡的東西，為只會帶來不幸的東西而感到高興。我們的神經系統不是空話，並非杜撰，它是人體的神經纖維所構成的。我們的靈魂

---

⑫ 呂西安・戈爾德曼：《論小說的社會學》，中國社會科學出版社 1988 年 6 月初版，第 2 頁。

⑬ 帕斯捷爾納克：《日瓦戈醫生》，中譯本，「結局」，第 655 頁，外國文學出版社 1987 年初版。

在空間佔據一定的位置，它存在於我們身上，猶如牙齒存在於口腔中一樣。對它不能無休止地奸污而不受懲罰。」⑭陳映真短篇小說裡有疑問的主人公更多地是日瓦戈醫生式的人物，這些人物從前期作品一直延續到後期作品。不同的是，後期作品還出現了杜洛華一類的人物，最典型的如《上班族的一日》中的楊伯良，《趙南棟》中的趙爾平，但這煩人並沒有「疑問」，他們往上爬也不是靠出賣色相，而是出賣人格和尊嚴。在陳映真筆下，他們是在追求物慾的滿足中因精神貧困而墮落的。陳映真有疑問的主人公幾乎都在與之對立的「墮落的世界」中，因為無限地探索心靈承受和忍耐歷史——政治處境（即現實層面）所給予自己的苦難（往往以一種道德罪感的形式出現），而終於毀掉。這些思想者代表著烏托邦的理想，戰勝他們的往往是思想貧困的環境和人物。從康雄，吳錦翔，《故鄉》中的哥哥，阿都尼斯，猶大，到賀大哥，林榮平，黃靜雄，張維傑（《雲》），高東茂（《鈴璫花》），蔡千惠（《山路》）……陳映真的人物都背負著墮落了的環境沉重負擔。

最後，我們來看一看陳映真小說最富於詩意的方面，性壓抑及其轉換。政治和性的壓抑都出現在陳映真的小說中，而且從早期到後期一貫如此。不同的是，「華盛頓大樓」系列增加了「文化」的壓抑，尤其是外來文化的壓抑，它以失去本土文化作為代價。由此，我們看到，關於性的話語被巧妙地轉變為一種意識形態的話語。關於後期小說，我只想提一提《夜行貨車》就夠了，劉小玲過著「從一個男人流浪到另一個男人」的生活，後來的選擇是在林榮平與詹奕宏之間搖擺，最後選定了那位雖然有些粗暴

---

⑭　帕斯捷爾納克：《日瓦戈醫生》，中譯本，「結局」，第 657－
　　658 頁。

（陳映真試圖從他的艱難家境和奮鬥歷程解釋這種粗暴的原因，暗示了某種包含著個人選擇之自由和人格尊嚴的東西）卻率真坦誠的詹奕宏。陳映真的叙述偏向了詹氏，希望以他的人物一直為之心顫的「溫柔的乳房」——女性愛的象徵——來撫慰因為人格與民族尊嚴的問題真誠受苦的人物。

在陳映真早期小説中，性的壓抑並非以禁慾主義的形式出現，相反，它是以性的某種厭倦而不是匱乏出現的，真正匱乏的是發自內心的，這猶如他關於道德問題的思考，對陳氏來説，重要的不是體制化、規範化的道德教條，而是內心的道德律令。因此，我們從陳氏小説中看到的「厭倦」意象，幾乎也都與「性愛」問題有關。此外，我們注意到，陳氏人物那些無能於愛或找不到真愛的人物的「厭倦」，往往與某種瀟灑的精神氣質聯繫在一起。厭倦因而被賦予一種現代人（準確些説是戰後一代台灣人）難以擺脱的略帶頹廢的蒼白而令人動心的美感。我想這幾乎也可以説是一種古典的美吧，有些像古希臘人的衆多雕塑所顯現的那種神人共有的美感。

《獵人之死》（1965）不常被評論家提到，但這部藉助神話題材來抒情的作品，與容易引人注目的《加略人猶大的故事》（1961）一樣，應該得到重視。如果説猶大的故事隱喻了陳映真作為社會改革家與基督教人道主義啟蒙者二者之間的矛盾衝突，即性與愛之間不可兼得的苦悶。而且，像其他作品一樣，陳氏對這一古老神話的現代叙述，處處不忘暗示產生這種精神苦悶的時代背景。於是《獵人之死》超越了單純性苦悶的詩意叙述，變成某種意識形態的文學寓言，為個人的性壓抑找到了美學的和歷史的內涵。陳映真有意在首段與末段發表發人深省的議論：「在臨近了神話時代的廢頹底末代，通希臘之境，是斷斷找不到一個浴滿了陽光的、鷹揚的人類的」；然而「自從獵人死後，那個古老而墮落的衆神的世界，確乎整個地動蕩起來了。那時火種早已自

普洛米修斯神之手開始流散在人間。我們便這樣地將歷史從凶惡
而充滿了近親相奸廢頹的奧林帕斯山的年代，轉移到人類底世紀
了。」⑮這一時代設定了獵人阿都尼斯的生存空間，注定了他由
於患有「輕度誇大妄想症」，而變成一個「孤獨的，狐疑的，不
快樂的人。」在與熱情奔放的女神維納斯的被動的戀情中，這位
悒悒不歡，帶著由孤獨而來的蒼老。「彷彿一只在未熟之際便枯
乾了的果實」的獵人，便顯得溫柔而疲倦，只顧沉醉在自己製造
的妄想與悲戚之中，而無能於愛。這在維納斯這樣一個「那麼放
縱著生命，又那麼熱切愛著生底感覺」的女神看來難以理解的。
但陳映真明白其中的原因：「其實他並不是沒有情慾的人。即便
是那麼拙笨的擁抱和愛撫裡，他的男性也毫無錯誤地興奮著。他
只不過是一個因著在資質上天生的倫理感而很吃力地抑壓著自己
的那種意志薄弱的男子罷了，或者他是個理想主義者罷。而且在
那麼一個廢頹和無希望的神話時代底末期，這種理想主義也許是
可以寶貴的吧。然而，其實連這種薄弱的理想主義，也無非是廢
頹底一種，無非是虛無底一種罷了。」作為敘述者，陳映真既為
獵人進行解釋辯護，又意識到這種蒼白人物的無望。他們的「理
想主義」只能讓自己意識到現實的腐敗，而無力於改造它或等到
未來。於是耽於「思想」，以及那天生的倫理感，對於愛的敏
感，無愛之慾情的厭惡，便使獵人喪失了真正獵人的男子氣概，
從肉體到精神，只顯得柔弱而陰氣，然而他誠實，他甚至洞察維
納斯這專司愛情的女神其實也是「無能於愛情的」，雖然她說
「愛著的時候總覺得比什麼都真實」，但她也無法掩飾「愛」
「一旦過去了」的那種單薄而空茫的感覺，她也因為在放蕩的神
們的慾情裡流浪而厭倦了。獵人的誠實讓女神勾起「愛」的回
憶，但這一切都極短暫。獵人深知「神」的世界已像自己一樣再

---

⑮ 《陳映真作品集》第二卷，第 21，37 頁。

也鷹揚不起來了。他們都是「寂寞的，岌岌的危城」，希望只有寄託在未來的人的世紀。於是他告誡女神不要再「流浪」了。尋找真愛吧！於是他在對未來的理想憧憬中平靜輕鬆地自沉湖底，告別了他的時代。

　　但獵人阿都尼斯事實上並沒有死。這個蒼白的傢伙又在《最後的夏日》（1966）裡化身為鄭介禾，不僅漂亮，而且「又恢復了那種帶著幾分憂鬱的眼神」。他顯得英俊瀟灑，不像裴海東那樣既垂涎於同事李玉英的美色，又裝模作樣，虛偽陰險；也不像鄭銘光，對李玉英先殷勤，後辱罵，沒有紳士風度。因為他真正愛過一個女人，「一個真正懂得愛，也懂得叫別人去愛的女人。」但那女人死了，於是鄭介禾疲倦了，顯得有些玩世。《最後的夏日》將性愛問題的探討轉化為對人與人之間的溝通與關係的探討。小說第一節以「蜻蜓」這個意象來暗示了這一點：一隻大頭蜻蜓在死命地撞著玻璃窗子。它明明可以透過窗子看見裡面的東西，卻進不去。「它們總是注定了永不能識破那一面玻璃的透明的欺罔的。」蜻蜓的悲哀也是人的悲哀。

　　如果我說《獵人之死》裡的獵人又托生為《唐倩的喜劇》（1967）裡的存在主義者胖子老莫、邏輯實證論者羅仲其，而維納斯又托生為「唐倩」，那也符合實情。可悲的是，儘管是「轉世」托生，他們卻仍然見不到那鷹揚「人類底世紀」。胖子老莫、羅仲其依然是憑著那點象徵著「理性」的「存在主義」和「邏輯實證論」，吸引了「以各種方式去把男人驅向困境為樂」的唐倩。然而習慣於流浪的唐倩發現，這些人還是像他們的前身獵人那樣「柔弱而陰氣」，而且除了慾情，根本談不上「愛」，與「獵人」相比，反而墮落了。當然，與「維納斯」相比，唐倩也墮落了。「性」的話語在《唐倩的喜劇》中變成機智的嘲諷，左右開弓，嘻笑怒罵，對唐倩，對象徵著六十年代誇誇其談的讀書界進行了無情的諷刺──他們鸚鵡學舌而思想貧困，智性生活

一如床第生活，有慾無情，除了「必須在永久不斷的證實中，換來無窮的焦慮、敗北感和去勢的恐懼」（陳氏，1988：2.106），漸漸喪失信心之外，一無所有。獵人阿都尼斯自沉前曾期待「人底世紀」來臨，那時「男人與婦人將無恐懼地，自由地，獨立地，誠實地相愛」（陳氏，1988：2.37），這情景卻並沒有蹤影。人們生活的時代，依舊找不到充滿了陽光的、鷹揚的人類。

與陳映真小說的性壓抑問題相關的，是女性形象的塑造。「從一個男人流浪到另一個男人」的女性角色，除了《獵人之死》的維納斯，還有唐倩，《夜行貨車》中的劉小玲，《將軍族》（1964）中的小瘦丫頭兒，《淒慘的無言的嘴》（1961）中慘死的雛妓，《六月裡的玫瑰花》（1967）中的艾密麗，《永恆的大地》（1970）中的女人，《上班族的一日》（1978）中的Rose等等。這些女性角色，無論在陳氏的第一人稱小說還是第三人稱小説，都有一個共同點：她們的對象都是那些受難者。除了這些「流浪者」，還有一些非流浪的女性，如康雄之姐，娟子（《貓它們的祖母》），希羅底（《加略人猶大的故事》），季公之妻（下女）（《一綠色之候鳥》）和《麵攤》（1959）中的母親等人。在陳映真目前的三十三篇小説中，除極少數篇幅沒有這種男／女對立的結構性因素外——例如《鄉村的教師》吳錦翔沒有任何一個年齡相仿彿的女性作他的安慰者（除了他的母親），《鈴璫花》的高東茂亦然，這篇作品唯一「性」的暗示是敘述者「我」對於玩伴曾益順早熟的男性的凝視；此外是《家》，敘述者「我」因父親之死，承擔了一家的重任，取代了父親在母親心中的位置——大部份都有一個關鍵性的女性角色，夾在受難者與他們的環境之間，起著緩衝的作用，緩和受難者在外面遭受的挫折和痛苦。她們不僅是安慰者，也是「救贖者」，幫助受難者尋找和重建男人的信心。然而，這些受難者有的找到了愛情而獲救（如《將軍族》中的三角臉之於小瘦丫頭，雖然雙

雙殉情，卻因愛死得莊嚴肅穆；《六月裡的玫瑰花》中巴爾奈之
於愛蜜麗，《一綠色之候鳥》中季公之於下女，詹奕宏之於劉小
玲等）；有的卻只有慾情而無愛情，終於陷於絕望的慾海中，恐
懼不寧（如《唐倩的喜劇》中胖子老莫、羅仲其等人之於唐倩，
《永恆的大地》中兒子的病態戀情等等）。李昂是較早注意這些
女性角色之作用的評論者。她指出，陳映真是個「很男性中心的
作家」。他筆下的女性大都有著質厚的嘴唇，修長的腿，雲雲的
長髮，溫柔的乳房，很性感，很豐腴，具典型的「大地之母」的
特徵。陳映真塑造這些「非常母性」的女性來安慰那些需要不斷
來證明，而又會有無窮的焦慮、敗北感和恐懼的男性，李昂認為
這是潛在陳氏創作心態的一種「基調」。⑯

　　綜上所述，陳映真小說探討的「問題」──貧／富對立，人
／環境對立，男／女對立（性壓抑及其轉換昇華）──一直從早
期延續到後期。從他出獄後創作的小說看，《賀大哥》（1978）
和《纍纍》（1979）延續了前期的題材（《賀》與《六月裡的玫
瑰花》同是對越南戰爭的反省作品；與《哦！蘇珊娜》有同樣基
督教背景；《纍纍》與前期寫老兵的小說亦同屬一個題材系統，
如《將軍族》等）；「華盛頓大樓系列」〔《夜行貨車》（1978），
《上班族的一日》（1978），《雲》（1980）和《萬商帝君》
（1982）〕雖然開闢新的表現領域，卻是舊人物對前期同一問題
繼續探討，是由少年步入中年的成熟的人物對新的環境的參與；
至於所謂「政治小說」〔《鈴璫花》（1983）《山路》（1983）
和《趙南棟》（1987）〕還是繼續了康雄、吳錦翔、猶大的問
題。為此，我認陳映真的文風並沒有改變。改變的只是他處理所

---

⑯　參見尉天驄、李歐梵、李昂、蔣勳等人的筆談：《三十年代的傳
　　承者》一文，原載《愛書人》1980 年 10 月 15 日第一五四期。收
　　入《陳映真作品集》第 8 卷的「附錄」，第 185 頁。

感到的焦慮的方法：憂鬱的陳映真起初是把他少年時代的疲憊和幻滅感以小說形式描繪出來，後來漸漸將這種深重的個人苦難轉移到其他人物身上，讓諸多人物共同分擔了他的憂鬱。這些人物有他自己的影子康雄、吳錦翔，有《故鄉》中的哥哥等本土人物，他們後來擴展到軍曹巴爾奈（《六月裡的玫瑰花》）《夜行貨車》的詹奕宏，《賀大哥》中的賀大哥，《雲》裡張維傑、何大姐、寫日記的女工，《萬商帝君》中的「萬商帝君」，乃至趙南棟。此外還有前後期所寫的眾多大陸人。他們分擔了為台灣社會感到的憂傷，於是個人的苦難取得了社會的苦難、歷史的苦難和時代的苦難的形式。他並且從社會、歷史的框架去分析這兩種苦難的原因，從早期到晚期都延續了這種屬於他、也屬於整個台灣社會的苦難體驗，或者確切些說，屬於台灣社會裡那些感到了相同的苦惱和焦慮的知識份子的苦難體驗。他們的寫作匯集成一種富有社會、歷史與文化價值的精神現象，為我們描繪戰後當代台灣的某種面貌。

陳映真的改變還在於，入獄以前，他耽於以小說這種藝術來隱秘地表達自己的苦難和嚮往，出獄以後，他便更多地藉助了其他寫作形式——例如文學評論、隨筆、雜文，政論等等——來分析、批判、解剖他在自己的藝術中感覺到的東西，包括自己年輕時曾為之著迷的那些憂傷而淒美的感情。於是，他的小說曾描寫過的自我辯駁的情景在更大範圍內再現了：一方面是小說世界，另一方面是對它的批評、剖析、闡述、旁白；一方面是虛構地敘事，在審美過程中擺脫現實的苦惱與束縛，另一方面是雄辯地寫作，以文論政論直接與他的世界對決。然而在所有的寫作背後那個真實的陳映真，從少年時代就懷著難以擺脫的精神焦慮，即面對現實與理想的衝突而矛盾痛苦的心態，始終如影隨身般出現於字裡行間，揮之不去，或者默默不語，或者慨然歎息，或者振奮雀躍，或者黯然神傷。陳映真的身上，一直存在著的兩個人，即

姚一葦很早就認出來的那兩個人，那個富有藝術氣質的熱情敏感的幻想的小說家和那個厭棄幻想（因為常為幻想所苦），以為它不切實際而意欲行動的理智的革命者或改革的思想者，互相吸引著，爭辯著，從後台走到了前台。

第三章

「異端」寫作的策略
──論陳映真的理性話語

> 誰如智慧人呢？誰知道事情的解釋呢？人的智慧，使他的臉發光，並使他臉上的暴氣改變。
>
> ──《舊約·傳道書》Ⅷ─Ⅱ

陳映真為他的苦難人物設定了一個特定的年代，在小說中，這年代便是「充滿了陽光的、鷹揚的人類」尚無蹤跡的「神話時期的廢頹底末代」；①在他的理論裡，這年代便是「國際冷戰·民族分裂」的時代。他的人物，懷著苦思這個時代的歷史－政治處境的憂鬱，從少年步入成年，從嗜死走向妥協和無望的抗爭。

---

① 《陳映真作品集》第二卷，第 21 頁。

這些有疑問的主人公們，以天生的倫理感，清醒地沉思自己生活的現實環境，發現它遺留著難以清洗的道德污垢，背負著過於沉重的歷史包袱，然而多少人對此麻木不仁，無動於衷！於是，陳氏的人物擔當了思想、懺悔的使命，徘徊於現實與未來，將生與未死之間。人物的苦難乃由「思想」產生，他們注定不是到世上來享受的，而是來完成某種「使命」，來尋找人的真正的生活。因此，「貧窮」雖是他們極力要擺脫的枷鎖，安逸的富裕卻不是目的本身。相反，安逸產生了罪感，使人物因忘掉使命而深感不安。體驗苦難──包括遵從內心的道德律令而厭棄現實、自我以及苦苦追尋真正的愛心──是陳氏主人公們生活的核心。苦難表現為現世生活中身不由己、別無選擇的不自由狀態。因而強調發自內心的個人選擇（這最終導向社會主義），聽從內心道德律令的呼喚（這「律令」後來作為合乎理性的社會選擇），既是環境作用的必然結果，又是這些人物高出環境的地方。描寫和分析這些苦難，便意味著某種意義的超越。作為「救贖之道」，陳映真在小說中敘述特定權力關係中社會夾層人物的苦境，藉助小說中的對話、分析和旁白剖析這些苦境，將敘述的意識形態天平偏向權力關係中的底層人物和中層人物，另立對抗現實的新權威。小說中的理性話語又衍化成為小說外的「旁白」，即非小說的寫作。本章論述陳氏小說的理性話語與其他理性話語的關係。

一、權力關係與敘述策略

　　《聖經》「創世紀」第二十二章敘述了上帝試驗亞伯拉罕的故事。上帝讓亞伯拉罕帶他的獨生兒子以撒到摩利亞地去，在指定的山上把以撒獻為燔祭。亞伯拉罕不敢違抗，在上帝指定的地

方築起祭壇，把毫不知情的兒子捆綁起來，放在壇的柴上。就在亞伯拉罕伸手拿刀要殺他的獨子時，上帝的使者阻止了他，並用一隻公羊取代了他的兒子，因為他的行為已證實了他對上帝的真敬畏。

這古老的故事可議的地方頗多。它似乎意在說明人必要時就得放棄人間的道德心而絕對服從超人性的上帝的任何命令。我們無法知道亞伯拉罕是否真的聽見上帝的聲音，也無從知道耶和華的使者是否真的來得如此及時，根據宗教的信仰，這是絕不容懷疑的，必須棄絕人的理性去相信，因為人的有限是可知的，而上帝的無限和大能也是可以推測的，有誰真正知道天地萬物、宇宙空間的來歷呢？然而叙述者究竟是人而不是上帝。叙述者藉上帝的形象使自己的叙述有了權柄和力量。我們從亞伯拉罕燔祭的最後結果中看到，他的兒子獲救了，他自己通過了考試，得到了上帝的信任和庇護，並被賜予人間的榮耀和延綿不絕的幸福。這是虔信者的獎賞，但不是他的目的，目的似乎就是虔信本身。這是宗教寫作的持點：叙述的天平偏重於上帝的權威，但又利用上帝的大能作了人間幸福的承諾。而世人事實上重的是上帝的承諾與獎賞。當虔信而無獎賞時，便如約伯，在無盡痛苦之中責問上帝的不公（陳映真的《故鄉》中的哥哥也是如此。）但他誠實的質問來自自知無罪的虔敬心，因而最後還是得到了上帝的寬恕和獎賞；當虔信反受懲罰時，一般人便會從此懷疑不安，甚至頹唐墮落，只有像耶穌那樣的上帝之子，能夠泰然處之，以死來喚醒世人的良知，為世人的罪孽作救贖（陳映真的《賀大哥》中的賀大哥透露了相近的意圖）。無論《聖經》所要訓誡的目的為何，我們從亞伯拉罕的故事看到了人類關係中的一個很重要的方面，即與「權威」有關的三角關係：權威、執行者和犧牲品。「權威」一般具有影響他人行為的權力，權力是控制的手段和結果，或者是帶來所願望的條件的能力。「上帝」是至高權力的象徵。

亞伯拉罕是執行上帝命令、體現其權力意志的人，而他的親生兒子便是典型的犧牲品。沒有亞伯拉罕，無以實現上帝的權威與大能；而亞伯拉罕作為一個人所具有的人類道德心，使他必須忍受內心的衝突導致的巨大痛苦才能執行上帝的命令。執行者與犧牲者的關係越近，他內心的痛苦就越深。當這種痛苦超過了內心所能忍受的限度時，執行者便有可能徹底擺脫權威的命令、權力對自己的影響，成為權威的反叛者。這時候，權力便得不到實現。（我們在這裡看到了希伯萊傳統和希臘傳統的區別。在前者的聖經中，亞伯拉罕的殺子之痛是以得到上帝的信任作為彌補的，父子之間的親情被人神之間的契約所制約和超越，它的可能的悲劇性也被未來的期待瓦解了；在希臘悲劇中，父子的衝突則採取了走向毀滅的形式，神沒有未來的承諾，因為神也擺脫不開命運的權威，因此，前者是宗教的，超悲劇的，後者是人間的，悲劇的。）因此，權力事實上是處在關係之中，離開了關係，權力便沒有了依託。命中注定處於權威與犧牲者之間的執行者面臨著忍受精神分裂的可能性，他要麼繼續服從權威的命令，要麼拒絕遵從權威的命令而留意犧牲者的請求（試想倘若上帝不派使者前來阻止，亞伯拉罕親手殺子之際的情形！）因此，權威及其權力的運作並不是在自由的領域裡不受任何抵制地進行，相反，它既然必須處在這種三合一的關係之中，就也必須面臨著各種可能性，這一三角關係對權威所發揮的作用同樣具有制約力。關鍵要看各自的親疏距離和利害關係。

權威與犧牲者的關係總是疏遠的，權威與執行者較前者為親，權威對執行者具有制約的力量和利害關係。這二者的距離越親近，權威的力量越強；距離越遠，權威的力量越弱。就執行者與犧牲者關係而言，其親疏不等。彼此的距離越親近，權威的力量就愈弱；距離越遠，權威的力量愈強。②「蔑視權貴易，得罪朋友難」，說的就是這種距離關係。一般人與權貴的關係都較疏

遠，所以可以笑傲公侯，無所顧忌；但朋友是自己圈中人，關係
較為密切，便不好使氣傲物了。人類的良心比較容易顯示於在近
距離的接觸中。所以古代皇帝的微服私訪，便是「權威」試圖越
過「執行者」這個中介來逼近「犧牲者」的一種嘗試。然而私訪
只是「開明君王」的偶爾為之，君王的權威一般還是藉助「執行
者」這個中介。而士人是「人民」某種程度上的喉舌和代表。在
反抗現實中的「權威」時，往往既採取直接反抗的形式，也採取
間接反抗的形式，這就是不承認現實的權威（例如政治上的君
主，王權，宗教上的教會，教會階層──神父，牧師等）而另找
「權威」，例如越過王權、神權直接與「人性」、「上帝」交流
（文藝復興時期和宗教改革時期的策略）；或者以科學的知識和
思想來反抗權威（現代社會以「科學」、「民主」、「民族」、
「實事求是」等旗幟來反帝反封建反迷信等）。對「執行者」和
「犧牲者」的偏重一直是文學創作的傳統，這是文學寫作異於宗
教寫作的地方。因為處於中介地位的作家看到了這二者更為具體
親切的人間性、悲劇性以及他們所能提供和展開的複雜深邃的精
神空間。

　　陳映真在他的第一篇作品《麵攤》中，就開始把那些忍受著
內心痛苦的形象，那些具有愛心的、處於現實的權威（這個權威
在陳氏早期作品中往往被隱藏得很深）與犧牲者（百姓）之間的
「執行者」，引入台灣的小說中。好心的警官出人意外地放過了
無照擺設「麵攤」又沒有進行戶口登記的一家人。這使得剛從鄉
下來，全靠這小本生意來救治生病兒子的夫妻倆感恩不盡了。故

---

②　參見 Stanley Milgram 的文章《服從與反抗權威的某些條件》
　　（Some Conditions of Obedience and Disobedience to Auth-
　　ority）原載《Human Relations》（人類關係）第十八卷（1965
　　年），第 57－75 頁。Plenum 出版公司。

事很簡單，但陳映真深入挖掘了這表面簡單無奇的故事裡的心理
內容和歷史內容。倘若考慮到台灣光復後於 1947 年 2 月 28 日爆
發的全島爆動導火於當時的警察對於違禁經營的小攤販的暴行
③，考慮到日據時代的台灣小説所揭露的日本巡查、漢奸魚肉鄉
里的形象，那麼陳映真的《麵攤》便有了其不可忽視的文學價
值。警官的「疲倦」乃是出於內心的矛盾痛苦：他既要執行命
令，又要遵從自己的良知。由於他深刻地體驗到下層人民的生活
苦難，他默默地反抗了現實的權威，默默地溫馨地幫助了那艱難
生活的家庭。這個故事被陳映真以詩一般的語言叙述出來，動人
心魄：

　　　　他們逐漸走出了這座空曠的都城，一拐、一彎地從睡
　　滿巨廈的大路走向瑟縮著矮房的陋巷裡。
　　　　「他是個好心人」，爸爸說。半截香煙在他的嘴角一
　　明一熄：「好心人。」
　　　　走在攤車左側的媽媽。只是默默地走著，緊緊地抱住
　　孩子。沉思的臉在洩漏暗淡的街燈下顯得甚是優美。孩子
　　舒適地偎著媽媽軟軟的胸懷和冰涼的肩項。
　　　　「他，不要錢麼？」孩子說：「不要，不要——」而
　　不幸的，孩子又爆發了一串串長長的嗆咳。父母和格登格
　　登的攤車都停了下來。痛苦的咳聲停止以後，只留下媽媽

---

③　「二・二八事件調查報告」（《中央日報》1988 年 3 月 10 日公
　　佈）這份官方文件稱，事變初期是由專賣局緝私傷斃人命而起。
　　被擊斃的陳文溪，「係一流氓頭之弟，故流氓首先參加，利用一
　　般民衆之排外心理，及不滿政府現況心理，鼓吹擴大，為事變初
　　期之主動者。」這份報告寫於 1947 年，撰寫人為當時的閩台監察
　　公使楊亮功，監委何江文等人。

輕輕地拍著孩子的項背的聲音。這聲音在如許沉靜的夜
裡，聽起來會叫人覺得孩子的體腔竟是這樣的空洞。④

　　一個總帶著困倦而溫藹的微笑的年輕人，一個不抓人的警
官，一個去吃麵時故意留下十塊錢悄然走去的好心人，就這樣在
一家老小的心靈深處泛起溫暖的微瀾。陳映真的敘述天平顯然已
經傾斜了，他把詩意的讚美送給了為窮苦人而憂傷的警官。

　　這個警官不是亞伯拉罕，他的「上帝」也不是「舊約」的耶
和華，而是「新約」時代的耶穌。他所遵從的是新的「權威」，
即博愛人道主義，以此對抗現實中的權威，即具為某種死板的法
律制度或規章的「權力」。自《麵攤》以後，像警官那樣夾在現
實「權威」和百姓之間的「臣僕」（執行者）──用陳映真自己
的術語，叫「市鎮小知識份子」──便陸續帶著沉思的憂鬱和困
倦生活在陳映真的藝術世界中。這些人物，雖然並不都具有警官
那樣的身份，與看不見的「權威」有某種擺脫不開的聯繫，但他
們對於現實的權威，對他們所不得不接受的台灣現存社會制度，
都難於從心底裡認同。從內心拒絕認同或者抱著深刻的懷疑態度
來審視自己無法選擇的全部現實這一點看，陳映真的那些「受難
者」是一致的。他們顯得困乏蒼白，變化無常，很輕易地從安逸
的生活中走向瘋狂或死亡。美國漢學家浦安迪（Andrew H. Pla-
ks）注意到中國敘事作品中的文學英雄往往懷有縈繞不去的矛盾
心理，因而給讀者以反覆無常的印象，他們性格複雜，搖擺不
定，中途變卦，心境朝雲暮雨。譬如荊軻從拖延殉難的驟變；曹
操身上並行不悖的政治殘忍和琴心詩意；諸葛亮料事如神，卻也
限於所選，回天乏術；林黛玉敏感狐疑，情態瞬息萬變，令人如
墜雲霧，難以捉摸等等。⑤在這一點上，陳映真的人物塑造，可

---

④　《陳映真作品集》第一卷，第8頁。

以説繼承了中國文學的傳統。

這種特色的產生，主要由於人物處在上面所談到的「權威」與「犧牲者」之間的夾層中，這種特殊的「臣僕」地位必然產生特殊的分裂意識，也就是我在「導言」中曾論及的「苦惱意識」。在陳映真所謂的「冷戰・民族分裂」時代中的知識份子尤其如此。他們必須在現實中對冷戰時代分歧的意識形態有所選擇，對「民族分裂」的現實有所思考。這對像陳映真那樣嚴肅的作家而言，意味著必須深入思考導致這種「冷戰・民族分裂」局面的現代歷史，特別是中國現代史。陳映真在創作伊始，就用「小説」來思考這些問題了。我們看到，他的小説人物，那些形形色色處在夾層中的「臣僕」們，痛苦地想擺脱掉歷史擱在他們身上的沉重的道德包袱。對他們來說，歷史並沒有像時間那樣消逝，它只不過變換了形態，化作夢魘，化作鬼影，化作麥克白恐怖不安的幻象。化作愛倫・坡那隻神秘的貓眼，緊緊纏住從歷史中蹣跚走來的人們。陳映真小説中出現的一個重要結構性因素「歷史／現實」的對立，往往以「父／子」對立的象徵形式出現，便是那些曾在「夾層」中喘息的「臣僕」們，經過戰亂，在擺脱了「權威」對他們的束縛之後，在安逸的和平時代中，反思歷史罪孽及其對現實之影響的一種方式。他們的思考，體現了陳映真的意識形態傾向，也就是說，暗示了陳氏的救贖之道。

我這裡想提一提陳映真那些從大陸人滄桑傳奇和戰爭之反思為題材的小説。如果說康雄，《家》中的「我」，《故鄉》中的「哥哥」，獵人阿都尼斯、趙南棟等人物是抽象的「時代環境」的間接「臣僕」，他們之所以蒼白、痛苦，是由於無法接受、認同自己的時代和環境，因為時間和環境非但不能造就他們，反而

⑤　參見拙譯浦安迪文：《關於中國敘事文學的批評理論》，載於上海《中國比較文學》1988 年第 2 期。

腐化、弱化、奴役、玷污了他們並剝奪了他們選擇生活方式的自由，於是導致他們對這個巨大的「權威」的背叛（絕望的軟弱無力的反抗）；如果說林德旺（《萬商帝君》）、高東茂（《鈴鐺花》）、蔡千惠、黃貞柏、李國坤（《山路》）、趙慶雲、葉春美、宋大姊（《趙南棟》）等人物是具體的反共意識形態、現實政治體制和資本主義社會制度下的「犧牲品」，他們或者被逼得發瘋，或者慘遭迫害，在牆內牆外的「監獄」服肉體與精神的苦役，那麼，那些曾經參加過內戰的大陸人和參加過不義的侵越戰爭的美國軍人們，便是名副其實的、與現實的「權威」有關係並接受其殺人命令的「執行者」。在陳映真小說中，這些人都是在事後回憶裡感受到無法擺脫的痛苦的。懺悔不是在戰爭正在進行的時候，而是在他們已經從那種受戰時權威約束的關係中退出來之後開始的（這與《麵攤》中的警官有所不同）。

在寫大陸人之前，陳映真就已寫了一個吳錦翔。他因為思想進步，閱讀社會主義書籍而被日軍硬徵入伍，派到南洋參加侵略戰爭。在婆羅洲瀕臨絕境時吃了人肉、僥倖活著回到了家鄉。吃人肉這件事一直成為壓在他心底的致命罪感。他沒有因為是戰爭的過錯而寬恕自己，正如別人也不因此寬恕他一樣。帶著這個戰爭罪孽，吳錦翔割腕自盡，似乎自知本身的骯髒使之無力承當改造社會與改造國民的重任。涉及到非大陸人戰爭反思的作品，還有《六月裡的玫瑰花》（1967）和《賀大哥》（1978）。這兩部作品表面上都涉及到「越戰」，但若從陳映真對戰爭後遺症的一貫探討這一點看，它們像其他作品一樣有了某種普遍性的意義。無論是黑人上等兵巴爾奈·E·威廉斯，還是化名「賀大哥」的麥克·H·邱克，都顯得困頓疲倦，內心深處拂之不去的罪惡記憶，如影隨身的戰爭惡夢，宛如被所羅門封壓在瓶中扔進大海的魔鬼（這大海就是他們的潛意識），不時對他們所抱的理想、信念進行詭秘惡毒的嘲弄。象徵著解脫的智慧的「所羅門」在《六

月裡的玫瑰花》中是排長史坦萊・伯齊宣讀的「偉大的合眾國政府」頒佈給巴爾奈的獎狀令：「巴爾奈・Ｅ・威廉斯是個偉大的合眾國戰士，偉大的愛國者。他為了我們合眾國所賴以奠立的信念，遠征沙場。當他為了保衛並協助建立一個獨立、自由的友邦而戰之時，他已經為我們自立國之初即深信不移的公正、民主、自由與和平的傳統，增添了一份榮耀。」⑥然而另一方面，心中的「魔鬼」卻在提醒這位黑人奴隸的後代：他希望戰爭永遠繼續下去，僅僅因為戰爭讓他覺得自己與白人平等，戰爭讓他免除了黑人的自卑感，而他在戰爭中犯下的罪行卻永遠難以饒恕。在濫殺無辜、扣動板機將一個抱著斷臂布娃娃的女孩殺死的那一瞬間，沒法洗清的罪孽便留下了，這猶如賀大哥曾在梅萊村犯下的燒殺奸淫的大罪一樣。但堂皇美麗的國家權威的聲音讓巴爾奈覺得他為了維護個人或本民族的自尊心值得去進行一場在別國領土上的「愛國」戰爭。這使他的「病」愈有了可能，而且重赴戰場。他的陣亡通知書依舊是「所羅門」那表面上自信熱情然而骨子裡冷漠虛飾的雄辯：「他為無可置疑的民主、和平、自由和獨立而戰，他為合眾國傳統的正義和信念捐軀。他的犧牲為全世界自由人民堵塞奴役和人性的逆流底鬥爭，墊上一塊有力而雄辯的巨石。」巴爾奈的死與這些雄辯，用十一年後的賀大哥的話來說，正是六十年代的美國青年「對美國國家永不犯錯的神話」提出的無情的批判。小說的悲劇性就在巴爾奈悲愴的死亡與這種堂皇的語言形成的強烈對比之中。巴爾奈是懷抱著一種虛假的理想和國家的意識形態，帶著成為黑人上校、「非洲君王」的飄渺的夢幻走向毀滅的；甚至這種虛幻的優越感——多麼令人悲傷的自卑情結啊——也給愛他的艾密麗黃一個美好未來的憧憬，雖然事實上留下的是她無盡的哀傷。如果說巴爾奈對自己的悲劇原因一

⑥ 《陳映真作品集》第三卷，第5頁。

無所知,那麼賀大哥則清醒多了。賀大哥再也沒有走向戰場。他的「所羅門」,把他召到了基督耶穌的身邊。用傳道書的智慧引導他救世濟貧,扶困救危,以徹底遺忘過去的方式開始一種實踐愛心的生活。賀大哥的「所羅門」——愛的理性——顯然是得到了陳映真的肯定的,儘管他的理想在現實中可能受挫,卻不像巴爾奈的「所羅門」那樣是一種虛假的國家意識形態。

上述小說可以看作陳映真為國際性冷戰局面中社會夾層之個人的歷史命運所作的省思和救贖。陳映真更用心力的是在這個世界性悲劇中中國同類人物的痛苦。從《蘋果樹》(1961)開始,「父/子」的關係具有了某種歷史形式。在此之前,父子之間的感情還是倫理的,例如《家》中的「我」因為父親之死而感到了生活的壓迫:他必須替代父親在家中的權威地位,支撐起全家未來的生活,於是他只好遵從母親的囑咐去拚命考大學。「我」在父親的陰影籠罩下感到了成長的煩惱。康雄的姐姐所以最後嫁給了財富,也是因為父親貧窮,所以這種非本願的無愛的婚姻才促使她痛苦地思考已故弟弟留下的關於貧窮的哲學悖論。《故鄉》中的哥哥的徹底改變也起源於父親事業的大失敗,埋葬了父親之後他也埋葬了自己的過去,因為由小康墮入困頓的生活,跟債權人交往中所體察的世態炎涼,似乎讓他對人性絕望了。承擔起父親的責任,似乎也意味著必須變得如魔鬼般冷酷而堅強。陳映真在這些小說中寫的父子關係中間都隔著一堵厚牆:「貧困」或「死亡」。父親並沒有任何罪惡讓子輩去承擔,只是他的貧困或死亡使子輩體驗了生活的艱辛,人世的無常。但在《蘋果樹》中父子關係有了更深一層的內涵:兒子的苦難源於父親在歷史中曾經犯下的罪孽。窮大學生林武治在苦悶和寂寞中向瘋女人敘述著自己關於「蘋果園」的夢,彷彿契訶夫的馬車伕姚內奇在雪夜孤獨地向自己的馬傾吐衷腸。而這深刻的寂寞就來自對父親過去的惡德的逃避和懺悔:「我的父親和地政人員勾結著,用種種的欺

罔詐騙我們家那些不識字的佃户，然後又使人調解息訟。我明明
知道這些，但是我只好像父親所期待的那樣裝著不知……」「我
什麼也做不了，但是我終於走出來。也許在逃避著自己家的惡德
吧。然而，若我們沒有了那些土地，我們便只好等著淪為乞丐
了。我的父親什麼也不能做，一個哥哥因肺病養著，另一個哥哥
自小便是個賭徒」。⑦父子間的矛盾以兩種聲音互相辯駁呈現出
來。一個聲音說那些父親掙來的錢是不義的，是罪惡；另一個聲
音反駁說，那是生活所迫，是人活下去的原則。一個聲音充滿敏
感的道德良知，另一個聲音喃喃說著犯罪的無奈。所以他逃出來
了，卻還掙不脫問題的糾纏。於是他開始營建自己的烏托邦的
「蘋果園」。陳映真用對話來寫林武治的獨白：

　　　我所要的幸福，他說：「該是一雙能看見萬物的靈魂
的眼睛。呵，我要看見一桌一椅，一瓶一壺的靈魂。我要
看見隱藏在天籟自然中的精靈，我要看見圍於人體之內的
真實，然後我能將這些入畫，唉！……」
　　　「至於你的幸福，」他對著一個營養不良的小子說：
「該是一碗香噴噴的白飯，澆著肉湯……」
　　　「這些都會有的，只要我們的蘋果結了實。」
　　　「那時候，男子們再也不酗酒，再也不野蠻。那時候
母親都健康美麗。那時候寶寶們都有甜甜的奶，都有安穩
的懷抱。那時候我們的房子又高又巧，紅的牆，綠的瓦。
那時候老頭兒們都有安樂椅，那時候拾荒的老李的眼病會
好好的。
　　　「那時候，夜鶯和金絲雀們都回來了。它們為了尋找
失去的歌聲離開我們太久太久。當夜鶯和金絲雀唱起來的

───────────

⑦　《陳映真作品集》第一卷，第115頁。

時候，唉唉，人的幸福完全了。」

這些夢，像康雄、吳錦翔等人的夢一樣美麗，然而又蒼白空幻。吳錦翔在自我剖析時曾嘲笑自己患有「幼稚」，而這種「幼稚病」又有「極醇厚的文學意味」，他很明白自己的懶惰，對於母親的依賴，空想的性格、改革的熱情，只不過是他夢中的英雄主義的一部份，這又頗像康雄的父親嘲笑康雄的思想是「小兒病」。鄭介禾嘲笑別人和自己那些性愛不能兩全的戀情是「小兒科」一樣。陳映真很清醒他的人物的烏托邦源於貧困的現實。這個現實只不過是父輩的罪惡史的延伸罷了。除了《蘋果樹》，像《文書》（1963），《永恆的大地》（1970），《某一個日午》（1978）等作品，「父／子」對立產生的壓抑感都在「男／女」互補那裡找到某種程度的解脫，性話語再次與意識形態隱喻聯繫起來。

因此，不了解父親對兒子的精神上的壓迫──這種壓迫在陳氏小說裡往往是父輩作為「權威」的「執行者」在歷史和戰爭中犯下的罪惡和與這種罪惡不相配的看似高尚的理念──就無法了解兒輩何以終於沉湎在情慾如熾卻又充滿挫敗、屈辱、絕望的感覺的生活中不能自拔。另一方面，父輩也因此處在極其孤獨寂寞的悲劇性境遇中。我們可以把兒子的病態行為看作是對父輩自相矛盾的言行及其無可抗拒的權威的消極反抗。（父子兩代人的矛盾，在七十年代王文興的《家變》（1973）得到更獨特的表現）。我這裡摘引《某一個日午》中服藥自殺的兒子房恭行臨終前直接寫給父親和讓懷了他的孩子的彩蓮轉交父親的兩封信，來說明我的論點。第一封信寫道：

　　我的生活和我二十幾年的生涯，都不過是那種你們那
　時代所惡罵的腐臭的蟲豸。我極嚮往著您們年少時所宣告

的新人類的誕生以及他們的世界。然而長年以來，正是您
這一時曾極言著人的最高底進化的，卻鑄造了我這種使我
和我這一代人的萎縮成為一具腐屍的境遇和生活，並且在
日復一日的摧殘中，使我們被閹割成為無能的宦官。您使
我開眼，但也使我明白我們一切所恃以生活的，莫非巨大
的組織性的欺罔。更其不幸的是：您使我明白了，我自己
便是那欺罔的本身。欺罔者受到欺罔。開眼之後所見的極
處，無處不是腐臭和破敗。我崇拜您，但也在那一瞬之際
深深地輕蔑您，更輕蔑著我自己。我無能力自救於這一切
的欺罔，我唯願這死亡不復是另一個欺罔。⑧

第二封信寫道：

　　……她是個凡俗的女子。（倘若用您年少時的語言，
她原是一個新天新地的創造者。）是她引誘了我。我不想
求您收容她，因為那是您所不能夠的罷。我確知，那時代
的您，早已死去了。然而我要告訴您的，是她在所有的凡
俗中，卻有強壯、有逼人卻又執著的跳躍著的生命，也便
因此有彷彿不盡的天明和日出。這一切都是我忽然覺得稀
少的。我因此實在地對她有著怵然的迷戀。

　　若說房恭行的第一封信已重疊著未來的蔡千惠（《山路》）
和趙南棟的影子，或者，以趙南棟式的語調訴說著蔡千惠的失落
的憂傷，那麼第二封信事實上便註釋了那篇充滿象徵性對話的
《永恆的大地》的意義。《永恆的大地》那位患著「思鄉病」的
父親雖已瀕臨絕境，但他的存在卻是兒子感到絕望的原因。兒子

⑧　　《陳映真作品集》第三卷，第 43 － 44 頁。

雖然連父親的思鄉病也失去了，卻無法擺脫父親令人壓抑的控制。他甚至必須可笑地承擔將在大陸的偌大的家業浪蕩殆盡的責任，因為這是父親的不可抗拒的意志。真正的敗家子父親只有將強烈而絕望的失敗感放在兒子身上，自己才可以在這間沉悶得令人窒息的閣樓裡苟延殘喘。兒子完全失去了活潑思想、行動、創造的能力。他唯一的去處便是在象徵著「永恆的大地」的女人身上絕望地耕耘，在病態的絕望的沒有任何生氣和希望的縱情下度過枯乏的一生。「耕耘」成了他唯一的出路，唯一的快樂和幸福，但這種快樂是短暫的曇花一現，何況每一次都不過證明了自己的無能。那醜女人的「心」像廢井那樣陰暗，但她深知這一片無垠的柔軟的土地必要埋掉他。她漠然地傾聽他的病的、慌亂的氣息，而她這塊「永恆的大地」，卻頑強地生存著：「它滋生，它強韌，它靜謐。」⑨男人的敗北感和女性的強韌、溫柔而又多變的感情，形成鮮明的對照。這在《唐倩的喜劇》裡已得到過嘲諷的描寫。陳映真往往在暗中延續他的這一母題——充滿了頹廢氣息的肉慾的母題——但他巧妙地將這個母題與歷史性的內容結合，並賦予不同的現實的暗示和意識形態的內容。父親與兒子的病態構成歷史性的延伸，而兒子絕望的「耕耘」與醜女人心中的「紅毛水手」的自由放浪的大海生活似乎又形成橫向的對照。

《某一個日午》中出現的這兩封信，像《山路》中蔡千惠的信，以及陳映真小說中許多註釋性的段落一樣，具有暗示主題的結構性功能。我把這一類比較明顯地敞開意義的話語稱作「理性話語」。它起著反思人物的思想、行為，對其意識層面或潛意識層面的念頭進行審視、檢察、辯護、否定的作用。當陳映真把所有人物都置放在一個特定的「冷戰·民族分裂時代」的歷史框架內進行塑造和描寫的時候，他便已經從結構上對人物性格、思想

---

⑨ 《陳映真作品集》第三卷，第35頁。

特徵作了某種解釋。因此，那些感到自己有罪的人，無論是否親歷戰爭，無論父親抑或兒子都在感到有罪這一點上超越了自己。陳映真的「死亡」母題之所以如此頻繁地出現，並不僅僅是人物自身有一種嗜死的本能。不是的。陳映真在為這種心理本能輸入社會的、歷史的內涵的同時，還賦予「死亡」一種解釋性功能：「死亡」喚醒了生者沉睡的意識，照亮了一條自由選擇生活的道路。從早期到後期的小説，大凡出現「死」的意象的，幾乎都具有這種功能，默默地闡釋或導引著某種應該選擇的道路。因此，「死亡」也是陳氏小説的一種特殊的、未免有些浪漫情調的救贖之道。死亡，以及對死亡的探索，對死因的追溯（最典型如《我的弟弟康雄》、《第一件差事》等），始終是對精神生活的深度，對罪惡感，對歷史留下的重負，簡言之，是對人們的歷史——政治境遇和內心道德進行探索的契機。陳氏人物的死亡（或瘋狂，如「萬商帝君」）是陳氏小説世界向人的靈魂深處探測深淺的開始。也是向讀者展示存在意義的開始，如《加略人猶大的故事》裡的耶穌之死對猶大的震撼，即便不太引人注目的《蘋果樹》中的瘋女人之死，也有這種救贖的功能，因為她是在傾聽林武治娓娓叙述內心的痛苦和「蘋果園」的憧憬中，無言然而平靜，安祥甚至幸福地離開人世的。

作為救贖之道的「理性話語」往往出現在陳映真的第三人稱小説中，而且是以內向叙述的方式，即通過人物自己的意識來表現的。譬如上述父子對立的關係中，父親的「罪孽」——這也是歷史的產物，而不僅僅是個人的原因——是通過兒子的意識來反思的。可以説，陳映真把「歷史苦難」放入個人的意識中，因而對這種意識的揭示便是對歷史的某種理解——陳映真式的理解；對苦難的詩意叙述也是對苦難的理性超越——陳映真式的超越。在陳氏的第一人稱小説中，則採取了另一種叙述的策略。

陳映真的三十三篇小説中，採用第一人稱叙述方式的共有十

篇（《我的弟弟康雄》、《家》、《故鄉》、《祖父和傘》、《淒慘的無言的嘴》、《一綠色之候鳥》、《哦，蘇珊娜》、《第一件事》、《賀大哥》和《鈴璫花》）。從第一人稱叙述者在小説中的作用看，「我」大致有如下幾種功能：

（一）「我」作為主人公，既是叙述者，也是小説中的經驗主體。例如《家》中的「我」，象徵著某種苦惱的意識與環境的對立與妥協。妥協性的結果只顯得「我」的意識高於環境，行動上則不然。

（二）「我」作為叙述者和反思者，對主人公的思想有著清醒的認識，因而在同情的叙述中揭開了主人公的悲劇之謎。另一方面，「我」又成為現實的犧牲品。例如康雄之姐。叙述成為保持心理平衡的方式：對死者與生者均持「理解」的態度（康雄之姐的「現實主義」雖然嘲諷了康雄的「理想主義」，卻不能否定弟弟的思想。也不能完全肯定自己的原則。而是採取妥協的方式使自己免於毀滅）。此外如《故鄉》中的「我」，成了解釋「哥哥」的墮落的唯一權威。他們的反思事實上意味著對現實的否定。

（三）「我」作為旁觀者，是主人公行為的見證人，叙述成為構建故事的要素（例如《第一件差事》，《鈴璫花》，《祖父和傘》）。

（四）「我」作為「精神病患者」（如《淒慘的無言的嘴》），「我」成了表達思想的喉舌。與第一種情形不同的是，由於有輕度「病患」，因而叙述者的觀點具有比較特殊的意義，有些叙述只能看作是不可靠的叙述。

（五）「我」作為主人公的仰慕者（例如《哦，蘇珊娜》、《賀大哥》），往往是女性，其作用與小説中其他女性的作用一樣，都是受難者的安慰者（潛在的）。

在第(二)、(三)、(五)的情況下，叙述者的意識與主人公（受難者）的意識存在著某種距離，因而他們的叙述象徵著另外

一種雖非對立也是妥協的生活原則。作者的意識便由主人公與叙述者的相互對話（叙述本身便是一種意識對另外一種意識的感知、理解和對話）顯現出來：他像叙述者那樣意識到主人公的悲劇性，但並不因此完全贊同叙述者的現實主義原則，正如他雖然在某種程度上認同主人公的理想主義，卻不滿於他們行動上的蒼白無力一樣。陳映真通過人物上述兩種對立互補的意識，表現了自己在現實中感到的孤獨的處境。

二、旁白與詮釋

　　盧那察爾斯基在論述陀思妥耶夫斯基時寫道：「他的個性的解體，他的個性的分裂，他想相信的東西卻不能給他真正的信仰，他想否定的東西卻經常使他狐疑不安——這一切使得他主觀上適宜於做一個充滿痛苦而又不可缺少的喉舌，來表現自己時代的不安。」[10]陀氏如此，陳映真也是如此。從這一論述可以看到，陳映真對那些受難者的塑造與叙述是帶著自己的意識形態傾向的，但這並不是說，他把全部的同情都放在他們身上。相反，他洞察到了他們的悲劇性處境——陳映真自覺地將他們放在中國特定的歷史——政治處境中加以考察。這樣，他們的苦難從外部歷史條件找到了原因，而自身性格的悲劇性相比之下倒顯得次要了（這也是陳氏藝術的弱點之一）——因此，在他叙述這些人物

[10]　盧那察爾斯基；《陀思妥耶夫斯基》（1931），收入《論文學》（中譯本）第 208 - 209 頁，人民文學出版社 1978 年版。此處用白春仁的譯本，轉引自白譯巴赫金著《陀思妥耶夫鈥基詩學問題》第 69 頁，三聯書店 1988 年版。

的可愛可敬可悲可泣和高貴的憂鬱時，他又忍不住用另外一個聲音來否定這些容易產生「幻想狂」的人性弱點。這樣，陳氏小說形成了一種互相辯駁的對話體，但這種對話不具備巴赫金在陀思妥耶夫斯基小說中發現的那種「複調」性質。因為陳映真運用的短篇形式，似乎使他難以在小說裡像陀氏那樣包容著代表各種思想意識的語言、聲音，⑪他容易沉浸於人物的心境裡，因而他的對話往往只是同一人物或同一種類型的人物自我懷疑的意識的分裂，而較少不同人物不同聲音的複調性匯合。這個特點雖然深化了思想性，卻也局限了小說對生活廣度的開拓。這一局限為出獄後的陳映真所認識，因此，在後期的一些創作中，譬如「華盛頓大樓」系列，他試圖拓寬小說的題材和人物的覆蓋面，如《雲》之寫工人，《夜行貨車》、《上班族的一日》之寫工商社會的形形色色的上班族。而《山路》、《鈴璫花》和《趙南棟》更試圖把筆觸伸入五十年代白色恐怖這一禁區，塑造了一些政治犯的形象。不過，這些人物，特別是主人公，還是難以擺脫陳映真內心深處的某些情結。

　　陳映真比較常見的通過人物的視點去觀察、評估他所偏愛的受難者的生活態度和思想意識的方法，或者將他的偏愛悄悄放在敘述的天平上，使之有所傾斜的技巧，使他的小說活躍著感人肺腑的思想感情，幾乎每一篇作品，都有個執拗思索著的聲音在溫藹而憂鬱地訴說。但小說究竟是小說，為了避免小說藝術所固有的意義曖昧、模糊兩可的缺陷（這缺陷，這種不確定性，正是藝術魅力產生的原因之一），陳映真採取了另外一種寫作方式，即

⑪　　參見巴赫金：《陀思妥耶夫斯基詩學問題》中譯本，三聯書店1988年版。巴赫金指出，陀氏小說的基本特點，是「有著衆多的各自獨立而不相融合的聲音和意識，由具有充分價值的不同聲音組成真正的複調。」（第29頁）

理論性的寫作。這其實也是他小說中的理性的、社會的、文化的
話語部份，漸漸脫離了小說寫作範疇。他所寫的文評、自序、隨
筆、政論等等，恰是小說那一部份起著理性的政治的宗教的檢查
作用的社會性話語的自然而合乎邏輯的發展，而且當它們以這種
非虛構的、非藝術的、明朗直截的文章形式出現之後，便似乎徹
底拋棄了小說中受到壓抑的那部份私人話語──例如性話語
──，因而幾乎可以說，作家藉助「小說」這種藝術來呈現和揚
棄人性中那種使人耽溺的部份，又藉助其他非小說的寫作形式來
更加確認人性中的理性部份。這樣看來，他關於「現代主義」的
批判，便不是表面上的僅僅反對台灣現代派的討伐和批判，也是
對自己青年時代類似情緒的揚棄（這裡用的是黑格爾辯證法意義
上的揚棄，既有發揚繼承的一面，又有否定拋棄的一面，例如他
對貝克特《等待戈多》的評價未嘗不是一種自我評估）。他關於
性的觀點，關於財富的觀點，關於工商社會中人性異化的批判，
也都源於他的宗教情結和社會主義烏托邦理想。他以基督教的禁
慾主義否定對財富的追求；以存在主義觀照自身存在的無奈狀態
並決意在現實中有所「選擇」；以社會主義理想遠眺未來，又預
感其實現之渺茫；以馬克思主義批判理論和宗教的博愛精神批判
和拯救人性在現代社會中的淪落，等等，都直捷明確地從他的這
些非虛構性寫作中表達了出來。這裡我簡要談談他這些非虛構寫
作形式與小說理性話語之間的關係。

　　我們先看摘自陳氏兩種寫作的一些段落：

　　　　如果去愛人類同胞，變得需要有一個理由，這就告訴
　　我們：
　　　　人在今天已經活在如何可怕的境地。他說，如果愛別
　　人，關心別人的事，竟只成為一些稱為這個或者那個宗教
　　徒的事，這就告訴我們，這個世界已經不是人的世界。⑫

──《賀大哥》中賀大哥的話

　　最後，我們切記，永遠有兩種型態的教會：一個教會
是穿著華麗，引經據典、談天說地、有地位、有名聲的教
會。但耶穌永遠站在另一個教會──引導那些不受現代文
明祝福，受欺壓、侮辱、踐踏、不幸者的教會。而我們選
擇哪一種教會？⑬

──陳映真《基督教與大眾消費社會》

　　事實上，很多無神論者口中並不稱頌上帝，手上卻做
了神的教會該做的事。⑭

　　小說中的賀大哥自稱是「無神論者」。他身體力行博愛論，
認為發自內心的「愛」及其實踐理應是適用於每個人的，就彷彿
是人心內在的自然律則，而不應是專屬於「宗教」或教會的事。
小說外的陳映真本人對體面而虛飾「教會」的抨擊，對無神論之
真正宗教精神的頌揚，顯然是賀大哥那段議論的引申和解釋。小
說外的「旁白」確證人物在表達作者的思想。並且證明：崇尚內
心的絕對的道德律令（亦即是最根本的宗教精神），而不是外在
的體制化的教條（譬如誇飾而無內容的虛偽教會），確實一直是
陳映真的基本原則。

---

⑫　《陳映真作品集》第三卷，第 69 頁。

⑬　轉引自詹宏志為「陳映真作品集」序文卷（第 10 卷）所作的序，
　　第 21 頁。

⑭　康來新、蘇南洲、彭海瑩：《由「出走」談起──陳映真對當今
　　台灣教會之觀察與諍言》，見《陳映真作品集》第六卷，第 116
　　頁。

在美國，自由過頭了，再加上美國的歷史短，美國人
又天真，說的不好，有些幼稚，沒有個中心思想。……因
此，正論不作，是邪說代興啊。美國青年，就彷徨在各種
不成熟、也可以說是不正當的思想中，使美國的國家社
會、家庭、學校……都產生許多問題。我們呢，是一個開
放的社會。近年來有許多仰慕中華文化的外國人來台灣研
究、讀書，這當然是很好。可是難免有極少數幾個人帶來
不正當的各種邪論來污染我們的青年。⑮

　——《賀大哥》中戴金邊眼鏡、塗著　髮蠟的劉先生對「我」的訓導

　　……美國在台灣的形象，不論政治、軍事、經濟、文
化，都極為高大而閃亮。這高大閃亮的形象，其實在意識形
態上一直深深地滲透到台灣知識和文化結構的深層部份，至
今朝野雙方，都還浸澤在某種『美國──父親崇拜』的錯綜
情結之中。四十年來，台灣對美國霸權的文化、思想、知
識和政治的批判之驚人的闕如，就是個很好的說明。……
　　台灣需要發展出一個比較正確，比較有中國民眾主體
性的美國論。……⑯

　——陳映真《你所愛的美國生病了》（1987）

　　上面摘引的第一段引文寫於 1978 年，次段寫於 1987 年相隔
近十年。表面上看，內容大同小異。其實論旨有異，而精神相
通。首段從劉先生的口裡說出來，看起來也在批評美國，特別是
美國青年，但這是對賀大哥這位「我」（敘述者）心中的聖者而
發，只襯托出劉先生的淺薄無知，陳映真讓說此話的劉先生受到

⑮　　《陳映真作品集》第三卷，第 93 － 94 頁。
⑯　　《陳映真作品集》第八卷，第 230 － 231 頁。

了嘲諷。但陳映真本人的話，是批評台灣缺乏比較正確、有民眾主體性的美國論——像「劉先生」那種美國論出於對美國青年的真正無知，不能入流，而台灣缺乏關於美國的批判力，泰半也源於這種無知。這兩段話語，一個放在小說中由淺薄者說出來被賦予嘲諷色彩；一個寫在論文中，不乏真知灼見。相互映襯，正顯示了陳映真這個民族主義作家對於美國青年和美國制度的清醒而辯的認識。

在本篇前面兩章的分析中，我們可以體驗到陳映真在小說中對那些受難人物之蒼白、頹唐、憂鬱、軟弱等性格特徵的呈現與否定。這個傾向也一直貫穿於陳氏的小說創作。寫於 1975 年的《試論陳映真》說：「1956 年，他的養父去世，家道遽爾中落。這個中落的悲哀，在他易感的青少年時代留下了很深的烙印。這種由淪落而來的灰黯記憶，以及因之而來的挫折、敗北和困辱的情緒，是他早期作品那種蒼白慘淡的色調的一個主要根源。當我們讀《我的弟弟康雄》、《故鄉》、《死者》和《祖父與傘》，便感到這種貧困的哀愁、困辱和苦悶的情緒，彌漫在故事的背景。」⑰明白無誤地自剖著自己作品中的情緒，而且指明是自己當時的情緒的寫照。但在 1967 年寫的《現代主義底再出發》（該文被許多論者引用以指證陳映真的反現代主義思想）中，列舉了類似上述的情緒，指其為現代人典型的情緒，是現代主義文藝反映的對象。現代主義文藝在反映這些情緒時，也忠實地反映了自己的時代，因而它是無罪的。可見他早期的作品正充滿他所謂的現代主義文藝所刻劃的這些「墮落、背後、恐怖、淫亂、倒錯、虛無、蒼白、荒謬、敗北、凶殺、孤絕、無望、憤怒和煩悶」等頹廢荒蕪的精神心理特徵。這恐怕是他受「現代主義」影響「賴不掉的鐵證吧！」然而他卻稱他對現代主義的批判態度，使他自

---

⑰　《陳映真作品集》第九卷，第 4 頁。

己的創作「具備了某種免疫能力，一直沒有出現過『現代主義』的疹。」⑱這兩種旁白的聲音，聽起來自相矛盾，但有一點依然是確切無疑的，那就是衡諸他的小說作品，他這兩種旁白的聲音的確解釋了自己身上兩個矛盾的傾向：文學的陳映真與思想的或行動的陳映真。前者真實表現了他內心真正的焦慮，後者則厭惡並想徹底告別這些「現代人」的精神狀態。於是他的旁白和解釋看起來就顯得互相衝突了。

類似這些寫作，在陳映真的虛構和非虛構作品中還可找到不少。除了那些自序、書評、隨筆、文論和政論外，陳映真也在他接受訪問的對談中詮釋他的思想和作品，我們就不一一列舉了。我只想指出，這些非虛構作品雖然獨立成為篇章，但它像小說中那些闡釋人物行為動機、思想流變的理性話語（包括互相辯駁的對白、獨白、自嘲，別人的議論，日記裡的抒發等等）一樣，是陳映真在藝術外尋找確定的救贖之道的重要方式。這些寫作與小說裡的理性話語，只代表了陳映真思想的一個方面。它們只有跟他那些藝術的、詩意的虛構——它們自由地更為豐富地敞開了陳映真的感情世界——結合在一起，才能形成陳映真比較完整的人性世界。當然，寫下來的東西無論如何遠遠比不上生活本身，陳映真豐富多彩的世界，恐怕是只有他才能體驗得更加深刻和細緻吧！

小結：詩與思的語言風格

如果從陳映真的作品所表現的內容去推測和研究台灣社會生

---

⑱　《陳映真作品集》第八卷，第 3 頁。

活的狀況及其發展變化，那麼，我們會看到五十年代至八十年代三十多年間台灣的資本主義進程正按照它自身的內在規律朝前發展。《麵攤》裡那輾轉於生活艱辛中的一家人，從農村移居城市；在病弱中盼望著星光的「孩子」漸漸長大，長成《家》中的「我」，「故鄉」中的「哥哥」，康雄（事實上他並沒有「死」，就像吳錦翔，「阿都尼斯」等人並沒有死亡，而正是這個「神話末期」必然產生的蒼白人物一樣）長成詹奕宏，張維杰（《雲》），林德旺，黃靜雄，林榮平，劉福金，進入外商經營的跨國企業，或者成為蔡千惠撫養成人的李國木（《山路》），在台北市自立門戶，主持一個會計事務所，擁有自己的財產，事業……本地的工商繁榮與外資勢力互相依賴，而人們的思想意識也漸漸發生變化：從對政治的熱情關注（由此產生的失望與壓抑跟個人自身成長過程中的性壓抑糾結在一起）到對政治的畏懼、厭倦，對物質財富的追求；從艱難的求學、個人奮鬥到學成而獨立，在外資企業與洋人共事，或從跨國公司中退出，分庭抗禮（如《雲》中的張維杰），以民族獨立的意識或「第三世界精神」跟「發達資本主義」文化對峙。顯然，人在社會中的地位已漸漸有了改變。至少，李國木事業上成功了，張維杰在跨國公司組建「真正屬於工人的工會」化為泡影後被解雇，但還是有機會和能力創辦起自己的公司……這是陳映真作品所暗涵的小說外的現實：人們從貧困走向富裕，從政治、經濟的依賴走向了相對的獨立自主。問題在於陳映真對這一客觀現實的獨特感知方式。他不是政治家，可以拿這些成就來作為爭取選票的資本。相反，他以詩人般的敏感（源於天生的氣質與獨特的貧寒家境，從小接受的基督教教育）和思想者的銳利（對社會主義、馬克思主義乃至無政府主義思想的吸收是很重要的因素）看到這個外部現實的更深層的一面：人們雖然在逐步擺脫專制政治的桎梏，但同時陷入另外一種束縛，在走向富裕社會的過程中漸漸淪落為「物」。於

是，這個「現實」在陳映真的作品中得到了「詩」的和「思」的
表現：在「呈現」中加以「否定」，在「耽溺」時有所「超
脫」，在「挫敗」裡尋求「慰藉」。對他來說，無論是五六十年
代的壓抑、貧困環境，還是七八十年代逐步走向民主的富裕社
會，都帶來難以擺脫的苦難感。如果說超脫這種苦難的意識形態
（「思」的話語，即理性話語）在前期小說中變形為對某種「烏
托邦」的朦朦朧朧的憧憬和幻滅，甚至「大陸」也是這種烏托邦
賴以寄託的現實的地方（這種幻覺頗像他讓康雄姐姐在受難耶穌
身上看到已故弟弟的幻影，讓《賀大哥》的敘述者小曹在賀大哥
身上看到耶穌），那麼後期作品便執意於對人淪落為「機械」、
為「動物」的批判，對這種淪落的苦難表現出深刻的哀傷（在
《雲》中，陳映真這位堅定不移的民族主義者已經看到人淪為物
的「異化」現象不僅存在於跨國企業，而且是所有現代企業的普
遍現象，所以張維杰在閱讀了從前的同志、女工文秀英的日記後
才突然醒悟，就是他這位曾立志為工人利益組建工會的人，在經
營自己的公司之後，也只把僱用的女職員Lily當作效率很高的打
字、打雜的機器，而忽略了她是可以交流思想感情的「人」），
這種宿命般的苦難感以及對它的沉思，直接影響了陳映真的語言
風格，使他的風格揉合著濃郁的感情色彩和清晰的思辯性質。

　　陳映真的敘述語言和人物間的對話是一種蘊含著感情和理性
的詩化的語言，即便是《唐倩的喜劇》中的那種罕見的嘲諷語
調，其他作品寫「下女」或一般文化水平不高的非知識女性的語
言時，也帶有比較典型的陳氏知性的美文風格。這固然因為他表
現那些對象大都是「市鎮小知識份子」，但也與他對「語言」的
理解有關。陳映真倡導使用民族語言，並將這一語言加以美化和
精確化，一直具有自己的意識形態企圖。由於民族的語言和文學
在長期殖民體制中受到嚴重的壓抑，因此，解決語言問題，首先
是反帝愛國的文化啟蒙國民運動的第三世界文學和台灣文學的主

要任務，1983年1月發表的《中國文學和第三世界文學之比較》
一文指出，解決語言有兩個方面的內容，「一方面是以大眾語言
代替傳統的貴族語言，另一方面，是以民族的大眾語言代替殖民
者的、外國語言。」⑲日據時代的台灣漢語文學受到日本人的禁
絕、壓制，與其他早自十六世紀就開始淪為殖民地的拉美、亞洲
各國的民族語言遭受抑壓、破壞的情形一樣。因而，為了拯救民
族語言「停滯、粗俗化、和受破壞」的情況，必須「透過文學作
品使語言美化和精確化。」⑳其次，陳映真還注意到，在現代，
「消費社會所造成的庸俗化，以及中產階級生活本身的精神上的
荒廢和貧困」，「扼殺了文學創作的動力。孤獨、無聊、通奸、
平庸……成了富裕社會文學的主要題材，成為它的文學矮小化的
主要原因。」㉑而台灣文學的語言運用對拯救這種頹風所起的作
用似乎並不理想。陳映真批評了台灣一些鄉土派作家對於「方
言」的濫用。他分析了濫用方言的原因首先在於這些作家對台灣
化的漢語來源不理解，導致亂用、誤用。其次因為「對台灣的認
同有加強的趨勢，許多人在作品中加入大量的台語，造成漢文更
大的災害。」第三，由於政治上對中國三四十年代的文學傳統加
以阻隔，造成文學上的斷層，使台灣作家無從吸取新文學在語言
上的資產。第四，由於工商社會中資訊網絡的發達，使語言簡化
為單純的符號，字彙，文法都盡量化約，語言、文化便也退化
了。最後是西化語言尚未被語言所消化，不成熟的西化語言對台
灣的文學產生壞的影響。㉒他指出：「中國現代代文學在文學的
發展過程是以普通話為基礎，不斷吸收中國各地方言、運用的可

---

⑲　《陳映真作品集》卷八，第84頁。

⑳　同上註。

㉑　書名：《陳映真的自白》（1984.1《七十年代》），《陳映真作
　　品集》第六卷，第46－47頁。

能性的一個過程。」㉓因此,方言問題只是暫時的,局部的。正
由於「工商社會有一種把語言平庸化、簡單化的現象」,因此,
才需要作家來解決這些問題。他強調:「一個比較注重語言的文
學家,有意識地從群眾語言中提煉出好的語言來,然後再把這個
語言放回到群眾中去使用。要有作家自覺來做這個事情。」㉔

　　如此看來,美化、提煉民族語言,同時兼具發揚中華民族文
化和對抗消費社會非人的異化現象的雙重作用。因此,當我們讀
到陳映真那種帶有中國現代文學美文風格的文體,便不難體會到
他的苦心:運用一種富有創意的、沉思的美文,既是對祖國現代
文學傳統的認同(這一點把陳映真與那些藉助台灣方言的運用,
特別是將這種運用發揮到極端的帶有分離主義意識一些鄉土派作
家區別開來),也是對工商社會中語言、文化退化,思想、知性
貧困現象的一種有意識的對抗。陳映真十分明確地表達了這個意
圖:

　　　　因此,一個獨立的文化人、作家、藝術家,需要有從
　　迷人的聚光燈、水銀燈、大幅的顯著版面脫走的決心,在
　　文化、文學、藝術這個自主的宇宙和天地中,真正從親炙
　　歷代偉大的心靈,得到謙遜和辛勤工作的力量,求得在名
　　利之前保持一份平常不動的心懷。就一個作家來說,他應
　　該努力在生活中有意識地抵抗消費人向自私、享樂、商品
　　狂熱、對他人命運和感情的不理解,以及由之以生的對生

㉒　陳映真:《大眾消費社會和當前台灣文學的諸問題》(1983 年 8
　　月《文季》一卷 3 期。《陳映真作品集》第八卷,第 122 頁。

㉓　彥火:《陳映真的自剖和反省》(1987.5.22《華僑日報》),
　　《陳映真作品集》第六卷,第 93 頁,94 頁。

㉔　同上註。

活、對人的倦怠；抵抗人在商品中的異化，努力復歸於原來的自我。恢復人與人、人與自然之間更為豐裕多面的生命。

這樣來看陳映真交融著詩意與理性的文體，對於這個土生土長的台灣作家在作品中幾乎沒有運用台語，而且甚至非知識份子的人物也運用知識份子語言來叙述、思想（例如《雲》中的女工文秀英以寫日記的形式來叙述反思張維杰、何大姐等人從事工會組建工作及其失敗的過程），就毫不奇怪了。㉕

其實，讓人物用作者慣用的語言風格來叙述自己的故事，原

㉕　有人曾對陳映真提出質疑，認為《雲》中有一大段女工小文的日記，而日記中的文化比女工高很多，據此斷定這簡直是作者的日記。陳映真不是從他關於語言問題的獨特看法出發來談論這個問題，而是替女工小文的文化素質辯護，認為小文是一個「特別的」女工。她與台灣那些勤勉自學，參加大專夜校補習班進修的女工們屬於同一類型。陳氏認為批評他的人對於女工缺乏理解，「把工人階級還釘死在過去『古典』的工人」上面。（參見書名：《陳映真的自白》，收入《陳映真作品集》第6卷，第40頁）。但陳映真的這個解釋還是比較勉強的。在他的作品中，出現類似情形的，還有康雄之姐的日記，《哦，蘇珊娜》中的叙述者，《淒慘的無言的嘴》的患有「精神病患」的叙述者，《最後的夏日》裡李玉英的日記。《鈴璫花》裡「我」的叙述，《山路》中蔡千惠的遺書，等等。倘把這些人物寫的這些「文書」綜合地觀察：會發現他（她）們的思想與他（她）們的身份並不都符合，而與作者其他小說或非小說的寫作──「旁白」──裡倒是十分相近的。這一點證實了我上述的論證。把陳映真的「文體」看作作者的一種有意為之，帶有鮮明的意識形態，似乎更適合陳氏的本來面目。也是在這一點上陳映真不能歸入「台灣的鄉土作家」，因為他的意義超乎此。

是無可厚非的，哪怕這樣做與人物的身份相齟齬，因而可能引起
對人物塑造的「真實性」的質疑。但若考慮到作家的整體意圖，
譬如陳映真上述對於「語言」運用的意識形態隱喻，那麼這不僅
可以理解，而且值得深思和倡導了。在這方面，文學史上也並非
沒有先例。而直接地講明這一點的是意大利作家阿爾貝托・莫拉
維亞。他在長篇小說《羅馬女人》的「作者前言」中寫道：
「……某些讀者也許會提出異議，認為一個普普通通的、沒有受
過教育的女人不可能像我賦予她的那樣，採用正確無誤的文學風
格，以第一人稱來講述自己的經歷。其實，我從一開始就面臨著
這個問題。我要塑造的人物的虛構自傳，可以用兩種方式來講述
──或者採取阿德麗亞娜那個階級和職業的女人所特有的一種生
動逼真的口頭文體，一種只能表達少數情感和少數事件的拙劣方
言；或者像我在其他作品裡所採用的，讓我的人物用我的習慣風
格來談話。我所以選擇第二種方案，乃有兩個原因：第一，我覺
得我沒有必要因為換了人物而改變風格；第二，文學語言總是比
口頭語言來得更真實，更富有詩情畫意。」㉖事實上，這種創作
方式提供了藝術創造的真正可能：它在人物身上融合了兩種聲
音，一種是人物本身所固有的，一種是作者對人物的理解。作者
在將自己的語言風格賦予人物時，正表現了人們理解生活的真實
方式，不是機械地模仿人物的生活，而是通過自己的感知去表現
和體驗人物的生活，這是較深層次的「模仿」。於是人物的語
言，便揉進了至少兩種聲音：人物本身的聲音和作者的聲音，這
也是兩種生活思想方式的重疊。陳映真文本風格，恰恰如此。因
此，我們在他的作品文本中所看到的「現實」，便是被純然陳映
真式的美文風格所體驗、理解、組構、呈示的藝術化的現實。它

㉖　參見莫拉維亞：《羅馬女人》中譯本，山東文藝出版社 1987 年
　　版。

在詩意地叙述我們前面所稱的小説外的客觀現實時，已經同時用自己的一套思想對它進行省思，並暗涵了陳映真式的超脱方法：「烏托邦」的營造。

最後，我想提一提這種詩與思的風格與存在主義哲學家克樂凱戈爾的相近之處。在克爾凱戈爾看來，人生有三個階段，即審美階段、道德階段與宗教階段。在「審美」或只追求感官滿足的階段，人的生活策略是及時行樂。然而感覺上的快樂稍縱即逝，及時的快樂和自由只使人得到片刻的滿足，因而審美的人容易受挫、厭煩，當歡樂生活中的一切珍肴變得味同嚼蠟時，苦惱便接踵而至。為了擺脱審美生活帶來的危險，必須注重內在的、心靈上的追求，完全獻身於自信為正確的事業，即進入生活的道德階段。克氏認為，一個人要完成從審美生活向道德生活的改變，就必須坦然改變自己過去的生活，坦然決定在將來為自己的同胞竭盡義務。要成為有道德的人，就要去選擇一條新的做人的道路，要對別人承擔義務，要抛棄滿足個人慾望的自私心理。這時候，生活中的審美方面會被放在恰當的地位，給予補償。但要成為一個完全的人，必須成為真正信仰宗教的人，而不是僅僅停留在道德階段。克爾凱戈爾指出，宗教是人的絶對任務，而道德只是人的相對任務。宗教階段是以痛苦為標誌的。一個真正信仰宗教的人所意識到的痛苦、罪孽和哀傷，遠比一個把道德作為最高理想而獻身的人所意識到的為多。（《或此或彼》，《人生道路的階段》）[27]克氏以亞伯拉罕殺子祭神為例，説明為了達到更高的宗教範疇而暫行棄置道德的範疇。因為亞伯拉罕在決定遵從上帝的命令殺子獻祭時內心所感到的痛苦一定是僅從道德出發的人所難以想像的。如果我們想到陳映真的人物往往因為生活的安逸、富

---

[27] 參見L.J.賓克萊：《理想的衝突》，中譯本，第 166－173 頁，商務印書館 1988 年 4 印。

裕而產生一種自己類似「家畜」被馴養的屈辱的感覺；想到他們
的「死亡」往往是因為忍受不了現實和自身的骯髒，由內心道德
律的作用而引起雙重的幻滅；想到猶太之死的懺悔性質與耶穌之
死的救贖性質，想到賀大哥有些浪漫氣氛質的聖徒行徑和陳氏作
品中有意無意的宗教意象和暗示，就更加確信陳映真語言風格承
載著的詩意和思辨無不與他在中國台灣歷史行進中所深刻體驗到
的苦難感有關聯。

我們從陳映真關於語言問題的態度中看到，他對自己語言風
格的選擇，顯然是頗有「野心」的。藉助這樣一種習慣的美文風
格，雖然也許真的可以匡正時弊，並且的確承續了中國現代文學
傳統，但陳映真也意識到了它描寫的局限性。認為它「比較陰
柔，潮濕」，「如果用來寫像托爾斯泰筆下那樣大的社會，或用
來描寫抗戰，整個社會、歷史的變局，就有很大限制，這是我自
己很大的危機。」㉘但無論如何，正是這一美文風格，這一抒情
而沉思的文體，對台灣的歷史－現實，對人物的歷史－政治處
境，作了陳映真式的獨特感知、理解與把握。它還因此暗涵了其
他的意義：除了現實的暗示外，還聯結中國現代文學的傳統和西
方文學傳統，融匯著古典的（基督教）與現代的（馬克思主義
等）思想因素，為我們的進一步闡釋提供了可能的空間。

㉘　林梵：《越戰後遺症》轉引，1988 年，《陳映真作品集》第十四
　　卷，第 86 頁。

第 二 篇

苦難之傳統母題
與台灣形態

一代過去，一代又來。地卻永遠長存。日頭出來，日頭落下，急歸所出之地。風往南刮，又向北轉，不住的旋轉，而且返回轉行原道。江河都往海裡流，海卻不滿。江河從何處流，仍歸何處。

——《舊約·傳道書》第一章第四一七節

魯迅、契訶夫、芥川，是十分奇怪的組合。青年時代讀過許多西方名著，崇拜銘感是不用說，但卻沒有如這三個奇異的組合影響著我的語言、風格、精神和命運。

——陳映真的自白（1984）

第四章

沉重的遺產
──論中外文學對陳映真文本的滲透

任何一個主題的反覆重現都提供了同一種信息。

──羅伯特・伯羅斯：《論創作風格》

在結構上，作品讀另一個作品，並透過瓦解創生的程序讀，組成自己。

──朱麗婭・克莉絲特娃：《文字，對話，小說》

個體心理學家阿德勒指出：「在所有心靈現象中，最能顯露其中秘密的，是個人的記憶。他的記憶是他隨身攜帶、而能使他想起自己本身的各種限度和環境的意義之物。記憶絕不會出自偶然：個人從他接受到的，多得無可數計的印象中，選出來記憶

的，只有那些他覺得對他的處境有重要性之物。因此，他的記憶
代表了他的『生活故事』；他反覆地用這個故事來警告自己或安
慰自己，使自己集中心力於自己的目標，並按照過去的經驗，準
備用已經試驗過的行為樣式來應付未來。」①由此可見，記憶往
往就是思維方式、行為習慣的基礎。倘若同一問題總是對心靈構
成某種困擾，那麼這個問題以及關於它的解決方式便會像幽靈一
樣出現於人的記憶之中，成為他難以擺脱的「情結」。在這一點
上說，對象——表現為環境、社會，甚至文化諸因素——影響並
制約了本來很可能是另外一種樣子的思維方式。我們當然也並不
懷疑，個人的天生的、遺傳的氣質和性格也會影響到他注意並選
擇對象方式。因此有些對象對一種人來說是困擾、焦慮的原因，
對另一種人反而是令他欣喜、快慰的因素。

　　若把阿德勒的發現與「風格」問題結合起來考察，那麼我們
會看到「風格」的個人心理基礎。從作家個人來說，風格不僅與
他本身的氣質有關，而且與對他至為重要的、時時在困擾他的心
靈並構成比較恆常的記憶對象的那些人生問題有關。在作品中，
作家總會必然地以他獨特的方式——藝術體裁，特別的語言感覺
（包括選詞造句的方式，對某種句子結構、句法等的偏愛等）
——來表現他的問題，因而形成自己的風格。我們可以從「題
材」去推斷那些問題對於作家是重要的，從他「如何表現」這些
題材來體驗他的風格。從特定時代、特定民族和作家流派這些角
度看，也是如此。文學史家可以由此來研究時代風格、民族風格
和流派風格。這時候，某種「題材」的重現率，便構成某種集體
的、時代的「記憶」。而表現這一集體記憶的方式，便形成集體
的時代的風格。因此，「風格」的研究，事實上便是時代問題的

---

①　〔奧地利〕A‧阿德勒：《自卑與超越》，中譯本，第 66 頁。作
　　家出版社 1986 年初版，1987 年三印。

研究，是對困擾著特定時代特定集體的「問題」及其感知方式
（這種感知方式構成作家的審美判斷與價值判斷）的研究。我們
從第一篇關於陳映真寫作的論述已經看到陳映真風格裡的內涵，
看到困擾他心靈的人生焦慮在他早期到後期作品中的延續，以及
他對這些焦慮的藝術處理方式。在這一篇，我將進一步分析陳映
真風格與他所從屬的文學傳統。我希望通過將他的文本與其他作
家的文本進行比較，來更加清晰地確定他在中國當代文學座標上
的方位。

一、「母題」與「間文性」的意義：社會‧心理‧文學

　　人們容易將作品本文當作一種相對靜止的對象來挖掘，從對
象的解剖去把握作家。但無論是讀者的閱讀，還是作家的寫作，
都各自處在一定的時間流程中。我讀的時候，寫的過程已經終
止，已凝固為文學形象，並由於篇章後署上寫作日期或發表日期
而被規定為那個時期的產物。這就使得閱讀的範圍有了擴大的可
能性：不僅讀作品本身，還要讀出與作品有關的時間空間。此
外，還有一個很重要的事情：我在閱讀的時候，作家並不在寫。
因此，我是在用自己全部的知識背景去讀解、去再現作家曾經有
過的寫的活動。作家用他的作品首先對我進行了「壓抑」或「強
制」，讓我不得不通過閱讀來實現他曾經有過的時間和那段時間
裡用文字記錄下來的「思想」。我於是被「屈從」，屈從於作者
的文本，而遠離著作者本人。這大概也就是所謂「傳播」的奧秘
之一：作者通過他的寫作活動遺留下來的作品對我實現了他事後
的控制。寫作已經消失，閱讀則剛剛開始，其「中介」便是寫作
遺留下的蹤跡：文本。但在閱讀過程中，我也有可能進行了對

「文本」的反叛，甚至顛覆。因為我的閱讀所根據的不僅是作者的「文本」，而且根據我的經驗和我讀過的其他構成某種「傳統」的「文本」。我是根據自己早期閱讀其他文本的經驗及其形成的期待來讀解現在的文本，從中獲得合乎期待的意義。何況作者的寫作是將一系列特殊的文學成規、意象、母題（motif）和語碼具體化。在文本中，作者是一個非人格的媒介或者空間，在其中「寫」的活動促使繼承下來的語言和文學系統的方方面面進入一個特殊的本文。這樣看來，從**寫作**角度來研究陳映真，一方面便是將他的文本看作一個流動的連續體，而不是靜止的可以截然分斷的對象，如我們在第一篇所作的；另一方面便是對他的文本世界進行「母題」或「結構」上的剖析，看它究竟蘊涵了多少可能暗涵的「文本」，因為這是作品產生多重意義的「根源」之一。

徐復觀在論及陳映真的語言特點時曾寫道，陳氏

驅遣了許多「社會層的活語言」，使它與「文化層的語言」取得諧和，諧和到融為一體。「文化層的語言」不能說它是死的，但多少是從社會層的活語言浮游了上去，成為另一層次的較為穩定、較為一般化，但也較為凝固的語言。我們寫東西時，固然使用的是這種語言；魯迅的小說中，依然以這種語言為主，不過他用得特為洗煉。陳映真小說中的語言，可能較之三十年代作家，更多使用了社會現實生活中帶有各種特性或個性的語言；這不僅能給讀者以新鮮的感覺，更對於人與事的形象化發揮了更大的效用。②

---

② 徐復觀：《海峽東西第一人》（1981），《陳映真作品集》第十四卷，第 112 - 113 頁。

　　儘管沒有深入剖析，但徐復觀注意到語言的「文化層」與
「社會層」二者的融合，注意到魯迅與陳映真在這一點上的某種
相似之處，還是值得一提的。按照法國結構主義心理分析學家拉
康的觀點，「無意識」也具有「語言的結構」。也就是說，通過
語言結構，個體找到了把自我的意識乃至無意識社會化和文化化
的途徑。布洛克曼指出，拉康「最著名和最基本的結論或許是：
『無意識的話語具有一種語言的結構』，以及『無意識是他者的
話語。』必須記住，對拉康來說，『他者』不僅指其他的人，而
且也指（彷彿由主體角度見到的）語言秩序，語言秩序既創造了
貫通個人的文化，又創造了主體的下意識。在此，我們看到了用
來研究人的發展過程的那種精神分析學方法的兩個重要方面：無
意識的語言**被認作一種語言，以及在這一語言結構中確認了他者
的存在**。」③拉康雖然不採用弗洛伊德關於「本我」、「自我」
和「超我」的區分，但他所謂「象徵界」（與「現實界」和「想
像界」相對）卻融合了「本我、自我和超我」。也就是說，凡呈
現為「語言結構」的東西，包括任何一種文本，不論他是何種寫
作——哲學的，歷史的，文學的，宗教的，甚至科學的——都難
免包涵著這三個因素（「本我，自我和超我」）。④因此，當
「自我」說話時，其言語也是他者的言語。其中有說者所領悟的

---

③　布洛克曼：《結構主義：莫斯科——布拉洛——巴黎》，第 106
　　頁。關於拉康的理論介紹，參見蘇聯尼・格・波娃著；《法國的
　　後弗洛伊德主義》第 4 章。東方出版社 1988 年版。另外參見廖炳
　　惠《解構批評論集》「解構所有權」一文。台北，東大圖書公司
　　1985 年版。
④　《莊子・天道篇》謂輪扁與桓公論讀書，稱聖人已死，聖人之言
　　是「古人之糟粕」，因為「語之所貴者意也，意有所隨，意之所
　　隨者，不可以言傳也」。若用拉康的理論分析，莊子所謂「意」
　　與「言」的分裂，便是語言淪落為無識的表現。

意義，也有語言本身所固有而未被領悟甚或被曲解的意義（作為
代代相傳的某種集體無意識）。說者利用了語言，語言也成全了
說者。在拉康看來，在人成長的俄狄浦斯情結期，語言秩序（它
同時也是文化秩序）畢竟在談話中，又作為決定和創造意義的媒
介而起著作用。要進入這一秩序，就得進入隨後成為一切言語前
提的一段話之內：秩序本身的話語，他者的話語，第三者即下意
識的話語。這就是說，一個文本，既隱藏著自我的某種真實，又
隱藏著自我藉助對社會、文化等「他者」話語的某種訴求，屈
從、理解、改造與反叛而獲得的「意外」的內涵和力量。他者的
話語與個體的、自我的話語在一個文本中被融合在一起，而且彼
此的聲音的差別往往細微得難以察覺。這種高度融合了幾種話語
的文本——以「語言」內蘊的社會、心理和文化（包括文學）傳
統為「媒介」——便產生了某種「風格」和「權威感」。

　　如果我們同意徐復觀的分析，認為「社會層的活語言」和
「文化層的語言」確實融合為一種新鮮活潑的陳映真的語言，我
們就必須承認，經過陳映真本人用「心」去清洗的那些語言至少
包涵著**社會**性（現實生活）的暗示，文化性（文學傳統）的傳承
和個人心理的呈現（生活的「焦慮」）。這裡我且舉一例，分析
陳映真作品的這一特徵。

　　發表於 1963 年 9 月的短篇小說《文書》，從**題材**上看，是描
寫內戰後遺症的。「故事」很簡單：舊軍閥某幕僚之後安某少年
從戎，歷經戰事，頗有軍功。戰後獨力經營紗廠，辛勤創業。妻
子賢淑，家庭美滿。但和平生活並不能讓他全然遺忘他在戰爭中
犯下的罪行，他殺過有虐待狂症的關胖子；來到台灣後，又鎮壓
過無辜百姓，槍殺了一個如處子一般的少年，這少年正是妻子的
哥哥！安某發現了真相之後，倍受內心道德律——良心——的折
磨，在麥克白式的幻覺中，他終於又扣動板機，殺死了前來顯形
的少年和關胖子的「鬼影」子，不料死在槍下的是自己的妻子！

故事還是屬於他所關注的大陸人的滄桑傳奇題材。對當時的台灣，這類題材是頗具社會現實意義的。從陳映真創作的小說看，這些背負歷史罪孽——並非純然個人的責任，而是時代的錯誤——的人們，不僅包括大陸人（其他如儲亦龍），也包括台灣人（如吳錦翔），美國人（如賀大哥），形成了一個系列，與其他人物忍受內心的憂慮一樣，正顯示出陳氏對人們內在焦慮心態的一貫關注。但尤其讓我心悸的是小說中那雙神秘的貓眼，那洞燭人心的幽微，像魔鬼般幽幽注視著罪人所做的一切罪孽，讓人在它的幽光凝視下，無處遁逃，終於毀滅（也未必不是超生！）的、象徵著「天網恢恢」的靈物。而這個神秘的「貓」，作為一個反覆出現於作品中的「母題」，早在1943年8月面世的一篇小說裡就令人震顫地出現了。這就是美國作家愛倫・坡的《黑貓》。〔順便提一句，以神秘的黑貓作母題的，在台灣還有陳若曦的短篇《灰眼黑貓》（載《文學雜誌》第六卷第一期）。小說開篇稱：「在我們鄉下有一個古老的傳說：灰眼黑貓是厄運的化身，常與死亡同時降臨」。無論來自鄉間傳說，還是來自文學傳統，作為「母題」，它產生了固有的隱喻意義〕。

　　愛倫・坡的《黑貓》有三個互相關聯的形象：敘述者「我」，「我」的妻子以及那神秘的、被看作巫婆化身的「黑貓」普路托（普路托是希臘神話冥王的名字，在這一點上，坡的西方傳統與陳映真那隻無名的貓的中國傳統有了差別）。「我」的「殺妻」行為是引起我最恐怖的罪感的事件，它導致主人公「我」最後被送上絞刑架。而這件充滿罪惡的事是由黑貓引起的。「我」原很愛普路托，但後來因為酗酒，脾氣習性徹底改變，不僅開始用惡言穢語辱罵妻子，對她拳打腳踢，而且開始虐待自己飼養的小動物。「我」犯下的第一樁罪惡便是用刀把老普路托的眼睛挖了下來。雖然是在病中，又乘著酒性幹，但這件暴行讓「我」當時悔懼莫及，現在來寫這件暴行時，仍然感到「面

紅耳赤，不寒而慄」。貓傷勢漸好，「眼珠剜掉的那隻眼棄果真十分可怕。」──在陳映真的《文書》裡，那卻是未受傷的兩隻綠氣森然的神秘的眼睛，注視著敘述者安某犯下的罪行──它從此看見「我」便嚇得拼命逃走。貓對「我」的嫌惡讓「我」惱羞成怒，於是邪念又生，用根套索勒住貓脖子，把它吊死樹上；為了掩蓋一椿罪行又犯下另一件罪行。奇怪的是，當晚便發生了火災，而且靠近「我」床頭一堵未倒塌的牆上，赫然刻著一個偌大肥貓的淺浮雕，貓脖子上還有一根絞索。

最神秘的是普路托死後，另一隻跟它一樣大的黑貓出現了。它的胸口長滿了一片白斑，原來竟是絞索的形狀！它很快就博得「我」妻子的歡心。但漸漸引起「我」的厭惡、懼怕和憤怒。殺貓的邪念再生，盛怒之下，「我」揮斧砍去，卻誤殺了妻子。

《文書》大部份沿襲了《黑貓》的情節。不同的是，「我」沒有虐待貓和妻子，在幻覺中打死愛妻後也沒有藏匿屍首。貓的二度出現也受到妻子的寵愛，但不是為了復仇，而是為「我」的歷史罪惡再度作證而出現。坡對「邪念」作了形而上的解釋；「關於這種邪念，哲學上並沒有重視。不過我深信不疑，這種邪念是人心本能的一股衝動，是一種微乎其微的原始功能，或者說是情緒，人類性格由它決定。」這比較抽象的道德概念在陳映真《文書》中具體化為一椿歷史行為：戰爭中的罪行。因為這是二者的特點，大概也是東西方藝術的細微差別吧：坡及其西方傳統重在對人性惡的精微之處作深入細緻的心理和道德的探討；陳映真及其東方（中國）傳統，重在探討社會、歷史、環境對個人造成的深刻影響。

其次，敘述方式也採用了「我」的自白的形式。只是陳映真沒有全部沿襲坡的小說形式，而採用了「文書」的結構，先以「公文」具結形式交代安某血案的調查經過，再出具安某的「自白書」，作為小說的主體。坡的「我」自知必死，那就是被抓住

送上斷頭台；《文書》沒有講到安某的處決法，只是讓「上級」（其實是讀者）、「恭請鑒察」、自作判斷。在坡的小說中，「我」更多的是背負沉重的道德罪孽，《文書》除了殺妻所犯下的這種罪孽外，還背負著歷史的、戰爭的罪惡。

　　《文書》沒有《黑貓》的陰森恐怖，但不乏怵目驚心的神秘色彩；《黑貓》的痛苦是被撕裂的靈魂在神秘的「冥王」或道德感注目下的恐懼不安，《文書》的痛苦則帶著歷史行進過程中留給人們心靈的創傷和悲苦，依然蘊藉著陳氏特有的人道主義關注；《黑貓》喘息於自我折磨的絕望之中，《文書》卻在敘述中表現著嚮往和懺悔，儘管這種嚮往很朦朧，又因受到歷史的局限而顯得無奈。在表現這些主題的時候，「黑貓」這一母題起到了穿針引線、洞幽燭微的作用。而且，在閱讀陳映真的《文書》時，「貓」的母題讓我們把他跟愛倫・坡聯繫起來，產生了上述的情節、敘述結構、主題諸方面的比較，這樣便使陳氏的小說在它與文學傳統的聯繫這方面敞開了另一面意義之網。

　　像「黑貓」這樣一個在文學作品中**重複出現**的意象、象徵、或者要素，便是「母題」（motif）。它要麼在同一作品中反覆呈現，要麼在同一文學傳統或不同文學傳統中交互出現，對形成主題思想起著至關重要的作用。在各民族的神話傳說中，藉助母題表情達意，例如「討厭的女人」原來卻是「美麗的公主」，一個男人命定要受一位仙女迷住，等等，就是民歌常見的母題。《我的弟弟康雄》中的敘述者「我」曾自比灰姑娘辛德烈拉姬，《獵人之死》和《加略人猶大的故事》完全借用了古希臘神話和《聖經》的故事，都是「母題」的運用。「母題」（motif）一詞或德語「leitmotif」（導引性母題），也指一部作品中經常重複出現的重要短語，固定描寫，或意象情緒，如陳映真小說中常見的憂鬱，困倦，死亡，瘋狂，女性溫柔的乳房或堅韌不拔的情慾等等。⑤無論是借自其他民族文學傳統的母題（如《文書》中的

「黑貓」），抑或本民族文學傳統的母題（我在下一節還將討論），作品本身都從「母題」這種已成定型的近乎「無意識」的文化話語中獲得了支持，在新義之外開拓了舊義，這有些類似我國古典詩詞的「用典」。⑥

　　「母題」除了表達本文自身的題旨，還牽引出其他文本，使那些已成為「傳統」之一部份的文本成為自己的意義源和文化背景，這些被牽引進來的其他文本與作品自身關於現實生活的敘述、描寫、暗示一起，織起了一張意義的網絡。在陳映真的《文書》中，犯下血案的安某的故事是台灣六十年代現實生活的寫照，而「黑貓」母題不僅使作者得以將筆觸伸入人物內心深處的悲苦，借這悲苦寫出戰爭的罪孽、歷史的重壓和時代的錯誤，而且使得《文書》與其他文本，例如坡的《黑貓》，陳若曦的《灰眼睛貓》等發生了意義上的關連。這種文本之間的互相指涉，用現代文論術語來概括，便是所謂「間文性」（intertextuality）。

　　「間文性」又譯為「本文間性」，「本文共同體」或「交互指涉」。是法國女符號學家Ｊ・克麗絲特娃從巴赫金的「複調」

⑤　關於「母題」參見 M.H.艾布拉姆斯的《文學術語詞典》（A Glossary of Literary Terms），紐約，1988年第五版。

⑥　例如中國江西詩派黃庭堅所謂「點鐵成金」，「奪胎」「換骨」概念便與現代人的「母題」和「間文性」概念相彷彿。黃庭堅說；「自作語最難，老杜作詩，退之作文，無一字無來處，蓋後人讀書少，故謂韓杜自作此語耳。古之能為文章者，真能陶冶萬物，取古人之陳言，入於翰墨，如靈丹一粒，點鐵成金也。」（答洪駒父書）又稱：「詩意無窮人才有限，以有限之才，追無窮之意，雖淵明、少陵，不得工也。不易其意而造其語，謂之換骨法；規摹其意而形容之，謂之奪胎法。」（冷齋夜話）。（郭紹虞主編《中國歷代文論集》第二冊，第 316、312 頁。上海古籍出版社1979年版版。）

概念得到啟發首次提出來的概念。它的意思是：一切時空中異時異處的本文相互之間都有聯繫，它們彼此組成一個語言的網絡，一個新的本文就是語言進行再分配的場所，它是用過去的語言所完成的「新織體」。⑦對符號學家們來説，大多數文學作品在發佈有關自身的信息時，還不斷地揭示其他文學作品，因而説某種文學具有獨創性，某種文學是現實主義的，某種文學描述精確，最終都站不住腳。我不贊同這種絕對的推論──莎士比亞的戲劇雖然泰半取材於歷史故事，可是有誰否認莎士比亞不是一個富有獨創的戲劇天才？──但是，作品由於其間文性而擴展了意義伸展的廣度和深度，卻是值得注意的現象。譬如在《黑貓》和《文書》之間，事實上有著一種由「文本」與「間文」⑧之間的關係（間文性）所產生的新的意義：不同民族文學表現人性的不同方

⑦　參見 J.M.布洛克曼：《結構主義：莫斯科──布拉格──巴黎》，第 162 頁的中文注釋 28 條。另見特倫斯・霍克斯著：《結構主義和符號學》，第 150 頁，上海譯文出版社 1987 年版。廖炳惠《解構批評論集》第八章「文字、世界的交匯與併置」一文比較詳細地討論了這個概念。

⑧　根據杰拉德・普林斯（Gerald Prince）編著的《叙述學詞典》（A Dictionary of Narratology）（英文版，1988）的解釋，「間文」（intertext）有如下意義：1.一個文本（或一組文本）被另一個文本所引用、重寫、拖長或整個改變形態，使後者充滿意義的，這個文本便叫做「間文」。荷馬的《奧德賽》是喬伊斯《尤利西斯》的間文之一，從二者之間取得間文性。根據里德特爾（Riffaterre）很有影響力的觀點，一個文本及其間文是在邏輯上是同一的，後者在前者內留下蹤跡，支配著它的解釋。2.「間文」就是吸收和將其它文本的多元性凝結在一起的文本。在這個意義上説，喬伊斯的《尤利西斯》便是吸收了諸如荷馬的《奧德賽》那樣的文本的間文。更普遍些説，任何文本都可以用以構建一個「間文」。3.一組被間文性地聯結起來的文本。以荷馬的

式。我們不能因為《文書》裡出現或藉助了「黑貓」母題便斷定《文書》是一種模仿，或者說它缺乏獨創性。相反，正是《文書》包含了《黑貓》這一間文，才使《文書》多出了這一層意義。

綜上所述，由「語言」本身所具有的社會性、文化性，個人在運用語言的時候，既使語言個性化，顯現著自己使用語言的獨特風格，也通過語言媒介使「自我」社會化、文化化。因此，呈現為「語言結構」的象徵性作品，交融了個人的心理（包括意識與潛意識）、社會與文化的話語。在文學寫作中，「母題」的呈現和與此有關的「間文性」，便與呈現了作家比較恆定心理特徵的語言風格一起，充分地顯示著作品的意義網絡，提供了各種可能的詮釋潛力。下面我就將陳映真作品這方面——母題及其間文性——的潛力進一步舖開剖析。

二、魯迅的靈魂

讀陳映真的小說，可以感覺到他的字裡行間躍動著魯迅寂寞然而深刻的沉思的心靈。他的「麵攤」（1959）一開始，便放上了魯迅的「藥」（1919）。那些對話，那些憂患中的愛心，令人想到魯迅《狂人日記》裡發出的痛心疾首的呼喊「救救孩子」，

「奧德賽」和喬伊斯的尤利西斯之間所獲得的間文性來說，這兩個文本構建了一個間文。由此看來，「間文性」表明了一種或多種關係，這種關係是在一個特定的文本與它所引用、重寫、吸收、拖長或整個地變形的其他文本之間獲得的。我所用的「間文」概念採用第一種說法，以便與「文本」有所區別。

似乎還是有了一點希望，儘管十分微茫。我們先做一些具體的比較。

「忍住看」，媽媽說，憂愁地拍著孩子的背：「能忍，就忍住看罷。」

但他終於沒有忍住喉嚨裡輕輕的癢，而至於爆發了一串長長的嗆咳。等到他將一口溫溫的血塊吐在媽媽承著的手帕中時，媽媽已經把他抱往一條窄窄的巷子裡了。他雖然感覺著疲倦，但胸腔卻彷彿舒爽了許多。巷子裡拂過陣陣晚風，使他覺得吸進去的空氣涼透心肺，像吃了冰水一般。⑨

以上是《麵攤》裡的首段。以下是《藥》裡的第四、五段：

……那屋子裡面，正在窸窸窣窣的響，接著便是一通咳嗽。老栓候他平靜下去，才低低的叫道：「小栓……你不要起來。……店麼？你娘會安排的。」

老栓聽得兒子不再說話，料他安心睡了；便出了門，走至街上。街上黑沉沉的一無所有，只有一條灰白的路，看得分明。燈光照著他的兩腳，一前一後的走。有時也遇到幾隻狗，可是一隻也沒有叫，天氣比屋子裡冷多了；老栓倒覺得爽快。彷彿一旦變了少年，得了神通，有給人以生命的本領似的，跨步格外高遠。而且路也愈走愈分明，天也愈走愈亮了。⑩

---

⑨　陳氏，1988，卷一，第1頁。
⑩　《魯迅全集》第一卷，第440－441頁。

　　《麵攤》和《藥》裡的主要人物都是一家三口，其中有一個
生命危在旦夕的患肺病的孩子，父母為救孩子而憂心如焚。從上
面兩段文字看，陳映真的行文，頗有些魯迅風格。對話簡潔自不
必說，擅長用對話來切入生活斷面，並迅速在敘述中從外在描述
轉入內心感覺，利用環境、氣氛的點染寫出那種沉鬱憂傷的心
境。於簡潔白描中透出充滿感情的溫厚和愛心，是這種文體的特
點。但《麵攤》為自己設定的時空與《藥》的時空並不相同。前
者是從黃昏到晚上，後者是從清晨到白天；前者入夜後到街上設
攤賣湯麵，後者是到街上找劊子手買人血饅頭：救孩子的方式有
所不同。《麵攤》終於碰到了一個好心的警官，因而「暗夜」裡
的孩子雖然隨父母輾轉於危途之中，畢竟還可以做關於「星星」
的夢想；《藥》裡的小栓雖然吃了醮著烈士鮮血的饅頭，卻還是
不免於死，連夢也不曾有過。《狂人日記》裡的疑惑：「沒有吃
過人的孩子，或者還有？」在《藥》中似乎得到了否定的回答；
但在《麵攤》中，那孩子卻得到了愛心，似乎可以盼望「暗夜」
過後清新的早晨和白晝，與畢老栓夫妻在漫漫長日後墮入黑暗更
讓人感到些寬慰。顯然，「救救孩子」成了二者人道的主題。魯
迅的深刻在於他在敘述老栓夫妻的愛子之心的同時批判了他們的
麻木與無知，側寫了夏瑜之死的悲劇，從一個生活細節寫出近代
以來中國問題的癥結；而陳映真雖然在思想的深刻上比不上魯
迅，卻還是試圖以自己的方式來延續和試圖回答魯迅的問題，把
「救孩子」寄託在人道主義的想望裡了。

　　在《淒慘的無言的嘴》（1964）中，陳映真還是忘不了魯迅
的問題。敘述者「我」被看作是患有精神病的人。小說雖然不採
用「日記體」，但通篇敘述，未嘗不可以看作是新的「狂人」自
白。「我」眼中所看到的世界恰是病態的。在別人——包括有權
判定誰是精神病患者的醫生和雖研究「神學」卻對宗教的根本精
神：對人的愛一無所知的神學生郭先生等——把「我」看作「精

神病」時，他們恰好顯出了對「我」的缺乏了解和無知。叙述者清醒的叙述與把他看作「病人」形成一種反諷的意味。他頗像第歐根尼，白晝裡打著燈籠尋找誠實活著的人們。他的苦惱，或者「精神病」吧，就源於他幾乎找不到這樣的人。他看到的毋寧是一個陌生的環境：「……郭先生走進了辦公室，一看見我，便突然在他的似乎已經很疲倦的臉上，展開了雖然並没有惡意，卻顯然很是虚偽的笑容。他哄著小孩似地拍了拍我的肩膀。在這樣的時候，我也只能很和善地笑著。醫生把雙手插進口袋裡，望著我們。我於是走了出去。他一向是個很自以為是的人，就和一般的青年醫生一樣。但我走出辦公室没有幾步，便聽見醫生用日本話對郭先生説：『這個傢伙，顯然是在漸漸地好起來了。』」⑪這又讓人想起《狂人日記》第四節裡的一段來：「……我大哥引了一個老頭子，慢慢走來；他滿眼凶光，怕我看出，只是低頭向著地，從眼鏡橫邊暗暗地看我。大哥説，『今天你彷彿很好。』我説『是的。』大哥説，『今天請何先生來，給你診一診。』我説『可以！』其實我豈不知道這老頭子是劊子手扮的！無非借了看脈這名目，揣一揣肥瘠：因這功勞，也分一片肉吃。我也不怕，雖然不吃人，膽子卻比他們還壯。伸出兩個拳頭，看他如何下手。老頭子坐著，閉了眼睛，摸了好一會，呆了好一會；便張開他鬼眼睛説：『不要亂想。静静的養幾天，就好了。』」⑫自然，魯迅的「狂人」，其靈魂被撕裂的程度要比陳映真的「狂人」要重得多。畢竟，陳映真的「狂人」是在久病初癒之後懷著難以排遣的憂鬱來看他的環境，這與魯迅的「狂人」正在病中的觀察有了深淺輕重的差別。「我想起了在醫院的草坪上那些曬著太陽的輕病人們。一張張蒼白的臉上，一雙無告的眼神裡，都塗

⑪　陳映真，1988，第一卷，第 153 – 54 頁，158 頁。

⑫　《魯迅全集》第一卷，第 425 頁。

敷著冷澈得很的悲苦。這些悲苦的臉，常常對著你惡戲地笑了起來，使你一驚，彷彿被他窺破了你的什麼。」他十分敏感地感覺到病人的眼神那窺破人生隱秘的罪孽的力量。他們自己正是因為這種罪感墮入苦痛之中難以自拔的。這又正如魯迅「狂人」因為洞察「世人」吃人大罪而極端痛苦一樣。因此，魯迅的「狂人」呼籲「救救孩子」，以免下一代又墮入輪迴一般的「吃人」禮教；陳映真病後的敘述者則立志要讓慘死的女屍身上那些滿是淤血的傷口，開著斑斑點點的鑿孔，彷彿「一個個都是淒慘、無言的嘴」為自己說話：「打開窗子，讓陽光進來罷！」他幻想著歌德的故事，希望真的有個羅馬人的勇士，「一劍劃破了黑暗，陽光像一股金黃的箭射進來。所有的霉菌都枯死了；蛤蟆、水蛭、蝙蝠枯死了，我也枯死了」。⑬魯迅在《吶喊〈自序〉》中關於「鐵屋子」的意象或母題，在陳映真這裡獲得了一種新的表達方法。事實上，陳氏的人物與魯迅的人物，都是在這「絕無窗戶而萬難破毀」的「鐵屋子」中驚醒過來的人們，他們這些「不幸的少數者」都忍受著「無可挽救的臨終的苦楚」。⑭魯迅憂憤深廣，他的人物有時未免顯得絕望，儘管夏瑜墳上的花圈也透著些期待，然而像呂緯甫、魏連殳，曾經有過改造社會和人心的，也像他們的前輩一樣，墮入沒法擺脫的輪迴了。而陳氏的人物雖然厭倦了自己所處的「神話時代」的「廢頹的末期」，卻還是期待著自己死後，可以出現一個充滿了陽光的，鷹揚的「人類底世紀」（《獵人之死》）。

關於魯迅的影響，陳映真最早是在 1976 年 9 月寫的《鞭子和提燈——〈知識人的偏執〉自序》一文中談到的。他說，讀魯迅的《吶喊》（在「自序」中沒有點明魯迅，只談到《阿 Q 正傳》

---

⑬　陳氏，1988，第一卷，第 165 頁。

⑭　《魯迅全集》第一卷，第 419 頁。

裡的一個細節，因為在台灣，魯迅當時還是受禁的）大約是快上
六年級的那一年。那時候對書中的其他故事似懂非懂，唯獨對於
《阿Q正傳》特別喜愛，雖然當時也並不曾懂得滑稽背後所流露
的、飽含淚水的憂慮和苦味的悲憤。「隨著年歲的增長，這本破
舊的小說集，終於成了我最親切、最深刻的教師。我於是才知道
了中國的貧窮、的愚昧、的落後，而這中國就是我的；我於是也
知道：應該全心全意去愛這樣的中國──苦難的母親，而當每一
個中國的兒女都能起而為中國的自由和新生獻上自己，中國就充
滿了無限的希望和光明的前途。」⑮陳映真在談魯迅對自己的影
響時，特別強調魯迅在培養他對祖國的熱愛這方面的作用：「幾
十年來，每當我遇見喪失了對自己民族認同的機能的中國人；遇
見對中國的苦難和落後抱著無知的輕蔑感和羞恥感的中國人；甚
至遇見幻想著寧為他國的臣民，以求取『民主的、富足的生活』
的中國人，在痛苦和憐憫之餘，有深切的感謝──感謝少年時代
的那本小說集，使我成為一個充滿信心的、理解的、且不激越的
愛國者」。日本學者松永正義在1984年寫的一篇文章中看到了魯
迅所給予陳映真的是與他的愛國主義結合在一起的觀察台灣社會
的廣闊視野和清醒的批判力，使得陳映真雖然置身在「台灣民族
主義」（即分離主義）的氣氛中，卻「還能具備從全中國的範圍
來看台灣的視野，和對於在六十年代台灣文壇為主流的『現代主
義』，採取批判的觀點。」⑯這樣來看魯迅對陳映真的影響，我
以為十分符合陳氏本人思想實際。這樣，當我們讀到陳氏小說中
出現了魯迅作品中的母題而又作了不同的處理的時候（例如我在

---

⑮　《陳映真作品集》第九卷，第 19 － 20 頁。

⑯　松永正義：《透析未來中國文學的一個可能性》，（原刊 1984 年
　　7 月號《凱風》雜誌），「陳映真作品集」第十四卷，第 232 －
　　233 頁。

上面所分析的），對於他的人物為什麼總要承擔起替歷史、時代
贖罪的任務，為什麼總擺脫不了對大陸的縷縷鄉愁，以及他們為
什麼總期待著一個新時代的到來，為什麼又要在小說中和小說外
的其他寫作中執著地批判、嘲諷他的人物的蒼白、頹唐、敗北、
軟弱、失望等「現代主義」情緒，就不難理解了。

　　魯迅是偉大的，他深刻的思想飽含著摯熱的感情，那是對苦
難民族的博愛之心。「哀其不幸，怒其不爭」，是魯迅之愛的典
型表現。因而他的作品顯得沉鬱冷峻。但魯迅是不易學的。學魯
迅而不得，容易失其溫厚，流於刻薄。而陳映真的慧心獨具之
處，恰恰看到了魯迅那最不易學的溫厚和愛心。蔣勳在比較魯迅
與陳映真的異同時說：「魯迅的作品比較更沉鬱，彷彿鬱悶得不
得了，真是漫漫長夜，沒有一點光，陳先生的作品則比較熱，比
較有更多的理想和追求的呼叫，這或許來源於他的宗教背景
吧！」── ⑰應該補充的是，陳映真的溫厚不僅來自家庭的基督
教熏陶，而且來自魯迅所體現的「俯首甘為孺子牛」的精神。他
只是在魯迅提出的問題的基礎上，企求一條社會主義和人道主義
的解決辦法罷了。

　　此外，魯迅小說中常見的結構：主人公與環境的對立關係，
覺醒者與沉睡者的對立，以及由此產生的一種彷徨無依，終於淪
落的孤獨感，也是陳映真作品的一個特色。但陳映真小說出現的
「狂」、「死」意象已經有著不同的歷史內涵。沉思著歷史和環
境之罪惡的魯迅的「狂人」在陳氏作品化為具有社會主義理想和
基督精神的人物，如吳錦翔，賀大哥等人。至於陳氏作品中洋溢
著更多的「肉的氣息」，如魯迅在阿爾志跋綏夫的作品所看到的
往往與他的受難者結合在一起，成為他們逃避苦難之道，則比魯

---

　　⑰　蔣勳等人：《三十年代的承傳者──談陳映真的小說》
　　　　（1980），《陳映真作品集》第五卷，第 190 頁。

迅更為明顯，更帶著現代人的氣息了。

　　陳映真對魯迅的學習和「模仿」，除了我們所說的「母題」互涵，例如日記體在《康雄》、《最後的假日》、《雲》、《萬商帝君》中的運用，「吃人」母題在《鄉村的教師》中的重視，「孩子」意象等的多次出現，又如《麵攤》之與《藥》，《淒慘的無言的嘴》之於《狂人日記》和「吶喊」自序，《故鄉》之於《故鄉》（陳映真的《故鄉》寫俊美如太陽神的哥哥的墮落，與魯迅《故鄉》寫少年閏土的終於麻木，其憂患之深足以與魯迅相匹。但同是變化，閏土比較寫實，而「哥哥」過於突兀，比較富於浪漫色彩），還有小說某些場面和對話的描寫，例如《一綠色之候鳥》、《最後的夏日》等篇與魯迅筆下所寫的酒店相聚一類場面與對話的描寫（如《明天》等）十分神似。然而最重要的恐怕就是陳映真從魯迅那兒所獲得的憂患意識與對國家民族命運的深切關懷。陳映真自述道：「魯迅給我的影響是命運性的。在文字上，他的語言、思考，給我很大影響。然而，我仍然認為魯迅在藝術和思想上的成就，至今沒有一位中國作家趕得上他。魯迅的另一個影響是我對中國的認同。從魯迅的文學，我理解了現代的、苦難的中國。和我同輩的一小部份人現在有分離主義傾向。我得以自然地免於這個『疾病』，魯迅是一個重要因素。」⑱因此，陳映真強調啟蒙是文學的大前提，認為政治、文學、知識、宗教和科技都應該為「人的解放，使人從物質的、精神的桎梏中解放，從壓迫性的體制或人內在的罪惡與愚昧中解放」作出各自的貢獻，而不應成為人的解放的重大阻礙。⑲在研究陳映真的文

---

⑱　書名：《陳映真的自白──文學思想及政治觀》（1984），《陳映真作品集》第六卷。第 35 頁，第 446 頁。

⑲　《海峽》編輯部：《『鄉土文學』論戰十周年的回顧──訪陳映真》（1987），同上，第 104 － 105 頁。

本與魯迅文本之間的關係時，必須立足在這一點上，才能真正把握魯迅的一些母題在陳映真小説寫作裡發生變化的奧秘。

　　魯迅曾想通過翻譯俄蘇與東歐等弱小民族國家的作品為國內文壇提供借鑒。他説：「我們在日本留學時，有一種茫漠的希望：以為文藝是可以轉移性情，改造社會的。因為這意見，便自然而然的想到介紹外國文學這一件事。」⑳「因為所求的作品是叫喊和反抗，勢必至於傾向了東歐，因此所看的俄國、波蘭以及巴爾幹諸小國作家的東西就特別多。」㉑無獨有偶，陳映真也倡導對「第三世界文學」的研究，而主張將中國台灣文學置諸這一框架來考察。他指出，「第三世界的知識份子，負有批判的評估自己的傳統文化，對傳統文化進行再認識的責任。」㉒在比較台灣文學和其他第三世界文學（譬如拉美文學，菲律賓文學，南朝鮮文學等等）的殊異點時，他認為台灣文學具有比其他第三世界文學遠為完整的文化和語言傳統。然而台灣文學面臨著逐漸失去其社會與人生的指導性格，顯示出歷史的、文化的、哲學的貧困。此外，台灣文學與政治之間，保持著比較疏遠的態度。㉓顯然，陳映真對台灣文學日益失去其作為啟蒙和指導大衆生活的作用的貧血狀態與西方文化入侵第三世界的現況深感憂慮。他認為台灣的文學教育一般是向西歐看的，根據西方的標準，第三世界顯得落後，沒有文明，沒有藝術，沒有哲學也沒有文學。因此必須堅決抛棄這種導致民族虛無主義觀點，必須有計劃地研究譯介

⑳　《〈域外小説集〉序》（1920 年 3 月 20 日），《魯迅全集》第十卷，第 161 頁。

㉑　《南腔北調集・我怎麼做起小説來》（1933 年 3 月 5 日），《魯迅全集》第 511 頁。

㉒　琳達・杰文：《論強權，人民和輕重》（1982 年），《陳映真作品集》第六卷，第 5 頁。

㉓　《陳映真作品集》第八卷，第 89 - 96 頁。

第三世界文學。像普羅米修斯偷天火給人間，魯訊試圖為無聲的中國輸入異邦新聲，以警醒國民。陳映真與魯迅先生在這方面異途同歸：利用「第三世界文學」概念來對抗西方文學，以確立民族自信。這些思想，再次表明了魯迅對於陳映真的巨大影響。

三、契訂夫的血肉

　　魯迅之善於解剖人的靈魂，不獨表現於他那些精煉而含蓄的小說與雜文，便是文藝論評，也是於衡文中論人。他自己因而也像他的人物那樣，作為「客觀」的對象，受到嚴格的審視與批評。《一件小事》自不必說，更典型的，是他在作品集序跋中常常流露的對自己的清醒（譬如《寫在〈墳〉後面》（1926.11.11）的自我解剖）。此外是他對自己作品的評論。他寫於 1935 年 3 月的《〈中國新文學大系〉小說二集序》，對自己的作品的評價便相當公正，認為顯示了「文學革命」的實績的《狂人日記》、《孔乙己》、《藥》等，由於「表現的深切和格式的特別」頗激動了一部份青年讀者的。但所以有這樣效果，乃是「向來怠慢了介紹歐洲大陸文學的緣故。」接著魯迅談到他所接受的外國影響和自己的獨創性。在我看，這段文字可以看作「母題」互涵和「間文性」概念的又一個例證：

　　　　一八三四年頃，俄國的果戈理（N. Gogol）就已經寫了《狂人日記》；一八八三年頃，尼采（Fr. Nietzsche）也早借了蘇魯支（Zarathustra）的嘴說過「你們已經走了從蟲看到人的路，在你們裡面還有許多成份是蟲豸。你們做過猴子，到了現在，人還尤其猴子，無論比那一個猴

子」的。而且《藥》的收束，也分明的留著安特萊夫（L.
Andreev）式的陰冷。但後起的《狂人日記》意在暴露家族
制度和禮教的弊害，卻比果戈理的憂憤深廣，也不如尼采
的超人的渺茫。以後雖然脫離了外國作家的影響，技巧稍
為圓熟，刻劃也稍加深切，如《肥皂》、《離婚》等，但
一面也減少了熱情，不為讀者所注意了。㉔

　　這種自我剖析，應是了解作家所受影響的權威敘述。我們由
此可以推斷果戈理、尼采、安特萊夫等人在魯迅早期小說與思想
中的地位。所謂「影響」，便是雙方彼此之間一種心靈共鳴。那
麼引起共鳴的原因是什麼？是一種苦難的感覺。魯迅論及俄國文
學時，強調它的「為人生」的性質，指出：「無論它的主意是在
探究，或在解決，或者墮入神秘，淪於頹唐，而其主流還是一
個：為人生」。㉕他認為陀思妥耶夫斯基、屠格涅夫、契訶夫、
托爾斯泰雖然離無產者的文學甚遠，但可以算作「為被壓迫者而
呼號」的作家。他們的作品所寫的雖然只是被壓迫者的善良的叫
喚、呻吟，困窮、酸辛和掙扎，卻讓人們「從文學裡明白了一件
大事，是世界上有兩種人：壓迫者和被壓迫者」，這一點現在雖
無足道，但在那時卻是一大發現，「正不亞於古人的發現了火的
可以照暗夜，煮東西。」正因為此，「俄國文學是我們的導師和
朋友」。㉖

　　魯迅從外國文學中找到了表現被壓迫者之苦難的另一種方
式。事實上，陳映真從魯迅作品中所看到的也是相同的人生問

㉔　《且介亭雜文二集・〈中國新文學大系小說二集序〉》（1935年
　　3月2日）。

㉕　《南腔北調集・〈豎琴〉前記》（1932年9月9日）。

㉖　《南腔北調・祝中俄文字之交》（1932年12月30日）。

題。〔引起文壇矚目的《將軍族》的獨特和高超之處，就在於他是從「階級」的（被壓迫者）觀點而不是從「地域」的（省籍介蒂）觀點出發寫三角臉和小瘦丫頭的悲劇的。〕陳氏像魯迅那樣，對於自己有著十分清醒的認識。剛從監獄出來不久的他用「許南村」筆名撰寫的《試論陳映真》（1975）以及稍後的《鞭子與提燈》（1976）兩篇文章都像魯迅那樣提到自己所受的熏陶。除了魯迅，陳映真還提到契訶夫和芥川龍之介。認為這三者的奇異組合影響著他的「語言、風格、精神和命運」。㉗其實，魯迅也喜讀契訶夫。唐弢先生說：「魯迅曾經受過果戈理、契訶夫甚至安德列耶夫的影響，不僅自己多次提起，也可以從他的創作裡看出來：他以幽默的筆墨描寫日常生活，諷刺像果戈里，人物不多、場面簡潔像契訶夫，又由此吸收其他影響，慢慢地建立起一種看似平淡，卻又深刻的含蓄的風格，為中國現代文學開闢了一條現實主義的道路。」㉘這樣看來，陳映真便與魯迅同處於一條文學傳統了

　　陳映真小說除了魯迅的影響之外，的確常常沾上契訶夫式的憂鬱和芥川龍之介的「鬼氣」。我們看到，契訶夫《苦惱》裡的孤獨車伕姚納化作「蘋果樹」中居住在貧民窟的窮大學生，前者將內心的寂寞對著馬兒傾訴；後者則向著瘋女人娓娓談論自己關於父親的過去的懺悔和未來的憧憬。而《寶貝兒》的「母題」又一次重視於《唐倩的喜劇》，《小公務員之死》（1883）在《萬商帝君》中穿上了現代台灣企業人的服裝。因此，當陳映真說契訶夫是表現社會轉型時代中「自由知識份子」那種「無氣力、絕望、憂鬱、自我厭棄、百無聊賴以及對於刻劃在逼近著的新生事

㉗　《陳映真作品集》第六卷，第 35 頁。

㉘　唐弢：《西方影響與民族風格》，第 17 頁。另見該書第 119，175 頁。人民文學出版社 1989 年版。

物底欲振乏力之感的最優秀的作家之一」時，他是在契訶夫身上
找到了共鳴點，因而稱自己早期小說中的「衰竭、蒼白和憂悒的
色調」很「契訶夫式」，雖然在表現的優美和深刻上不如契訶
夫；但當他說 1966 年以後，契訶夫式的憂鬱「消失了」，「嘲諷
和現實主義取代了過去長時期來的感傷和力竭、自憐的情緒」
時，㉙他只是在試圖用理性來超越自己，因為他看出這種現代主
義情緒的絕對無望。但這並不是說，那「憂鬱」真的消失了。

　　《唐倩的喜劇》（1967）出現的「從一個男人流浪到另一個
男人」的女性的「母題」，不僅在陳映真《獵人之死》（1965）
出現過（如維納斯從諸神流浪到獵人阿都尼斯），在《夜行貨
車》（1978）出現過（如劉小玲），在其他小說也有類似的影子
（如陳氏小說中常見的吧女或妓女形象；艾密麗黃（《六月裡的
玫瑰》），Rose（阿免））（《上班族的一日》），《某一個日
午》中的女人等），而且早在福樓拜的《純樸的心》（1877），
契訶夫的《寶貝兒》（1898）裡就得到不同的表現。從福樓拜到
契訶夫到陳映真，這個「母題」在發展過程中得到不同的挖掘。
特別是《寶貝兒》對女性天性的深刻洞察力和不乏幽默與微諷的
同情心，在《唐倩的喜劇》裡變成了機智敏銳的社會批判和文化
批評。寶貝兒奧蓮卡嫁給藝人庫金而熱衷於談戲，嘲笑觀眾不懂
得欣賞高雅的戲劇；庫金死後三個月再嫁木材商華西里，而滿腦
子木材生意經，稱「華西其卡和我沒工夫上戲院子去；……看戲
有什麼好處？」不幸，婚後六年，華西里又死了。奧蓮卡於是作
了獸醫司密爾寧的情人，「獸病」又成為她生活中的話題。然而
好景不長，獸醫遠走高飛，剩下可憐的奧蓮卡越來越瘦，越來越
老，越來越醜，頂糟的是什麼見解也沒有了，「她的靈魂跟以前
一樣空洞，枯燥，苦澀」。㉚幸虧最後獸醫再次出現，但帶來的

㉙　《試論陳映真》，《陳映真作品集》，第九卷，第 9 頁。

並不是愛情，而是一個兒子。於是這位少年沙夏又成為老醜的奧
蓮卡唯一的安慰。倘説契訶夫刻意於寫奧蓮卡這位類似福樓拜的
費莉西泰的女性的純樸然而空洞的心（「要她不愛什麼人，她就
連一年也活不下去」，）並沒有社會或文化批判的內容，那麼陳
映真則藉塑造類似奧蓮卡那樣的女性，來盡情嘲弄六十年代台灣
讀書界的貧困與淺薄。唐倩依然是相當女性化的，不同的是，她
是「知識女性」，小説家。但陳映真事實上嘲諷了她精神深處類
似奧連卡的空洞無物，與她的那些男性對象一樣，顯得淺薄可
笑。她在委身存在主義論者胖子、老莫和隨後的邏輯經驗論者羅
仲其之前，就曾委身於詩人于舟。老莫關於存在主義的高談闊
論，老莫那種「知性的苦惱的表情」一下子抓住了她的心，讓她
突然覺得寫詩的于舟太沒味道了。於是，存在主義的話題成了唐
倩意識的中心。唐倩發現了「苦惱」的「美」和「深刻」，「快
樂」頓時變成值得鄙惡的罪過。她在決定拋棄詩人，有所「選
擇」時，對于舟説：

　　　　「我們倆在一起，太快樂了。」伊噴了一口青煙説：
　　「快樂得絲毫沒有痛苦和不安的感覺。」
　　　　「是呵，我們多麼快樂！」他雀躍地説。
　　　　「快樂得忘了我們是被委棄到這世界上來的。」
　　　　「噢！」于舟有些蒼白起來了。他吶吶地説：「我知
　　道你的感覺。」
　　　　「要注意『委棄』這兩個字！」伊不禁想起老莫的表
　　情，隨即將擎著煙的手往遠處一攤，彷彿十分鄙惡地捨去
　　了什麼，「abandon，a sense of being abandoned。」

㉚　汝龍譯《契訶夫小説選集》第 3 冊「三年集」，第 16 頁。上海譯
　　文出版社 1982 年版。

「是，是。」

「現在，我們是孤兒了；」伊看見于舟洗耳恭聽的樣
子，覺得一面又高興，一面又鄙惡他。伊十分之嚴重地
說：「所以我們就必須為自己做主；在不斷的追索中，完
成真我。」（陳氏，1988.2.91）

但唐倩的煞有介事並非發內心的深刻思想的結果，而只是對
老莫的模仿，正如老莫對存在主義思想的高論，不過是一種鸚鵡
學舌一樣。陳映真在同年寫的《現代主義底再出發》和後來寫的
《「鳶山」自序》（1988）中，對於現代主義（包括存在主義）
即採取了雙重標準，一方面肯定西方現代主義的「革命性」的價
值，認為它們「確實有強烈顛覆西方中產階級虛偽、庸俗秩序；
反對資本主義和帝國主義；尋求人間解放的革命的特質」；㉛另
一方面毫不留情地否定台灣的現代主義，指出他們在性格上是
「亞流的」，缺乏「客觀底基礎」：既没有本土的自然的土壤，
也缺乏與它的西方母體之間的臍帶連繫，因而「徒然具有『現
代』的空架，一片輕飄飄的糊塗景象，就連現代人的某種疼痛和
悲愴的感覺都是那麼做作。」㉜於是，在《唐倩的喜劇》中出現
了這樣令人拍案叫絕的諷刺場面，其「無一貶詞，而情偽畢露」
（魯迅語）的筆法，深得《儒林外史》三昧：

「儘管人的歷史上充滿了殘酷、欺詐和不公，但卻有
一絲細線不絕如縷。」他很肅穆地說：「那就是人道主義
⋯⋯」

㉛　《陳映真作品集》第八卷，第 25 頁。

㉜　《現代主義底再開發》（1967.3），陳氏作品集，第八卷，第 5
　　頁。

　　然而，當他在床第之間的時候，他是一個沉默的美食主義者。他的那種熱狂的沉默，不久就使唐倩駭怕起來了。他的饕餮的樣子，使伊覺得：性之對於胖子老莫，似乎是一件完全孤立的東西。他是出奇地熱烈的，但卻使伊一點也感覺不出人的親愛。伊老是在可怖的寂靜中，傾聽著他的狂亂的呼息和床第底聲音，久久等待他的萎潰。伊覺得自己彷彿是一隻被一頭猛獅精心剝食著的小羚羊。然而，這自然也不是不曾把伊帶到一個非人的、無人的痙攣地帶，而後碎成滿天殞星底境地。

　　而且，很多的時候，當他從半虛脫的狀態中回復過來之後，他還可以立刻繼續事前議論：

　　「——我們談到哪裡呢？對了，人道主義。」他於是為自己和唐倩點上香煙，把被單拉好，繼續說：「而存在主義的人道主義，便是這種永恆底創造性的開展！」等等。（陳氏，1988.2.94）

　　簡單地把唐倩和胖子老莫所談論的內容否定掉不是陳映真的目的。事實上，他自己也持有與他們相同的觀點。例如在評論貝克特的《等待戈多》時他說：「沒有疑問，《戈多》是一齣對於現代人的精神內容做了十分優越底逼近的少數作品之一。它和現代人一樣，是慘苦的，是行動上的陰萎者，是孤單，恐懼，和不快樂的。——至少沒有像此間以『現代』當做一個時裝去穿的現代派的表兄弟們那樣快樂。」陳映真的目的乃是揭穿這些談論存在主義門徒們根本就沒有真心理解存在主義或人道主義的「精神」，這與基督教會缺乏真正的基督精神是一樣的。陳映真在描寫老莫「性」與「愛」的分裂時便暗示了這一點。他把壓根兒缺乏愛心卻在大談人道的人物放在床第生活中刻劃，露出了滑稽的醜態（類似這種靈肉的分裂，卑污的肉體無法承載高尚的理想，

在陳氏人物身上多有表徵，例如康雄死於道德律的懲戒，吳錦翔
死於對現實與自身的雙重絕望等等）。而導致唐倩最後離開胖子
老莫，轉向邏輯實證論點羅仲其的，也是老莫根本缺乏人道愛的
行為——逼迫唐倩流產，取去他們之間的另一個生命（這個「母
題」在《那麼衰老的眼淚》中也出現，在這一點上陳映真又將同
情放在具有女性之溫柔與本能的母愛的唐倩身上）。從唐倩與羅
仲其的關係中，陳映真再度發揮了他的諷刺才能，批判了流行於
六十年代台灣文化界的第二大思潮：邏輯實證論。不過，他的策
略還是一樣的：他讓愛談實證的懷疑主義者羅大頭在床第生活中
去「證實」自己，結果他的永久不斷的證實，除了「換來無窮的
焦慮、敗北感和去勢的恐懼」，別無所得。終於被男女之間無法
證實的問題逼得發狂，自殺而死。而唐倩，一如奧蓮卡，又在熱
衷於談論第二個丈夫（情夫）的話題了。在與老胖同居時她寫存
在主義小說；現在則寫唯理論的小說，以推廣羅大頭一派的「思
想」和「方法」，羅大頭一死，唐倩悲傷得「至於形銷骨立」。
再度消失於讀書界。直至喬治・H・周吹開芳心，帶著她離台赴
美。結局證明：唐倩不過利用了喬治這位紳士，到美國後，嫁給
了一位在一家巨大軍火公司主持高級研究機構的物理學博士。

　　能用一個短篇來容納和清醒地反省一個年代的世相（特別是
「知識界」——陳映真不用「知識界」而用「讀書界」，也許另
有隱喻，因為那種隨著時髦思潮漂泊卻缺乏自己的思想的狀況，
對於「知識」恐怕只有一種反諷的意義罷），這對於年輕的陳映
真（時年29歲）是極不容易的。在這方面契訶夫顯然起著某種潛
移默化的作用。陳映真接過前輩作家的「母題」進行富有獨創性
的開拓，使他的文本在與《寶貝兒》並立時卓然獨立，毫不遜
色，而且雖然《唐倩的喜劇》包涵著《寶貝兒》這一間文，卻是
純然中國台灣六十年代的作品，其優美與深刻，特別是它的批判
力，在當時的台灣文壇，實在是鳳毛麟角。

　　在《萬商帝君》中，陳映真把契訶夫那位曾鬱鬱而死的「挺好的庶務員」請來，讓他悄然飄進現代化跨國公司，重新面對新的「上司」──莫飛穆國際公司。在他眼前展開了現代企業內部複雜的政治鬥爭：陳家齊（大陸派）與劉福金（台灣派），中國人與外國老板之間在思想觀念、政治權力等方面的較量。公務員伊凡‧切爾維亞科夫有了一個中國姓名「林德旺」。這家境貧寒的人謙卑、忠厚老實，總是拿著筆記本千方百計地記錄、領會這個世界的一切話語，──從大學時代的教科書、教授的講課到進入莫飛穆後的現代管理科學和公司政治──他讀破了幾本類似「青年成功要訣」，「青年創業十講」之類的書，期待自己能受陳家齊的賞識，提升。然而始終沒有真正明白自己的環境的奧秘。如果說伊凡近乎無事的悲劇起源於自己奴性的性格，那麼林德旺似乎也還是「本性難移」：依舊那麼謙卑地默默地向他的上司陳家齊和屬於這位統領的三 C 派的老金表現著自己的忠誠。可憐的林德旺！他絲毫不知道自己在他人眼中微如芥末（或者反過來說，他過於意識到自己的卑微，因而才如此急於向上司表白，效忠，洗刷自己。多麼像伊凡！），卻又一廂情願地想像著自己能夠得到提升。「陳經理明明知道，我忠心、可靠，他躲在型錄檔案室裡，摸著那些發霉的檔案，苦苦地想：陳經理看得見我任勞任怨，對不對？我已經好幾次暗示過他，我是他最忠誠的人，我是他派下唯一的秘密的幹員啊。」（陳氏，1988：4.101 －102）他花了好幾天功夫擬寫了一份報告，建議改進海關業務，特別設立一個海關事務部，專設一個經理，再請一個辦事員，一個秘書，做著當「經理」的美夢。他悄悄地、神秘地、有些猥瑣地趁陳家齊不在，將報告放在他的辦公桌上。但此舉非但得不到賞識，反而受到一陣怒斥，被看作「有病」。他自動在星期天到公司加班，不巧撞見上司老金與洋老板的大秘書 Lolitta 躲在會客室裡，衣衫不整，狼狽不堪。於是被老金從財務部調到業務部，

但從此，林德旺駭怕極了，「恨不得自己瞎掉眼睛，什麼都不曾看見。他駭怕當時自己見了鬼一般掉頭就跑的樣子；擔心被金先生革職，整夜都夢見 Lolitta 胸衣扯在一邊，露出肥碩的乳房，待他醒來，發現自己流了一枕頭唾涎，滿身的冷汗。打第二天起，林德旺的一雙眼睛沒來由地痛了好幾天，天天駭怕金先生下條子請他走路。一直到月底發餉，他急忙拿著薪水袋躲到廁所，看看裡面並沒有停職的通知，才放下一忐忑的心。」（陳氏，1988：4.105）

契訶夫寫了一個極平凡卻極震撼人心的故事：一個小心翼翼的公務員很不幸地因為一個很平常的噴嚏將一些唾沫星子濺到一位退休將軍（還不是頂頭上司！）身上，於是像犯下大罪一般忙不迭地向將軍反來覆去地道歉，終於在歉疚、哀傷、積鬱中死去了。問題在於將軍本人早已把這區區小事忘掉了，但它卻引起一條人命。僅僅說是性格悲劇是不夠的，因為這是僅屬於俄國十九世紀彼得堡的性格，是在極端壓抑的沙皇專制統治下才有可能產生的奴才的性格。林德旺的精神痛苦，人格扭曲，與伊凡是一致的。不同的是，林德旺是在心底向著掌握他的升遷命運的陳家齊、老金乃至整個公司——無形的現代暴君——表忠心，致歉意。他們都將自己降低為「物」。林德旺最後發瘋了，幻想自己成為主宰世界經濟命運的「萬商帝君」，但即便在大鬧會場的時候，一聽到陳家齊的喝斥，竟還是馴如綿羊。顯然，陳映真也寫了一個悲劇，也不僅僅是林德旺的性格悲劇。從陳映真在小說中所討論的問題的範圍來看，他已試圖探討現代資本主義消費社會對於人性、對於思想文化、對於政治的腐蝕和異化了。林德旺不過是這場冷酷的現代戰爭中的小小犧牲品。

與契訶夫相比，還必須提到陳氏人物「精神病患」問題。就是說，小說中的主人公所患的往往是難以診治的「心病」。契訶夫在《第六病房》（1892）、《黑衣修士》（1893）中曾經生動

而典型地叙述過為這種「心病」所苦的人們。陳映真的小説也是如此。譬如《六月裡的玫瑰花》和《賀大哥》都寫到這種獨特的心病。黑人軍曹巴爾奈與麥克在戰爭中參與屠殺無辜的越南人民。這種在光天化日之下公開的、「合法」的殺人罪孽雖然可以從「國家利益」以及相關的國家意識形態那兒得到解脱，卻難容於人類的道德良知。這種「心病」無法用藥物來治療，只能藉助「精神療法」：訴説和遺忘。後期小説《山路》中的蔡千惠的「病」更是典型。她的病因只有她自己才知道，最高明的醫生也只能推測。原來在以前的戀人、革命者黃貞柏釋放前的幾十年間，她一直生活在虛妄和遺忘中。康雄的姐姐用康雄的理想所難容的追逐財富來紀代康雄，蔡千惠犧牲自己的青春年華為父兄贖罪，扶持養育烈士遺族，結果卻發現：自己所為只不過斷送了烈士的理想，為烈士們所憎惡的社會制度培養了有物質財富卻缺乏高尚精神財富的一代。她為此衰竭而死。

　　因罪感而陷入精神煉獄中的賀大哥説：「我猜我已恨透了我自己。我在想：如果能像脱衣服一樣，脱掉骯髒的衣服一樣，把不堪的我脱掉，像換一件又乾淨、又新的衣服一樣，換一個我……」有人把這樣的賀大哥看作軟弱，以為他仍然在逃避，逃到愛的神聖字眼中，幻想補償他受挫的人格。[33]然而，能夠默默承受著並非一個人的苦難的人，並且在日常生活中一步步地去做著他認為能減免這種苦難的事情的人，難道不是堅強麼？在陳氏小説中，我以為可貴的，正是這些背負苦難的理想主義者。這彷彿契訶夫《第六病室》裡的醫生，僅僅因為喜歡「思想」，想逃出無從脱逃的生活牢籠，卻也被看作有精神病，關進病室之中。但他仍然認為，「如同監獄裡的人被共同的災難聯繫著，聚在一塊兒就覺得輕鬆得多一樣，喜歡分析和歸納的人只要湊在一起，説

⑶　參見林梵：《越戰後遺症》，陳氏，1988：14.82－83。

說彼此的高尚自由的思想來消磨時間，人也就不覺得自己是關在牢籠裡了。在這個意義上說，智慧是沒有東西可以代替的快樂。」㉞這也就是何以《黑衣修士》裡的科弗林在從快樂的幻覺階段進入痛苦的麻木階段（幻覺被醫治從而消失）後，終於懷著對早期幻覺階段的快樂的痛苦回憶，走向自殺。

在契訶夫和陳映真的小說中，我們看到了一種基本的對立關係；精神或思想與現實或肉體的對立。**壓抑感**，憂鬱的情調，是他們的小說給人的總體感覺，幽默與嘲諷只是派生的風格。少年時代所受的教育一方面為其理想主義打下了基礎，另一方面又讓他永遠難忘為之付出的壓抑的代價。同時，這種理想主義也是痛苦和絕望之源，因為它面臨的是一個充滿障礙的現實。

四、芥川龍之介等人的氣質

魯迅沒有特別地提到芥川對自己的影響。但他對於芥川的評價，我認為，在某種義上說恰是「自評」，而且頗得芥川作品的神韻，並足以移注陳映真的精神氣質：「他的作品的主題，最多的是希望已達之後不安，或者正不安時的心情。……他的復述古事並不專是好奇，還有他更深的根據：他想從含在這些材料裡的古人的生活當中，尋出與自己的心情能夠貼切的觸著的或物，因此那些古代的故事經他改作之後，都注進新的生命去，便與現代人生出乾係來了。」㉟這段評述，不僅適用於芥川本人和魯迅的

㉞　汝龍譯：《契訶夫小說選集》「兒童集」，第 29 頁。

㉟　魯迅：《〈現代日本小說集〉附錄》（1923 年 6 月），《魯迅全集》第十卷，第 221 頁。

作品，而且適用於陳映真的小說，包括他的神話或歷史題材的小說。關於陳映真的神話或歷史題材的小說，我在前面談陳氏的小說《獵人之死》和《加略人猶大的故事》時，已經提及，此處不贅。這裡只從「間文性」的角度簡略地比較陳氏文本內涵的芥川與陀思妥耶夫斯基的「間文」（intertext）。

　　要從陳映真的文本中找出芥川來，並非易事。事實上，富有創意的作家，都是在**精神**上接受前人的影響，再將這種影響融化於自己的文體之中。正如羅蘭・巴爾特所說：「由於本身是另一作品的指涉作品，每部作品均屬『交互指涉』，而這不能與作品的本源混為一談：找尋作品的『根據』與『影響』只是滿足了關係考證的神話。用來組成作品的引用文字乃不知名、無以挽回，但卻已經讀過：它們是不用引號的引文。」[36]迄今為止我所作的陳映真與魯迅、契訶夫以及將要進行的芥川、陀思妥耶夫斯基在某些方面的比較，都不是為了考證陳映真作品與這些作家的淵源關係，（這種關係由陳氏自己道出，已對讀者起到了某種導引意義的作用。）而是揭示陳映真作品的更為深廣的意義網絡。陳映真作品只有被置諸整個文學傳統之中，才能鑑別出他敞開意義的可能範圍和他的獨創性。

　　從具體作品的結構上看，陳氏《第一件差事》與芥川的《竹林中》（1921）有些相似。雖然就敘述方法而言，前者採取第一人稱旁知觀點，後者運用了具結「證詞」的手段（實際上也是第一人稱，只不過運用了「戲劇性」再現「供詞」與「證詞」的方法），但二者藉助調查人命案的方式來破解死者之謎這一點是相

---

[36]　「From Work to Text」，translated in「Textual Criticism: Perspectives in Post-Structuralist Criticism」，ed. Josue V. Harari （Ethaca: Cornell Univ. Press, 1979), p.77。轉引自廖炳惠：《解構批評論集》第 272 — 273 頁。

通的。芥川小説中的故事並不複雜：強盜多襄丸把一對夫婦引入
竹林中，然後殺夫奪妻。複雜的是關於這件命案有不同的説法；
樵夫發現屍體，他所能提供的證詞就是關於死屍的地點，外部特
徵和犯罪現場的叙述；雲游僧看見的是死者被害前一天的情景；
捕役介紹了捕捉多襄丸的經過和此人的惡行；老媼證實死者是她
的女婿金澤武弘，並簡單介紹了女兒真砂的情況；多襄丸自供殺
人的動機和經過，要求對自己處以極刑；死者之妻懺悔了自己受
到強暴的經過，也自供是自己殺死了丈夫；死者的鬼魂又藉女巫
之口自述當時的情景，自述死於自殺。三個當事者——強盜多襄
丸、女人和她的死者丈夫——都自供是凶手。這使事情真相變得
朦朧不明。但芥川的深刻，我以為就在此。《竹林中》有了多層
次的象徵意義，譬如有人從中得出「客觀真理是不容易搞清的」
結論，[37]而我卻認為小説最深層的意義乃是探索**人性深處的內在
真實**。芥川作為懷疑主義者，深為人性之惡所苦惱。他在這部作
品中所揭示的毋寧是多襄丸強盜行徑中的某種可愛的坦率，他認
為自己殺人用刀比權貴們單憑權力與金錢殺人更好一些；女人受
到強暴後，竟像瘋子一樣要求多襄丸殺死自己的丈夫，因為她覺
得在兩個男人面前丟醜，比死還痛苦；而丈夫在她被強姦的那一
刹那閃過眼裡的一種難以形容的光，讓她心寒，因為她感覺那眼
神既非憤怒也不是悲哀，而是充滿蔑視的冷冰冰的光！她在這眼
神面前看到了自己的恥辱和「愛情」的徹底崩潰，事實上便在**感
情上也殺死了自己的丈夫**。她的丈夫其實也死於眼睜睜看著「愛
情」的死亡而在內心殺死了自己：他聽見妻子對強盜要求道：
「請你把那個人殺掉。」丈夫突然間變成妻子眼中的陌生人。他
絕望於這愛——世上唯一的可以信託的安慰吧——的虛妄與幻

---

　⑦　　參見文潔若為《芥川龍之介小説選》中譯本所作的「譯本序」，
　　　　第 5 頁。人民文學出版社 1981 年版。

滅。顯然芥川用筆探觸了人性最脆弱的禁區。

　　《第一件差事》也是通過新上任警官杜先生（敘述者「我」）的調查（他在小說中的作用相當於《竹林中》的「典史」），逐步展開死者胡心保之死的謎底。它的背景不像《竹林中》是淡化了的，但它像芥川那樣，把關於人性的深入探索作為表現的主題，刻意於生死之間對生活意義的質詢，並想通過人的不安靈魂寫出時代的陰影。《第一件差事》的背景很現實化。它查到胡心保自殺的死因，——也是死於精神上的崩潰——從而突出「大陸人」的**歷史罪感**。「我」走訪的人物首先是目睹並報告了現場的旅店老闆劉瑞昌（其作用相當於介川的樵夫和雲游僧），其次是死者的朋友儲亦龍，再次是死者的情婦林碧珍。一層層展現死者的內外生活。劉氏敘述了胡心保生前來到他開的旅館時與他的對話。在對胡氏話語的復述中，這個灰暗而膽小的老闆也還是没弄清其中的含義，譬如胡淡淡地笑著説：「哎，年輕有為，可是忽然找不到路走了」，「人活著，真絕。」「人為什麼能一天天過，卻明明不知道活著幹麼？」但是劉瑞昌在談到這些的時候，還是感到了胡氏的「死」留給自己的不安不祥之感。體育教師儲亦龍披露了胡心保的較深層次：他的歷史。但除了談到他自己那頗具諷刺意義的「功在國族」的屠殺共產黨人的「偉績」外，儲亦龍又重複了困擾著胡氏的問題：「好比你在航海，已非一日。但是忽然間羅盤停了，航路地圖模糊了，電訊斷絕了，海風也不吹了。」（陳氏，1988：2.137）這是生者無路可走的大困惑。那麼「死」或者便可解脱罷？胡心保也是拿不準的：「活著也未必比死了好過；死了也未必活著幸福。」因為活著的「燈」已經壞了，他墮入自己心靈的幽暗之中。那些並不光榮的歷史回憶起來雖然能叫他開心，卻同時夾雜著舊日王朝和家族腐壞敗落的記憶。「那座橋兩頭兒有燈，一邊的燈壞了，一邊的還亮。」還亮著的燈，大概便在渺茫的彼岸：死。儲亦龍甘心快

快樂樂地活下去，他自以為理解胡心保，說他死心眼。因為他自己可以什麼也不剩地空空洞洞地活下去，而且認定了「耍猛鬥狠那一套，吃喝玩樂那一套。」林碧珍再一次談起胡心保難忘的話題。她自稱自己愛上了一個「航海人」：「我瘋狂地愛著他。……我愛上了一個航海人；你不曉得他是從哪裡來的。只有他在這兒停泊的時候他才來。他來了，因為他要你。你被他愛著，你便沒心思去想別的了。」這就是胡心保自己喜愛的「航海人」。林碧珍眼中的胡氏的感情生活，表面看起來也是毫無瑕疵的：「他照顧他的家庭，像一個好園丁看顧他的果樹園」，但若說那就是「愛」，卻未必盡然。而他也是「第一個」使林氏「滿足」的男人，「你使我活起來了！我對他說。」林碧珍原以為性愛的快樂可以成為他活著的理由，因此盼望他能從自己這兒找到快樂，正如他原想能因為他使她快樂而讓她活著一樣。但是胡氏首先發現這是不行的，「因為這是一種欺騙」。維納斯與阿都尼斯（《獵人之死》）的形象再一次與中年的林碧珍和胡心保重疊。胡心保又一次顯出無能於愛的悲哀。陳映真藉生者的敘述（包括作為第二條線索的敘述者對自己新婚的私生活的敘述），寫出了戰後一代人痛苦不安的靈魂。這種不安，與芥川的不安，是頗神似的。

此外，芥川的《羅生門》對人性與倫理道德之間的衝突的深刻揭示，似乎也影響了《我的弟弟康雄》，《鄉村的教師》等篇的風格。康雄無法擺脫失去少年童貞之後的罪惡感，吳錦翔挖掘出自己戰爭中參加了吃人筵席的罪惡，絕望中自殺了，賀大哥想徹底改心換面，以全新的肉體，全新的靈魂重新開始生活等等；跟芥川那位準備搶劫的強盜看到一個老太太在死人頭上拔頭髮產生的極度厭惡，我以為有些相近。芥川在《侏儒的話》（1923－1927）裡這樣談及「烏托邦」：「產生不出完美的烏托邦的原因大致如下：如果不能改變人性，就不可能產生完美的烏托邦。如

果改變了人性的話，就會使人覺得人們嚮往的完美的烏托邦，突然不完美了。」這正是魯迅所說的「希望已達之後的不安，或者正不安時的心情。」這種不安，對於魯迅、芥川與對於陳映真一樣，都是相同的。只是陳映真更具有現代人，特別是在台灣的現代中國人的憂鬱的沉思的氣質。

最後，我還想提一提陀思妥耶夫斯基。從魯迅關於陀氏的不少精闢的論述來看，魯迅是十分驚愕於他的天才的博大的。他說，「對於這先生，我是尊敬、佩服的，但我又恨他殘酷到了冷靜的文章。」[38]他感嘆陀氏「太偉大了」。[39]因此魯迅對陀氏人物的體會之深刻獨到，也非同時代人所能及。他指出，陀氏「將自己作品中的人物們，有時也委實太置之於萬難忍受的，沒有活路的，不堪設想的境地，使他們什麼事都做不出來。用了精神的苦刑，送他們到那犯罪，痴呆，酗酒，發狂，自殺的路上去。有時候，竟至於似乎無目的，只為了手造的犧牲者的苦惱，而使他受苦，在駭人的卑污狀態上，表示出人們的心來。這確鑿是一個『殘酷的天才』，人的靈魂的偉大的審問者」。[40]魯迅認為陀氏的偉大之處，就體現在「他把小說中的男男女女放在萬難忍受的境遇裡，來試煉它們，不但剝去了表面的清白，拷問出藏在底下的罪惡，而且還要拷問出在那罪惡之下的真正的潔白來。」但同時，陀氏在與他的罪人們一同苦惱，和拷問官一同高興的時候，也找到了自己和人物的救贖之道，他們「穿掘著靈魂深處，使人

---

[38] 魯迅：《且介亭雜文·憶韋素園君》（1934年7月16日），《魯迅全集》第六卷，第67頁。

[39] 魯迅：《且介亭雜文二集·陀思妥耶夫斯基的事》（1935年11月20日），《魯迅全集》第六卷，第411頁。

[40] 《集外集·〈窮人〉小引》（1926年6月2日）。《魯迅全集》第七卷，第103－105頁。

受了精神底苦刑而得到創傷，又即從這得傷和養傷的癒合中，得
到苦的滌除，而上了甦生的路。」

　　我們從第一篇第二、三章的分析中，已經看到陳映真如何去
表現他的人物的苦難，如何把解剖刀伸進人物最深最高處的「道
德感」，喚醒這沉睡得近乎麻木的意識，讓它可以覺察靈魂為之
不安的卑污。這些靈魂深處道德律的探索，往往始自罪惡感（歷
史罪惡與時代錯誤套在個人精神上的桎梏），而終於基督教愛的
理想與社會主義烏托邦的朦朧嚮往。從具體作品看，《六月裡的
玫瑰花》，《賀大哥》兩篇與陀氏《罪與罰》有相似的母題。巴
爾奈、麥克在越戰殺人有著美國堂皇的國家意識形態作為依據，
就好比拉斯科爾尼科夫在衡量殺死無辜的老太太與實現自己的高
尚理想之間的輕重時希望尋找一條可靠的理論根據一樣。其次，
拉斯科爾尼科夫受到刑訓官的審訓，備受折磨；而巴爾奈和麥克
則接受現代的心理治療；最後，拉氏解脫罪感的途徑是索尼婭
（妓女）的善良而真純的安慰，最終走向宗教的淨化；巴爾奈也
受到命運相似的妓女艾密麗黃的撫慰，而接受了一種虛幻的俗世
的理想主義，在幻想未來的光榮中死去。至於麥克，則化名為賀
大哥，走向皈依基督的漫長而艱辛的道路。

　　陳映真顯然繼承了陀氏小說的傳統。陳映真的「受難者」和
陀氏的「罪人」雖然最後都找到宗教作為自己的歸宿，卻還是有
所差別：陳氏受難者的靈魂受到酷烈鞭笞的程度遠遠比不上陀
氏。儘管陳映真的人物也是思考「貧窮」和「犯罪」和相應的
「天譴」（這裡是陳氏特有的良知觀照）問題，他們的境遇畢竟
已超越了十九世紀彼得堡窮人的環境。陀氏晚年所思考的問題：
「富是使個人加強的，是器械底和精神底滿足。因此也將個人從

---

④　轉引自魯迅《集外集・〈窮人〉小引》（1926 年 6 月 2 日）。
　　《魯迅全集》第七卷，第 103 − 104 頁。

全體分開。」④雖然也是從康雄到蔡千惠一直思考的問題，然而，由於急於盼望出現一個鷹揚的人類底世紀，陳氏並不太忍心讓這些人物受過多過長的精神凌遲，而讓他們很快就帶著哀傷鬱鬱死去。便是孤獨的賀大哥，雖然立志身體力行愛的的理想，也終於四處受挫，匆匆地悄然消失於茫茫人海之中。

<u>第五章</u>

孤獨的橡樹
——論陳映真的台灣性格

我在路易斯安那看見一株橡樹在生長，
它孤獨地挺立著，蘚苔掛滿了樹枝，
周遭無朋，卻欣欣向榮，蔥蔥鬱鬱，
它那粗壯，堅定，精力充沛的神態，令我想起自己，
我真驚奇，鄰近沒有伙伴，
它怎能欣然獨立，枝繁葉茂，
我知道我無法做到。

　　　　　　　　　　　　　　——W・惠特曼

你永遠沒法在所多瑪和峨摩拉城尋見神和愛。

　　　　　　　　　　——陳映真：《最牢固的磐石》

　　美國詩人惠特曼曾經描寫詠嘆過一株粗壯有力、昂然挺立的橡樹，它孤獨地生長在曠野上，雖然周遭無朋，卻依舊欣欣向榮，綠意盎然。這個形象，總讓我聯想到陳映真在台灣，甚至在大陸的處境。如果說，前面幾章我所描述的是這株「橡樹」的軀幹、枝葉，那麼在這一章，我將著重把陳映真這株「橡樹」放在他所紮根的台灣這片原野和土壤中加以考察。從「母題」的傳承和敘述方式的轉換這一個角度揭示陳映真與其他台灣作家的關係。

一、大地之子：歷史視野中的陳映真

　　陳映真文本中的「間文性」，不止使之歸屬於歐洲十九世紀批判現實主義的傳統，特別是俄國的契訶夫、陀思妥耶夫斯基的傳統，而且屬於中國二、三十年代以魯迅為代表的優秀現代文學傳統。但陳映真作為五十年代末以來從事創作的一代台灣作家，他的作品與契訶夫、陀思妥耶夫斯基，與魯迅和三十年代其他左翼作家的作品都有很明顯的不同，因為他在接受上述傳統的熏陶時，還親身感受著戰後四十餘年間世界與台灣社會、文化與文學思潮的風雲激盪，有著屬於這一代人特有的精神風貌。當唐倩食指和中指優雅地夾著香煙，吞雲吐霧，很「深沉」地走入六十年代台灣社交界，而且寫小說敘述自己的感覺，與讀書界的男士們高談闊論這個時代的時髦哲學存在主義和邏輯實證論的時候，陳映真已經把她與契訶夫的「寶貝兒」奧蓮卡區分開了，儘管這兩個文學典型的塑造體現著他們關於女性的某些共相的理解。奧蓮卡由少女步入老年，一生中重演「愛」的喜劇，與唐倩作為「知識女性」，在流行思潮各領風騷兩三月的戰後悶局裡隨時轉換角色，畢竟同中有異，前者的俄羅斯風格是純粹的女人味，後者的

台灣風格則明顯帶著戰後一代的病態、苦悶、空虛和無根的悲苦。雖然陳映真創造了像唐倩那樣在其前輩作家中確實罕見的文學典型，但若把他的整體創作與契訶夫、陀思妥耶夫斯基、魯迅和芥川龍之介這些世界級文學大家的整體創作相比，未免顯得單薄了些。然而一旦被置諸台灣文學系統，他便顯得卓然獨立，自成一家了。特別是他沉思而抒情的風格，他融合著基督教精神和馬克思主義批判理論的胸懷和洞察力，使他超乎同儕，站在台灣文學的前列。

他是真正屬於中國台灣的。他的根又深又牢地扎在這塊富饒的土地上，他的文學作品也從台灣文學的傳統中吸取了充足的養料。他是「大地之子」——儘管他自稱自己是「市鎮小知識份子」，但他渾身上下散發著的卻是一種淳樸的泥土的氣質。在他的溫厚和憂鬱裡，你可以發現一種決不軟弱、決不妥協、勇猛精進、堅韌不拔的精神。有人說，台灣人「心肝雄」，指的應該就是這種精神。當我們翻開將近一百年的台灣文學中的時候，我們發現，儘管陳映真的文學作品的語言情調呈現著與他的前輩迥然不同的風格，儘管他塑造的藝術形象和處理母題的方式與他的前輩作家頗不相同，然而他作品裡對小人物充滿了無限同情和關愛的人道主義的道義力量，他的直面人生、批判現實的精神，他的一往無前的平民鬥士的精神，卻是淵源有自，它不在別處，就在台灣前輩作家所創立的進步的文學傳統之中。

梁啟超曾感慨地說：「蓋從來作史者，皆為朝廷上若臣而作，曾無有一書為國民而作者也。」①因此，他倡導了「史界革命」。其實，小說界的革命也是為此而發：為一新國民而寫小說，小說乃成為為「國民」而作的「新史」。林紓在譯介外國文學時，對他們之擅寫日常生活雀躍歡呼，深為敬佩。譬如在《塊肉餘生記》

---

① 梁啟超：《飲冰室合集・文集》第四卷，第9頁。

之「序」中，他寫道：「是書特叙家常至瑣至屑無奇之事跡，自
不善操筆者為之，且慊慊生睡魔，而迷更生乃能化腐為奇，撮作
整，收五蟲萬怪，融匯之以精神；真特筆也！」在「續編識」中
又稱：「此書不難在叙述，難在叙家常之事；不難在叙家常之事，
難在俗中有雅，拙而能韻，令人挹之不盡。」②林紓談的主要是文
章作法，然而他看到的正是近代小説發展的一個重要特徵：平民
精神的崛起以及由此而來的擺脱古典主義和浪漫主義，走向淳樸
自然的現實主義；告別貴族文學，走向平民文學的大趨勢。在中
國，近代以來現代化和民主化進程中最值得研究的現象之一，就
是「平民」或「貧民」階層的崛起。長期以來受壓抑的平常人平
常事平常心在文學中倍受關注，獲得文學表現的正面地位，便是
這崛起的標誌。因此，文學被賦予屬於平民的另一種權力。這是
平民的話語，平民的文學，平民的意識形態和平民的權力。現實
的壓抑機制反過來強化了這一權力，而它──象徵平民的話語──
最終也啟蒙或解放了現實中受壓抑的小人物，特別是平民階層。
這種現實主義的平民文學在台灣文學史上，自賴和起，已成為為
國民所作的「新史」。他的小説，奠定了日據時代台灣小説以小
人物為軸心的基本模式。觀察陳映真的前輩作家（即日據時代作
家）的小説創作，我們發現，大多數小説都具有一種基本的對立
模式，即象徵著日本殖民統治權力的「巡警」與平民百姓（包括
平民知識份子）之間的對立。而叙述的意識形態天平和同情心都
向小人物這一邊傾斜。這個傳統既深刻地影響了陳映真，也在陳
映真的手中得到了進一步的發展和深化。

　　賴和（1894 － 1943）一生兩次入獄。第一次在 1923 年 12
月，因「治安警察法違反事件」被捕，次年獲釋。第二次入獄在
1941 年 12 月 8 日日本偷襲珍珠港，太平洋戰爭爆發的當日，賴

---

②　參見商務版，《塊肉餘生記》（1981 年版），第 1 － 2 頁。

和因「思想問題」再次被殖民當局逮捕入獄。次年 1 月，因心臟病重保釋出獄。至 1943 年 1 月 31 日病逝於彰化，年僅四十九歲。這兩次入獄的經歷對他的小說創作產生了不可忽視的影響。他的十四篇小說，都寫於出獄之後。因此，在寫小人物日常生活的悲劇時，除了擅長民俗和社會心理的洞察和描寫，對「法律」問題的質疑自然成為他的小說用於批判現實的常見的母題。

　　《鬥鬧熱》③是賴和的第一篇小說。從這篇作品可以看到日據時代十分典型的小說模式——包括台灣方言（閩南語）和「全知」性敘述觀點的運用。小說描寫的人物無名無姓，顯然是有意識地表現特定環境中的社會群體旳心態。小說採用了第三人稱全知觀點的敘述方式，敘述者是旁觀的作者，他不是整個事件的經驗者，但他隱藏在人物之中，是一個「偷聽者」，扮演著「全知全能」的角色。他的敘述冷靜而帶著悲憫的嘲諷，他的憂憤由這種冷靜而含蓄的「客觀的」敘述中表現出來。小說首先用筆墨渲染孩子們玩「鬧熱」（類似魯迅的「社戲」）的歡樂氣氛，暗喻著「鬧熱」作為一種遊戲的本質：那是真正屬於兒童的快樂。但賴和從一開始就沒有把興趣放在這種頗適合於「純」文學表現的領域裡，他把筆鋒一轉，「過了些時，孩子們垂頭喪氣跑回來，草繩上插的香條，拔去了不少，已不成一條龍的樣子，鑼聲亦不響了，有的孩子不平地在罵著叫喊著。」——遊戲的歡樂很快就煙消雲散，由孩子們的口角轉化成一種社會性的、部落之間的衝突，因「囝仔事惹起大小代」（因孩子的事，惹成大人的事）。而大人們之間的衝突，又是歷史積壓下來的、糾纏著不同利益集團、群落、村莊之間的舊怨新仇的利害衝突。它不再採取一種幼稚的「遊戲」的形式，而轉換成堂而皇之的宗教性競賽。遊戲的快樂被壓抑了，兒童的玩鬧戲劇性地轉變成大人的較量：充滿著

---

③　原載《台灣民報》86 號，1926 年 1 月 1 日出版。

偏見、憤怒、窘困和不安的期待。賴和感興趣的，就是這種大人之間的衝突所暗藏著的、已經深刻影響著人們的思想行為的、糾結著歷史和現實的政治、經濟、宗教、文化諸問題。他從自己所熟悉的民俗入手賦予現實一種批判的和「啟蒙」的眼光。

賴和通過對話來展開故事的情節，展示各色人等的微妙心態，這些不同的心態無一不浸染著社會環境特有的色彩。「對話」是一種意識的戲劇化，賴和有意通過客廳裡幾個等著看「鬧熱」的人的閒談，為讀者提供了這場「鬧熱」的心理和歷史、政治背景：

甲對「鬥」鬧熱持贊成的意見，認為藉此正可以養成競爭心和鍛煉團結力。這些贊成者還包括一些「有學識的人」。他們代表了十五年來未曾改變的觀念，是一種「狹隘的地域主義的觀點」，它有著自己的「倫理」和「道德」的理由，同時也表明：十五年來，俗民社會這種「鬥鬧熱」的形式已經式微，而這與日本人的統治是有關係的。

乙的觀點有濃厚的懷舊情緒。由十五年前的「鬥鬧熱」懷念那時代「頭老醉舍」（頭老，地方領導人；舍，對縉紳子弟或有錢人的尊稱。）的豪華氣派，哀悼豪門縉紳的沒落。

丙認為「實在是無意義的競爭」，「這時候，救死且沒有功夫，還有閒時間來浪費有用的金錢，實在可憐可恨，究竟爭得是什麼體面？」丙批評了甲的觀點：「還有被人欺辱得不堪的，卻甘心著，連哼的一聲亦不敢，說什麼爭氣，孩子般的眼光，值得說爭什麼面皮！」他一方面反對在本民族之間作這種無謂的內耗；另一方面把矛頭徑指異族的統治，暗示這無異於「鷸蚌相爭」。

「老人」一方面回憶起日本人沒來時比現在「更加厲害」的四城門的競爭，那時候「窮的人，典衫當被，也要來和人家爭這不關什麼的臉皮」，對此老人流露出不屑的譏諷；另一方面又感

慨現在地方自治之權能被日人剝奪淨盡，那時地方自治權大，所以能驅民於這種無意義的競爭。這種懷舊情緒既否定這種爭鬥又有著主權旁落的惆悵。

最後，「市長」和「郡長」都很贊同這場爭鬥，終於使這場爭鬥成為現實。因此，真正得利的「漁人」正是官方。

賴和在敘述和展示人物對話的過程中，沒有直接流露出他的褒貶。但作為一個「全知」的敘述人，他並沒有放棄在小說中議論評說的機會和權力。從小說情不自禁的帶著嘲諷意味的議論上看，丙和老人的觀點似乎代表了他的觀點，雖然那議論並不十分明確，倒像是對「鬥鬧熱」的前因後果所作的一番「客觀」、理性的說明。譬如他寫道：

> 一邊就以為得了勝利──在優勝者的地位，本來有任意凌辱壓迫劣敗者的權柄，所以他們不敢把這沒出處的威權輕輕放棄，也就忠實地行使起來。可不知道那些氣憤不過的人就不能忍受下去了。約同不平者的聲援，所謂雪恥的競爭，就再開始。──一邊是抱著滿腹的憤氣，一邊是「儉腸捏肚也要壓倒四福戶」的子孫，遺傳著好勝的氣質。所以這一回，就鬧得非同小可了。但無錢本來是做不成事，就有人出來奔走勸募。雖亦有人反對，無奈群眾的心裡，熱血正在沸騰，一勺冰水，不是容易湊功，各要爭個體面，所有無謂的損失，已無暇計較。一夜的花費，將要千元，又因接近街的繁榮日，一時看熱鬧的人，四方雲集，果然市況一天繁榮似一天。

像賴和那樣準確地把握民心風俗、社會心理，而且所用的語言近乎生活的原質，在陳映真作品中是極少見的。就像我在前面幾章所論述的，陳映真的作品很少採取全知觀點的敘述策略，對

人物內心世界的靈魂痛苦的關注，使他更習慣於用內向的有限的視點來反省、沉思他所意識到的歷史與現實的內容。陳映真的語言也是經過他精心選擇和漂洗的充滿詩意的知識份子語言。但賴和小說將「觀點」傾向於平民人物的敘述策略，卻也是陳映真所採用的。不同的是，陳映真直接表現的「平民」多是平民知識份子，而賴和則藉直接描寫下層人民來間接地表現平民知識份子的意識。賴和所開闢的這一條路線——方言和全知觀點的運用，為台灣日據時代的鄉土小說所繼承。語言的選擇本身成為對抗異族殖民統治的象徵；而全知觀點的運用使這個時期的小說更有效地發揮其嘻笑怒罵的功能，鄉土小說具有了強烈的意識形態的話語特徵。這種意識形態話語特徵正是陳映真的小說所繼承的。

　　如果說，《鬥鬧熱》致力於對未經現代文明開化洗禮的移民社會的集體心理的描寫，帶有賴和式「啟蒙」的傾向，那麼，在後來的小說中，賴和似乎更多地致力於對「強權行使的地上」的小人物的悲劇生活給予關注，對異族的統治進行了不遺餘力的攻擊和揭露。他的傾向性越來越明顯，從他所運用的敘述觀點來看，除了其鮮明的反帝反封建的精神特徵。還頻繁地出現一個母題：對「強權行使」的土地上的「法律」的合理性的質疑。這一點也反映出農業社會向所謂「現代社會」（工業化社會）過渡、人治社會（特別是台灣那種帶濃厚地域主義色彩的移民社會）向「法治社會」（經過日本殖民政策改造的台灣新的社會結構和秩序）轉化過程中生活與精神（心態）發生裂變的跡象。譬如《一杆「秤仔」》④。小說頗近於「故事」，是以敘述秦得參一生的悲劇來展開情節的。表面上看，農民秦得參「違犯」了「度量衡規則」。但賴和讓我們看到的是表面「事實」下更真實的原因：

④　作於 1925 年 12 月 4 日夜。原載《台灣民報》92、93 號，1926 年
　　2 月 4 日、21 日發表。

不正常的社會中貪得無厭的日本巡警藉法律條文濫懲無辜。賴和採取了兩條修辭策略：一是首先刻意舖敘秦得參家境之窮窘。得參從童年到成家立業的過程（歷經二十六、七年）都用敘述的手法來略寫；得參到鎮上賣菜並與巡警發生衝突（兩天時間）則通過戲劇性的對話（展示）詳盡寫出，這是得參悲劇性一生中轉折性的特寫鏡頭。巡警之驕橫、虛偽、殘忍既藉助對話又通過別人的反應來刻劃。概略的敘述有助於讀者了解一個受欺凌的弱者的背景，激起讀者對得參的同情心，因而當得參最後鋌而走險，刺殺巡警時，人們也就快然於心，不感意外了。第二個修辭策略是處處說明或暗示巡警刁難老實農民秦得參是出於貪婪，法律只是堂皇的藉口。這樣，巡警恃權仗勢，無理取鬧與得參孤弱無援這種勢力懸殊的對比成了矛盾的聚焦點。得參為了保住三塊辛苦錢蹲了三天監獄，妻子卻以高出三塊錢的贖金把他保釋出來。這是充滿了辛酸、苦澀和悲涼的弱者的悲劇。賴和解釋這個悲劇的方式很明顯：這不是得參的性格使然，而是社會使然，強權使然。小說末有一段作者的自白，點出了小說的主題：

> 這一幕悲劇，看過好久，每欲描寫出來，但一經回憶，總被悲哀填滿了腦袋，不能著筆。近日看到法朗士的克拉格比，才覺這樣事，不一定在未開的國裡，凡強權行使的地上，總會發生，遂不顧文字的陋劣，就寫出給文家批判。

在賴和看來，「未開的國」與「強權行使的地上」，日據時代的台灣正好二者兼具，故啟蒙具有十分重要的意義，它不僅對於國人是必要的，對於異族的人也是必要的。賴和關懷人的啟蒙和解放，不局限於台灣人自己，而且亦包括日本人。（但直到楊逵的《送報伕》，這個問題才得到藝術的表現。而賴和等人的小

說還是側重於鞭笞揭露惡勢力。）

　　生活在殖民地的人們，尤其是知識份子，其分裂的價值觀念是十分明顯的。在《鬥鬧熱》中我們已看出一種雙重的批評標準：準之先進的「現代化」社會，可以批判本民族落後的、不合時宜的劣根性（日本明治維新以後的現代化過程，也面臨同樣的問題），準之本民族的文化傳統，可以批判異族的野蠻、橫暴、冷酷與虛偽。《一杆「秤仔」》的敘述，即以第二種標準為參照。

　　《不如意的過年》⑤也是用第三人稱全知觀點來寫。查大人」（巡警）又一次重現。作者洞幽察微，設想他的心理，行為的動機，了然他的一切骯髒念頭。這篇小說透露出社會改革的訊息：查大人「考研人民心理變遷的原因」，終於明白，不再像綿羊般柔馴的人民實際是因為受到「不良份子」即社會運動家的「煽動」。這些活動家在講台上宣傳「官尊民卑，乃封建時代的思想，在法憲政治下的現社會，容不得它存留」；「官吏和農、工、商、貿是社會的分業，職務上沒有貴賤之差，農民的耕種，工人的製作，商貿的交易，比較巡警的捕捉賭，督勵掃除，不見得就沒有功勞於社會」；「法律是管社會生活的人，勿論誰都要遵守，不以為做官，就可除外，像巡警的亂暴打人，也該受法的制裁」，這些民主主義思想讓查大人深感不安。他遷怒於百姓。因為他認為「官之所以為官只在保持他的威嚴」。憤憤之餘，「似覺有恢復他的威嚴的必要」，於是這幾日執行起嚴刑峻法來，動輒「人倒擔頭翻」，誰家門口早上慢一點掃除的，就被告發罰金，「又以度量衡規矩的保障，折斷幾家店舖的『秤仔』」。在這些概括性的敘述之外，小說安排了一個戲劇性的場面，使一個無辜的弱者與查大人直接發生衝突：一位圍觀大人賭

---

⑤　作於 1927 年 12 月 14 日，原載《台灣民報》188 號，1928 年 1 月
　　1 日發表。

博的孩子被揪住審問，讓他供出聚賭的「犯人」。孩子不說，便被帶到衙門罰跪，而查大人則酒足飯飽，享受著他的「威權」帶來的滿足感。使賴和小說產生力量的，往往都是這種筆法：先以概略叙述作舖墊，繼之以對話將情緒戲劇化，把小說矛盾推向高潮。

　　與弱者的不幸有關的「法律」問題再次出現。賴和對此的處理與他在《一杆『秤仔』》中的處理一樣，通過對巡警、查大人的否定而避開「僵死」的法律問題，雖然小說中出現了「不良份子」關於「法律面前人人平等」的觀念，他對禁賭、維護度量衡制度本身似乎也無疑義，但由於執法者的強暴，賴和對「法律」的合理性一直驚疑不定。他在小說中議論道：「……且法律也是在人的手上，運用上有運用者自己的便宜都合（日語，關係，方便），實際上它的效力，對於社會的壞的補救，墮落的防禦，似不能十分完成它的使命，反轉對於社會的進展向上，有著大的壓縮阻礙威力。……所以社會運動者比較賭博人，強盜，其攪亂安寧秩序的危險更多。尤要借仗查大人用心監視，也就難怪十字路口賭場公開，兼顧不來，原屬當然的事。」此後，發表於 1930 年元旦的《蛇先生》⑥仍擺脫不開關於「法律」的質疑。小說有一大段關於「法律」的議論：

　　　　法律！啊！這是一句真可珍重的話，不知在什麼時候，是誰個人創造出來？實在是很有益的發明，所以直到現在還保有專賣的特權。世間總算有了它，人們才不敢非為，有錢人始免於被盜的危險，貧窮的人也才能安分地忍著餓待死。因為法律是不可侵犯的，凡它所規定的條例，

⑥　載《台灣民報》294、295、296 號，1930 年 1 月 1 日、11 日、18 日發表。

它權威的所及，一切人類皆要遵守奉行，不然就是犯法，
應受相當的刑罰，輕者監禁，重則死刑，這是保持法的尊
嚴所必須的手段，恐法律一旦失去權威，它的特權所有者
——就是靠它吃飯的人，準會餓死，所以從不曾放鬆過。
像這樣法律對於它的特權所有者，是很有利益，若讓一般
人民於法律之外有自由，或者對法律本身有疑問，於他們
的利益上便覺有不十分完全，所以把人類的一切行為，甚
至不可見的思想，也用神聖的法律來干涉取締，人類的日
常生活，飲食起居，也須在法律容許中，才保無事。

　　賴和反諷的筆調不難體會。對法律的懷疑源於對執法者的權
威的懷疑，於是對「法律」採取了似褒實貶的嘲諷態度。在這種
情緒下，出現了作者基本的對立模式：有錢人／窮人，特權所有
者／一般人民，在朝者／在野者等「權威／犧牲者」對立的模
式。而執法者與「權威」是一致的，介於殖民統治當局這最高權
威與被統治的台灣人民之間的巡警、查大人之類的「臣僕」便是
「權威」、「法律」的象徵。

　　賴和奠定的這一基本對立模式，幾乎都出現在其他作家的作
品中。凡是屬於或屈從於日本人權威的人物，在小說中都成為揭
露、抨擊與嘲諷的對象。出現這些形象的小說頗多，例如楊雲萍
的《光臨》（1925），通過白描、對話將保正林通靈巴結伊田警
部大人的奴才心態客觀化；陳虛谷的《他發財了》（1928）寫出
日本巡查挖空心思想出各種生財之道，搜割民脂民膏的醜態；
《無處申冤》（1928）敘述巡警岡平仗勢奸污平民林老賊之女不
碟和地保的弟婦，而且厚顏無恥地為自己的犯奸作科編造「民族
融合」的理論：《榮歸》（1930）寫留日榮歸的秀才之子再福與
其父一樣，墮落成為日本人的奴才；楊守愚的《鴛鴦》（1934）
描寫了獨腳阿榮的妻子鴛鴦受到恃強凌弱的日本老板的奸污，阿

榮一家自此破敗的悲劇；朱點人《脫穎》（1936）類似陳虛谷的《榮歸》，刻劃了漢奸陳三貴的形象，此人巴結日本人，終於成為犬養一家的乘龍快婿，脫穎而出，搖身變為「犬養三貴」，而否認自己姓陳。吳濁流的《先生媽》（1944）、《陳大人》（1944）等篇也延續了賴和以降的傳統，而他的諷刺性更加辛辣，例如他在《先生媽》中增加了假洋鬼子們互相輕蔑對方不配使用日人姓名的細節，爭為奴才的心態躍然紙上；他所寫功狗一類的人物，如錢新發，陳大人等，往往對自己的親人施虐。吳氏把這類人放在一般的倫理關係中觀察，揭露其為阿諛權貴而悖逆人倫物理，這種從道德的、倫理的角度而不僅僅是從政治的、民族的角度進行諷刺，顯得更加入木三分。但小說的基本對立模式和敘述策略並沒有大的改變。上述這些小說全都採用第三人稱全知觀點。在敘述、展示過程中加入作者鮮明的主觀價值判斷，在敘述天平受壓迫者這一邊按下自己的手指頭。把陳映真的《麵攤》與這些前輩作家的作品相比，便發現他的視野不僅落在受到壓迫的犧牲者（百姓）上，而且對處於中介地位的權力執行者「警官」給了不同的處理。這個警官能對與他無親無故的一家人予以體諒照顧，跟吳濁流筆下的陳大人賣身投靠、六親不認，有著天淵之別。陳映真的「浪漫」的「人道主義」於斯見焉。

忠／奸，賢／愚，君子／小人，在朝／在野，富貴／貧賤，文明／野蠻，善／惡，美／醜……等等的對立。成為中國小說史（甚至包括歷史）上產生「意義」的模式，由此而延展小說情節的發展，人物的塑造。當新作品對這種對立模式有所突破時，小說表現的生活領域和人性深度就會有新的超越。從這個角度看，日據時代的台灣小說是到了楊逵的手中，才有所開拓。

楊逵（1905－1985）的小說大多以日文創作這個特點⑦，使他的讀者（至少是他寫作時心目中的讀者）不只局限於台灣的知識級層，而且擴及日本讀者（也許不限於知識界）。這一點或許

也解釋了何以他的成名小說《送報伕》（1934）出現了其他台灣
小說所罕見的人物形象：作為正面人物的日本青年田中和伊藤。
而且楊逵擅長用第一人稱來叙述故事，這個叙述者往往又是經驗
者，與其他人物一起生活在一個貧困艱辛的時代中，敏銳地感受
著時代的不安和進步思潮（社會主義）的影響。因此他的小說像
四十年代的鍾理和的小說一樣，具有自傳的性質，他們已試圖將
內向叙述與外向叙述結合起來，以個人經驗作為直接的描寫對
象。這種自傳性影響著他的叙述風格，於簡樸淳厚之中顯得親切
清新，不假雕飾而充滿熱情。

　　楊逵的小說包涵了台灣小說所觸及的常見的問題，並且有了
新的內容。從《送報伕》的批判性看，對派報所老板這種惡魔式
的日本人的揭露繼承了賴和以來的傳統；而製糖公司強制性徵購
家鄉的土地，導致「我」的家和不少家庭妻離子散、家破人亡，
反映了「工業」經濟對農村經濟的掠奪（因為「工業化」與異族
的殖民統治聯繫在一起，使這個問題複雜化了），這種現象作為
題材在台灣早期小說裡還是不常見的。在六七十年代，才成為黃
春明等鄉土小說家所關注的社會問題。（《送報伕》通過叔父的
信，側面叙述阿添叔嬸一家五口和其他三人因土地被強佔而在村

----

⑦　楊逵的《送報伕》寫於 1932 年，原為日文。台灣《新民報》刊登
　　前半，後半被禁。1934 年才於東京《文學評論》全文刊出。1974
　　年 10 月中文全文重刊於《幼獅文藝》第 249 期。《模範村》寫於
　　1937 年 8 月，日文。1973 年 11 月 15 日中文發表於《文季》第二
　　期。《鵝媽媽出嫁》1942 年以日文發表於《台灣時報》十月號。
　　1966 年改訂譯成中文，1974 年元月 1 日發表於《中外文學》第二
　　十期。楊逵的這些代表作都是用日文寫作；真正發揮廣泛影響的
　　應是譯成中文發表的七十年代。這個現象是值得注意的。它表明
　　對台灣日據時代文學和鄉土文學的研究有特定的現實性和時代意
　　義。

子旁邊的池塘跳池自殺，這個情節與黃春明的《溺死一隻老貓》中阿盛伯為抗議城裡人到清泉村來修游泳池，終於無望而跳池自殺的情節是相似的；只是前者因帶有抗議異族強暴的色彩而顯得悲壯淒慘，後者卻在懷舊情緒中帶著無法抗拒現代潮流的無奈，具有嘲諷性質）楊逵在這一點上是有預見性的，但他沒有更加深入地分析整個過程錯綜複雜的原因，而主要是站在揭露和批判的立場對日本公司的暴虐提出控訴。其次，《送報伕》試圖站在**階級**的立場，而不僅僅是民族的立場來寫人，帶有三十年代左翼文學的鮮明特徵。《送報伕》裡的人物不是簡單的台灣人與日本人的對立，而是剝削者與被剝削者，好人與壞人的對立。「我」在東京的生活經驗說明：「和台灣人裡面有好壞人一樣，日本人裡面竟也如此。」田中，伊藤和「我」等勞動者都是同一條戰線的人；而派報館老板，「我」的哥哥，村長等也是同一類壓迫者和剝削者。這樣來看問題，比他之前的台灣作家要進一步。此外，《送報伕》將社會矛盾、階級矛盾引入家庭內部，使得故事複雜化，使作品具備了感人的潛力。譬如，「我」的父親楊明是個剛正不阿、不畏強權的錚錚硬漢，而「我」的哥哥卻當了巡查，「糟蹋村子的人們」，終於迫使母親斷然與他脫離母子關係。父子衝突在「水牛」（1936）中也得到側面的表現。農家姑娘阿玉美麗好學，但家境貧寒。母親已死，唯一的水牛又被賣掉繳租。最後，她竟被賣給敘述者（留日學生）「我」的父親作小妾。阿玉的遭遇和農村疲敝已極的狀況讓「我」深感不安，寂寞和憤怒；「這椿事在我的內心種下了反抗的種子。而無以排遣的我這份反抗心，又使得我更加的寂寞，更加的痛苦。……正如被拐子硬逼著同所愛的人們生離了的人那樣，我同時經歷了不安、寂寞和憤怒。原來，我父親把阿玉弄到家裡來當作丫環，作為抵押。……壞就壞在父親經常把這一類的小姑娘買回家裡來，到了那些女孩長大到十五六歲的時候，便奪去她們的貞操，使她們變成自

己的小妾。」「我」把批判的矛頭直接指向了自己的父親。寫於
1937 年的《模範村》也出現了父子衝突。留學回來的新知識份子
阮新民決心從事啟蒙工作，把農民組織起來，但他遇到的勁敵竟
是本地地主勢力的代表父親和日本統治的象徵本村警長組成的聯
盟，還有一個令人失望的愚昧落後的環境：「……没想到剛回到
家，就像走進了神經病院一樣，被成群的瘋子包圍了」（在《送
報伕》中，母親的遺囑和叔父的來信再三告誡「我」不要回故
鄉，表達了對於這種窒息人的環境的相同的失望情緒）。

　　父子衝突是楊逵表現人物的新領域，而人物（特別是覺醒的
個人，那些處於歷史夾縫中的清醒的人，如楊逵的許多「叙述
者」阮新民等）意識到環境對自己的壓力，是現代小説常見的困
境。楊逵是表現這種困境的自覺的作家。陳映真曾説：「楊逵等
先行一代作家之動人，必不在現在人們所謂的『技巧』上，而是
在楊逵的批判力、思想力、以及批判思想背後巨大無比的人間性
和人間愛。」⑧事實上，批判力與思想力正是從人物與環境的衝
突中表現出來的。

　　歷史為陳映真（而不是 1949 年以後去台灣的作家）提供了這
一筆獨特的遺產，而陳映真接受這筆豐富的饋贈的方式，不僅僅
是通過文字閱讀，而且通過心靈的感受，通過將他所感知到的一
切文學的與非文學的台灣現實生活作心靈的印證。我在談到陳映
真小説人物的苦難時，曾經談到父子之間的衝突和人物與環境之
間的對立如何成為陳映真式的受難者的精神痛苦的因素（參見第
三章第一節），例如在《蘋果樹》、《永恆的大地》、《某一個
日午》等篇中的父子對立衝突；也提到陳映真小説如何從「階
級」的觀點而不狹隘的地域的觀點去處理台灣特有的「省籍」芥

---

⑧　陳映真：《寫作是一個思想批判和自我檢討的過程》（1983），
　　《陳映真作品集》第六卷第 15 頁。

蒂問題，例如《將軍族》等作品，這些都讓人想起楊逵的《送報
伕》等篇。楊逵超越了台灣人與日本人的簡單對立的模式，而描
寫壓迫者與被壓迫者、剝削者與被剝削者、資本家與勞動者之間
的對立，與陳映真在自己的作品中超越台灣人與大陸人的人為的
簡單對立模式，讓命運相同的大陸、台灣甚至美國下層階級的人
物相濡以沫，惺惺相惜，可謂殊同歸。不同的是，陳映真在繼承
了他的前輩作家的批判力和思想力之外，還同時賦予作品一種深
厚的歷史感和自我檢討的能力。

　　這種能力在陳映真前輩的作家當中相當罕見。他們的主人公
往往缺乏對自己的深刻的反思，他們也不可能有這種反思，因為
他們的主要任務（也是時代的要求）是批判他們面臨的現實生
活，那些導致貧窮、墮落、頹廢的社會環境。批判的對象是在外
的，而不是返回自身的。在陳映真那裡，才有了這種返回自身的
檢討和反思，但這種返回自身又不僅僅是一般的自我反省，懺
悔，而且融入更深廣的歷史內容和時代問題。職是之故，陳映真
的意義才不容忽略。

　　台灣作家對人物與環境對立的窘況日益關注，在以日文創作
的作品中得到尤其細緻的關注。譬如到了張文環（1909－1978）
作品中，對人物的內心矛盾的細膩描摹漸漸加強，而且對日本人
的揭露轉變為對現實生活的批判。主題依然圍繞「貧困」展開
（「貧困」是自賴和以來的母題），而愛情漸漸躍居小說的中
心。在《藝旦之家》（1941）中，藝旦彩雲在經歷了茶行老板的
騙取貞操、初戀情人廖氏的無情拋棄和情郎楊秋成在婚姻上的猶
豫不決之後，心灰意懶，意欲自殺。她的婚戀生活與現實中的貧
困生活有密切的聯繫；人物的「道德感」不是陳映真意義上的
「道德律」，而被表現為僵化陳腐的教條和偏見，阻礙著楊秋成
與彩雲的愛情的發展，而且與殘酷無情的貧困生活一起扼殺了愛
情。彩雲與三個男人的關係分別象徵著三種內涵不同的性的話

語：被茶行老板騙取貞操，「性」被表現為罪惡；被初戀的情人
廖某拋棄，「性」顯示為受到社會偏見腐蝕的「愛情」；楊秋成
為娶彩雲而輾轉於愛情與偏見之中，「性」話語代表了一種世俗
的道德力量，它只有與這種力量協調才能得到承認。「女性」在
張文環的小說裡仍被塑造成為男性所理想的模式：美麗、溫柔、
高雅、純潔、忠誠。此外，《藝旦之家》所寫的三個男性並沒有
陳映真小說中受難者的精神特徵（他們並不為歷史、時代和本身
的罪惡苦惱），他們都受到不同程度的批判：茶行老板無疑是無
恥之徒；廖成為自己和社會偏見的犧牲品；楊徘徊於愛情與「道
德」偏見的邊緣。

　　最後值得一提的是龍瑛宗（1911－1999）用日文創作的小說
《植有木瓜樹的小鎮》（1937）。這是龍氏的處女作，被評為日
本《改造》雜誌（十九卷四號）的徵文小說散文佳作，可見他所
寫的並不受到當時官方意識形態的貶抑，與楊逵《送報伕》的後
半受禁不同。小說雖用第三人稱，但已經脫離了賴和模式，也與
楊逵模式有所不同。它的敘述特色是福樓拜式的「客觀化」，即
作者退居後台，不直接出面議論，主要通過主人公陳有三的觀點
來看周圍的環境。據稱小說是在孤獨和沉思中孕育，因而行文風
格顯得落漠而憂鬱。陳有三是個苦讀青年，原以為藉助刻苦努力
可以改變自己的社會地位，夢想有朝一日能躋身日本人上流社
會，結果發現這一切都是泡影：在這個庸俗的世界裡，個人根本
不可能依靠自己的奮鬥來改善受環境規定的命運。他對林杏南的
女兒翠娥懷有純淨的愛，但翠娥因家窮，被父親「賣」給別人
了。陳有三事業、愛情兩落空，終於不得不放棄了知識的追求，
甚至頹唐，酗酒。陳有三的悲劇在於：由比現實高的意識（往往
是一種不切實際的幻想）墮落到被環境的平庸氣息所同化。陳有
三從焦慮到觀望到墮落，想超越現實而終於不可得的無奈，並非
僅僅是性格上的懦弱所致，而是環境的制約。當陳有三因為自己

擁有新的知識而矜持，而居高臨下地俯視著他周圍的同族們時，廖清炎「雄辯」地對他說：「知識要抱著華麗的幻影時，也許可以幾分緩和生活的痛苦。但幻影終究會破滅。當喪失了幻影的知識一旦與生活結合的時候，則只有加深痛苦而已。……我勸你與其做有知識而混迷的唐吉訶德，不如做無知而混迷的桑科。」──陳有三與廖清炎的對話是兩種相反的話語的互相辯駁，或可看作一個心靈的兩種獨白。廖氏的解脫之道是玩弄女人：「女人便是無知的美麗動物。玩弄女人便是我的興趣。」寂寞而懶惰的小鎮的空氣，開始對陳有三的意志發生風化作用，漸漸對讀書感到倦怠。苦悶的現實，絕望的泥沼，產生了烏托邦的嚮往。陳映真《蘋果樹》裡極端孤獨的感覺和思辯的、幻想的喃喃自語在《植》篇裡已有過表現，但陳有三不像《蘋果樹》的林武治那樣除了背負時代與環境的重軛，還背負著父輩的罪孽。

　　總之，龍瑛宗的《植有木瓜的小鎮》無論就其內容──題材之開拓，人物之塑造，反映時代苦悶、社會問題之深刻──還是就其藝術性──語言的運用，敘述視點的選擇，結構的精巧──都很突出。他的批判比較含蓄有力，矛頭不僅對準日治下極不合理的歧視台人的政策，而且對準台人內部庸俗無聊的環境和心境。對「貧困」的揭示──物質上和精神上──也驚心動魄：典型如林杏南一家或死或瘋或者被賣，皆緣於生活之窮窘。此外，龍氏的小說也開始有了知識份子的自我反思。例如《黃昏月》（1940）中的「我」在替主人公彭英坤操辦喪事時，自慚形穢：「想起辦這些事情當中的醜角化的道德面孔，我突然地落入自我嫌憎之中。」「我並不是從心底悲悼彭英坤之死。只不過是剛好碰上了彭英坤之死，使蜷伏在我的體腔內的虛榮得到滿足而已。」不過，這些反省，缺少了陳映真受難者懺悔所內涵的歷史內容。

　　從賴和模式、楊逵模式到龍瑛宗模式，台灣小說作為平民的

意識形態話語這個基本的性質並沒有改變，但是它們的藝術技巧
日趨完美，而批判力和思想力並不曾因為對技巧的自覺和完善有
所減弱，反而因技巧的成熟而有更好的效果。

　　賴和逝世的時候，陳映真剛剛六歲。兩年之後（1945 年），
二戰結束，台灣光復。看起來，賴和們的世界已經離陳映真遠去
了。確實，被異族任意宰割的歷史已經結束，「亡國奴」的夢魘
也已煙消雲散。台灣在被割據五十年之後已經回到祖國的懷抱。
不幸的是，隨之而來的國內戰爭和國際性「冷戰」格局下面的兩
岸分裂，卻又一次使台灣陷入孤懸海外的困境。1947 年 2 月 28
日爆發的全島反抗腐敗的國民黨接受當局的人民暴動以及隨之而
來的血腥鎮壓，又使台灣籠罩著白色恐怖的陰影。歷史的災難剛
剛結束，現實的高壓又一次來臨，使進步的知識份子難以撫平內
心的創傷。

　　陳映真的童年和少年是在四十年代末五十年代度過的。這個
富於正義感而又相當敏銳的富於藝術氣質的青年，不可能對 1947
年初春的那場大屠殺以及隨之而來的白色恐怖無動於衷。事實
上，他的第一篇小說《麵攤》就有那個特殊的年代的陰影。他用
一種早熟的、未免於浪漫的散文的筆調描寫了一個年輕的警官如
何面對一家為了生計而不得不「違反」「法律」的無照攤販。與
日據時代的台灣小說的日本巡警形象相比，這大概是第一個具有
人道主義精神的好警察的形象。從這一篇小說開始，陳映真不知
不覺地完成了台灣小說史上的一個十分重要的轉折：他把日據時
代由賴和奠定的小說模式打破了！他的語言已用一種婉轉含蓄的
充滿了憂鬱情調的魯迅式的語言，替代了常見的台灣「方言」；
他的敘述方式已把全知全能的敘述觀點轉化成內向的有限的敘述
觀點；他的母題已從對外在的「法律」的質疑變成對人物內心的
「道德律」的拷問……不止是一個「警官」，在陳映真的小說
中，凡夾在「權力」中心（權威）和「犧牲者」（無辜的老百

姓）之間的「中介」人物（執行者），例如安某，胡心保，賀大哥，吳錦翔等人物形象，都承受著自己內心的「道德律」的無情拷打。陳映真把懷疑或批判的矛頭指向了他們背後的「權力中心」或者「權威」——它們或是一種錯誤的國家意識形態，或是一段罪惡歷史的操縱者——儘管在小說中這一點是很含蓄隱晦的。

　　歷史已經進入了一個更加複雜的、內向的、近乎「失語」的時代，陳映真卻創作了相應的話語形式。因此，當我們把陳映真放在這個歷史的視野中觀察的時候，我們發現了他的小說藝術的「秘密」，他把他的前輩的小說「精神」放入一種新的小說形式之中，這使他不僅沒有喪失前輩留下來的直面現實、批判現實的遺產，而且賦予小說一種反省歷史、自我檢討的思想的能力，因而在技巧和批判、思想、自我反思的能力上都超出了他的前輩。

二、「約伯」的疑問：時代風雨中的陳映真

　　如果說陳映真小說藝術內涵的意識形態話語特徵及其相應的批判現實的精神來自他的前輩作家，而且正是這筆從前輩作家接受過來的遺產使他的作品具有不同於同輩作家的批判力量，那麼，使他超越了前輩作家的那種反省歷史和自我的能力又恰恰是拜時代之賜。

　　台灣光復以後，國民黨的統治取代了日本殖民當局的地位，日本人從台灣的前台上消失了（他們最多出現於一些人的記憶或他們撰寫的長篇小說中）。不幸的是，祖國統一的局面並未形成，內戰造成了民族的分裂，第二次大戰後東西方意識形態的冷戰局面，更是加強並延續了海峽兩岸的對峙。對於曾熱切盼望回

歸祖國的台灣平民知識份子而言，一場「二・二八」事件帶來了
痛苦的幻滅感；對於從大陸去台的人員來說，出國懷鄉，畏讒憂
譏，縈繞於心。與陳映真同齡的作家們（例如白先勇等）以及與
他們同處在這一特定的歷史時期寫作，從不同的側面共同表現著
時代問題的作家們（例如 1949 年以後從大陸去台的作家們），無
論他們是否認同官方的意識形態，也無論他們是否參與營造或相
信「反攻大陸」的神話，他們滿懷戰爭的創傷，倍受劫難的經
歷，都足以使他們的小說寫作具備較為深厚的憂患意識和歷史
感。而恰是這種比較深沉的憂患和**歷史感**，為台灣文壇帶來一股
清新的氣息。

歷史作為一種深刻影響著現實的力量，在二十世紀的世界文
學裡早有極為深刻的表現。最典型的現代傑作如普魯斯特的《追
憶逝水年華》（1913－1927），喬伊斯的《青年藝術家的肖像》
（1916）和《為芬尼根守靈》（1936）等。但在日據時代的台
灣，小說中的這種歷史感卻一直遲遲沒有出現。直到經歷過戰亂
的洗禮，才成為「新」一代作家，如林海音、聶華苓、鍾肇政、
白先勇等人十分關注的表現領域。

林海音（1919－2001）《金鯉魚的百襉裙》以民初的新娘服
「百襉裙」為線索寫出女主人公金鯉魚經歷的人世的滄桑變化，
重在寫出歷史中的人生和人性。儘管看起來她似乎沉湎於歷史的
回憶，但現實的描摹恰恰因此而顯得深厚活潑。朱西寧（1927－
1998）的《狼》（1963）與他的另一名作《鐵漿》（1963）一
樣，把大陸鄉野間濃郁的人文精神帶進台灣文壇。敘述者「我」
是個從小失去雙親的少年，寄養在二叔二嬸家。二嬸無子，欲向
來打工的大軲轆、大富兒等人「借種」，受到大軲轆的拒絕。他
勘破實情，歷數二嬸冷遇甚至不想收養「我」的過錯。俠肝義
膽，高尚瀟脫。「狼」構成全篇的隱喻，既是實寫「我」心中想
像的實狼，又虛寫二嬸如狼似虎般的求子心理（「性」）。而

「獵人」大轆轆則作為中國比較正統的道德觀念的象徵。將「正氣」放在一個雇工身上，使小說富有中國式的豪俠之氣和鄉土色彩（在朱氏小說中，中國傳奇小說中的豪俠尚義精神不專屬於獨往獨來的英雄豪傑，而為一般鄉土人物所具備）。司馬中原（1933－）的《紅絲鳳》（1969）論叙述的精巧堪比梅里美《伊爾的美神》。然而最感人的並不只是藝術上的，而且是內涵上的。它富有傳奇色彩，但人物並非英雄，而是李老朝士、魯坤這些寂寞文士。小說用第三人稱，但不是全知觀點，而主要是故事中的一個人物韓光進（三櫃）的觀點，通過寫實文物鑒賞家李尊陶高超的鑒賞能力寫出魯坤非凡的智慧和不為人知的千年的寂寞。魯坤製作的八只寶瓶的不同遭遇，恰恰隱喻著中華民族滄海桑田的歷史遭際。司馬中原由物寫人，筆力高超，跌宕起伏，氣象不凡。由鑒賞古物而體驗人生，由寶物的聚散寫出人生的悲歡離合，由平凡的人物寫出智慧的力量，這在台灣小說中是很少見的。這些作家的創作呈現了一種感時傷世的情調，但並沒有沉溺於不可自拔的淒惋和哀傷，反而於時世的感喟中隱隱躍動著並沒有隨時世變化而頹唐的人文精神。如果說，日據時代台灣的苦難，在小說中表現為異族奴役下物質生活的貧困匱乏（如賴和筆下的秦得參等）和精神生活的極度苦悶（如龍瑛宗筆下的陳有三等），因而充滿**批判性**和**現實感**的絕望，頹唐，諷刺，反抗……成為台灣小說的常見的基調，那麼戰後這批新「遺民作家」以其現代和傳統的叙事技巧呈現了更為深厚的**人文性**和**歷史感**。

　　對於「歷史」、「戰爭」帶給人們內心的創傷，聶華苓（1925－）有所觸及。聶氏側重於寫人的滄桑變化，歷史盛衰榮枯對人的影響，「感時花濺淚，恨別鳥驚心」的境界。她的小說有兩類人物：一類是逃難人物，輾轉於國內戰亂之中，戰後驚魂未定，帶著戰亂時顛沛流離的夢魘，闖入一個異族文化的國度（《桑青與桃紅》）；一類是患有受迫害幻想症和懷鄉病的去台

人物，由於回鄉無望，終日沉浸在絕望的神話和無法兌現的承諾中，他們的處境富於荒誕色彩（《台灣軼事》中的諸小說，例如《愛國獎券》，《王大年的幾件喜事》等）⑨。

　　鍾肇政的《中元的構圖》曾獲 1966 年第二屆台灣文學獎。它頗像陳映真的《鄉村的教師》（1960）。《中元的構圖》敘述被日本人拉到菲律賓的台灣青年阿木憑藉對妻子阿寶的愛情終於死裡逃生，回到台灣。但他卻發現分離五年多的阿寶不復是他那個三個月新婚就分手的新娘，她已另有所愛，而且生下了私生子阿菊。愛情的幻滅，加上對戰爭時在叢林中的可怕經歷的回憶，阿木在雙重壓迫下發瘋自焚。鍾肇政試圖讓他的主人公背負起歷史留給他的沉重包袱：個人生活的不幸和人類道德的崩潰。阿木吃了人肉後的痛苦獨白寫得十分令人同情：

　　　　過了一刻兒，那雜湊在一起的九個人加上我，大家圍著三隻飯盒吃了一頓肉，甜甜的，腥腥的，都是赤肉，韌韌的，紅紅的，那是力量，吃下去，全身就有力了。我又會走路了。可是那是什麼肉呢？我不懂。凌晨我們又走了，走前我在一叢灌木下看到一堆骨頭，我明白了。天

----

⑨　聶華苓的小說是較早介紹入大陸的台灣當代文學作品之一。大概為了適應大陸的環境，作者已將舊作作了改訂，「取其骨架，新編之後，新的人物，新的內容，新的意義。」（張葆莘編《台灣作家小說選集》第二集，第 262 頁）。《愛》篇如此，《王大年》如此，《桑青與桃紅》的大陸版與原版也不完全一樣。這樣，研究聶氏便多了一層意義：即比較兩種版本的異同。我以為舊作更接近作品的發表當初的原貌，新作作了某些迎合大陸心態的修改。典型的如《愛國獎券》，在大陸版中增添了直接諷刺蔣介石父子的內容；此外還有許多細節都作了相應的改動，幾乎難以反映原貌了。

哪，我吃了什麼？我不敢說，我不敢說。我成了畜生了。
可是那些日本仔──九個畜生卻一路走一路說笑。有時，
也會交頭接耳地說點什麼，然後看看我這唯一的台灣人。
我必需離開這些畜生，我要回去，我不願啊，那紅紅的，
韌韌的，甜甜的，腥腥的肉啊。他們午睡時我就跑了。我
拼命地跑，跑了又跑，直到再也跑不動癱瘓在一所林子裡
為止。⑩

　　《鄉村的教師》吳錦翔在婆羅洲叢林吃人肉的往事是他在喝
醉時吐露的，也作為一件沉重的罪孽壓在他的心底。而阿木同樣
的經歷卻是向幻想中的妻子傾吐的，鍾氏用的是「意識流」的形
式來展現這段不為人知的隱秘之罪。阿木沒有吳錦翔的改革社會
的雄心，他活下去的希望是妻子，而吳錦翔不然。當吳錦翔借酒
澆愁，澆出內心的痛苦，因而「秘密」成為眾鄉民可以憑藉自己
的道德準則進行審判的罪行時，他鬱鬱而死：懷著改革社會和改
造民眾的空願，卻恰恰被他的對象（社會和民眾）否定了。戰爭
的「法則」與和平的道德是不相容的，當二者的衝突具體表現在
一個善良人身上時，就會他走向毀滅。無論是陳，還是鍾，都把
筆觸伸向這個使文學世界得以充分展開的領域，讓讀者窺見人性
深處的秘密。

　　就結局看，二者也有相似之處。阿木發瘋自焚，似乎已厭惡
透了自己充滿絕望和罪惡的一生。倘說吃人肉是戰爭環境下無意
犯下的罪，那麼發現阿寶有所愛而將她與情夫雙雙砍死，則是絕
望者失去最後一點人類愛心時有意犯下的罪行，所以罪惡感只能
逼他走向自焚（也許焚燒還意味著某種程度的更新和寄意於未來
的希望吧！）。吳錦翔的割腕自殺，意味著社會和自我的道德律

⑩　張葆莘編：《台灣作家小說選集》，第二卷，第58頁。

對自身有罪肉體的雙重否定。他自知無力實現自己的理想而殺死了現在，但並沒有殺死未來，因為他並未否定理想本身。阿木死後也留下一抹關於未來的光彩：小說裡阿寶私生女阿菊的成熟與戀愛便是暗示。

最後談談陳映真的同齡作家白先勇（1937 － ）。1949 年以後，特別是六十年代，台灣小說因對往事的回憶而具有的歷史感，拓展了文學表現的縱向的深度。這種歷史感在白先勇寫於六十年代的短篇裡有著十分敏銳細膩的表現。《台北人》的扉頁寫著：「紀念先父以及他們那個憂患重重的時代。」白先勇自己說：「中國文學的一大特色，是對歷代興亡感時傷懷的追悼，從屈原的《離騷》到杜甫的《秋興八首》，其中所表現的人世滄桑的一種悲涼感，正是中國文學最高的境界，也就是《三國演義》中『青山依舊在，幾度夕陽紅』的歷史感，以及《紅樓夢》『好了歌』中『古今將相在何方，荒塚一堆草沒了』的無常感。」⑪他的小說最觸動人心的地方，便是字裡行間透露出來的一種難言的歷史滄桑之感。興衰沉浮本無定，功名利祿是浮雲。即便是人世間最令人痴迷陶醉的「美」和「愛」罷，也不過朝開暮謝，難得久駐。《紅樓夢》所說的，「千里搭涼篷，沒有不散的筵席」，不僅是知己之間聚散無常，而且王朝的更替，家族的榮枯，莫不如斯。「六代綺羅成舊夢，石頭城上月如鈎。」⑫白先勇人物的苦難感就來自這種曠世不變的無常和悲涼。因此，他的大多數小說都將美人遲暮與英雄末路放在一起憑弔。淪落風塵的舞女與軍政要人的命運聯結在一起，成為他們命運盛衰的見證人。白氏筆下的女性都有自己的滄桑史。她們感情的變化往往由

⑪　轉引自《文匯增刊》1980 年 5 期《白先勇的文學生涯》。

⑫　魯迅：《無題‧二首》之一，《魯迅全集‧集外集拾遺》（第七卷），第 428 頁。

於外部環境──一種無法把握的歷史命運──的打擊，出於求生
的本能，將曾有過的**純情**化作僅供回憶的歷史，而在現實中逢場
作戲，隨波逐流（例如《一把青》裡的朱青等）。為時間奄忽，
美倏然而逝，時世動蕩變化而憂傷、感喟和不安，化作他的人物
內心深處幾乎不堪忍受的淒愴。因而重「情」寫「情」，將「情
愛」這唯一可以抗拒心中悲涼的人間溫暖放在很重要的位置，是
白先勇小說的特色。當情愛也終於煙消雲散的時候，人便變得麻
木，苦中作樂了。白先勇善於以樂寫哀，善於在輕鬆的氣氛烘托
下寫人物縈懷於心的惆悵，因此，「票戲」，「打牌」，「跳
舞」，「宴飲」成為白氏小說（特別是《台北人》系列）常見的
帶有隱喻性的母題。

　　若與陳映真的小說相比，白先勇有著陳映真所沒有的對於時
間變化的敏感。白氏人物的滄桑感幾乎都與他（她）們在歷史中
的命運浮沉有關係。陳映真也對歷史感興趣，也像白先勇那樣關
注歷史對人的影響，但是陳映真人物（特別是大陸人）的「滄桑
傳奇」都包含著對於歷史的質疑和否定，歷史與戰爭的罪孽是結
合在一起作為沉重的精神包袱壓在陳映真的小人物上的，但這些
無辜的小人物卻在對罪孽的懺悔中，在自己內心道德律的拷問
下，剝落自己的卑污，而顯出靈魂的清白，所以堪稱「將軍
族」。白先勇的人物卻有所不同，他（她）們都曾有過一段美好
而光榮的歷史，那是與青春美，與愛情，與轟轟烈烈的事業結合
在一起的年輕的歲月。戰爭或許產生了「罪孽」，然而對於白先
勇筆下的將軍、副官們來說，那是開創和保衛「民國」的基業
啊！倘說陳映真的人物不堪回首他們的歷史是因為那歷史滴著
血，那麼白先勇的人物則往往在懷舊中得到安慰，因為往日的光
輝燦爛與今天的黯然淪落恰成對比。

　　白先勇小說沒有陳映真那種受難者的自我反省；白氏最關懷
的，毋寧是憂患時代中人們盛衰不定的命運和感情上的痛苦。而

他正是從這些人物的興衰中獲得關於人生的徹悟。他塑造的男人
主要有三種類型：一種是軍界顯要，如曾經叱吒風雲的將軍，他
們的命運清晰地顯示出歷史的榮枯。一種是侍從或副官。老侍從
總是忠心耿耿，帶著主人興衰榮枯的回憶。例如《國葬》
（1971）裡的秦義方。已白髮如雪的秦副官，趕來參加老長官、
已故李浩然將軍的葬禮，從他身上仍可想見李將軍當年揮戈疆場
的英氣和倔強以及對待部下的寬厚。筆墨雖然簡省，但幾十年歷
史風雲盡在卷中。從秦副官老態龍鍾，從李浩然身後的寂寞，從
將軍手下三員猛將淒涼的晚景，……白先勇用小說為那段歷史寫
下了充滿無盡哀傷的輓詞。白氏筆下的青年副官則具有軍人的英
俊瀟灑，是男性青春美的象徵。《遊園驚夢》（1966）中與錢夫
人有過私情的「罪孽」副官（他出現在錢夫人的潛意識裡）和她
現實中所見的程參謀均屬此類。與這些象徵著男性青春美的人物
相類似的是第三種人物，即敏感、溫柔、有些女性化的美少年，
這些人物令人想到《紅樓夢》裡的賈寶玉、秦鐘、柳湘蓮一類
「性情中人」。在白氏作品中，他們或是敘述者（如《玉卿嫂》
《寂寞的十七歲》中的「我」），或者是主角之一（如玉卿嫂所
疼愛的小情人。《滿天裡亮晶晶的星星》（1969）裡淪落風塵的
少年，他們後來在《孽子》裡又作為令人嗟嘆的「青春鳥」出
現）。這些人物都企圖尋找感情上的棲居之處，對抗歷史的無
常。他們不像陳映真的受難者，在厭棄自身和現實（這現實是齷
齪歷史的一種延伸）後走向死亡，或者企望建立一個「烏托
邦」，為未來留下一點希望。白先勇的人物是沒有未來的。上一
代英雄或者削髮為僧（《國葬》中的猛將之一劉行奇），或者隱
居鬧市（《國葬》中的另兩員猛將章健，葉輝），或者寂寞地死
去。而下一代成了「孽子」，在現世的享樂中絕望地沉淪（除了
上述第三類人物外，如《思舊賦》裡李公館少爺的瘋痴）。

　　白先勇對美麗的女性也很敏感。他擅長刻劃各種類型的女性

人物來表達他的歷史感。在這方面，他與陳映真塑造女性人物來撫慰自己的受難者幾乎可以說是殊途同歸。白先勇的女性人物也有三種類型：一類是淪落風塵的女人，她們是舊日繁華的象徵，從大上海到台灣，有些仍在舞廳裡混（如尹雪艷，金大班），有些則貴為將軍太太夫人（如錢夫人，竇夫人等）；第二類與小說中的男侍從同類，是公館裡的老媽子，腦子裡裝著主人家的興衰史（典型如《思舊賦》中的順恩嫂，羅伯娘）；還有一種是猥瑣庸俗的女人（譬如《那片血一般紅的杜鵑花》中的喜妹，《花橋榮記》中的阿春等）。這些女性是白先勇側寫藝術的主要組成部份。她們不僅自身就在無常中體驗人生，而且其命運也與將軍們、與政壇商界顯要們的命運、與整個王朝的命運拴在一起。尹雪艷像唐倩那樣從一個男人流浪到另一個男人，但是總也不老的尹雪艷顯得神秘，憑藉她的美麗、天生的女性的溫柔和堅強的冷漠面對歷史大潮的漲落。與陳映真的女性人物相比，白先勇女性人物內心的滄桑感使她們顯得更加老練和富有歷史感。

　　由於陳映真處在第二次世界大戰後和國內戰爭導致的民族分裂的時代，他與他的同輩們都自覺地觸及這個時代最困擾人的問題，即充滿戰亂的歷史對人的現實的精神生活產生的影響。但戰後的這一代新的「遺民」作家，並沒有觸及陳映真最感興趣的意識形態的壓抑問題，他們也沒有觸及歷史的罪惡問題。他們只帶來了濃厚的懷舊的情緒，他們所抒寫的是一些已經失落在戰爭動亂當中的感情，懷念著昔日的榮光和輝煌，哀悼丟失了的年華和幸福的感覺……對於歷史以及由歷史發展而來的現實，他們似乎沒有太多的疑問，如果有，那也彷彿是有著很明確的答案的。一個歷史的轉折點，總是如此：一方面是丟失了光榮的憤怒和惆悵；另一方面是創立了新的國家的自豪與驕傲。這二者都使人沒有了導致清醒地思想的疑慮。然而陳映真表現時代的憂患和他所背負的歷史重軛的時候，竟然是懷著一種替他所無法選擇的歷史

和他所生活的沉悶時代贖罪的心情。我們看到他的小說的人物多
數在懷著絕望的心情死去,不少人物哀哀無告,只在他們留下的
片言隻語中透露出內心無限的疑慮和苦悶。這個特色從他的早期
小說一直延續到後期的小說。人們似乎聽不懂他們的語言;看不
穿他們的內心的焦慮;世界在他們的身邊漠然運轉,對他們的
「理想」日益構成嘲諷的意味。他猶如《舊約》裡的約伯,一味
執著於自己的信念,卻蒙受著匪夷所思的災難和嚴峻的考驗。這
一點不僅使他與日據時代側重於批判現實的台灣前輩作家有所不
同,而且與同輩作家也不一樣。前輩作家有強烈的批判性,而缺
乏比較深厚的歷史感;同輩作家有深厚的歷史感,而缺乏足夠有
力的批判性,特別是自我批判能力,因而這二者的小說主人公,
往往缺乏對歷史和自身的深刻反思。**對象**是外在於「我」的,而
不是返回自身的。而陳氏的人物則不僅返回自身,不僅是一般的
自我反省,而且融入更寬闊的歷史內容和時代問題。在這一點
上,他與白先勇各有千秋。他們之間的差別,除了出身經歷不一
樣,還在於所接受的文學傳統有所差異。白先勇在融匯現代技巧
的同時,已經將中國古典文學的傳統,特別是《紅樓夢》,化為
了自己的骨血神髓;而陳映真所師從的是魯迅和契訶夫等人的傳
統,有著被壓迫者所特有的憂憤和對於未來的殷切期待。陳、白
二人的相輔相成,大概正可以體現戰後台灣文學的精神風貌吧!

三、當代「堂吉訶德」的使命:尋找民主時代的靈魂

　　陳映真 1975 年 7 月出獄後,發現台灣社會由於經濟的騰飛,
已經有了很大的變化和發展。國際性經濟力量及其相應的文化對
台灣工商社會的塑造起著十分重要的作用。這結果之一,是面臨

外來文化的衝擊喪失了自我認同的能力。此外，是現代企業對人
的強大的異化作用。這時候的陳映真已經不是入獄前的陳映真，
仍然確信以前曾不惜身家性命為之奮鬥的「確切不易的真理和答
案」，因為「那一度以為是正確、光榮、偉大的真理，不轉眼間
崩壞為尋常的塵泥。」⑬他面臨的毋寧是「沒有了清晰的答案」
的新的課題，這就是進入資本主義工商時代民族文化自我認同之
喪失和企業下人的異化的問題。因此，「不能已於希望，不能已
於愛和思想的中國新銳思想家與文藝家們，在大苦悶與大徬徨之
後，正開始另一次漫長而艱苦的探索。正好是在這樣的時代，曾
經一度在革命的喊聲響徹雲霄的時刻，自動放棄甚至鄙夷過創作
之筆的作家和藝術家，開始懷著羞慚和更虔誠的心，回到永遠不
背叛愛與希望的文學和藝術裡，尋求安身的故鄉。」⑭陳映真開
始了新的思想和創作的歷程：在「民主」和「富裕」的時代尋找
人的靈魂的歷程。

　　這歷程的第一步，就是對六十年代末以來描寫工業化時期
「鄉村人的困境、尊嚴、悲傷和希望的，被不適當地稱為『鄉土
文學』的優秀小說」，⑮給予高度的評價，強調認同民族文化，
反對西化。陳映真在 1977、78 年的「鄉土文學論戰」中成為主將
之一，便是他意欲有新的作為的實際行動。他現身說法，解剖自

---

⑬　陳映真：《企業下的異化》（1983），《陳映真作品集》，第九
　　卷，第 30 頁。

⑭　陳映真：《企業下的異化》（1983），《陳映真作品集》，第九
　　卷，第 30 頁。

⑮　陳映真：《懷抱一盞隱約的燈火》（1977），同上，第 24 頁。此
　　外，參見陳映真撰寫的關於「鄉土文學」的評論，例如《變貌中
　　的台灣農村──試評〈打牛湳村〉》（1978）《青年的孤獨和悲
　　哀》（1984）《再起台灣文學的藥石──讀陳虛谷的〈榮歸〉》
　　（1985）等。同上，第九卷。

己：「西方化，『國際』化的潮流下自我認同的喪失的問題，表
現在城市知識份子的生活中，是一片『崇洋媚外』的精神。對於
這樣的精神，我也於不知不覺之間，或者竟於半知半覺之間，受
了感染。幾篇我在這個時期寫成的『隨想』文中，夾雜著不少不
必要的洋文，便是賴不掉的鐵證。然而在另一方面，我便也做了
幾篇小說，嘲諷了包括我在內的知識份子。認識和實踐之間的複
雜和矛盾，竟有類此者。」[16]

　　除了給予「鄉土文學」所具有的認同本族文化、表現人的尊
嚴以高度的評價外，陳映真「新歷程」的第二步是通過小說寫作
和非虛構的寫作來探索新的時代問題。他的「華盛頓大樓系列」
（包括《夜行貨車》、《雲》、《上班族的一日》和《萬商帝
君》四篇作品）便是在這種思想指導下寫出來的。陳映真以自己
的方式來思考台灣面臨的（同時也是資本主義社會普遍具有的）
緊迫問題：人的異化。政治和意識形態的壓抑感在他的小說已逐
漸淡化，而讓位給這個更深層次的哲學難題（在陳映真寫於八十
年代的所謂「政治小說」《鈴璫花》、《山路》和《趙南棟》之
中，政治忌諱已得到公開的談論，這反而使他的小說失去了早期
小說的含蓄，儘管所探索的的確是台灣幾十年來為之苦惱困惑的
問題）。在這一點上，陳映真以自己的「傳統」形式匯入後輩作
家用新的小說形式創作的潮流。

　　同樣是對於「異化」現象的探討，張大春（1957－）採用的
是截然不同於「鄉土小說」的新形式，這就是「元小說」（meta-
fiction）。事實上，台灣的「鄉土小說」在黃春明之後，已呈強
弩之末。由於黃春明的成功而引起一些人競相仿效，「鄉土文
學」墮入末流，喪失了它的思想性和批判性。儘管有過一場論戰
為之辯護，也難以挽回不圖創新導致的疲敝狀態。張大春的價值

---

　[16]　陳映真：《懷抱一盞隱約的燈火》。

不只在於他注意到了陳映真所說的現代企業「因著空前發達的科技、知識、管理體系，大眾傳播，交通和龐大的資金」，而「對人的生活方式、行為、思想、感情和文明」產生的廣泛深遠的影響，⑰而且用新的小說形式來揭示這種影響，尤其是其負面的影響：在現代工商社會裡人性淪落的恐怖景觀。陳映真藉助馬爾庫塞的批判理論，洞察到大眾消費社會中「人變成只會消費而不會創造、自主、思考的『單向度的人』」，「人變成跟隨市場變化的人，張皇失措，逐波而流，永遠被更高的慾望所牽引。短暫的滿足與饑餓的不斷循環，是現代消費人的特質。這種循環的結果，有一天會使人落入極淒涼的境地；在一切物質都得到滿足後，覺得生活茫然、虛空、無聊、倦怠，失去了對人的親切、關愛，而只成為商品市場的工具。這是人的『異化』中最悲慘的景況。」⑱他借日本社會學家的話，稱現代消費人「變成一大堆有意見而無信念，有事實而看不到事實的意義，有各種複雜的規則而本身失了原則的人」的現象為「人的幸福中毒症」，人就像走出森林的野獸，被囚養在各種商品所築的柵籠中，成了一種「家畜」。⑲一句話，陳映真體察到大眾消費社會籠罩著把人引入迷宮不能自拔的虛假的文化意識。人們生活在各種經過精緻包裝的「虛構」的世界中，這個世界唯一的真實就是刺激人的消費慾望。人們從「虛構」然而精美的包裝中再也看不到真實卻比較陰暗、比較鄉下、比較「粗鄙」的人性的世界。⑳

---

⑰　《企業下的異化》（1983），同上，第 30 頁。

⑱　《大眾消費和當前台灣文學的諸問題》（1983），《陳映真作品集》第八卷，第 120－121 頁。

⑲　同上註。

⑳　參見陳氏：《走出國境內的異國》（1987），《陳映真作品集》第十卷，第 187 頁。

　　工商社會的這種「虛構」性質，它所造成的現代人的「單面性」，在張大春的小說裡得到了獨特的展示。張大春並不像陳映真那樣創造「反映現實」的「華盛頓大樓系列」或乾脆通過論文隨筆等形式來探索並試圖回答這些現代人的難題。他「顛覆」這個「大眾消費社會」的策略也是「寫小說」，但他是將「人」寫小說和受這種純然虛構的活動的影響的過程展示出來，於是「虛構小說」的過程便成了「虛構現實」的過程。例如《旁白者》（1986），女作家雷芸既生活在現實中，也生活在虛幻的小說世界裡。而她所以倍受困擾，是由於她純然虛構的故事也困擾了她的人物的原型。人們無法接受變了形的「自我」。張大春甚至想通過「形式」的虛構性質來瓦解「內容」的真實性。譬如，既然「史傳體」或「新聞體」要求的是敘述對象的真實，那麼，當一件純然虛構的事件用「史傳體」或新聞體敘述出來的時候，也就顯得如同實有。他創作《印巴茲共和國事件錄》來說明：假如歷史與藝術虛構是同樣的東西，那麼我們從歷史書中讀到的將不是曾經有過的事實的真相，而經過各種人士診斷、整建、化妝過的虛幻的東西。因此，張大春懷疑歷史的真實性。他用小說展開虛構小說的過程，他顯示出人如何從自己的願望出發去看待和「虛構」外面的「真實世界」；那充斥著各種符號的世界實際上大部份由符號自身的規則和意義統轄，曲解並支配著人的思想。由於人把自己的幻覺當作「客觀」事物的真實，結果造成了各種遷就本人的「主觀」願望的誤讀，而這種誤讀又恰恰導致人與人之間，人與其環境之間的隔膜。表達人的「願望」、「思想」、「訊息」的符號竟然變成了阻礙著真正溝通的一堵「牆」（《牆》）。在《寫作百無聊賴的方法》中，張大春成功地使這篇小說有二重意義：一方面，「試管嬰兒」賴伯勞，即「百無聊賴」，是現代社會的人淪為「物」的典型。他被派去作各種枯燥乏味的工作，自覺「微不足道」，缺乏成就感，過著毫無意義的

無法選擇的生活；另一方面，歷史家、社會學家、生物學家、人類學家、病理學家、宗教學家、靈異學家、經濟學家都把賴伯勞作為科研對象，形成關於賴伯勞的各種「觀察理論」，然而他們恰恰把賴伯勞這個最真實、最完整、最有實感的有血有肉的對象徹底忽略了。張大春諷刺「研究」、「創作」之類的人文活動只不過是沒有客觀根基而僅求達到主觀目的的詮釋活動。這就是作為「文學家」的「我」所發現的活生生的現代人賴伯勞的悲劇。但即使是「我」的觀察也並不能真正切入賴伯勞的心靈深處。㉑

　　運用「元小說」形式探索現代人困境是台灣八十年代中期以後的現象。我在「導言」裡談到台灣小說寫作的第三次變革時已經論及它的特點和主要理論觀念。九十年代以後，「後現代」話語的操作幾乎成為一種流行的「顯學」。從這裡我們可以看到自1988年「黨禁」和「報禁」放開之後，台灣的大眾消費社會如何在如飢似渴地「消費」自己的「智慧」，在「虛構」世界、攫奪利益的同時焦慮地想確定自己的地位和形象。再舉一篇短篇小說做例子。1991年第5期《台灣文學選刊》選載了一個名不見經傳的台灣青年作者王文華的短篇《性、政治、強暴案》。小說敘述某大學的「校花」林美珠與「品學兼優、文武雙全」的男生陳××雙雙合作，預謀虛構了一樁「強暴案」從而名噪一時，功成名就。小說的女角（我不說「女主人公」，因為她與陳××一樣，只扮演了「導火索」的角色）林美珠在競選校花成功時意氣風發地說：「這就是格調！」（「This is style！」）她所謂的「格調」是在研究了心理市場的行情之後，精心企劃出來的一種「後現代的微笑」，「以一種法國中尉女人的氣質回眸一笑的背景」來「勾起×大男學生和男教授寂寞的少年往事」。她的成功的

㉑　以上所談的張氏小說，均見其小說集：《公寓導遊》，台北，時報文化出版企業有限公司1986年6月初版。

「格調」雖然沒有自身的內容，卻具有獨特的市場價值，正如陳××「品學兼優、文武雙全」的一貫形象具有潛在的市場價值一樣。於是，陳林二人唱的「雙簧戲」——「強暴案」，才有可能利用其中「性」的內容聯想產生奇妙的反差效果，才有可能藉助誇張煽情的大眾傳播媒介演了下去，並使每位「詮釋」這場現實的「虛構戲劇」的人煞有介事地介入劇情，成全了陳林二人功成名就的慾望，也成全了大眾消費社會各階層的需要，使之滿足了各懷鬼胎的社會各界的利益。「約會強暴案」引起「多米諾骨牌」效應：大眾傳媒，政壇風雲，校園學運，乃至股市行情，無不聞風而起，從各自的利益出發巧妙「詮釋」這樁本質上是虛假的「強暴案」。陳××和林美珠的存在有賴於那些公眾的慾望，這頗類似《三國演義》裡孔明的「草船借箭」：以模擬的稻草人免費獲得萬根「利」箭。「格調」的設計完全出於市場的需要，而不是自為的。就連陳××在設計這件事時，也是為了替出版社撰寫小說「雅痞的都市冒險。」一切都在煞有介事地進行。一切都變得有名無實。每個人都在藉他人兜售自己。「真相」的意義變得詭異起來：顯然，關於強暴案的一切反應都是誇張不安，就連強暴案本身也是虛假的，人們只不過利用了其中暗含的「性」話語及其政治隱喻來達到自己追求經濟利潤和政治私利的目的。然而難道這種現象本身不正是一種極其真實的現象麼？

　　王文華將大眾消費社會的虛構性質，盡情地撕破，嘲弄了一番。這裡剩下的唯一真實，便是孜孜於為自己套上名繮利索的真實。顯然，台灣的小說寫作已經真正作為對於現實的「模擬」和「介入」產生了十分複雜的作用：它本身是這個社會的產物，因而自然也是其中所描述的現象之一（王氏的這篇作品有一個細節，陳××與林美珠約會時，右手拿著德里達的 Of Grammatology，這似乎便是「後現代」的象徵，小說在某種意義上也是德里達解構理論的形象詮釋）；另一方面，它似乎又超然物外，以

自己獨特的話語來反觀和批判小說本身的現實的雙重虛構。小說家現在通過敘述或隱或顯地告訴讀者，他的小說是為了虛構而虛構，不能等同於生活的真實，但它的誇張的背後，似乎又恰恰是誇張而虛假的生活的寫照。現在，不僅小說的內容本身直接對當代大眾消費社會的文化現象形成對抗的、消弱的、批判性的衝擊，而且小說形式自身也成為一種反叛的、解構的因素。這是一場語言反叛語言，並由此進而反叛以語言符號作為主要媒介的「虛構世界」的小說革命。後輩小說作家利用獨特的小說形式提供了觀照當代台灣社會，甚至整個世界性大眾消費社會的「後現代」視野：「虛構世界」的外延已經不局限於文學（小說）世界，而且擴及構成人們生活要素的新聞、電視、廣告等大眾傳播媒介乃至政治經濟領域。對這個虛構世界保持著清醒的批判態度，便是小說家和知識份子的良心。

　　在操「後現代」話語進行寫作的眾多作家中，我以為列舉比較突出的代表人物張大春的小說，和一個普通的青年作者的作品來與陳映真有關大眾消費社會的批判的觀念相比較就夠了。顯然，陳映真對「富裕」社會中人淪為「家畜」的景象的警覺和憎惡並不始自八十年代，早在他創作《我的弟弟康雄》時就已經探討了這個問題。那麼，是什麼思想一直在影響著陳映真，使之對於財富的追求持批判的、否定的態度呢？我以為是清教徒的信仰。早期基督教派伊便尼派（「窮人派」）就認為財富的誘惑永無休止，追逐和佔有財富與信仰上帝相比毫無意義。懈怠，遊手好閒，屈從於肉體享樂的誘惑都由於佔有和享受財富，更有甚者，財富將使人放棄對正義人生的追求。[22]由於陳映真一直堅持「關愛人」，並與殘害人性的各種可能的力量（包括腐蝕人性的

----

[22]　參見馬克斯·韋伯：《新教倫理與資本主義精神》，第 122－123 頁。三聯書店 1987 年初版。

「富裕」，各種體制化的政治、經濟、宗教教條等的壓抑）進行
抗爭，因而進入八十年代後，他也必然會對台灣社會走向繁榮所
帶來的異化問題進行批判。後輩作家與陳映真在這一點上可謂殊
途同歸。

　　但陳映真仍然是孤獨的。因為他生活在一個視左翼思想為異
端的時代和世界裡。他自少年時代就心嚮往之，後來又在極其艱
難的處境和極其困惑矛盾的心路歷程中服膺不捨的左翼思想，使
他在自己生活的土地上成為一個被放逐的「陌生人」。他誕生於
三十年代，卻不屬於三十年代。那個年代壯懷激烈的左翼文化運
動，對他而言，不僅僅是記載在史冊上的文字風雲，也是他所吸
吮的乳汁，是他據以陶鑄自己靈魂的精神養料在冷戰高潮的六十
年代冒險閱讀三十年代的「禁書」，如魯迅、巴金、茅盾等人的
文學著作和艾思奇、毛澤東等人的社科著作，使他「不能自抑的
豹變」，並「張開了眼睛，看穿生活和歷史中被剝奪者虛構、掩
飾和欺瞞的部份。」這些禁書也「使他耳聰，讓他隔著被封禁的
歷史，聽見了二十世紀初年新俄誕生以來，被抑壓的人民在日
本、在中國、在日據的台灣驚天動地的怒吼和吶喊。」㉓「在反
共偵探和反共恐怖的天羅地網中，思想、知識和情感上日增的激
進化，使他年輕的心中充滿著激忿，焦慮和孤獨。」這種冒險閱
讀終於讓他付出了代價，被投入監獄長達七年。他誕生於台灣，
卻對大陸魂牽夢繞。祖輩流傳下來的「歌謠」記載著他永難忘懷
的「根」：「大清國，福建省，泉州府，安溪縣，龍門鄉，石盤
頭，樓仔厝」。這條根將他的血脈與原鄉緊密相連。對他來說，
大陸意味著割捨不斷的民族感情，深厚悠久的文化傳統，1949 年
以後的大陸更是他悠然神往的理想國，寄託著他的夢幻和激情。

㉓　許南村（陳映真）《後街》，連載於台北《中國時報》，1993 年
　　12 月 19 日－12 月 23 日。以下引文同此。

但 1975 年出獄後，他所看到的大陸的現實幾乎摧毀了他心中的聖
殿。等到他終於能踏上原鄉的土地時，他又驚異地發現，這裡的
人們也已經聽不懂他的語言了。他在《山路》、《鈴璫花》、
《趙南棟》等作品中寫過他所感覺到的幻滅；在「華盛頓大樓」
系列裡試圖以藝術的形式為台灣和大陸共進忠諫，然而聆聽他的
聲音的人越來越少。他再一次感覺到孤獨。他彷彿是已被人遺忘
在典籍裡的、受試練的「約伯」；又好像是當代的「堂吉訶
德」，落漠地騎著馬，徘徊在大陸與台灣的歷史和現實之夾縫之
中，苦苦尋找著一個荒蕪而喧囂的、「民主」而「富裕」的時代
的靈魂。在寫於 1993 年底的自傳性文章中，他這樣描述自己：
「從二十幾歲開始寫作以迄於今，他的思想和創作，從來都處在
被禁止被歧視和鎮壓的地位。1979 年 10 月他被捕偵訊時，知道
有專門對他的作品和言論做系統的思想檢查分析和匯報的專業思
想偵探。八十年代中後，台獨反民族學術力量在台灣的政壇和高
等教育領域擴大了可觀的影響力，成為當前台灣既成台灣政・學
體制的不可缺少的組織部份。在這新的情勢中，和他二十幾歲的
時代一樣，他的思維和創作，在一定意義上，一直被支配的意識
形態霸權專政的對象」，「不識時務」，堅持孤獨，力排眾議，
每持異論，然與潮流扞格不入，卻為常人所難辦到。陳映真可貴
的正是這種不怕孤獨的品格和精神。

　　那麼，一直支撐著他在當代台灣孤軍奮戰的精神支柱是什麼
呢？究竟是什麼東西使他抗拒著內心的焦慮並幫助他消除思想的
困惑和縈懷不去的苦難感、孤獨感？我們從他所接受的思想傳
統，從他帶著論辯、反駁、沉思、自嘲等小說中的理性話語和其
他文化評論所內含的思想或知性因素，可以清楚地看到，陳映真
賴以安身立命的首先是他從小從父親那裡得到薰陶的基督教精
神，特別是《新約》以耶穌為代表的伊便尼派（窮人派）思想。
他的社會主義、人道主義思想固然也淵源於六十年代初閱讀的三

十年代社會科學著作，但家庭早期的基督教啟蒙起到了關鍵性的導向作用。其次是認同祖國文化的民族主義精神，這也源於閱讀魯迅等進步作家的經驗。這些思想薰陶使陳映真選擇了一條意欲擺脫個人之孤獨與無力感，而走向認同大眾（特別是下層人民）的道路，也是他一生不遺餘力地反抗以美國為中心的意識形態霸權和體制性文化霸權的根本原因。但「你永遠沒法在所多瑪和峨摩拉城尋見神和愛」（陳氏：《最牢固的磐石》），在台灣這塊思想貧瘠的土地上，陳氏的思想轉化為「智慧的痛苦」，成為一個「最後的烏托邦主義者。」於是他將這些思想付諸審美的藝術創作活動，小說寫作本身成為他排遣在現實中受挫、失望、頹唐等苦悶的超脫方式。他自己說，創作給他「打開了一道充滿創造和審美的抒洩窗口。他開始在創作過程中，一寸寸推開了他潛意識深鎖的庫房，從中尋找千萬套瑰麗、奇幻而又神秘、詭異的戲服，去化妝他激烈的青春、夢想和憤怒，以及更其激進的孤獨和焦慮，在他一篇又一篇的故事中，以豐潤曲折的粉墨，去嗔痴妄狂，去七情六慾」。「他從夢想中的遍地紅旗和現實中的恐懼和絕望間巨大的矛盾，塑造了一些總是懷抱著曖昧的理想，卻終至紛紛挫傷自戕而至崩萎的人物，避開了他自己最深的內在嚴重的絕望和自毀。而於是他變得喜悅開朗了。自我封閉的藩籬快速地撤除。」起初陳映真還能僅憑創作來錮守他思想的秘密，但後來他不願再止於沉思、耽美，作徒然的空想。他還直接地干預、批判「思想貧困」的現實。他對台灣大眾消費社會人性異化的批判與對他曾寄予理想主義願望的大陸的「西化」跡象的憂慮是一致的。他的批判武器便是馬克思洞察資本主義社會痼疾的「異化」理論。他在汲取當代新馬克思主義（如馬爾庫塞的批判理論）、當代解放神學乃至存在主義思想基礎上運用自己的武器。這一點使他迥異於他的前輩，同輩，也不同於他的後輩和大陸的「左派」。

陳映真在藝術與政治之間搖擺，在歷史和未來的夾縫中思索。他從《新約》中來，向馬克思走去，而最後勝利的仍是耶穌。耶穌是他的骨血和靈魂，馬克思是他的眼睛和武器。而他的思想的最根本的特徵，乃是以「精神」或最高的內心道德律則破除本切僵化的教條和體制化意識。他的旗幟是人道主義的博愛：「我若能説萬人的方言，並天使的話語——卻沒有愛，我就成了鳴的鑼、響的鈸一般；我若有先知講道之道，也明白各樣的奧秘，各樣的知識，而且有全備的信，叫我能夠移山——卻沒有愛，我就算不得什麼；我若將所有的周濟窮人，又捨己叫人焚燒——卻沒有愛，仍然與我無益。……愛是永不止息。」（《新約·哥林多前書》第13章第1－8節）所以他那曾一心想推翻羅馬人統治，進行社會革命的「猶大」最後才明白：「沒有那愛的王國，任何人所企劃的正義，都會迅速腐敗。」（《加略人猶大的故事》）

陳映真的寫作提供了深入詮釋的各種可能性。這個「最後的烏托邦主義者」用他的靈魂畫下的不是一個句號，而是一個問號。

小結：陳映真的獨創性

陳映真「文本」重視的「母題」、「間文性」和它關於台灣現實的暗示，無疑使陳映真不僅僅屬於中國台灣島內的文學傳統（如果説有這麼一條自賴和以來的傳統的話），並且通過接受魯迅的薰陶影響而匯入中國二、三十年代的中國現代文學傳統，通過私淑契訶夫、芥川龍之介等作家的藝術而與十九世紀批判現實主義和現代心理現實主義的文學傳統聯繫起來了。然而陳映真首

先還是屬於自己的時代。他的當代性決定了他的獨創性：他從所服膺的文學傳統汲取養料，立足冷戰‧民族分裂時代台灣的特殊土壤，通過寫作來思索、探討這個不安的時代最困擾人們精神的現實問題與哲學問題，表現了處在孤懸狀態中的台灣的苦難。

陳映真是惠特曼筆下那棵生長在原野上孤獨、然而堅強的「橡樹」。

他是孤獨的。他將社會主義理想和基督教精神融鑄成自己的熱情的理想主義。這種異端思想，在六十年代曾像一盞微弱的燈，照耀著他筆下那些為無望的理想焦慮哀傷終於頹唐的人。出獄後，他仍然孤獨。因為，儘管他藉助新馬克思主義的批判理論（這在台灣仍然是「異端」）在小說和其他文章中提出了他認為重要的大眾消費社會與人性攸關的異化問題，社會依然照著自己的規律漠然運轉。

他屬於「在這個不可敬的歷史中，用可敬的方式來努力於人的尊嚴的一代。」（卡繆語）[24]他像其他戰後作家那樣沉思著這個困局：「人並不能完全背負著罪責，因為並不是他開創了歷史；但他也不是完全清白無辜，因為正是他把這歷史延續下來。」（卡繆語）他為自己所屬、自己所無法選擇的「神話時代底頹廢末期」承擔著責任，就好比約伯要承擔降臨他身上的一切厄運一樣。在這一點上，他是獨特的。

作為中國近代以來歷史興衰之象徵的台灣，1895年被割讓給日本，淪為殖民地；1945年光復伊始，內戰爆發；1949年海峽兩岸分別加入國際冷戰各自的陣營，壁壘分明，音訊相絕。她的苦難來自這種分斷引起的「孤兒意識」。在陳映真的小說寫作中，

---

[24]　轉引自比葉‧杜‧波瓦斯迪厗：《卡繆及其作品》一文，陳映真主編：《諾貝爾文學獎全集》第 34 冊，第 83 頁。台北，遠景，1981 年版。

這種苦難得到詩意的表現，同時也被賦予「思」的話語。一方面是無法擺脫的詩意的震顫，另一方面是對這種無法擺脫之戰慄的逃避。陳映真在這二者之間診斷了「冷戰・民族分裂」時代的特殊病症；並試圖為這種時代病貢獻良方。在這一點上，他也是獨特的。

　　「技巧」對他來說，確實不太重要，因為使他卓然特立的，是他有著戰後一代特有的歷史滄桑感，有著前代作家的批判力，有著這二者所缺乏的「異端」思想。但「技巧」事實上也是重要的，因為它使這些東西水乳交融，而且有了藝術上的生氣。「技巧」點化了他的思想。這二者形成了他特殊的美文風格。

　　他確實是生長在台灣北方的一株文學「橡樹」。

後記

　　本書取名「台灣的憂鬱」，並沒有任何浪漫誇張的成分。我所擷取的是人們容易忽視的台灣島上的那些心底的隱痛、茫然與不安，而不是人們所習見的表面上炫人耳目的聲色犬馬。話題似乎有些不入時了，所論及的人物，彷彿已成「過眼煙雲」，但他曾為之痛苦過、焦慮過的思想和歷史並沒有喪失它們的意義。

　　台灣有過一個美麗的名字，「福爾摩莎」（Illha Formosa）──「美麗之島」。那是十六世紀葡萄牙人在浩瀚的大海上航行，經過台灣海峽時，猛然發現她上面林木青翠，景色迷人而情不自禁地驚呼出來的。也是在同一時期，日本人在台灣南部看到當地白沙青松，頗像日本播州灣海濱的景色，遂稱之為「高砂」。這些名字讓人想起她峰巒疊錯、綿延不絕、溪谷幽深、秀木挺拔的山脈，綠疇廣袤、川流不息的沃野，礁石嶙峋、海浪拍天、白沙映日的美麗的海岸線……當然也想起了由於她的美麗和富饒而引起的貪婪的覬覦，而遭受的蹂躪、掠奪和苦難。其實台灣早就有了自己的漢名，像公元三世中國三國時代所稱的「夷州」，六世紀隋代所稱的「流球」，以及閩粵民間所稱的「雞籠」、「魍（網）港」、「大員」、「台員」、「台灣」，甚至「埋冤」等等。這些樸實無華的漢名，讓人覺得人心目中的台灣形象，與漢民族的生產活動和生活，與他們辛勞墾拓、他們的生老病死更加息息相關。同一個對象可以有不同的名字，而不同的名字可以產生不同的歷史的聯想。對台灣這個美麗的寶島來說，她的名字，意味著更多的東西，意味著她蠻荒未開時代的神秘，

她在漢族移民手中的開拓史，她被異族強占的苦難史，她曾有過
的希望、奮鬥、歡欣和憂傷。

「台灣」一詞積澱著漢民族獨特的歷史記憶。我想探尋的就
是在這種集體記憶中的文學心靈。

大陸學人對台灣這顆文學心靈探尋，肇端於七十年代末。從
單個作家作品的介紹，到比較系統的文學史的整理研究，雖然步
履維艱，卻也取得了不少足資後人借鑒的初步的成果，逐漸披開
籠罩在海峽彼岸台灣島上的神秘面紗。那不再是想像中的「水深
火熱」的景況，儘管她身上依然烙刻著近代殖民地屈辱的創傷，
擺脫不掉那些歲月的滄桑回憶；也並非一片笙歌曼舞的人間天
堂，因為她付出高昂的政治代價和精神代價換來了「絕代」繁
華，最終還是難以遮掩心底的痛苦與茫然。這就是我們從台灣文
學作品上讀到的台灣歷史。這歷史恰恰是中國歷史的縮影，它昭
示著已然的過去和可能的未來。這塊憂鬱而喧囂的土地，充滿腰
纏萬貫的興奮和不安，猶如一個社會發展實驗室，在世界性現代
進程上比大陸早走了幾十年。因此如何客觀地研究、認識、把握
這一進程，研究、把握將這一進程中人們的精神狀態藝術化的獨
特形式（文學作品），從而為我們目前正在從事的現代化建設提
供經驗教訓，為中國現代文學史補寫不可或缺的篇章，便成了不
容忽視的課題。

起初，我也曾熱烈地關注發生在台灣島上的所有能說明一個
正逐步走向民主的年輕社會之活力的文學和思想，包括她的喧囂
與騷動。但我很快從那一片喧嘩中聽出了寂寞。我發現「媚俗」
易，而獨行難。因此，像陳映真那樣經歷坎坷，又能於眾聲喧嘩
中獨發異響，他的創作又似乎充滿矛盾的作品就自然吸引了我。
政治迫害的犧牲者（曾入獄七年）、鄉土文學論戰的主將之一、
台灣在野的「統派」、台灣的左翼知識份子……這些「異端」使
陳氏成為一時的「熱門人物」。他的身上聚焦著許多敏感的問

題，以至研究 60 至 80 年代的台灣文學，不能不談論陳映真。他也曾經是歐美校園議論的話題，甚至在 1988 年 8 月初香港大學亞洲研究中心舉行的「陳映真的文學創作與文化評論」研討會上成為國際學術研討的議題。我感興趣的當然不是他這些表面上的輝煌聲名，而是他在台灣乃至大陸的尷尬處境和孤獨感。他是台灣島上負傷累累的憂鬱的心靈。他用富於感染力的藝術的筆墨去感受和描寫他那個「充滿了陽光的、鷹揚的人類」尚無踪跡的「神話時期的廢頹底末代」的一顆顆憂鬱哀傷的心靈；又用理性的筆調來剖析批判這個時代──冷戰‧民族分裂時代──的諸種病症，這使他的文本特別濃厚地染上了這個時代的色彩。隨著時間的流逝，他所具有的政治性可能為人們所淡忘，但作為作家，可以說，他是台灣文學的最佳研究對象。

台灣的文學心靈可以追溯到明清時代，然而我只截取了現當代部份，而且只選取了一個我認為比較有代表性的作家作為展開論述的軸心。我不知道我是否探觸到其中最本質的部份，但我相信我找到了存留於現當代文學之中的關於台灣歷史的憂鬱的記憶。文學調用各種藝術的手法，把這種記憶或者夢魘小心翼翼地安放在被稱為小說的文字堆中，用文字把記憶建成一個差堪慰藉寂寞的心靈的「墳」，如魯迅所說，「雖然明知道過去已經過去，神魂是無法追蹤的，但總不能那麼決絕，還想將糟粕收斂起來，造成一座小小的新墳，一面是埋葬，一面也是留戀。」（《墳‧題記》）這種寫作的心態，用於描述台灣日據時期和當代一些歷史感比較強烈的作家的寫作動機，還是比較貼切的。在這些作家的作品中，可以感受到一種比較鮮明的對立模式，不論是人物，還是母題，都帶著依稀可辨的傾向性，這可能會影響其作品的生命力，但又恰恰顯示出台灣小說寫作史的特點。若依據嚴格的藝術標準，也許有不少台灣的文學作品都很難寫入文學史，但正好是這些作品，最強烈地突現著台灣的執拗的記憶，讓

人沒法把它從文學史上抹掉。我私自慶幸的是，我所選擇的對象以其作品之內在的矛盾、模棱、不確定性、歷史感和批判力表現了一個特殊的歷史階段裡的知識分子的困惑和夢想，而且以此延續了五四以來的文學傳統。他的存在本身，幾乎說明著「冷戰・民族粉裂」時代的台灣的各個方面的精神糾結。

　　古羅馬歷史學家塔西陀在談到他撰寫《編年史》的情況時曾說：「……著名的歷史學家已把古老的羅馬共和國的光榮和不幸載入史冊。甚至奧古斯都當政的時期也不乏出色作家為之執筆；但阿諛奉承之風一旦盛行起來，歷史學家便不敢再動筆了。提貝馬烏斯、卡里古拉、克勞狄烏斯和尼禄的歷史都是人們在他們炙手可熱時懷著惶恐心情胡編亂造出來的，而在他們死後撰述的作品，又受到余怒未消的憤恨情緒的影響。……我下筆的時候既不會心懷憤懣，也不會意存偏袒，因為實際上我沒有任何理由要受這些情緒的影響。」（第一卷第一章，中譯本第二項。商務印書館 1981 年初版）可見在當代政治的特殊處境下，人們由於受到「阿諛奉承」或「心懷憤懣」兩種情緒的影響，難以把當代史或當代事撰述得公道。我們站在海峽這邊，看海峽那邊的文學，也許免不了有所隔膜，畢竟兩岸的分離隔絕長達將近一個世紀，但正由於有距離，由於我們沒有任何理由受到上述兩種情緒的影響，所以能夠有條件把問題討論得更加深入一些，更合乎實際一些。即使如此，我仍不敢以史筆寫已成過去事的「當代史」，而只能以論代之，為的就是日後還可以看得清些，還可以進行修改。唯一可以告慰自己的正是這一點：我沒有把它寫成一般的「友情」文章，像在台港文學研究界常常看到的那樣。正如塔西陀所說，「我下筆的時候既不會心懷憤懣，也不會意存偏袒，因為實際上我沒有任何理由要受這些情緒的影響。」

　　不過，這究竟是我的第一本書。由於眾所周知的原因，台灣新文學，特別是五十年代以來的新文學，其第一手資料（包括當

時的文學期刊和報紙副刊等）遠遠比不上大陸所藏的其他現代文
學資料豐富，這情形猶如台灣曾一度缺乏和禁止開放五四以來尤
其是三十年代以來的中國新文學資料一樣。在這種情況下，經過
後人編輯、整理、重印的材料（往往已包含了編輯整理者一定的
選擇意向），就成為我據以研究的重要對象。由於不少作品都已
經作者本人或叢書編輯入集子，在北京圖書館等處有時又找不到
作品原載的報刊雜誌，因此對作品原貌、發表當時的時代風氣、
社會面貌、政治動態、作家當時的真實心態等等背景因素，只能
間接地從作品本文的思想內容與語言風格去體會。這不能不是一
件遺憾的事。事實上，確實有些作家的作品已經有了不同的「版
本」，需要作一番「校勘」的功夫才能弄清發表之初的原貌了。
典型的如聶華苓女士的《台灣軼事》大陸版，有些篇章已大不同
於它的台灣版。例如《愛國獎券》、《王大年的幾件喜事》等
篇。若僅根據大陸版來作判斷，恐怕就很難真正逼近它的原貌
了。因此台灣文學研究是充滿缺憾的研究。我希望能在日後修正
和彌補因原始材料付之闕如而可能產生的某種幻覺和缺失。

　　台灣風雲變幻，神秘莫測。社會並沒有按照人們的意想和善
良願望去運行，它倒像是被老漁翁從魔瓶裡放出來的巨人，冷漠
地一憑自己的意志去行事。本書所論述的對象，已經有不少的變
化，譬如作家陳映真的寫作，已經大部份轉向台灣社會──文化
問題的探討，以他對社會──政治問題的一貫關注，走上了似乎
更加逼仄的道路。他彷彿是一個現代的堂吉訶德，騎著馬，徘徊
在大陸與台灣的歷史和現實的夾縫之中；或成為幾乎被人遺忘的
孤獨的約伯。歷史是神秘的，它詭秘地微笑著給人出了許多撲朔
迷離謎面，讓人猜不透它的謎底。陳映真也將只有放在歷史之中
才能真正理解的人物。

　　本書是在我的博士論文的基礎上修改而成的。在寫作和修改
的過程中，曾經受益於不少老師的指導。其中何西來、杜書瀛兩

位恩師是最早促使我研究台灣文學的；唐弢先生的指導加深了我
對台灣文學與大陸現代文學之內在關係的認識，並一直有意識地
以大陸現代文學的潛文本來比較台灣文學；唐先生病後，我又得
到林非先生的指導，他所提出的研究文學必須與研究人生並進的
洞見以及關於寫作的指教，亦促使我深入思考作為文學創作之底
蘊的人生問題。在博士論文答辯和評議中，樊駿、郭志剛、袁良
駿、楊占升、楊匡漢等老師都提出了許多深中肯綮的意見，在此
謹向各位老師表示衷心的感謝！承蒙陳映真先生多次來信鼓勵，
並提供第一手資料；何西來先生不僅惠借有關書刊，又慷慨撥冗
賜序；最後幸得劉世德先生惠予推荐，列入三聯／哈佛燕京叢書
出版，在此表示深深的謝忱！許醫農先生在審讀和責編本書的過
程中，提出了許多寶貴的竟見，付出了巨大的勞動，使得本書得
以順利面世，也是特別應當提及的。我還要感謝我的妻子，沒有
她的無私的幫助和鼓勵，我幾乎不可能在如此艱難的生活環境下
完成我的工作。本書凝聚著前輩和友人的關心，但願它對理解台
灣文學有所助益，更期望它能得到朋友們的批評斧正！

黎湘萍

1994 年 8 月 15 日於北京芳草地

附 錄 (一)

被拋入歷史的人們

——重讀陳映真、黃春明、王禎和的小說

中國社會科學院文學研究所　黎湘萍

　　台灣的「鄉土文學」創作作為一種現實主義的「歷史」，應該說自賴和的第一部小說《鬥鬧熱》（1926）起，就已經自然存在了。但是作為一種論述的「話語」，卻分別集中出現於三十年代初和七十年代末。作為"文學形象"的"歷史"與作為"理論反省"的"話語"之間的這種時間落差，讓我們注意到所謂"文學史"的形成過程：當作家的作品被不同時空的人們在不同語境中用不同的方式來談論時，他們所輻射出來的"多元意義"，不斷透過各種解讀而累積成為文學的接受史：這些作家、作品被不斷地轉換成為訴諸現實的"話語"，又被拋入歷史之河，他們的作品當時所描寫的「現實」"文本化"之後，寓言性地構成了「歷史」的一環，而人們根據這些作品本文來"重建"的"歷史時空"已經跟他們原來所描寫的「現實」有了不小的距離了，因而重要的不是重建起來的"歷史時空"是否真實，重要是「現在」的論述、解讀等形成的新的話語變成另外一種異質的"意識形態"，已經具有另外的現實訴求。

---

　　① 　收入鄭明娳主編的《當代台灣女性主義文學論》，台北時報文化出版公司 1993 年 5 月初版。

　　1995 年，當我讀到台灣年輕的女性主義者學者邱貴芬女士撰寫的《性別／權力／殖民論述：鄉土文學中的去勢男人》①一文時，更加強了這個印象。邱貴芬女士藉助女性主義理論，融合福科的話語／權力學說、薩伊德的「後殖民」主義學說以及已經成為「經典」的弗洛伊德精神分析方法等最時髦的西方學術理論，對已經從七十末八十年代初的熱門話題中退下來的「鄉土文學」的代表作家陳映真、黃春明和王禎和進行新的解讀，她從陳映真的《夜行貨車》、黃春明的《莎喲娜拉‧再見》和王禎和的《玫瑰玫瑰我愛你》三篇代表作品中發現了「去勢男人」的現象，並把「去勢男人」象徵為台灣特有的「被殖民史」的精神特徵。②她似乎同意弗洛伊德所謂女人就是「被閹割的男人」的傳統定義，因而，潛意識裏並沒有把女人當作女人來尊重，而是把女人等同於變態的「去勢男人」，把被殖民社會比喻為「女人國」，認為「只有在台灣的男人從『噤若寒蟬』的政治恐懼中解放出來時，台灣的男人才能逐漸贏回環境被剝奪的男性自尊，擺脫『去勢』的處境的可能」。③邱女士所謂的「政治恐懼」是否就是陳映真等人在他們的作品裏所感受的五十年代以來壓抑的冷戰政治，抑或別有所指，這不是我想探求的問題；然而她注意到台灣被美日經濟強國「殖民」的現實，注意到這種「被殖民」狀態下人們精神的挫敗和創傷，至少是很有意義的。但是僅從＂男女對立＂的寓言或性別政治的角度來看這個問題，不免令人產生削足

────────────

②　邱貴芬寫道：「如果台灣的歷史基本上是一部被殖民史，從鄭芝龍時代至目前東洋及西洋經濟殖民時期，輪遭不同殖民者剝削蹂躪的話，台灣的社會基本上是一個沒有男性的社會，因為台灣的男人在面對殖民者時，若非被迫放棄男性能力，便是深為＂不能＂的焦慮煎熬，或是接下女性被嫖的角色。男性定位的曖昧混淆構成了我們要討論的三篇小說的戲劇張力。」見上書，第 20 頁。
③　同上，第 29 頁。

適履的感覺，她忽視了在台灣的中華民族自明鄭以來一直具有反抗異族統治的傳統，這並非「去勢男人」或「女人國」這種煽情的文學象徵所能概括的。但無論她的論點是引申自當代西方的女性主義、後殖民理論本身，還是出於對上述幾位作家作品的深度誤解，她對「鄉土文學」的解讀，再次把這些作家和作品拋入了五十年代至八十年代的歷史，拋入了九十年代現實，從而確證了「鄉土文學」的「歷史」的和「社會」認識的價值。

閱讀邱女士的論述，我對她力圖排斥的「內部殖民論述」以及作為「台灣人」的「對立面」出現的「中國殖民勢力」深感疑惑。在我看來，陳映真、黃春明和王禎和的作品所描寫的五十～八十年代台灣的現實生活，其實正是近代以來中國人的現實生活的縮影，正是在這個意義上，他們的作品才超越了狹隘的地域的限制，而具有更為深刻的價值。

當我重讀他們的作品，再次藉助他們的文本走入「歷史」，亦即他們的作品所描繪的那個時代的「現實」時，我看到他們竟是相當一致地以寫實的筆調與浪漫的情懷來跟中國現代史保持「審美」的與「批判」的張力。他們描繪了專制政治的壓抑、依賴經濟的膨脹、小人物和知識份子們在歷史運動中的困境等，其中有精神的創傷和挫敗感，有人性的異化景觀，也有人的尊嚴、愛、悲憫等高尚的情操。

先知的困窘

陳映真屬於那些需要時間來證明自己的洞見的作家。1959 年他發表第一篇小說《麵攤》④時，他並沒有表現出以小說為「預言」的能力，然而他卻隱晦地表現了台灣光復以來老百姓的困

④　見《筆彙》1959 年 9 月 1 卷 5 期；

境。《麵攤》不只是一種善良願望的詩意表達，而且從一開始就表露出陳映真的政治情結，經歷過 1947 年 2 月 28 日屠殺事件的人們，也許會理解這篇小說的意旨：警察對窮人的艱難處境應該存有一種人道主義的體諒，而不是藉助體制的暴力來摧毀窮人的唯一求生的希望。1960 年，當《我的弟弟康雄》⑤出現時，陳映真開始探討了理想和現實的難以調和的矛盾問題。他以日記的獨白的方式，讓讀者介入了最終導致小知識份子的康雄自殺的精神苦悶，一方面，"貧窮本身是最大的罪惡……它使人不可免的，或多或少的流於卑鄙齷齪……"，另一方面，"富裕"又"能毒殺許多細緻的人性"，無論貧富，都與罪惡有著難以擺脫的關係，這種兩難困境以及追求道德理想的純潔性與無法抵禦的物慾誘惑之間的靈肉矛盾，正是六十年代初的康雄和八十年代的蔡千惠（《山路》⑥女主人公）走向死亡的原因。而這未嘗不是近代中國在長期積弱之後，在專制條件下從赤貧陡然走向依賴性的「現代化」道路的精神象徵。

　　陳映真以藝術家的敏銳和思想者的深刻而使自己的作品具有「先知」和「啟示錄」的意義，從而使他被拋入了中國的當代史和文學史，儘管關於他的作品的最早評論在 1968 年 12 月才以政治辯護的形式出現⑦。在率先觸及戰後的台灣同胞精神挫敗的《鄉村的教師》⑧（1960）裏，他敘述一位曾經被日本人拉去當兵的青年吳錦翔，光復之後滿懷改革社會的熱望回到家鄉任教，然而曾經毀滅過知識與理想的 "定命" 的戰爭、爆破、死屍和強暴及精

---

⑤　見《筆匯》1960 年 1 月 1 卷 9 期；

⑥　見 1983 年《文季》第 3 期。

⑦　尉天驄《一個作家的迷失和成長》發表於 1968 年 12 月《大學》雜誌。

⑧　《筆匯》2 卷 1 期。

神的創傷（吃過人肉的經歷），在冷戰環境中對於改造中國這樣
一個古老而懶散的國度的絕望，終於使之精神崩潰了。較早洞察
了國際勢力影響下台灣的分裂意識的《加略人猶大的故事》⑨
（1961），藉助《聖經》故事，塑造了在國土分裂狀態下精神苦
悶的人物猶大，他游離於狹隘的奮銳黨人和博愛的耶穌之間，錯
誤估計了「民衆」的力量，最後在無限的痛悔中自殺。深刻反省
中國現代歷史罪惡之《文書》⑩（1963）以及用悲憫博大的人道主
義胸懷和階級觀點來描寫“省籍矛盾”的《將軍族》⑪（1964）等
作品，也表現了六十年代的陳映真以“市鎮小知識份子”身份面
對歷史的方式，對他和他的人物來説，歷史是一種罪惡的力量和
沈重的包袱。國際性的意識形態冷戰把剛剛回歸祖國的台灣再次
拖入了分裂的深淵，而這正是幾十年來台灣問題的癥結所在。

　　陳映真的作品充滿了死亡的意象，對他的那些小説人物來
説，死亡既是擺脱絕望的途徑，也是在這樣一個異己的苦悶環境
中保持尊嚴的唯一辦法。他的小説人物康雄引自《聖經》的“我
求魚得蛇，我求食得石”的獨白，表達了這一代苦悶的理想主義
者的心聲。

小人物的悲喜劇

　　就在陳映真把視野放在小知識份子面對歷史負擔和現實的困
局上，在精神深處顛躓流離的時候，黃春明一邊把玩著他的小刀
一邊從宜蘭的鄉下來到了現代都市。初入文壇的黃春明，開始也
在探討自由、生死之類的個人問題（《男人與小刀》⑫），但對

---

⑨　《筆匯》2卷9期。
⑩　《現代文學》18期。
⑪　《現代文學》19期。

黃春明來說，問題似乎不在於反省歷史以及追尋某種康雄、吳錦翔、猶大那樣注定要受挫的理想——他的小說人物（特別是那些生活於土地之上的鄉鎮人物）對於歷史的發展趨勢總是不明不白的——黃春明的人物感到焦慮的是如何在一個劇烈變動的世界中求生存。因此，他的作品反映得更多更有特色的，是社會變革中小人物的命運與人性。小人物在他的作品中大都具有某種"功能性"的特徵：這些來自鄉下或具有鄉村背景的「小人物」既是小說結構的有機組成部份，而且往往對他們所面臨的新都市的歷史——作為「現代化文明」之標誌——產生陌生的、拒斥的、疑懼的、批判的內在情緒，正是這種情緒使他們被捲入了「現代歷史」，並且成為「現代歷史」的批判者、見證人和犧牲品。因此他們內心深處始終糾纏著一種「城鄉情結」。黃春明的最大貢獻，在我看來，是他賦予了人物的"城鄉情結"以悲劇性的人性內容，他描寫了愛、關懷、悲憫等等純樸的鄉村「人性」如何與「大」的都市化的歷史運動發生衝突；由此而引發人們關於人性與歷史運動、關於兩種文化的矛盾（即西方資本主義的城市文化與中國本土的鄉村文化的矛盾）的深入反省。從黃春明的小說開始，代表著鄉村的價值觀念的人物，都被「現代化」的社會發展碾成粉碎。但是，作者對這些悲劇的處理往往具有喜劇的形式：小人物們面對社會歷史的發展運動都表現出無力回天、無可奈何的心理，而作家的「烏托邦」理想也因此顯得茫然。正是在這一點上，黃春明與陳映真走到了一起。

在黃春明作品中，可以看到對於貧窮生活的充滿了悲憫的描繪（譬如《鑼》⑬裏對憨欽仔與靠為人辦喪事的一群羅漢腳的饑餓的描寫；《魚》⑭〔1967〕裏寫阿蒼祖父一生的唯一希望就是

---

⑫　1961 年《幼獅文藝》。

⑬　收入 1974 年 3 月台北遠景出版的《鑼》一書。

能夠吃得上一條鰹魚,這樣一個希望最後還是落空了;《癬》⑮
〔1968〕裏的一家人生活於十分狹小的空間,因而全家染了同樣
的癬疾,本來就少得可憐的養命錢還不夠買醫治頑疾的藥水);
也可以看到關於富裕社會之喪失人性的尖刻嘲諷(譬如《兩個油
漆匠》寫那些都市人對來自鄉下的油漆匠的冷漠態度)。這兩個
極端正是陳映真在《我的弟弟康雄》中為之苦惱為之思考的問
題,而黃春明以形象的方式來描繪了。由於這些小人物總是不由
自主地被拋入歷史洪流之中,成為悲劇的主角,他們的精神支
柱,不是來自書本和各種知識界流行的思潮──這於陳映真的人
物十分不同:陳映真在《唐倩的喜劇》〔1967〕裏諷刺了六十年
代台北的知識界完全依靠歐美思潮為生的狀態──而是依賴中國
傳統的民俗社會代代相傳的人情風俗,譬如《看海的日子》
〔1967〕裏的善良的妓女白梅,活下去的希望就是選一個可以使
她產生好感的嫖客為自己孕育一個孩子,然後回到古風純樸的鄉
下,與那些不嫌棄她的鄉親們相濡以沫。因此,當悲劇降臨的時
候,竟能安之若素,使悲劇充滿了喜感。

　　從早期作品開始,黃春明就注意到了台灣社會的變革給鄉村
帶來的衝擊,這一點使黃春明以自己獨特的風格邁進了歷史的門
檻。「城鄉情結」一直伴隨著台灣社會歷史的發展進程。他的人
物似乎始終難以擺脫這種根深蒂固的「城鄉情結」。它似乎也正
是黃春明小說的秘密之一。「城仔」對於鄉下人來說,與其說意
味著「文明」,毋寧說意味著某種陌生的、神秘的、跟他們與生
俱來的貧窮大不相同的生活與社會地位,意味著生活的機會和希
望。在《「城仔」落車》(1962年)中,阿松終於有機會跟著他

---

⑭　收入黃春明小說集《青番公的故事》,台北皇冠出版社 1985 年 8
　　月出版。
⑮　同上。

的祖母進城去找靠賣身來維持他們的生活的母親阿蘭，祖孫倆為
了趕在五點之前到達城仔，心急火燎地趕路，生怕遲了阿蘭接人
落空，生怕阿蘭和她的新丈夫責怪，但是，最後快要到城仔時，
善良的老祖母突然膽怯了起來，──她反而覺得自己"太快
了！"黃春明把窮苦的鄉下老人的善良與自卑，他們與城裏人的
無形的心理距離，甚至她的女兒的不能自主的命運，寫得相當細
緻傳神。《溺死一隻老貓》（1967）是城鄉衝突──或曰現代化
過程──的一幕悲喜劇。老貓阿盛伯孤身反抗城裏人到本村來修
建溫泉游泳池，終於難敵擁有強大權力支援的現代商業的入侵，
溺死池中。阿盛伯溺死之後，儘管應家人的要求，新建的游泳池
關閉一天，但當"棺材經過游泳前，四周的鐵絲網還是關不住清
泉村的小孩子偷進去戲水的那份愉快的如銀鈴般的笑聲，不斷地
從牆裏傳出來……"⑯黃春明喜歡描寫天真活潑的孩子，他們可
能寄託著他的希望；他也十分擅長刻劃老人們的心理，他們來自
古老的土地的古樸的智慧、狡黠、堅定卻如秋天枯葉，在不可阻
擋的社會變遷中消失了。

　　黃春明的人物所被迫放棄的，都是一些被歷史所淘汰的職
業：《鑼》裏的憨欽仔放棄的曾經是村裏「孤行獨市」的打鑼的
差事；《兒子的大玩偶》裏的坤樹的「廣告人」的職業，也很快
面臨危機；《青番公的故事》⑰裏青番公儘管對土地、對他親手
種出來的稻田和他的「兄弟」稻草人──所有大自然的一切都有
親切的感覺，但是他也早已失去了聽衆，只能對自己的小孫子表
達他內心的喜悅了……面對歷史的淘汰，黃春明的人物，只能依
靠最讓人感到溫暖的人性關係，──祖孫關係，或父子關係，如

---

⑯　　黃春明小說集《青番公的故事》，台北皇冠出版社 1985 年 8 月出
　　　版，第 148 頁。
⑰　　1967 年 4 月在《文學季刊》。

阿松祖孫（《「城仔」落車》），青番公和他的孫子（《青番公的故事》），阿蒼祖孫（《魚》），甘庚伯和他的瘋兒子阿興（《甘庚伯的黃昏》）等等──來抗拒寂寞了。

都市中的人性問題

　　來自花蓮又出身於台大外文系的王禎和曾經聲稱：「我不討厭都市，我到了人多的地方好像就活起來了。在工業化的潮流中，都市化是無法避免的，這個問題對我沒有什麼。」[18]王禎和的確在他的鄉鎮背景和學院教育之間保持著某種必要的張力：我們一方面可以在他的筆下發現不少黃春明式的鄉土人物，另一方面也可以感受得到他對於都市化帶來的困擾並不那麼在意，而對內在的、屬於私人領域的「人性」予以更多的關注與探討，並從後者的刻意中流露出他濃厚的學院派的興趣。譬如《嫁妝一牛車》（1967）裏的萬發跟黃春明《鑼》中的憨欽仔有著相同的人窮志短的經驗和鄉土背景，然而，王禎和給予萬發更加私人化的、難堪的困境，他的挫折不僅來自貧窮，而且來自性的困擾；黃春明小説一再出現的感人的祖孫關係，在王禎和的小説裏也能感受得到，不過它轉換成姐弟或母子的關係，譬如早在處女作《鬼‧北風‧人》（1961）中，王禎和就塑造了一位意志脆弱、無法自立、依靠姐姐維生又對姐姐產生曖昧情緒的貴福，這種曖昧情緒正是人物衝突開展的私人的領域。

　　王禎和的學院派趣味還表現在他對於小説語言的有意識的探索上面（我們從他對語言探索的執著上看到了他和王文興的共同

點）。在陳映真的小說中，很少看到方言的運用，陳映真的語言是知識份子的語言，具有濃厚的五四時代的抒情與思辨的色彩；而黃春明的語言似乎得自天然，在敘述語言和對話中純樸流暢運用著標準的國語和方言；王禎和的語言感覺和敘述方式，都與陳黃二人有所差別，他在熔鑄方言於人物的內心獨白和敘述方面，深受亨利・詹姆斯和張愛玲的影響。

　　然而，據我看來，王禎和的價值主要卻不在這些地方，而在他對現代資本主義企業制度中的上班族的異化——人性的墮落卑鄙和民族精神的失落有著相當深刻感人的表現。從 1973 年的《小林來台北》開始到 1981 年的《美人圖》以及 1984 年的《玫瑰玫瑰我愛你》，王禎和運用喜劇的手法來描寫「上班族」所謂「知識份子」的生活與靈魂，用文學的形象的方式表現了兩種文化（即西方資本主義的城市文化與中國本土的鄉村文化）在人性的層面上造成的矛盾衝突。這些作品與 70 年代黃春明的同類題材的作品譬如《兩個油漆匠》、《莎喲娜拉・再見》、《我愛瑪莉》等作品和陳映真的「華盛頓大樓系列」《夜行貨車》（1978）和《上班族的一日》（1978）、《雲》（1980）、《萬商帝君》（1982）等作品一起，對逐漸成長起來的依賴美日等西方經濟為主的台灣工商社會做出了較早的批判。如果說《小林來台北》和《美人圖》還局限於用小林這位來自農村的純樸青年的眼睛來觀察「現代企業」中的上班族種種崇洋媚外、虛偽、空虛的醜態，那麼《玫瑰玫瑰我愛你》比較直接地通過董斯文這位「知識份子」為迎接美軍的到來而創辦「吧女速成班」，孜孜不倦地訓練接待美軍的妓女這樣一件荒誕的事件，誇張地諷刺已經徹底洋化了的知識份子如何利用自己的全部智慧來報效洋人，牟取暴利。「妓院」老闆和董斯文在美鈔的巨大魅力下，完全喪失了最基本的人的良知和民族自尊心——在現代市場制度中，語言、智慧、甚至良知，都將隨著世界上的強勢貨幣美元在運轉。這一切的根

源是否僅僅是由於貧窮呢？在王禎和以及黃春明、陳映真七八十年代的小說世界裏，出現了都市的「知識者」被現代企業體制異化而喪失了基本的批判與抵抗能力的景觀。陳映真早期的康雄所喃喃自語的"貧窮本身是最大的罪惡……它使人不可免的，或多或少的流於卑鄙齷齪……"，"富裕能毒殺許多細緻的人性"，再次被這些作品所描繪的現實所證實。

陳映真、黃春明和王禎和都是受評率很高的當代"鄉土文學"作家，而且已經以他們作品的獨創性和思想性，審美性和批判性，為中國社會在現代化進程中的深刻變化留下耐人尋味的豐富的藝術世界。雖然「鄉土文學」這個不確切的概念並不足以對他們作品的內涵進行全面的概括和評估，但是，作為一種具有「歷史」意義的文學話語，它仍舊可以喚起人們對六十～八十年代台灣文學的生動記憶。因此，對其作品的重新解讀，意味著對台灣文學史上那段重要歷史階段被稱為「鄉土文學」的「經典」作品的深入理解，當然，本文限於篇幅還不能對他們的作品及其內涵豐富的思想內容進行細緻的剖析和討論，但至少我們已經感覺到，他們的作品所揭示的不僅僅是台灣的問題，而且也是正在走向「現代化」的大陸的、乃至發展中國家的問題，具有普遍的意義。對這些問題的揭示，正是以陳映真、黃春明、王禎和等為代表的當代中國「鄉土文學」的重要功績，它們具有別的文學類型——例如現代主義、後現代主義等作品所無法取代的審美的和文化的價值。僅僅用某種流行的理論話語，譬如邱貴芬所理解的弗洛伊德式的精神分析以及狹隘的地方主義色彩去描述他們的作品，是遠遠不夠的。

1996 年 1 月 26 日於北京芳草地
（原載北京《台灣研究》雜誌 1996 年第二期）

附 錄 ㈡

歷史清理與人性反省：
陳映真近作的價值

──從《歸鄉》、《夜霧》到《忠孝公園》

黎湘萍

　　許多年以後，住在台北縣中和市的人們也許會在他們經常活動的三介廟後面的公園立一塊碑，紀念經常出入那兒的一個作家，就像人們常常為那些為豐富人類的精神作出卓越貢獻的作家所做的那樣，因為這位作家是屬於他們的，他以這個地方為背景寫下的小說，可能需要積累許多年的經驗才能被人們所瞭解。現在，當這個作家每日都生活在他們當中的時候，他們可能對他視而不見，甚至也許會嘲笑他，指責他。有人也許會奇怪，在這個講求實際、重利忘義的時代，在這個"文學"已經被宣告死亡的時代，他為什麼還寫小說？而且懷著感傷去挖掘、同情、療救被各種陰暗的意識所掩蓋和侵蝕的靈魂──這是我讀到陳映真的新作《忠孝公園》時冒出來的想法。

　　我想到了1999年的深秋時節的一天下午。那天，我趁到台北參加一個學術會議的機會，拜訪了陳映真先生。我記得當時已是下午四點多五點左右，陳先生領著我到他家附近遛達，穿過一條小巷，來到一個名叫"三介廟"的道觀面前，他找了個地方坐下。這個道觀，其實儒釋道兼而有之，是相當典型的中國民間寺

廟。廟前有一些老人在活動，或者閒聊，或者拉著民間的樂器。
據說寺廟後還有一個公園，也是人們，特別是老人們常去的地
方。在有些微弱的西斜的陽光下，坐著休息的陳先生，突然顯出
了疲憊，濃密而有些隨意的花白頭髮在微風中掀動，向來和藹而
不失嚴肅的面龐，在寧靜下來的瞬間，顯得有些憂鬱，這神態猛
地讓我想起，他也已經過了花甲之年，可是我向來沒有想到陳先
生會是一個“老人”。但很快這些都被隨之而來的談話沖淡了。
這一幕，讓我恍惚間也走入了他的生活世界。我對這個我至今仍
記不確切的寺廟、公園和陳先生走過的那些小巷，跟他生活在這
個區域的人們，第一次有了一種沒有被文字所阻隔的親切感。

　　也是這年的秋天，陳先生主持的 “人間思想與創作叢刊”
《噤啞的論爭》出版，其中刊載了他在沈默了許多年之後重新執
筆創作的小說《歸鄉》（寫於 1999 年 5 月）。我發現，小說所描
繪的場所，一開始就是“卓鎮三介宮”後面的“公園”，這很自
然讓我聯想起那個我只聽說卻未曾涉足的他家附近的公園。當陳
映真在他最近刊於《聯合文學》七月號的小說《忠孝公園》裏再
次涉及到“公園”的意象時，我又沒來由地想起了他家附近的那
所公園。當然我一點也沒有想到要從“公園”或者“公園”的名
稱“忠孝”那裏找到什麼隱藏其中的“象徵”意義。對我來說，
陳映真如果不去描寫他所熟悉、所關懷的環境、生活和人，那一
定是令人驚訝的事情。事實上，從《歸鄉》開始，到《夜霧》
（2000 年 3 月），再到現在《忠孝公園》，重現“江湖”的陳映
真，再一次把他深刻的思考能力以小說美學的形式展現了出來。
與黃春明九十年代的小說創作一樣，陳映真也開始傾力去描寫出
現在“公園”這樣的和平環境中“老人”族群。然而，假如說黃
春明的老人關懷涉及的是被消費社會所冷落甚至破壞的鄉村、環
保、親族離散等當代社會問題，那麼，陳映真則更著墨於不同的
老人族群所承載的沈重的歷史重負，他有意地在這看似和平的現

實環境中釋放出長期抑壓在人們潛意識中的歷史記憶，也正是這些不同的個人記憶，影響著人們關於現實、關於政治和意識形態的不同認知。陳映真讓讀者看到的，不只是當代現實生活的急遽變化，而且更刻意於揭示被這種急遽變化所遮蔽、然而實際上與這一變化息息相關的潛在問題，藉此而清理、反省歷史和現實之間的互動關係。黃春明收入《放生》集中的老人題材的小說，在親切幽默的敘述中流露出對富於人情味的鄉土生活的懷舊和感傷，而陳映真上述三篇小說中的老人們的"懷舊"，始終無法擺脫整個中國現代史的困擾，潛在於人的意識底部的歷史記憶，在現實的刺激下，被作家再現於個人的感情生活層面。陳映真看到的是被充滿罪惡的歷史所壓抑著的人性的陰暗面和衝破這層陰暗面的人性的亮光，他敏銳地感覺到，在現實中的政治認同、文化認同等令人困惑而焦慮的問題，背後其實關係到不同族群的相異的歷史記憶。對他來說，寫人的內心世界，人的靈魂，就是寫塑造了人的內心世界和靈魂的社會歷史。反之亦然。從這一點看，陳映真的近作，不止在描繪或刻劃人性的真實這一美學層面上有著特殊的價值，而且在描寫歷史和現實的深度和廣度上，有著時下小說所沒有的格局和氣魄。

　　其實，在人物的潛意識裏清理和反省歷史，一直是陳映真小說的重要特色。我們在他早期的小說裏就已經熟悉他這種融思想於詩之中的風格。因此，閱讀陳映真的近作時，我更希望尋找這些作品與他的從前的小說在風格上、內容上、語言與技巧上不同的地方。但是我發現，除了在題材上有著更為深刻、宏大的開拓和思考，陳映真還是保持著他獨特的風格。譬如在不道德的歷史中如何"做人"的主題一直貫穿他前後的作品；而"懺悔"、"死亡"的母題也一再重現。從不願在技巧上媚俗的陳映真，依然嚴守他的寫實主義的敘事法則，儘量使用乾淨的語言來刻劃人物內在心靈與社會生活。他的人物的心理活動更多地與無法擺脫

的歷史記憶連在一起。閱讀《忠孝公園》時，我自然地想到前此
的《歸鄉》和《夜霧》。

　　"人不能不做人。……別人硬要那樣，硬不做人的時候，我
們還得堅持絕不那樣，堅持要做人。這不容易。"這是陳映真寫
於 1999 年 5 月的小說《歸鄉》中的主人公楊斌說的話。楊斌是
1947 年被國民黨徵兵入伍的台灣人，他所在的國民黨部隊被派往
大陸參加內戰，戰敗後被解放軍俘虜，之後便留在大陸，一住就
是四十多年。這四十多年他也像大陸人一樣，歷盡滄桑，經歷了
文革的風風雨雨，見證了戰後五十多年大陸從戰亂到建設，從動
亂到重新崛起的歷史。然而等他終於有機會返回魂牽夢繞的故鄉
台灣，希望找到可以溫暖人心的親情時，他所看到的台灣早已面
目全非：曾經是一個淳樸的農民的胞弟林忠，靠著做房地產生意
變成了暴發戶。為了獨佔田產，不願認親，還把他看作冒充台灣
人前來謀奪財產的"共產黨"的"外省人"。感慨之餘，楊斌再
度離開了台灣，返回他的另外一個故鄉大陸。臨走他對唯一關心
他的侄子說了上面的話。陳映真的小說取材於史實，他在 1988 年
12 月出版的第 38 期《人間》雜誌曾做過關於"七十師的台灣兵"
的專題報道，第一次提到"家族離散"不僅僅是在台灣的"外省
老兵"，1950 年海峽封斷之後，曾被駐防台灣的國民黨軍隊第七
十師連蒙帶騙弄到大陸打內戰的五萬台灣人也滯留大陸不得返
台。而這些台灣人，不只受到了國民黨當局的不負責任的漠視，
也未得到當年在野的號稱關心"台灣人"的"民進黨"和"民進
黨系""人權組織"的注目。小說《歸鄉》裏的楊斌便是其中的
典型。陳映真是第一個涉及到類似題材的當代作家，不只生活在
台灣的作家沒有關注這個問題，大陸的作家也鮮有涉及者。陳映
真的意義在於他首先挖掘了這個題材，使他的小說具有廣闊的兩
岸視野，而且藉助小說的人物，寫出了兩岸複雜的歷史關係和社
會發展對於人性的深刻影響。他再次提出了"做人"的問題。這

個"人"是超越了"外省人"與"本省人"、"大陸人"與"台灣人"這種地域或"族群"差異的"人"，是超越了"動物性"的"人"，也是超越了單純的"政治性"、"經濟性"的"人"。陳映真近年的小說所描寫和回答的，似乎還是："做人"究竟意味著什麼？

這一反省人性的主題在陳映真的近作中，是與清理歷史的主題結合在一起的。在《歸鄉》裏出現時，這兩個主題圍繞著楊斌返回故鄉台灣的經驗來展開。陳映真一方面呈現出在台灣的外省人老兵和在大陸的台灣人老兵的互相疊合的歷史記憶，試圖通過滄桑變化的個人的命運來清理整個中國的現代史；另一方面，則刻意於人性的反省，對於社會發展中日益惡化的人文環境，採取超越和批判的態度。在另外一篇作品《夜霧》（2000 年 3 月）中，陳映真也因痛感台灣社會缺乏反省的精神，有意從人性的扭曲中去再現一段陰暗背德的歷史。他描寫了一個本性善良的青年如何因為天真而執著地相信"領袖、國家、主義"這三大支柱，獻身於國民黨的情報工作，最後因為參與了太多的刑偵、逼供、逮捕無辜者的活動，而患了嚴重的精神焦慮症，死後留下類似"狂人日記"一般的懺悔錄（這篇小說的風格令人想起他早期的《我的弟弟康雄》）。陳映真對於人性中的最純良的"不忍"、"惻隱"之心，有相當細膩精確的體驗，因而，對於"罪惡感"、"負疚感"也就有非常敏銳的洞察。正是這一點，促使他筆下的人物，要對歷史上以"國家暴力"為主要形式來殘害無辜者的罪惡承擔起嚴厲的自我反省、清洗和懺悔的責任。他所提出的問題似乎是：在特務如夜霧般籠罩著沈睡的人們的背德的世界，個人能否保持"做人"的原則以保證自身的清潔？

今年問世的小說《忠孝公園》，陳映真更進一步深化了這一主題。我們既從小說的兩個主要人物——馬正濤和林標——不同的歷史記憶中看到了中國近現代史的兩條相關線索，即中國被日

本侵略與殖民化後淪為殖民地半殖民地這一慘痛歷史，也看到了
這慘痛歷史對同為中國人的馬正濤和林標所造成的巨大的精神傷
害，雖然他們出身不同，身份不同，地域不同。從陳映真帶有諷
刺的筆墨中，讀者可以感覺到，最令人痛心的，是受害者的精神
麻木。陳映真從馬正濤這個人物，寫出了日本殖民者、漢奸和國
民黨之間的相互聯繫，而這種複雜的相關性及其背後的利害關
係，並未得到深刻的清理（在《夜霧》裏，陳映真甚至點破了
"變天"以後的現政權與他們的前任之間的繼承關係）。至於林
標，他早已忘卻當初是如何被日本人當作炮灰拉去當所謂的"志
願兵"的，為了索取"台灣人日本兵"的賠償，竟以相當扭曲的
方式來再現曾為"日本臣民"的台灣老兵對於"天皇"和"日本
國"的忠誠。倘說《夜霧》裏年輕主人公的死亡，還有自我懺悔
的因素，那麼，馬正濤的自殺，則純出於絕望，他的死似乎宣告
了一個時代的結束，但並不意味著精神創傷的治癒和終結。《忠
孝公園》要描寫的副線，是林標與他的兒子欣木、孫女月枝之間
的關係。這是台灣的"現代化"或社會轉型所造成的"家族離
散"的典型。林標尋找兒子的過程也呈現出戰後第一代台灣人放
棄土地到城市去尋夢的苦澀歷程，月枝離家出走到都市尋找父
親，則是戰後第二代台灣人的另外一種苦澀經驗。三代人所擁有
的不同的歷史記憶，似乎正表現出已經內化為人們的情感生活的
台灣歷史。而陳映真讓我們感受到溫暖的地方，不是這三代台灣
人所追求的那些"夢"，而是他們彼此間的相互尋找所凸顯出來
的作為"人"的最寶貴的"愛"和"親情"，這些東西都遠比老
林標重新穿上日本的海軍服，欣木的發財夢，月枝的沒有保障的
婚姻，要珍貴得多。陳映真用自己的方式來解讀了"台灣經驗"
的"現代性"。

　　"做人"究竟意味什麼？世界上難道還有生活在烏托邦裏的
純淨而神聖的人嗎？離開了動物性、政治性、經濟性、社會性這

種種複雜屬性，"人"還會是什麼東西？對於陳映真來說，這些
恰是關鍵的問題。雖然在歷史中，每個人未必能保證完全的清
白，但至少應該有基本的反省的能力。他認為人不可能沒有理
想，不可能不去尋求建立作為人類之理想和終極關懷的"烏托
邦"。"烏托邦"可以作為改革社會的動力，也應是促進人性反
省與改善的源頭。而"烏托邦的喪失，就是終極關懷的喪失"，
因此放棄做人，就是放棄理想和終極關懷。如果知識界放棄了這
一點，正是"整個知識界的悲傷"（見郝譽翔的訪談錄《永遠的
薛西弗斯》，《聯合文學》2001 年 7 月號）。如何做人，特別是
在"所多瑪和峨摩拉"的時代如何堅持"烏托邦"的理想，是陳
映真小說的一個潛在的主題，從《歸鄉》、《夜霧》到《忠孝公
園》，他一面以批判、諷刺甚至憤怒的態度清理和反省歷史，一
面不無悲傷地再現"做人"這個主題。陳映真的悲傷，也就是陳
映真的價值。

　　　　　　　　　　　　　　　　　2001 年 10 月 20 日於北京

附　錄 ⫶

一個 "知識人" 對另一個 "知識人" 的讀解

——關於黎湘萍所著《台灣的憂鬱》

趙　園

　　久未讀到如此厚重堅實的作家研究著作了。閱讀黎湘萍此書的過程中，我一再記起我的老師王瑤先生頗引起爭議的説法，即當代文學尚不宜作史的整理。王瑤先生作為文學史家，於此強調的，是 "史" 的梳理的條件。我以為那條件，就包括了如黎湘萍這樣結實的作家研究。可惜，充斥於出版物的，是大量浮光掠影的 "作家論"，當然，還有更為常見的廣告行為。

　　這本《台灣的憂鬱》始終吸引了我的，是黎湘萍讀陳映真的方式。這是一個擁有廣闊的社會歷史視野，有著與其對象相近的人文關懷的研究者的讀解，是一個以其思考的問題的重大與對象對應的研究者的讀解。閱讀之先，他已以其擁有的精神空間，決定了其所能達到的限度。

　　黎湘萍在他的書中，反覆談論著陳映真的 "詩" 與 "思"。他本人作為研究者，即以此二者與其對象對應。你不難感到他的研究中的詩情。他經由蘊於其內心的 "詩" 而走向了他特選的對

像。那詩，在我看來，也即王安憶所謂的"烏托邦詩篇"。王安憶以那篇作品，表達了她對陳映真的讀解。讀《烏托邦詩篇》時，陳映真在我還相當陌生。記得我當時所感動的，是王安憶寫出這字樣"烏托邦"時的鄭重。當著"理想主義"漸成調侃，這鄭重尤為難能。我當然明白，王安憶與其同代的黎湘萍所說的"烏托邦"，更是一種人生意境，是對生命的態度。他們同由那"態度"中讀出了"詩"。

我還注意到了黎湘萍對陳映真小說人物"特有的溫柔的倦怠"的敏感。我相信黎湘萍正如陳映真那樣，敏感於這一種"詩性"氣質，尤其敏感於這種氣質所提示的"苦難"這一種永恒的詩。黎湘萍在其著作中，對陳映真詩情的性質，有更明確的說明。他在此書《後記》中，說陳映真吸引了自己的，非其"輝煌聲名"，而是其人所處之境的不可重覆的個人性，"是他在台灣乃至中國大陸的尷尬處境和孤獨感。他是台灣島上負傷累累的憂鬱的心靈。"（P231）那是生存於台灣、以獨有方式經歷了本世紀台灣歷史的烏托邦主義者的孤獨。那孤獨，是大陸讀者所陌生的。大陸讀者難以具體地設想一個土著的台灣人，既不認同於當道，又拒絕"本省化"潮流，堅持其烏托邦理想，又被同一理想所依據的"現實"所放逐的孤獨。這是陳映真為自己選擇的命運，無論"夾縫"還是別的什麼，都不足以狀寫形容。那"獨有"中，有對岸中國人經驗的深刻性，其人生體驗所含蘊的人類經驗的深。不同的人可由這個人的"命運"讀出沈痛、荒誕以至滑稽，黎湘萍讀出的卻更是莊嚴——他也即以對那個台灣知識人的解讀，表達了自己，表達了對人生莊嚴之境的嚮慕。

使大陸讀者感到陌生的，還有參與構造這一個烏托邦主義者的基督教哲學。正是這一種背景，使陳映真的烏托邦（因而他的"孤獨"）與那些其烏托邦主義主要得之於"革命"年代的啟示的大陸知識者不同，更散發出"天國"的氣味。我相信這孤獨對

黎湘萍的吸引，也因了那種宗教哲學中的詩意。他藉助於西哲詮
釋這孤獨者的詩，說陳映真像其他戰後作家那樣沈思著如下困
局："人並不能完全背負著罪責，因為並不是他開創了歷史；但
他也不是完全清白無辜，因為正是他把這歷史延續下來。"（卡
繆語）而陳映真 "為自己所屬、自己所無法選擇的'神話時代底
頹廢末期'承擔著責任，就好比約伯要承擔降臨他身上的一切厄
運一樣。"（P225-227）

　　賴有研究者的訓練，陳映真的問題才被置於其背景上，經由
闡發而獲得理論意義。"問題" 使得這部作家研究著作過分沈
重，勢必造成對接受的限制。但當今文壇上輕巧的東西太多，增
添一點重量，豈不正是適時的？"問題" 與特選的對像的相遇，
使得黎湘萍所耽嗜的理論即刻浸滿了 "人" 的氣息。我甚至察覺
到了著者在處理問題時的 "陶醉"。在你閱讀時，會不禁擔心那
些似游離而伸展開去的思緒，將泛濫無歸。陶醉於思想，在我們
這裏，也是更稀有的秉賦的吧。至於那種烏托邦主義者的苦難承
當，以及由此發生的純淨詩情，在我們的生活中已如此稀有，更
使我驚訝於在動蕩年代、在極世俗的環境中生長起來的大陸知識
者，對上述詩情的領略，對那種因形上而顯得奢侈的 "苦難" 體
驗的認同——他們的 "詩" 與 "思" 的嚴肅、沈重性。

　　黎湘萍即以諸種 "陌生" 為材料，將那個 "最後的烏托邦主
義者"、孤獨的中國人凸顯了。被他作為對象的，當然首先是陳
映真的 "文學創作"，是用敘事文體寫作的陳映真。陳映真的問
題畢竟更是藉諸小說形式呈現的，這也使得 "小說形式" 與 "烏
托邦形式" 的關係成為 "問題"。黎湘萍於此證明了他的良好的
形式感覺，細膩的審美體驗，和將文學方法的演進始終展示為台
灣知識者的精神歷史的能力。這部著作也由此達到了渾厚與凝
重。他為之激動的，固然是 "問題"，卻又更是那個活在字行間
的人，那人格的豐富性；即使那人格呈現於字行時，顯出分裂以

至支離破碎。"他以基督教的禁慾主義否定對財富的追求；以存在主義觀照自身存在的無奈狀態並決意在現實中有所'選擇'；以社會主義理想遠眺未來，又預感其實現之渺茫；以馬克思主義批判理論和宗教的博愛精神批判和拯救人性在現代社會中的淪落，等等"（P130）你不難發現，那人格的魅力，正是在上述"分裂"中生成的。黎湘萍引領你去注意那"分裂"，比如陳映真的柔弱——那是烏托邦主義當著與現實相遇時所難以避免的，與他的強韌：對信念的堅執，以及"強度社會意識"等等。你由此觸摸到了這人格的超拔與其現世性之間的連結。

著者本人的"詩"與"思"，使這部書與通常所見的"作家研究"不同，這不是那種附麗於作品、其價值賴有對象才生成的"研究"。黎湘萍告訴我，他本不以詮釋具體對象為目標，他的企圖更在以作家為"個案"的歷史文化研究。我以為，那大意圖無妨於具體目標的達成。如陳映真這樣的精神個體，或許正要賴有稍為闊大的後景，才有可能呈現出來。我自然還想到，起步還不算太久的台灣文學研究，是要經由這樣的成果，才有可能充分"學術化"，獲得尊重的。

閱讀者的訓練與能力，當然還有基於上述二者的他的學術方式，事先決定了他有可能讀出什麼，以及怎樣去讀。不同於前輩台灣文學研究者，理論背景、工具使黎湘萍擁有了某種優勢，在梳理台灣文學當代發展的流程時舉重若輕，少了些前輩學者那種原有訓練與對象方鑿圓枘（有時即不得不削足適履，強對象就自己的理論框架）的苦惱。引進的理論在對台灣文學歷程特殊性的把握中，確也顯示了其適用性。如全書中有關"語言媒體"的分析。這個"讀"者從一開頭，就表明了其對寫作行為、敘述動作，對於知識人言論方式的特殊理解。他是以其選擇的本文為"平民知識份子"的歷史書寫、"平民知識份子"的言論行為來

對待的。比如他以台灣文學中的方言運用為“文化與意識形態方面的隱喻”：“在日據時代是針對日本的文化統治；在六、七十年代，則針對著台灣本土脫離現實的‘現代主義’傾向，而且一直在頑強地表現著‘在野’的台灣平民漸漸發展成為台灣中產階級時日益強烈的政治意向（在這方面，它是與象徵大陸人的普通話對立的）。”（P26-27）——“方言運用”已非止於“文化姿態”，台灣當代政治即隱現其中。同書還討論了陳映真富於“知性”的“美文風格”的“意識形態企圖”。在著者看來，陳映真“運用一種富有創意的、沈思的美文，既是對祖國現代文學傳統的認同（這一點把陳映真與那些藉助台灣方言的運用，特別是將這種運用發揮到極端的帶有分離主義意識的一些鄉土派作家區別開來），也是對工商社會中語言、文化退化，思想、知性貧困現象的一種有意識的對抗。”（P138-139）“語言媒體”在陳映真作品中有如此嚴重的意味！上述種種，也非大陸讀書界僅僅憑藉自身經驗所能洞悉。在此，黎湘萍又以其論述的清晰性，與那個懷有明確的目標感、極度清醒的自覺意識的對象對應。

　　問題與目標設置，規定了黎湘萍的材料運用。即如將關於陳映真作品的評論作為“另一種政治寫作”的材料運用。黎湘萍不止於由陳映真的作品，讀台灣與台灣知識人，而且由其他讀陳映真者（主要為台灣評論者），讀台灣的政治歷史及處於此中的台灣知識人，也即讀上述“人格”生成並陷於“孤獨”的環境，語境，從而最大限度地利用了對像所提供的可能性。他在分析有關評論時，也如分析陳映真的作品，令人感到的，是與其年齡不稱的蒼老而沈重的智慧。更為難得的是，黎湘萍依其意圖讀解其他評論者的讀解，卻始終維持著對陳映真的特殊理解，不但不為已有評論，也不為陳映真的刻意“導讀”所左右。他將陳映真的作品、有關評論及陳氏的自我詮釋，一併置諸其批評的審視之下。他說：“不用說將來，就是現在，陳映真作品以及關於陳映真的

一切評論，已經成為一種人文寫作景觀，成為人們瞭解台灣現代社會生活的一面‘鏡子’。”（P74）他卻意欲穿越那“鏡子”，尋找陳映真小說的“現實層面”、“意識形態內涵”及其“藝術品質”的關係。他的著作所達到的，也應由這意圖解釋。

本書一再展開的理論問題的討論，與有關“方法”的闡發，勾畫出研究者的思維軌跡。他像是一邊研究，一邊審視自己的研究，審視自己的詮釋角度。我在閱讀中也想到，這書所涉及的問題太過重大，已非“作家研究”的框架所能負載，黎湘萍何不為他的理論興趣尋找更合宜的形式？但我又想，他在這裏展示的，正是他“讀”那個台灣作家的方式。你不妨承認，為這樣的“讀”所需要的能力（包括了“讀”者自身反省能力），在文學研究界，已越來越稀有了。

《台灣的憂鬱》吸引了我的，正是上述一個大陸“知識人”對一個台灣“知識人”的讀解。“知識人”是陳映真自我界定時特意表明的概念，也是黎湘萍所強調的概念——他在自己的著作中，確實強調了“知識人”的“讀解方式”，並由此證明了與對像間的契合。“契合”從來是作家研究中難得一遇的境界。曾從事過這類研究，我深知“契合”之難。因而不免以黎湘萍也以陳映真為幸運。說到“幸運”，又另有感慨。在本書中黎湘萍引徐復觀語，稱陳映真為“海峽兩岸第一人”。我不知這種評價確切與否，我只知道當代大陸文壇完全有經得住如黎湘萍這種研究的對像，不幸的是，那對象與相稱的研究總難得相遇。

因有契合，“讀”、評論中即有自我表達。這可以解釋這部書的激情性質。經由研究表達自己，決不能有損於研究之為“學術”。我不知道無可表達者，能從他人的文本中讀出什麼。這個大陸人經由表達，而與那個台灣人相互走近。當著他們彼此聽出了熟悉的語調時，“大陸”與“台灣”已不重要。這是兩個人，

兩個 "知識人" 的相逢，如有宿緣。

　　我當然明白時間的流轉、思潮的漲落，會改變思想以至事物的意味，卻也相信必有不能剝蝕者，卵石般留在 "歷史" 的河床上，岩石似地風化著，卻依然矗在歲月中。我相信如王安憶、黎湘萍所領略的 "莊嚴" 並非虛幻。這一代或另一代知識人在時間中相遇時，他們仍能憑藉那 "共有" 而相互走近，無論他們來自兩岸，還是來自相距遙遠的異國。

　　在這日見渾濁的世間，能感受 "莊嚴"，臨其境而肅然的，是可尊敬的。

1996 年 2 月

（《台灣的憂鬱》，三聯書店 1994 年 10 月北京第一版）

（本文原載 1996 年上海《書城》雜誌）

附　錄 ㈣

陳映真寫作年表

（根據《陳映真作品集》第五卷「鈴鐺花」後的「附錄三」，略作校訂，於台灣版再加增訂）

1937 年　11 月 6 日，出生於台灣竹南中港。

1950 年　鶯歌國小畢業。

1954 年　省立成功中學初中部畢業。

1957 年　省立成功中學高中部畢業，入淡江英專。

1959 年　9 月 15 日，第一篇小說《麵攤》發表於《筆匯》一卷五期。

1960 年　1 月，《我的弟弟康雄》發表於《筆匯》一卷九期。

　　　　　3 月，《家》發表於《筆匯》一卷十一期。

　　　　　8 月，《鄉村的教師》發表於《筆匯》二卷一期。

　　　　　9 月，《故鄉》發表於《筆匯》二卷二期。

　　　　　10 月，《死者》發表於《筆匯》二卷三期。

　　　　　12 月，《祖父和傘》發表於《筆匯》二卷五期。

1961 年　1 月，《貓牠們的祖母》發表於《筆匯》二卷六期。

　　　　　5 月，《那麼衰老的眼淚》發表於《筆匯》二卷七期。

　　　　　6 月，淡江文理學院外文系畢業。

7月，《加略人猶大的故事》發表於《筆匯》二卷九期。

11月，《蘋果樹》發表於《筆匯》二卷十一、十二期合刊本。

1963年　9月，《文書》發表於《現代文學》十八期。

9月，進入強恕中學擔任英文教師二年半。

1964年　1月，《將軍族》發表於《現代文學》十九期。

6月，《淒慘的無言的嘴》發表於《現代文學》二十一期。

10月，《一綠色之候鳥》發表於《現代文學》二十二期。

1965年　2月，《獵人之死》發表於《現代文學》二十三期。

7月，《兀自照耀著的太陽》發表於《現代文學》二十五期。

進入美商輝瑞藥廠。

1966年　9月，《哦！蘇珊娜》發表於《幼獅文藝》一五三期。

10月，《最後的夏日》發表於《文學季刊》一期。

1967年　1月，《唐倩的喜劇》發表於《文學季刊》二期。

4月，《第一件差事》發表於《文學季刊》三期。

7月，《六月裡的玫瑰花》發表於《文學季刊》四期。

1968年　5月，應邀赴美參加國際寫作計劃前，因「民主台灣同盟」案被捕。

12月，判刑十年。

1970年　2月，《永恆的大地》發表於《文學季刊》十期。

1973年　8月，《某一個日午》發表於《文季》一期。

1975年　7月，蔣介石去世特赦，出獄。

10月，以筆名許南村發表《試論陳映真》一文，自我剖析；並由遠景出版《第一件差事》、《將軍族》兩小説集，復出文壇。

1976 年　年初，小說集《將軍族》遭查禁。

　　　　　12 月，《知識人的偏執》由遠行出版。

1978 年　3 月，《賀大哥》發表於《雄獅美術》八十五期。

　　　　　3 月，《夜行貨車》發表於《台灣文藝》五十八期。

　　　　　9 月，《上班族的一日》發表於《雄獅美術》九十一期。

　　　　　10 月 3 日，第二次被捕，36 小時後始釋放。

1979 年　11 月，《夜行貨車》由遠景出版。

　　　　　11 月，《纍纍》發表於《現代文學》復刊九期。

　　　　　年內，與宋澤萊得第十屆吳濁流文學獎。

1980 年　8 月，《雲》發表於《台灣文藝》六十八期。

1982 年　7 月，《雲——華盛頓大樓系列(一)》由遠景出版。

　　　　　12 月，《萬商帝君》發表於《現代文學》復刊十九期。

1983 年　4 月，《鈴璫花》發表於《文季》一期。

　　　　　8 月，《山路》發表於《文季》三期。

　　　　　8 月，在台北空軍新生社首次公開演講「大家消費社會」，中國時報主辦。

　　　　　8 月，與七等生赴愛荷華國際工作坊。

　　　　　10 月 2 日，以《山路》獲中國時報小說推薦獎。

1984 年　9 月，《山路》，《孤兒的歷史，歷史的孤兒》由遠景出版。

1985 年　11 月，創刊《人間雜誌》。

　　　　　12 月，自選、插繪《陳映真小說選》，作為為紀念人間雜誌創刊收藏版，計收入「將軍族」，「唐倩的喜劇」，「第一件差事」、「夜行貨車」、「山路」等五篇。

1987 年　6 月，《趙爾平》發表於《中國時報》「人間副刊」，節錄自《趙南棟》。

　　　　　6 月，《趙南棟》由人間出版社印行。

7 月，與康來新等合著的《曲扭的鏡子》，由雅歌出版
社印行。

9 月，赴美國愛荷華參加國際作家寫作計劃成立二十周
年誌慶。

11 月，《趙南棟》增訂再版。

1988 年　3 月，陳映真作品集十五卷由人間出版社策劃印行。

4 月，《陳映真作品集》十五卷出版。

1993 年　12 月，創作紀年與歷程〈後街〉，刊《中國時報》人間
副刊十二月十九～二十三日。

1994 年　1 月，報告文學〈當紅星在七古林山區沈落〉，刊《聯
合文學》第一百一十一期。

3 月，報告劇〈春祭〉於十二日在台北國立藝術館公演，
觀眾爆滿。

3 月，〈春祭〉發表於《聯合報》聯合副刊三月十四～
十五日。

4 月，〈安溪縣石盤頭——祖鄉紀行〉發表於《聯合報》
聯合副刊四月二十三～二十五日。

9 月，《台灣政治經濟叢刊》第七卷 E. A. Winckler, S.
Greenhalgh 合編《台灣政治經濟學諸論辯析》出版。

1995 年　4 月，〈「台獨」批判的若干理論問題——對陳昭瑛「論
台灣的本土化運動」之回應〉刊《海峽評論》五十二
期。

1996 年　5 月，〈歌唱希望‧自由和解放的詩人金明植〉，發表
於「中韓文化關係與展望學術會議」。

6 月，〈張大春的轉向論〉發表於《聯合報》「讀書人」
版六月十日。

7 月，〈評「中國不可以說不」論〉發表於《聯合報》
副刊。

7月，《夜行貨車》（小說選集），古繼堂編，時事出版社，北京。

11月，〈論呂赫若的「冬夜」〉發表於台北呂赫若文學討論會。

11月，〈一本書的滄桑〉發表於《聯合文學》。

1997年　3月，《陳映真代表作》收《中國現當代著名作家文庫》，劉福友編，河南文藝出版社。

4月，〈時代呼喚著新的社會科學〉，在中國社科院授予榮譽高級研究員儀式上的講話。（發表於《海峽評論》一九九七年，八十期）。

7月，〈向內戰與冷戰意識形態挑戰〉發表於「鄉土文學論戰二十周年回顧與再思學術研討會」。

9月，〈歷史召喚著智慧和遠見——香港回歸的隨想〉，《財訊》八十六期。

1998年　1月，〈論呂赫若的「冬夜」〉宣讀於北京呂赫若文學研討會。

4月〈精神的荒廢〉發表於《聯合報》副刊四月二～四日。

7月，〈近親憎惡與皇民主義〉發表於《聯合報》副刊七月五～七日。

7月，〈左翼文學和文學的復權〉發表於《聯合文學》七月號。

8月，〈台灣現代知識份子的歷史〉發表於《聯合報》副刊，收〈知識份子十二講〉立緒，一九九九。

10月，《陳映真文集》（小說卷、文論卷、雜文卷）由中國友誼出版公司出版。

1999年　9月，《聯合報》副刊，連載小說〈歸鄉〉九月二十二日～十月八日。同月另刊於《瘖啞的論爭》。

9月，〈一場被遮蔽的論爭〉收《喑啞的論爭》，「人間思相與創作叢刊」秋季號，人間出版社。

〈「台灣文學」是增進兩岸民族團結的渠道〉，同上。

〈駱駝英對當代台灣文學思潮的貢獻〉，同上。

〈「兵士」駱駝英的腳蹤〉，同上。

2000 年　1月，散文〈父親〉，《中國時報》人間副刊元月二十～二十二日。

2月，范泉著《遙念台灣》序，人間出版社。

3月，《陳映真自選集》，北京三聯書店。

4月，演講〈文學的世界已經變了？〉《聯合報》副刊四月十～十二日。

7月，〈以意識形態代替科學知識的災難——批評陳芳明的《台灣新文學史》，《聯合文學》一八九期。

7月，《將軍族》（小說集），收《百年百種優秀中國文學圖書》，北京，解放軍文藝出版社。

9月，〈關於台灣「社會性質」的進一步討論——答陳芳明先生〉，《聯合文學》一九一期。

11月，小說〈夜霧〉，刊《聯合報》副刊十一月二十四日～十二月五日，再刊於《復現的星圖》，人間出版社，十二月。

12月，〈陳芳明歷史三階段和台灣新文學史論可以休矣！〉，《聯合文學》一九四期。

12月，〈鼓舞〉（評論），收《范泉紀念集》，欽鴻、藩頌德編，中國三峽出版社，北京。

2001 年　1月，〈天高地厚—讀高行健先生受獎演說辭的隨想〉，《聯合報》副刊元月十二日。

6月，楊國光著《一個台灣人的軌跡》序，人間出版社。

7月，小說〈忠孝公園〉，《聯合文學》二一，另刊於

《那些，我們在台灣……》，人間出版社，八月。

8 月，〈台灣報導文學的歷程〉（論文），《聯合報》副刊八月十八～二十日。

主要參考書目

(一)作品類

陳映真：《陳映真作品集》（1-15 卷），1988 年台北，人間出版社初版。

鍾肇政、葉石濤編：《光復前台灣文學全集》（1-12 卷），1979 年 7 月，台北遠景。

李南衡主編：《日據下台灣新文學・明集》，1979 年 3 月，台北明澤出版社。

張葆莘編：《台灣作家小說選集》（1-4），1982 年，中國社科出版社版。

《魯迅全集》，人民文學出版社 1989 年 4 印。

《契訶夫小說選集》，汝龍譯，上海譯文出版社 1982 年版。

《芥川龍之介小說選》，文潔若等譯，人民文學出版社 1981 年版。

《楊逵作品選集》，人民文學出版社 1985 年 12 月版。

白先勇：《台北人》，台北，晨鐘出版社 1971 年 4 月版。

張大春：《公寓導遊》，台北，時報，1986 年 6 月初版。

《四喜憂國》，台北，遠流，1988 年 6 月初版。

(二)史料類

徐迺翔主編：《台灣新文學辭典》，四川人民出版社 1989 年版。

尹雪曼主編：《中華民國文藝史》，台北，正中書局，1976年版。

連橫：《台灣通史》（上、下冊)，商務印書館 1983 年版。

茅家琦主編：《台灣 30 年：1949-1979》，河南人民出版社 1988 年版。

古繼堂：《台灣小説發展史》，遼寧教育出版社 1989 年版。

(三)理論類

《馬克思恩格斯選集》，人民出版社 1972 年版。

黑格爾：《精神現象學》上冊，商務印書館 1987 年版。

福柯：《性史》，上海科學技術文獻出版社 1989 年版。

馬克斯・韋伯：《新教倫理與資本主義精神》，三聯書店，1987 年版。

A・阿德勒：《自卑與超越》，作家出版社 1986 年版。

羅蘭・巴爾特：《符號學原理》，李幼蒸譯，三聯書店 1988 年版。

張寅德編選：《叙述學研究》，中國社科出版社 1989 年版。

呂西安・戈爾德曼：《論小説的社會學》，中國社科出版社 1988 年版。

W・C・布斯：《小説修辭學》，北京大學出版社 1987 年版。

巴赫金：《陀思妥耶夫斯基詩學問題》，三聯書店 1988 年版。

華萊士・馬丁：《當代叙事學》，北京大學出版社 1990 年版。

唐弢：《西方影響與民族風格》，人民文學出版社 1989 年初版。

林非：《魯迅與中國文化》，學苑出版社 1990 年版。

葉維廉主編：《中國現代作家論》，台北，聯經，1976 年版。

《中國近代文論選》（上、下），人民文學出版社 1959 年版。

Roland Posner:《Rational Discourse and Poetic Communication-Methods of Linguistic, Literary, and Philosophieal Analysis》，柏林版 1982 年（英文版）。

（有關台灣文學的期刊和個別作家作品集從略）。

國家圖書館出版品預行編目資料

```
台灣的憂鬱／黎湘萍著. -- 初版. -- 台北市
  ：人間，　2003[民 92]
    面；　公分.　-- (台灣新文學史論叢刊；7)
  參考書目：面
  ISBN 957-8660-83-9（平裝）

  1. 陳映眞 - 作品評論　2. 陳映眞 - 學術思想

848.6                              92021604
```

台灣新文學史論叢刊 7

台灣的憂鬱

著　　　者／黎湘萍
出 版 者／人間出版社
發 行 人／陳映眞
社　　　長／陳映和
地　　　址／台北市潮州街九一之九號五樓
電　　　話／(02) 23222357
郵撥帳號／11746473　人間出版社
印　　　刷／漢大印刷有限公司
電　　　話／(02) 29555284
總 經 銷／聯經出版事業股份有限公司
電　　　話／(02) 26418661
登 記 證／局版台業字第三六八五號
初版一刷／二○○三年十二月
定　　　價／三○○元